THE EYES
OF THE
Devil

SAGA

Set Me Free

Cette œuvre est une œuvre de pure fiction. Les noms, caractères, évènements et incidents sont les produits de l'imagination de l'auteur, utilisés de manière fictive. Toute ressemblance de près ou de loin avec la réalité serait complètement fortuite.

Couverture réalisée par Onjoy
Dépôt Légal : Mars 2022
ISBN : 9798420825457
Independently published.

ALEXANDRA KEAN

THE EYES OF THE *Devil*

SAGA
Set Me Free

Playlist

PREFACE

Pour un public averti

Chers lecteurs,

Me revoici avec le tome 2 de Set Me free. Et si son premier volet vous a fait frissonner, pleurer, rager, aimer, vous ne serez pas déçus de The Eyes of The Devil qui sera... Intense.

Mes messages Instagram sont ouverts pour vos revendications, vos réactions et vos émotions et c'est toujours un plaisir de vous parler donc n'hésitez absolument pas !

Mais n'oubliez pas… Ce livre n'est pas à mettre entre toutes les mains. Ce tome sera plus fort, plus brut, plus de torture, plus de sang, plus de larmes, plus d'atrocités humaines.

Ces pages contiennent de l'abus sexuel, de la drogue, du viol, de la torture, du meurtre et autres fantaisies sombres de l'esprit humain.

A vos risques et périls….

PS : Désolée, je n'ai pas de réduction sur les boîtes de mouchoirs.

Précédemment

Nix rencontre Kurt Smith dans une boite de nuit dans le Bronx. Il veut la torturer et la tuer, mais ils sont interrompus par l'arrivée de la police, qui oblige Kurt à se réfugier chez elle. Attirés l'un par l'autre malgré leur haine respective, ils consument leur désir.

Les Ikanovitzch, la mafia russe, viennent leur déclarer la guerre. Kurt emmène alors Nix avec lui pour aller kidnapper les deux filles des Ikanovitzch, Sophie et Rebecca. Mais Nix déjoue ses plans, tue Sophie et s'enfuie avec Rebecca. Dans ce laps de temps on apprend que Kurt détient déjà le benjamin russe, Amvrosi Ikanovitzch et le torture. Kurt et Nix se retrouvent, se disputent et Nix s'enfuie à nouveau. Elle se réfugie dans une petite ville où elle rencontre Cassidy Wilson, surnommée Cass. Rachel, la sœur de Kurt, fait des cauchemars d'un évènement survenu quand elle avait onze ans dans le gang de leur père, le gang Bayker, et qui a conduit Kurt à tuer toute sa famille. On apprend que c'est le gang Bayker qui a kidnappé Ashley Ikanovitzch quand elle avait 14 ans. Kurt découvre que Nix est en fait Noémi Kryan, la sœur disparue de Adam et Taylor Kryan quand elle avait trois ans. Adam et ses parents cherchent à tout prix à construire un lien familial avec elle. Nix et Rachel se lient d'amitié. Cassidy Wilson et Taylor tombent amoureux. Nix participe à l'Initiation pour intégrer la mafia Piratando. Pendant trois mois, elle combat aux côtés de Mathéo, un ami de son passé qui la connaissait sous le nom d'Ella. Elle rencontre Anna, qu'elle sauve d'un viol et Lorenzo. Elle rencontre également Joackim, avec qui Rachel se lie de complicité. Lors d'une ultime soirée, Nix prends sa vengeance sur Thomas, son ancien amant qui l'a trahie sous la pression de Ian Ikanovitzch, quatre ans auparavant. Elle sort de l'Initiation en compagnie de Joackim et retourne au Mexique. Seulement en arrivant, Kurt est accompagné d'une blonde qui la met dehors et la fait battre jusqu'à l'agonie. Nix ne se laisse pas abattre et passe un coup de fil à un certain Alexis. Un mois plus tard on la voit dans un café en train de reprendre contact avec sa coach vocale : Nix est en fait Ash's, une chanteuse prodige disparue depuis quatre ans et demi. Kurt pensant qu'elle l'a trompée avec Joackim pendant l'Initiation est fou de rage quand le corps de sa blonde est retrouvé avec la signature de Nix au fer rouge sur le corps. Il se lance à la poursuite de Nix.

À tous ceux que j'ai perdus en chemin,
Je ne vous oublie pas.

PROLOGUE

" Il parait qu'il suffit de sourire à la cage pour faire renaître le phénix. C'est sûrement faux, mais sourire fait plaisir même aux fantômes. "

Alexandra Kean

Nix 21 juillet 2011

La pièce était blanche. Trop blanche. Je balançais mes jambes dans le vide. Il ne résonnait ici que le son des machines. Ce bip incessant.

Mes jambes étaient couvertes de cicatrices. J'étais sale. Je me sentais sale.

Pourtant j'avais pris une bonne dizaine de douches mais ça ne partait pas. Cette sensation de leurs mains sur moi.

Je n'arrivais à respirer que par un miracle, et pourtant je n'avais plus envie que de mourir.

Les médecins n'avaient cessé de répéter que je m'en étais sortie et que tout irait bien. Mais ils avaient tort. Rien ne pourrait aller bien. Rien n'irait plus jamais bien.

La nausée me prit et je me précipitai dans la minuscule salle de bain pour y vomir mes tripes.

Je retombais sur mes genoux quand j'eus fini de déverser le maigre contenu de mon estomac dans la cuvette.

Le gout de la bille imprégnait ma bouche et pourtant je ne sentais que l'amer goût du sang, qui hantait mes papilles.

J'étais pour ainsi dire nue, sous la robe fine et laide de l'hôpital. Je n'avais plus que la peau sur les os. Mon tour de taille était de cinquante-neuf centimètres.

Pratiquement un squelette.

Mes yeux divaguèrent dans le vide.

Pourquoi étais-je là exactement ? Pourquoi n'étais-je pas morte ? J'aurais dû l'être pourtant.

J'aurais tellement dû l'être.

Je n'avais strictement rien à faire ici, sur terre, à manger et à vivre comme si tout allait bien et que rien n'était arrivé.

Mon père n'a pas prononcé un seul mot. Il a vu à mon regard que je savais. Que je savais tout ce qu'il avait tenté de me cacher depuis ces cinq dernières années.

Sophie m'a rendue visite en me donnant des nouvelles des cours. Une semaine, je n'avais été absente qu'une semaine après tout.

Une semaine pour faire de ma vie un cauchemar qui ne se terminerait jamais.

Je me relevai doucement et trouvai la force de me rincer la bouche.

Je ne savais pas pourquoi mais je n'avais aucune envie de mettre fin à ma vie.

Je voulais mourir mais pas de ma main.

Ce serait comme donner victoire à ce foutu gang non ?

On traite les suicidaires de beaucoup de choses, et je ne me suis jamais sentie proche de ce sentiment, pourtant là j'aurai presque pu comprendre.

Presque.

Je regagnai ma chambre comme un fantôme et avisai le petit carnet rouge sur ma table de chevet. Je l'ouvrais toujours pour y griffonner des paroles au hasard. J'inventais les airs en murmurant seule dans ma chambre quand papa repartait pour un énième *voyage d'affaires*. Quand maman me laissait tranquille.

Je l'ouvris et pris mon crayon noir en commençant à écrire.

La seule échappatoire que j'avais, et pourtant mes souvenirs hantaient jusqu'à mes chansons.

Soudain la porte s'ouvrit et je sursautai en reculant de frayeur.

Un garçon, blond aux yeux bleus, mince à l'air fatigué, avec les joues creusées et un pâle sourire, une perfusion l'accompagnant, se trouvait sur le seuil de ma chambre.

Je tenais mon livre devant moi, comme si ces liasses de papier pouvaient me protéger de cet agresseur.

— Hey doucement. Je t'ai entendu chanter dans le couloir. Tu as une voix époustouflante.

Je fronçai les sourcils en me demandant ce qu'il voulait sans bouger d'un pouce. Ce garçon était très étrange. Pour un peu, j'aurais dit qu'il était...gentil ? Mais ce genre de personnes n'existait que dans les contes de fées.

— Je m'appelle Alexis. Je suis plus un musicien qu'un chanteur mais les deux me vont. Tu en fais depuis longtemps ?

Il s'assit sur une chaise, loin de moi, et mon souffle qui avait subitement accéléré, se calma un peu.

Il n'y avait pas de mal à lui parler n'est-ce pas ?

— Je...Je n'ai pas le droit de chanter.

Il sourit.

— Alors pourquoi étais-tu en train de le faire ?

— Parce qu'il n'y a personne pour m'en empêcher.

Un long silence suivit ma déclaration alors que je n'osais bouger un cil sous la pression du regard de cet inconnu.

— Je m'appelle Alexis.

Je hochai la tête sans répondre.

— Et toi ?

J'eus un mouvement de surprise. Il ne connaissait pas mon nom ? Je haussai les épaules.

— Comme tu as envie.

Il plissa les yeux en réfléchissant.

— Nix. Ce prénom est parfait pour toi petite rousse.

Je penchai ma tête sur le côté. Nix... Ce nom avait des résonnances délicieuses. Oui, décidément ça me plaisait.

Je remarquai soudain que depuis que ce garçon, Alexis, était entré, je n'avais plus repensé à ce qui était arrivé.

— Alors Nix, que fais-tu ici ?

Je fronçai les sourcils.

— Allume la télé. Ils se pensent plus capables que moi de raconter ce qui s'est passé.

— Bien. Dans ce cas je débrancherai les câbles de ma télé. Je ne veux pas que ton histoire me soit contée par n'importe qui d'autre que toi.

J'observai ce garçon avec étonnement. Il me parlait comme si on se connaissait depuis toujours. C'était assez…perturbant.

— Et toi ?

Ses yeux regardèrent le sol.

— Un accident de voiture. Je suis le seul survivant.

Je hochai la tête sans rien dire.

— Tu as un téléphone ?

De nouveau je confirmai silencieusement alors qu'il se relevait avec dynamisme. Il sortit un stylo et un petit carnet de sa poche, duquel il arracha une page avant d'écrire rapidement dessus.

— C'est mon numéro. Je vais poser ça juste ici, et tu m'enverras un message quand tu te sentiras prête, d'accord ? A n'importe quelle heure. Bon, c'est bientôt l'heure de mon IRM je dois y aller. J'espère te revoir un jour, petite rousse !

Il disparut dans l'encadrement de la porte et je restais quelque peu hébétée avant de me déplacer doucement vers la chaise. Je pris le petit papier et lis rapidement ce qu'il y avait marqué.

« La vie vaut la peine d'être vécue, peu importe ce qu'on a à affronter. N'oublie jamais ça jolie Nix. En espérant avoir de tes nouvelles »

Il avait marqué son numéro, de l'autre côté.

Je savais ce qui me différenciait des suicidaires. Eux n'avaient pas un Alexis décoiffé pour les faire sourire.

CHAPITRE 1

« Il ne fait pas beau. Ni dehors, ni dedans, ni dans la vie ni dans le cœur des gens »

Alexandra Kean

Nix 16 janvier 2019

J'arrêtai la voiture devant le petit chemin de terre. Les ronces en avaient dévoré une bonne partie depuis quatre ans, mais il restait toujours un minimum accessible. Chiara, mon ancienne coach vocale, grimaça en le voyant, sûrement entrain d'imaginer l'état de ses Louboutin à la sortie de ce terrain de boue.

Mais peu importe, c'était le seul chemin pour entrer dans ma villa sans se faire repérer par le voisinage ou les quelques journalistes qui viendraient peut-être encore ici. Il ne manquerait plus que je fasse la une des journaux avant que je ne l'ai décidé.

Je m'engageai sur le chemin, suivie de près par Chiara. La nuit commençait doucement à tomber sur Paris et la blonde alluma la lame torche de son téléphone pour que l'on puisse y voir, quand enfin, la grande porte en fer rouillée apparut.

Un petit sentiment de nostalgie naquît en moi, aux souvenirs de tous les moments partagés sous ces arbres. Elle fut automatiquement suivie par une vague de dégoût qui coula sur ma peau.

Je chassai bien vite mes démons pour introduire la clé dans la porte, avant qu'elle ne s'ouvre dans un grincement désagréable.

Les murs étaient aussi poisseux de sang que je ne les avais laissés la dernière fois que j'avais mis les pieds dans cette foutue baraque. Une odeur répugnante de putréfaction, d'humidité et de moisissure régnait dans tout le salon.

Chiara se boucha automatiquement le nez, horrifiée par l'odeur et le sang, en me regardant avec interrogation.

Je haussai les épaules en me dirigeant vers l'entrée principale, là où le cadavre du meilleur ami de Ian reposait depuis quatre ans.

Il ne restait de lui que des os, et des morceaux de chair et de sang séchés, dévorés par des insectes à l'air miteux. La quatrième phase de décomposition d'un cadavre.

Le stade aurait normalement dû être plus avancé, car la tête n'aurait pas dû être aussi reconnaissable, mais l'inaccessibilité du cadavre pour les insectes, ralentissait, voire empêchait la décomposition du cadavre.

— Qu'est-ce que tu fais ? Et pourquoi il y a un cadavre chez toi ?

Sérieusement, ça l'étonnait ? Je dus me reprendre. Chiara n'avait jamais connu cette partie de ma vie. Elle n'avait connu que la chanteuse.

— Oh, il m'ennuyait avant que je parte, donc je m'en suis débarrassée. Et si tu tiens à connaitre les détails je m'apprête à découper cette jolie tête avant de l'emballer et de l'envoyer à la famille du propriétaire.

Elle ouvrit la bouche, choquée, alors que je rigolais.

— Je ne t'ai pas sauvée des caves avec une baguette magique tu sais.

Elle fronça les sourcils.

— D'ailleurs ! Il faut qu'on en parle parce que j'ai un bon millier de questions à propos de ça. Comment tu as pu venir me sauver ? Comment tu savais ? Comment tu connais les Ikanovitzch ? Tu savais qu'ils avaient une mafia ? Qu'est-ce que t'as fait pendant ces quatre ans ? Et par-dessus-tout, pourquoi il y avait gravé Nix dans la cellule où j'étais ?

— Je te demande pardon ?

Je me retournai vivement en entendant sa dernière phrase.

— Il y avait ce prénom, Nix, gravé dans la pierre de la cellule où j'étais ? Tu m'as dit de t'appeler comme ça, alors je suppose que tu dois en savoir plus à propos de ça.

— Merde !

Je jurai en ouvrant le tiroir de la cuisine. C'était si proche de Paris… J'aurai dû m'en douter. C'était là, qu'Arkadi m'emmenait quand je *désobéissais*. Si j'avais su, j'aurais fait sauter cet endroit.

— Pour faire court Chiara, je ne suis et n'ai jamais été l'adolescente que tu croyais. Oui, je savais que les Ikanovitzch étaient une famille de mafieux, je les connais parce que je suis sortie avec Ian, mais ça tu le sais, autant que tu sais comment ça s'est terminé, te sauver a été l'une des missions les plus périlleuses que je n'avais jamais faite, et pendant ces quatre ans je me suis saoulée et droguée à la nicotine. Pour ce qui est du Nix dans ta cellule, tu te souviens quand je disparaissais pendant un mois, quelques semaines, ou même trois mois ? J'étais là-bas.

La sauver avait relancé les Russes à mes trousses. Mais ils ne savaient pas où me trouver, alors ils attendaient. Ils attendaient que je me montre. Ils attendaient que je les provoque. Et j'allais leur donner ce qu'ils voulaient.

Elle ouvrit la bouche.

— Arrête de poser des questions, je ne t'en dirais pas plus. La seule chose que tu dois savoir c'est que tu as choisi le bon camp.

— Mais quel camp ? De quoi tu parles ? Et pourquoi tu reviens soudainement ? Il faut avertir la police.

Je soupirai en découpant les derniers nerfs qui retenaient la tête du cadavre assez facilement avec mon gros couteau.

— Je t'ai dit d'arrêter de poser des questions.

Elle resta là, et me regarda.

— Avec quoi tu l'as gravé ? Le Nix ?

Elle était pâle. Je la considérai un instant.

— Tu connais déjà la réponse à cette question Chiara.

Elle déglutit et se dirigea lentement vers le canapé.

— Je peux m'asseoir où là aussi il risque d'y avoir des cadavres ?

Je ricanai.

— Non sur le canapé ça devrait être bon.

Je sortis mon portable de ma poche et tapotai un message à ma main d'œuvre pour qu'ils viennent se charger de la livraison et du nettoyage avant de me diriger vers le compteur.

Je remis l'électricité et le chauffage, parce que Paris n'était pas Los Angeles. On se les gelait, surtout en plein mois de janvier.

Je soupirai en ouvrant le frigo. Il était vide, à part deux trois yogourts périmés. Il restait plusieurs choses à faire, mais en priorité, je devais retrouver ma perruque. Mes cheveux mi-longs et dorés, associés à un maquillage appuyé et à un style radicalement différent. Le demi-loup que je gardai en permanence sur le visage sur scène, m'avait aidée à garder l'anonymat.

— Chiara ?

Je revins dans le salon et elle haussa un sourcil dans ma direction.

— Que se passe-t-il que vous ne pouvez pas gérer madame la cachotière ?

Je lui tendis ma liste de produits et de rendez-vous.

— J'ai besoin de tout ça pour hier. Et comme tu sais combien d'argent tu vas gagner avec mon retour tu vas te dépêcher et me les trouver rapidement n'est-ce pas ?

Elle gronda en se relevant.

— La peste ne m'avait pas manquée.

— Certes mais je ne t'ai pas demandé ton avis, alors on s'active !

Elle claqua la porte en me jetant un regard noir alors que je soufflais. J'étais méchante, certes. Lui montrer trop de gentillesse donnerait le même résultat qu'avec Matthéo. Il ne manquerait plus qu'elle ait été là quand mes hommes arriveraient.

Je me dirigeai vers ce qui avait été ma chambre en textant à mon bras droit ma liste de course. Il fallait que je mange mais surtout que je boive. Et pas de l'eau.

Quelques minutes plus tard, les quatre membres de ma garde personnelle débarquèrent avec un petit nouveau. Ces hommes m'avaient juré protection depuis quatre ans et demi. Ils étaient loyaux, et efficaces, et ils ne me parlaient pas. Ils me respectaient simplement. Je me contentais de leur indiquer le cadavre et la tête sans un mot, mais alors que j'avais prévu de faire un peu de rangement, je restai à les regarder en astiquant mon flingue pour juger cette recrue.

Elle n'avait pas l'air mauvaise, très bon gabarit, et ne montrait pas qu'il était impressionné, même si j'avais vu son mouvement de gorge quand il était arrivé. Il marquait des points, mais ce n'était pas encore suffisant.

Je ne dirigeai pas de mafia, ni de gang. Juste des hommes en charge de ma sécurité et qui réglaient pour moi des *petits problèmes*.

Ils étaient quelques centaines, sanglants et efficaces, et assez discrets pour que la police ne sache même parce qu'ils existent. A vrai dire, les autorités avaient tendance à ne même plus faire d'autopsies et à se contenter de rejeter la faute sur la Mafia Piratando.

Mon bras droit entra au même moment avec des sacs de course, et je souris en le regardant alors qu'il levait les yeux au ciel. *Avouer qu'il m'avait manqué nécessiterait qu'on me tue.*

— T'es insortable Nix. « Coucou Alexis, je suis trop contente de te revoir, comme tu m'as manqué, et comme je suis désolée de t'avoir planté il y a quatre ans »

— Allez râle pas et mets tout ça dans le frigo. Sois contente que je ne t'ai pas planté au sens littéral.

Il posa les sacs sur le comptoir.

— Tu plaisantes, tu le feras toute seule. Même si j'adore ramasser tes cadavres, j'ai un album à écrire et ton retour à préparer pour mon prochain concert. En plus du bordel que tu vas faire chez les Russes. Mais toi aussi tu m'as manqué. Je suis surpris de te voir en vie.

— De quoi tu parles ? Tout est déjà parfaitement réglé comme du papier à musique Alexis. Et je suis intuable.

— Et je dis quoi à mon producteur pour lui expliquer qu'il faut changer la musique en plein milieu du spectacle et planter des spots sur un lieu précis dans la fosse ?

Je haussai les épaules. Chaque année un festival était organisé en mon honneur, dans le but de rassembler des fonds pour me retrouver. Cette année, j'allais revenir. Un dernier tour de scène. Une dernière provocation.

— Tu fais ton caprice de star c'est tout.

— Tu sais très bien que je ne suis pas comme ça.

Il sortit une bouteille de vin des sacs, et prit des verres avant de s'en servir une coupe.

Je m'assis sur le plan de travail en le regardant alors que mes hommes fermaient la porte en silence.

— Tu veux plutôt dire que tu n'es pas comme moi.

Il soupira et me regarda en reposant son verre. Bon sang, quatre ans que je ne l’avais pas vu et j’avais déjà droit à une leçon de morale. Je soufflai.

— Alexis. A l'instant même où les journalistes prendront leur premier cliché de moi, les Ikanovitzch et les O se précipiteront sur moi. La mafia de Kurt est en train de prendre le pouvoir, les Russes installent leurs artilleries et font venir plusieurs milliers de tonnes de nourriture pour se préparer au siège. Des centaines de milliers de gens vont mourir. On est à l’aube d’une guerre, Alexis. Mes méthodes sont ce qu’elles sont et peut-être que ça ne me rend pas aussi douce que Cendrillon aux yeux du monde, mais à la fin, je serai en vie et toi aussi. C’est la seule chose qui a de l’importance.

— Pourquoi Kurt veut-il absolument prendre cette foutue maison blanche ? Les gouvernements font déjà tout ce qu’il veut, pourquoi se rendre public ?

Je haussai les épaules.

— Le pouvoir peut-être ?

Il secoua la tête.

— On n’est pas dans un dessin animé. Il doit avoir une autre raison.

— Je me souviens d’avoir entendu parler d’une vengeance. Mais je n’en sais pas plus. C’est sa sœur qui en avait parlé.

Il haussa un sourcil.

— Kurt Smith a une sœur ?

Je hochai la tête.

— Elle est plus surveillée que le président de la République.

Il s'apprêtait à ajouter quelque chose mais Chiara entra à ce moment-là, un grand sourire sur les lèvres et trempée de la tête aux pieds.

Je contemplai l'horloge sur le mur de la cuisine alors qu'Alexis allait l'aider.

Les secondes défilaient lentement comme si la guerre qui approchait n’existait pas.

D'un seul coup ce calme me sembla faux et je déglutis en reprenant en main mon arme. Les choses étaient en train de bouger, et la sécurité ne serait plus aussi assurée demain autant qu'elle ne l'était hier.

Ça devait fonctionner.

Une famille dans l'Ohio - Au même moment

— A table mes chéris !

La femme se tourna vers son mari, qui, les sourcils froncés n'avaient pas quitté son ordinateur des yeux de toute la journée.

— Passe à table mon amour, il est temps de manger.

L'homme releva les yeux vers sa femme en soupirant et lui fis un petit sourire contrit.

— Oui je suis désolé chérie. Un problème au boulot.

L'homme se leva et suivit sa femme dans la salle à manger.

— Où sont les enfants ?

La femme fronça les sourcils.

— Ils ne sont pas possibles. C'est la troisième fois que je les appelle, s'ils se sont à nouveau cachés au grenier, je ne réponds plus de moi.

Le mari rigola et la femme s'engagea dans l'escalier en appelant ses petits garnements.

— Chriss ! Stéphanie ! A table ! Je vous préviens vous ne mangerez pas !

Elle soupira en voyant la lumière de la chambre allumée et poussa la porte quand elle se figea sur place.

Stéphanie était au sol, le cou rouge, en pleurs, et un homme au crâne rasé couvert de tatouages tenait un Chriss terrifié et en pleurs par le cou.

Il le lui trancha brusquement et l'enfant tomba au sol dans un couinement, sans vie.

La mère poussa un hurlement déchirant et tomba au sol alors que l'homme s'avançait vers elle et l'agrippait par les cheveux.

— Kurt Smith a un message pour vous. Il n'apprécie pas les voleurs, ni les traîtres. Si ton mari ne se présente pas demain à l'aube avec le disque dur, il viendra le récupérer dans tes intestins. Il se souvient.

L'homme exposa son tatouage avec fierté avant d'envoyer valser la mère sur le sol en rigolant, et de repartir par la fenêtre, comme il était venu, au moment même où le mari apparaissait dans l'encadrement de la porte, pour voir sa fille terrorisée, son fils égorgé, et sa femme évanouie.

La guerre ne faisait que commencer.

CHAPITRE 2

« Les secrets ne sont qu'un poison appelé manipulation »

Alexandra Kean

Nix 20 janvier 2019

Robe rouge. Cheveux blonds bouclés. Talons rouges. Rouge à lèvre rouge. Collier en diamant.

J'esquissai un sourire ironique devant le miroir. Je ne devais faire bonne impression qu'une soirée. Je chantais deux trois fois avec Alexis, je signais des autographes, je méprisais les paparazzis sans lâcher un mot sur mon absence et je m'en allais à une heure deux du matin. Les Ikanovitzch devraient arriver dans les vingt minutes suivantes pour tenter de m'attraper. Ma réputation de chanteuse n'était pas le soucis. C'était une provocation. Une déclaration de guerre.

J'aurais préféré qu'ils ne soient pas à mes trousses aussi rapidement. J'aurai préféré qu'ils ne se remettent jamais à me chasser.

Dans une autre vie…

J'aurais apprécié avoir un peu la paix avant que mon ex fausse famille pas biologique ne réalise que j'avais réapparu après avoir fui pendant quatre ans.

Je soufflai et enfilai mes boucles d'oreilles en argent. En vingt et un an d'existence, j'avais eu beaucoup d'identités. Noémi Kryan, jusqu'à mes trois ans quand j'avais été kidnappée. Ensuite… Ceux qui m'avait pris m'avaient appelée Ashley Williams. Quand Arkadi Ikanovitzch m'avait recueillie à huit ans, après que ceux que je considérai comme mes parents aient été tués sur une aire d'autoroute, j'étais devenue Ashley Ikanovitzch. Après mon viol, ma musique m'avait fait devenir Ash's aux yeux du monde. Toujours un masque sur le visage, pour que personne ne me reconnaisse jamais. Un jour j'avais tenté de respirer, tenté d'être normale, alors je m'étais appelée Ella. Mais Ian avait payé Thomas, le gars dont j'étais tombée amoureuse, par jalousie. Et puis… J'avais fini par ne plus savoir comment respirer. Alors j'avais fui, aussi loin que possible, mentalement comme physiquement. Et Nix était restée.

Cinq, six identités pour la même personne. Ça me fait rire de penser que j'avais quand même réussi à leurrer jusqu'à Kurt. Bon, je ne l'avais pas leurré, il avait juste décidé pendant quelques temps de me baiser sans chercher à savoir ce que je cachais. Je ne voulais pas repenser à ça. Je ne voulais pas repenser à lui. J'y serai obligée. Mais pas tout de suite. Pas ce soir.

Je descendis les escaliers lentement en passant devant mes hommes de main. Ils avaient envahi toute la villa, pour la protéger. En découvrant mon visage ce soir, je disais adieu à quatre ans de paix, de silence, de survie. Ce soir j'entamai ma descente aux enfers et mon chemin vers la mort. Ce soir, je déclenchai les dernières batailles d'une guerre qui avait trop duré.

C'était peut-être pour ça, que j'avais un gout de fer dans la bouche, malgré mon excitation, et mon impatience.

Je grimpai dans le SUV en regardant Chiara. Elle haussa un sourcil.

— Prête ?

— Plus que jamais.

En vérité, je n'en étais pas sûre.

Elle démarra et je me surpris à penser à Kurt. Peut-être avait-il déjà trouvé où je me « cachais ». Où peut-être ne me cherchait-il pas. J'avais fait cesser de le surveiller, c'était beaucoup moins drôle. *Ou alors je ne voulais pas savoir s'il avait décidé que je n'en valais pas la peine.*

Je pris le sweat noir à fermeture éclair sur la banquette arrière et l'enfilai avec des lunettes noires. Le plus dur était de se faufiler sans se faire repérer.

Le SUV s'arrêta à quelques rues du festival. A l'origine c'était un festival humanitaire. Ça l'était toujours, il était gratuit et des chanteurs du monde entier venaient. Mais depuis quatre ans, vingt minutes étaient consacrées à ma disparition.

J'allais légèrement perturber leur cause humanitaire pour la paix dans le monde mais en avais-je quelque chose à faire ?

Je descendis du véhicule et avançai rapidement. Toutes les caméras qui se trouvaient dans le coin avaient été désactivées. Je me concentrai en rabattant ma capuche et dans la nuit qui tombait, je n'avais plus l'air que d'une fille un peu perdue.

Je longeai les murs et arrivai soudain en plein milieu de la foule. Baissant la tête et faisant des coudes, j'arrivai miraculeusement au point convenu. Je pourrais monter sur scène rapidement, et j'étais assez isolée pour que tout le monde me voit quand Alexis le voudrait, et que personne ne me voit en attendant.

La tension des gens autour de moi était palpable, animés par la musique, l'atmosphère de la nuit, et les néons tout autour. C'était un moment suspendu dans le temps, un moment irréel où les chanteurs étaient en transe avec le public, oubliant tout du monde extérieur. J'allais briser ce moment.

Le concert avait débuté depuis quelques minutes. Quand le premier chanteur finit sa chanson, Chiara monta sur scène. Elle lâcha son petit discours émouvant sur l'humanité et ses conneries avant de parler de moi et de ma disparition frappante, qui fit taire la foule. Les larmes de crocodile qu'elle versa étaient très bien jouées je devais le reconnaitre. A sa suite, c'est Alexis qui monta sur scène. Il regarda le public avec un sourire triste. Il avait quelques chansons, avant d'entamer la nôtre, celle pour laquelle Arkadi m'avait un jour enchaînée et fouettée jusqu'au sang car je ne devais pas m'exposer au monde. J'avais continué à chanter, il avait continué à me *punir*.

Alexis chanta ses premières chansons sans un mot pour rebondir sur le discours de Chiara, ce qui fit chuchoter les gens.

Il ne s'en préoccupa pas et chanta inlassablement sa deuxième puis troisième chanson sous les hurlements de la foule en délire alors que Chiara venait m'apporter mon micro.

La nuit était noire, et les spots faisant ressortir chaque étincelle de la scène. Il était minuit pile. Dans quelques minutes, ma fuite s'arrêterait. Je ne pourrai plus me cacher. L'adrénaline fit bouillir mon sang à mesure que sa quatrième chanson défilait. La cinquième serait la bonne. La toute première chanson que j'avais chantée sur scène. La toute première fois que j'avais souri après que le gang Bayker m'ait violée et torturée pendant une semaine pour avoir des informations sur Arkadi.

Je baissai la tête, et enfilai mon demi- masque sur ma tête. C'était ce qui avait préservé mon anonymat pendant toutes ces années, ce qui avait préservé la frontière entre Ashley et Ash's qui m'avait permis de confondre le monde, m'inventant une meilleure amie qui n'était que mon reflet. Quand le froid du masque rentra en contact avec ma peau, tout changea.

J'inspirai brusquement alors que mes battements de cœur s'accéléraient. J'avais soudain l'impression d'être dans un autre monde. Un monde où seul ce feu ardent qui me poussait à cracher mes tripes comptait. Un monde où j'étais seule face à quatre mille personnes hurlant mon nom. Un monde où j'existais. Un monde où je vivais sans même avoir à surveiller qui serait là pour me poignarder dans la seconde suivante.

Les premiers accords de la guitare résonnèrent dans la place et quelques filles crièrent en reconnaissant la chanson. La voix grave et rauque d'Alexis s'éleva dans le noir sous un silence de plomb. Je me débarrassai de mon sweat en m'enfonçant dans l'ombre quand la dernière note du couplet d'Alexis retentit. Il y eut un étrange moment de suspension.

La foule avait arrêté de respirer, attendant qu'il chante mon morceau. Ses yeux verts s'étaient tournés vers moi et j'approchai mon micro de ma bouche avant de souffler un grand coup.

Ash's is back, bitches.

Ma voix résonna d'un seul coup alors que je marchai vers la scène. *Les meurtres, le sang, la cruauté, les mafias, les pleurs... Mes pleurs.* Tout ce désespoir avait soudain disparu pour ne plus laisser place qu'à ma voix et au feu qui brûlait en moi.

Alexis s'approcha et me prit la main en souriant.

Je n'étais plus Noémi, la fillette sacrifiée.

Je n'étais plus Ashley Williams, l'enfant à qui on avait arraché son innocence.

Je n'étais plus Ashley Ikanovitzch, l'adolescente dont une mafia avait voulu faire une arme.

Je n'étais plus Ash's, cette star paumée qui avait une belle voix.

Je n'étais plus Ella, la fille de 17 ans qui voulait avoir une vie normale.

Je n'étais plus cette fille détruite et en ruines.

Je n'étais plus rien. Plus rien qu'une femme qui déversait son âme sur scène en tenant la main de la seule personne qu'elle aimait plus que tout.

Les mots sortaient tout seul, j'avais perdu toute capacité de penser. Les spots brillaient, les fans hurlaient, tentaient de passer pour monter sur scène. Des centaines de caméras étaient tournées vers moi. Je sentais ma cage thoracique vibrer, et un grand sourire s'était dessiné sur mon visage.

La vie ne tenait qu'à un fil. Le mien ne m'avait jamais paru plus fragile que les quatre dernières années. Et il ne m'avait jamais paru plus fort que cette nuit-là.

Je pouvais voir des gens en pleurs qui me regardaient en chantant les paroles. De l'espoir. De la joie. Il y en avait partout autour de moi.

C'est exactement ça qu'Arkadi n'a jamais compris au contraire de Kurt. L'espoir fait vibrer les gens. Il les fait se rassembler, être plus forts. Si on leur donne l'espoir de croire en une cause, ils donneront leur vie pour la protéger. Si on leur en donne la peur, ils mourront pour la fuir.

Tous ces gens croyaient en moi. Et ce sont tant de gens qui mourraient pour me protéger.

La dernière chanson arrivait à sa fin, au moment où la foule fit tomber les barrières. Ils se précipitèrent sur scène alors qu'Alexis m'entraînait dans les coulisses, mais une fan m'attrapa le bras. Des SUV commençaient déjà à arriver, et se garaient avec précipitation sur la place remplie. Les Ikanovitzch. Ils allaient les massacrer.

Si j'avais été une gentille fille, je m'en serais sans doute un peu plus préoccupée.

Je souris aux gardes armés qui courraient vers moi et leur montrai mon majeur.

Je tirai la fan tremblante jusqu'à moi et chuchotai.

— Courrez.

Elle se retourna, blêmis, et après un instant de suspension où des coups de feu se faisaient entendre alors qu'Alexis me tirait vers lui, paniqué, elle le hurla à la foule.

— COURREZ !

Et tout s'accéléra.

Le public courut dans tous les sens, mais les Russes se frayaient un chemin vers le fond de la scène où je masquai ma silhouette.

Je sortis un peu de l'ombre et leurs regards se posèrent sur moi. Ils se mirent à courir, mais n'utilisèrent pas leurs armes sur moi. Evidemment. J'étais un trophée vivant. Je leur fis un clin d'œil et disparus. Mon heure n'était pas encore arrivée.

Bientôt. Mais pas maintenant.

Je rentrai précipitamment dans le véhicule, et il démarra aussitôt. Alexis était dans la voiture d'avant.

Il s'arrêta devant la villa, et j'y rentrai en soupirant. Les journalistes étaient écartés par mes hommes qui se faisaient passer pour de simples gardes du corps.

Je passai devant eux, en leur demandant où était Alexis.

— Il est dans la Salle, madame.

Je le remerciai d'un signe de tête et montai dans ma chambre. Je fis claquer la troisième corde de la guitare électrique accroché au mur, et la bibliothèque bougea.

Je tirai un peu et me faufilai dans les escaliers de pierre.

Les lumières étaient allumées en bas. Je vis Alexis, assis devant une table de poker, sa veste en cuir jetée sur le siège à côté de lui. Les murs étaient tapissés de cartes, de traits rouges, bleus, noirs, de photos, de noms.

Je m'approchai de mon meilleur ami et bras droit et saisis un paquet de cartes. Seule une ancienne musique italienne résonnait dans la cave.

— Tu joues ?

Il hocha la tête et je m'assis à côté de lui, mon regard passant sur les murs autour de moi. Revenir était étrange. C'était à la fois terriblement mauvais et terriblement juste.

Je distribuai en faisant glisser les cartes entre mes mains. Alexis posa un As sur la table. Je regardai le siège vide à ma gauche.

J'avais entamé le processus. Les Russes allaient sûrement comploter pour trouver un moyen de m'atteindre. Pas que les Russes.

Mais cette fois, c'était au tour de Kurt de jouer.

CHAPITRE 3

« Le pouvoir est une drogue comme les autres, à ceci près qu'en abuser n'a pas de conséquences directes sur la santé »

Alexandra Kean

Kurt 21 janvier 2019

Je regardai Rebecka Ikanovitzch avec indécision sur l'écran. Ça faisait cinq mois maintenant qu'elle ne sortait que dix minutes chaque jour, nourrie de deux repas quotidiens, enchaînée à la bibliothèque sans avoir le droit de sortir de sa chambre. Elle ne se rebellait pas. Elle ne disait rien. Elle ne parlait pas quand on ne le lui demandait pas. Elle avait répondu à toutes les questions que je lui avais posées avec des informations vraies et fiables. Jamais aucun piège.

Mais elle n'avait jamais voulu me dire, ni d'où elle connaissait Nix, ni pourquoi la rousse l'avait sauvée. Quel lien avait Nix et sa foutue organisation avec les Russes ? C'était à m'en faire perdre la tête. À force de ressasser toutes les questions que sa putain d'existence faisait naître, j'avais un mal de crâne persistant.

— La mission d'Ohio est terminée.

Je levai la tête vers Taylor et hochai la tête.

— Tu as le disque dur ?

Il le lança sur mon bureau. Il y avait toujours une tache de sang sur mon emballage.

— C'était sanglant ?

Taylor sourit.

— Mes hommes m'ont dit qu'il avait essayé de résister.

Je ricanai. Quel abruti. Taylor posa sa main sur la porte et se retourna vers moi.

Je haussai un sourcil, et il parut hésiter.

— Qu'est-ce qu'il y a dans ce disque ?

Mon regard se fit froid et j'armai mon flingue.

— Tu veux reposer ta question ?

Il sortit en refermant la porte, et n'ajouta rien. Je reposai mon arme en regardant le disque. Je ne le payai pas pour poser des questions, et c'était la première fois qu'il sortait de son rôle comme ça. Si je ne lui avais pas donné plus d'informations c'est qu'il n'y avait pas besoin d'avoir et il le savait.

Je branchai le disque dur à mon ordi, et ouvris son contenu. Je caressai mon couteau quand la vidéo s'ouvrit, et une satisfaction intense parcourut mes veines.

Je me rapprochai du but.

Je mis le disque dur en lieu sûr et allumai une cigarette quand Rachel surgit dans mon bureau. Elle me regarda avec un air de chien battu et je haussai un sourcil en rabattant l'écran de mon ordinateur.

— Qu'est-ce que tu veux ?

— Aller au cinéma ?

Je soufflai.

— Non.

Elle s'assit sur mon bureau sans un regard pour les dossiers qui s'y trouvaient et me regarda, la tête à l'envers et ses cheveux pendant sur mes genoux.

Elle allait se tordre le dos et devenir bossue.

— Allez quoi, s'il te plait ! Il ne se passe rien là ! Après Nix va revenir, ça va être la guerre, tu vas faire ton coup d'état et je n'aurai même plus le droit de respirer.

Je levai les yeux au ciel.

— N'exagère pas. Et puis comment tu sais tout ça toi ?

Elle haussa les épaules alors que je déposai des cendres dans le cendrier.

— C'est toi qui gueules tes ordres dans toute la maison ?

Je levai un sourcil et elle se redressa.

— D'accord, d'accooord. Peut-être qu'il m'arrive de t'aider dans le tri de tes dossiers sans que tu ne sois au courant ?

Je secouai la tête en la regardant. Elle était impossible.

— Tu sais que tu as de la chance d'être ma sœur n'est-ce pas ?

— Je ne suis pas sûre qu'être la seule et unique faiblesse de l'homme le plus puissant, à la fois le plus aimé et le plus détesté de la Terre soit une chance.

Elle rigola en se moquant de moi, mais je restai impassible. *Seule et unique faiblesse, vraiment ?*

L'image de Nix me traversa l'esprit mais je la chassai bien vite en reportant mon attention sur ma sœur.

— Tu y vas avec Taylor et ton nouveau garde du corps, là. Je ne me souviens plus de son prénom.

Ses yeux s'illuminèrent.

— Joackim.

Je hochai la tête.

— Tout à fait. Tu ne les quittes pas d'une semelle et tu te fais discrète.

Elle sautilla de joie.

— Oh merci je t'adore !

Elle me planta un bisou sur la joue et sortit en courant. Je grognai et repris mon flingue en me levant quand Jason, ou

Jardin comme une certaine rousse l'avait surnommé l'été dernier, entra en trombe avec un magazine à la main.

— Nix est revenue.

Je clignai des yeux et m'emparai de la revue. Sur toute la page de couverture, s'étendait l'image d'une fille blonde, les cheveux mi longs, avec un masque à paillettes sur la moitié du visage, plantée sur des échasses rouges, les yeux fermés et la tête en arrière, un micro près de sa bouche. Sa main était enfermée dans celle d'un petit blond à côté d'elle. Les yeux grands ouverts, il avait le regard fixé sur elle et semblait lui aussi entrain de chanter.

La photo était légendée : « Ash's est de retour ».

Je feuilletai le magazine people. Evidemment, ce n'était pas une source sûre. Ils extrapolaient sur le fait que la disparition de « Ash's » était due au fait qu'elle était tombée enceinte d'un certain Alexis, que je comprenais être le blond à côté d'elle, et qu'elle était revenue présenter ses enfants et vivre son idylle sous les projecteurs.

Un ramassis de conneries.

Sur la photo, sans ses longs cheveux roux, et le visage à moitié caché, elle était difficilement reconnaissable. Mais ses yeux et les traits de son visage ne trompaient pas, et la coïncidence était trop forte. J'aurais dû me douter que Nix ne pouvait être autre chose que célèbre. Mais elle n'avait rien d'une chanteuse.

— Où est-elle ?

— Paris monsieur.

Je ricanai. *Evidemment. Je te l'avais dit Nix. Tu es française. Et une Française trompeuse et menteuse.* Au moins, la carte black s'expliquait.

— Prépare le jet. Confie Rachel à ses gardes habituels, mais aussi dis au nouveau, Joackim, de veiller à sa protection. Et dit à Taylor de rappliquer. On décolle dans une heure.

— Bien monsieur.

Je soupirai en regardant de nouveau la photo. Nix y était méconnaissable. Brillante. Intelligente.

Cette fille allait me rendre dingue.

Nix 21 janvier 2019

Je m'enveloppai dans une serviette, mes cheveux trempés dégoulinant sur mon épaule en me saisissant de mon portable. Je n'avais pas réactivé mes réseaux sociaux, mais à mon avis, ils devaient être envahis de notification.

Je m'habillai d'un jean et d'un pull noir rapidement et allumai mon ordinateur.

— Ça va ?

Je me retournai brusquement et vis Alexis, accoudé à la porte, me regardant avec un air soucieux.

— Pourquoi ça n'irait- pas ?

— On n'a pas eu trop l'occasion de parler depuis ton retour. Les fans déchaînés ça n'a jamais été ton truc. Les obligations dues à la célébrité non plus.

Je haussai les épaules. C'était vrai. Je ne leur accordai pas d'attention cependant, donc je m'en foutais. Il y avait simplement un peu plus de précautions à prendre.

— Pourquoi tu es partie brusquement ?

Je tournai la tête vers Alexis et souris. Le voir, là, dans cette maison, comme quatre ans auparavant, comme si rien n'avait changé était étrange. Mais si. Tout avait changé.

Tout.

— Parce que.

Il fronça les sourcils.

— Sérieux ? Tu te la joues mystère avec moi ?

Je haussai les épaules.

— Ça fait quatre ans Alexis.

Je crus voir une lueur de tristesse passer dans ses yeux mais je n'en tins pas compte. Je n'étais pas sûre de tenir compte de quoique ce soit depuis un mois.

Il s'assit à côté de moi sur le lit.

— Alors c'est quoi le programme maintenant ?

— Je vais publier l'album que j'avais enregistré avant de disparaître, et attendre que Kurt pose ses pions sur le plateau.

— La mafia Piratando, sérieusement ?

Je hochai la tête.

— Tu es dingue. Il va te tuer.

Je souris.

— C'est le but.

Il leva les yeux au ciel.

— En plus tu l'appelles Kurt comme si vous étiez intimes.

Je ne répondis pas, et il n'ajouta rien non plus. Il ne voulait pas savoir.

La tension entre lui et moi était étrange. Il était… Qu'était Alexis pour moi ? Il y a quatre ans j'aurai été capable de donner une réponse claire. J'aurai su, qui il était pour moi mais aujourd'hui je ne savais plus à quoi m'en tenir. J'avais tellement changé. Tout avait tellement changé. Et en même temps, c'était toujours la même éternelle rengaine.

A l'extérieur le ciel grondait, mais aucune pluie à l'horizon. Alexis sortit de la pièce, tendu et je me levai en faisant claquer mes talons sur le sol. J'enfilai une veste en cuir et sortis par la porte de derrière. Le long chemin envahi de ronces avait été transformé par mes hommes. Désormais, la cour arrière était dégagée, avec même un petit transat et une petite table, même si par ce temps personne ne s'en servirait. Nous étions en janvier après tout, qui avait même eu l'idée de mettre un transat ?

Je m'allumai une clope et inspirai longuement la nicotine. Le vent souffla plus fort et je levais les yeux vers le ciel alors qu'une étrange sensation de puissance s'insinuait en moi. Je savais des choses, tellement de choses que je pourrais contrôler le monde.

Je ricanai. A vrai dire c'était exactement ce que j'allais faire.

— Blonde, alors ?

Je ne me retournai pas, me contentant de ramener ma clope à ma bouche sans bouger d'un pouce.

— Tu m'as vraiment surpris sur ce coup je dois dire. Le roux te va mieux. Les flammes te vont mieux que la paille Nix.

Je fermai les yeux et laissai tomber ma cigarette sur le sol en me retournant. Je croisai ces yeux ébènes qui m'avaient regardée avec tellement de mépris la dernière fois que je les avais croisés.

— Bonjour Kurt.

— Bonjour fille des enfers.

Son français était parfait.

— C'est ainsi que tu as décidé de m'appeler fils de chien ?

— Nous avons à parler.

Je hochai la tête et pourtant aucun de nous ne prononça un mot.

Une goutte de pluie tomba sur ma main et ma peau se recouvrit de chair de poule d'adrénaline. L'homme le plus puissant du monde se tenait à un mètre de moi, attendant sagement que je daigne lui adresser la parole.

Pour la première fois de ma vie, c'était moi qui avais le contrôle.

Et il allait en baver.

CHAPITRE 4

« L'enfance ne peut-être que deux choses : un enfer ou un paradis. Malheureusement, je n'ai apparemment pas les critères d'un ange »

Alexandra Kean

Omniscient 30 juillet 2005

Ashley se réveilla en sursaut et en sueur. Elle regarda autour d'elle en se frottant les yeux. Une faible lueur passait au travers des épais rideaux de velours, mais un calme plat et un noir angoissant régnait dans la chambre. La fillette pouvait distinguer les grands meubles si bien décorés, mais surtout leurs ombres qui se dessinaient sans mal dans la pénombre. Elle déglutit, terrifiée, en reculant sur son lit. Les ombres s'étiraient, s'étiraient, s'étiraient, s'étiraient, s'étiraient et s'étiraient encore.

Elle déglutit et courut d'un bond hors de sa chambre remplie de monstre. Dans le couloir, les monstres des chandelles la poursuivirent aussi, jusqu'à ce qu'elle rentre enfin dans la chambre de son ami. Le gentil monsieur avait dit que c'était son frère mais Ashley n'en était pas sûre. Elle avait l'impression d'avoir un frère mais que ce n'était pas lui.

Ashley ne savait plus très bien. Le monde semblait tourner sans elle ces temps-ci. Des parents par-ci, des coups par-là, et des frères sortis du chapeau, la rousse n'avait peut-être que 8 ans, mais tout ceci était décidément bien trop confus. Alors elle se laissait porter par les adultes, qui semblait savoir tout mieux que tout le monde, laisser son esprit divaguer dans les vagues et tentait d'oublier les cauchemars et les monstres qui vivaient dans son esprit.

Elle n'avait parlé à personne de ses réveils nocturnes. Au début c'était sur la mort de papa et de maman. Elle voyait le ventre de papa dehors de son ventre, elle voyait les yeux de maman tout rouge et plein de sang partout avec le monstre à ses trousses.

Et puis elle se réveillait en voyant un petit garçon aux yeux bleus comme elle. Et puis elle en voyait deux. A chaque fois ils criaient et elle ne comprenait pas. Elle voulait savoir qui étaient les petits garçons mais elle ne pouvait rien dire. Maman lui avait dit. Ne dis rien et n'aie pas peur. Mais Ashley avait peur. Et maman n'était plus là.

Alors peut-être qu'elle pouvait le dire ?

Mais le gentil monsieur ne pourrait pas retrouver un petit garçon. Alors Ashley soupira et posa son regard sur le frère.

Il dormait avec un pyjama snoopy. Alors qu'il avait dix ans ! C'était un grand ! Ashley pouffa et soudain le frère se réveilla.

Il la regarda surpris.

— Tu ne dors pas ?

Son anglais était hésitant, et il roulait les r de façon désagréable. Mais Ashley ne savait pas parler russe. Pas encore. L'autre sœur, Rebecka il lui semblait, lui avait promis de lui apprendre.

Ashley haussa les épaules.

— J'ai peur du noir. Et toi tu portes un pyjama snoopy.

Il se gratta la nuque en rigolant. Il n'avait pas compris toute sa phrase, son anglais était approximatif, alors comprendre une Américaine de huit ans, ce n'était pas gagné.

— J'aime bien les motifs.

Un silence régna dans la pièce, et Ashley ne dit rien avant de pousser le frère et de s'allonger à côté de lui.

— Toi tu as pyjama winx.

Ashley hocha vigoureusement la tête, les yeux brillants dans le noir.

— J'adore les winx ! Je veux être comme bloom plus tard ! Tu sais qu'elle est rousse ? Comme moi ! Flamme du dragon !

Snoopy rigola avant de froncer les sourcils.

— Maman n'aimera pas ça.

— Et pourquoi ? Et puis d'abord ce n'est pas ma maman à moi alors ça ne fait rien.

— Elle voudra l'être. Et la pire ennemie de maman a les cheveux roux et les yeux bleus. Alors maman n'aime pas.

Ashley réfléchit et finit par hausser les épaules.

— Je peux dormir avec toi ? Il y a des monstres.

— Les monstres sous ton lit ou dans ton placard n'existent pas tu sais.

— Ils sont dans ma tête.

Amvrosi ne répondit rien. Il ne pouvait rien répondre, mais c'est la première fois qu'il eut peur d'Ashley. Et Ashley s'endormit dans ses bras, la tête pleine de démons à peine naissant.

Amvrosi contempla le calme de la maison. Il sentait quelque chose venir au loin. Quelque chose de mauvais.

`Nix                22 janvier 2019`

Je contemplai Kurt, sans bouger d'un poil.

— Par quoi tu veux commencer fils de chien ? Ton manque flagrant de neurones, le couteau que je vais te planter dans les couilles, ou ton attardement mental général ?

Son regard devint noir, mais un sourire en coin se forma sur son visage.

— A vrai dire je suis juste venu voir ta tête.

— Ma quoi ?

Je m'apprêtai à ajouter quelque chose mais la porte s'ouvrit brutalement derrière moi, laissant apparaître Alexis, inquiet.

— Nix, Rebecka Ikanovitzch passe à la télé. Ils disent qu'elle avait été kidnappée et qu'elle a été déposée en sang sur le pas de la porte des Ikanovitzch.

Quel connard de merde.

Le coup dans les couilles de cet abruti de Kurt Smith partit tout seul. Il grimaça mais continua de me regarder en rigolant.

Cet idiot ne savait absolument rien mais avait été assez doué pour deviner qu'il ne fallait absolument pas que les Russes sachent que Kurt Smith faisait désormais partie du paysage de ma vie.

Putain de fils de chien.

Alexis s'avança et se figea en remarquant le criminel en plein milieu de mon jardin.

— Qu'est-ce qu'il fait là lui ?

— Il avait pour objectif d'être stérile à vie.

Je reportai mon attention sur le dit criminel. Il n'avait aucune idée de ce qu'il venait de déclencher. Comme s'il lisait dans mes pensées, il eut un sourire en coin.

— Tu as tort. Je sais exactement ce que je fais. Ta charmante amie, que tu as tellement tenu à sauver, vient d'être transférée à l'hôpital privé des Ikanovitzch. Mes hommes se sont infiltrés dans l'établissement. On peut la récupérer à tout moment, avant qu'elle ne se réveille et commence à être assez consciente pour raconter son petit séjour. Mais ça ne dépend que de toi.

Je ricanai.

— Du chantage maintenant ? Je te pensais plus haut que ça. D'ailleurs, libérer Rebecka et mettre en danger un de tes plus précieux atouts contre les Russes, juste pour moi ? Je suis touchée vraiment.

Il alluma une clope et rit.

— Figure-toi que j'ai acquis une certaine idée de la manipulation depuis le temps que je dirige une mafia. Depuis huit ans. Tu as tendance à l'oublier. Quand je veux avoir quelque chose je l'ai. Et ce n'est certainement pas toi qui vas m'en empêcher. J'ai été beaucoup trop gentil avec toi Nix.

Il pensait me faire peur. Il était impressionnant je devais le reconnaître. Je comprenais facilement pourquoi des milliers de gens étaient prêts à se dévouer à lui, à le respecter et à le servir. Mais je n'en faisais pas partie. Je n'étais pas assez folle pour ne pas prendre au sérieux ces menaces, et pourtant, je n'arrivais pas à réellement les considérer. Même si cette fois-ci, il n'avait pas l'air de rigoler.

— Qu'est-ce que tu veux ?

— Toi.

Je ris.

— Je n'appartiens à personne. Et si tu parles de sexe, tu m'avais déjà sur ce plan-là, fils de chien. C'est toi qui en as décidé autrement.

Il passa la main dans ses cheveux et son regard meurtrier me donna presque des frissons. *Merde, il n'avait vraiment pas l'air de rire.*

— Tu es à moi Nix. Tu as mon tatouage sur ta peau et jusqu'à ce que j'en décide autrement, tu es une O. Je veux que tu agisses en tant que telle et que tu affilies tes hommes à ma mafia comme tu aurais dû le faire depuis le début. Sinon, Rebecka aura soudainement une folle envie de raconter tout son séjour chez moi à son cher grand frère. Et tu n'as absolument pas envie que Ian Ikanovitzch sache ce que tu es allée faire pendant toutes ces années, n'est-ce pas ?

— J'étais bourrée pendant quatre ans Kurt. Absolument rien d'intéressant pour un mec de la mafia russe. Il ne me connaît pas.

— Vraiment ? Alors pourquoi tu es toujours là ? Pourquoi tu ne m'as toujours pas frappé pour te venger de t'avoir viré de chez moi ?

Je déglutis.

— Pourquoi Ian en particulier ?

Kurt rit en jouant avec son flingue.

— J'ai dit ça au hasard, mais tu trembles, donc j'ai visé juste. Tu es une sacré petite menteuse Nix, ou Ash's je ne sais pas. Mademoiselle « je n'ai rien à faire avec les russes ».

Je me renfrognai et serrai les dents.

— Je n'ai rien à faire avec les Russes.

— Tu mens.

Evidemment que je mentais, mais il ne savait pas à quel point et pensait que j'étais une pute qui leur avait échappés. S'il pouvait continuer à croire ça, ça m'arrangerait.

— Alors, Nix Johnson, est-ce que je dois appeler mes hommes immédiatement pour leur dire de réveiller Rebecka ?

J'étais coincée. Je ne pouvais pas laisser Rebecka décrire tout ce qu'elle avait pu voir ou entendre pendant les six derniers mois. Et céder… Putain, céder à sa demande de merde me donnait envie de le trancher en côtes de porc. Mais je n'avais pas le choix, et mon honneur avait déjà vécu pire que ça récemment.

Je le fusillai du regard et il sourit.

— Je savais que tu serais d'accord. Estime-toi heureuse que ce soit moi, bébé.

Quel fils de… *Je le déteste.*

— Appelle-moi encore une fois bébé et je te tire dans la jambe fils de chien.

Il eut un sourire narquois et se pencha vers moi d'un air moqueur. *Sérieusement ? Il avait besoin d'apprendre ses leçons.*

— Bébé

Je sortis mon flingue et lui envoyais une balle dans le tibia. Il poussa une exclamation de souffrance et porta sa main à sa jambe en relevant la tête, une mèche sombre tombant sur ses yeux, et un sourire moqueur se dessinant sur ses lèvres.

A cet instant précis, il était beau. Très beau.

Mais plutôt crever que de le lui avouer.

Je remballai mes hormones et le regardai ricaner.

— Le jour où je t'ai vue dans la boite de nuit, j'ai su que t'étais une tigresse, mais le but c'est de me faire passer ma vie à l'hôpital ?

Un tombeau serait de meilleur augure.

Je lui offris un sourire ironique et il se releva, laissant le sang couler sur sa jambe comme si de rien n'était. Ses mains étaient pleines de sang et il me regardait avec un sourire à la fois moqueur et froid qui me fit frissonner.

— Tu ne te soignes pas ?

— Pourquoi ? Tu aimerais ? Je croyais que tu me voulais mort.

Il s'approcha de moi et colla son corps contre le mien. Sa main pleine de sang toucha mon tee-shirt dans mon dos, à l'endroit exact où se trouvait le tatouage de sa mafia.

Je tremblai. Son contact était froid autant qu'il était brûlant et ce contraste d'émotions me rendait fiévreuse. Je ne devrais pas. Je devrais encore être totalement en rage contre lui. Je devrais ressentir tout un tas de trucs que je ne ressens plus dès qu'il me touche.

Ce mec est paranormal, je ne vois pas d'autres explications.

— Ne me touche pas.

Malgré ma voix gelée il n'en fit rien, et je ne fis rien non plus pour me débattre et sortir de sa prise. Je le laissai juste me caresser la peau de ses mains ensanglantées. Une goutte de pluie tombait sur mon front.

Il se détacha enfin de moi, et passa sa main dans ses cheveux, les rendant plein de sang à leur tour.

— Taylor va venir s'assurer que tous les papiers sont faits et que tu ne fais rien dans mon dos. Il te surveillera.

Je ricanai alors qu'il s'éloignait en portant son téléphone à son oreille.

— Non merci !

Il se retourna, déjà loin, et éloigna le combiné de son oreille.

— Ce n'était pas une question bébé !

Connard de fil de chien de merde.

CHAPITRE 5

« Il n'est pas permis de tricher, mais il est permis de retourner un meurtre à l'envoi d'une gifle »

Alexandra Kean

Omniscient septembre 2005

— Tu penses que ce sera bon comme ça ?

Elle cligna plusieurs fois des yeux dans le miroir pour s'habituer à ses yeux verts, hissée sur le lavabo comme elle pouvait pour pouvoir voir son reflet.

Amvrosi hocha la tête en gardant le silence à côté d'elle.

— Je préfère mes yeux bleus. En plus les lentilles ça gêne.

— Maman ne vient pas souvent. Tu n'auras à les mettre qu'en public et quand elle est là. Le reste du temps à la maison tu peux garder tes yeux tout propre sans rien.

La rousse grogna, et sauta du lavabo.

— C'est calme chez vous, on dirait qu'il ne se passe rien.

— Il se passe beaucoup de choses mais papa ne veut pas que tu voies.

— Je m'en fiche. De toute manière je ne comprendrais sûrement pas grand-chose.

C'était vrai. La rousse n'avançait pas vite dans l'apprentissage du russe. Plein de déclinaisons, de mots et de prononciations que la fillette peinait à intégrer.

Amvrosi prit la main d'Ashley et ils sortirent de la salle de bain.

La rousse lissa sa robe patineuse blanche et prit une grande inspiration en descendant les escaliers suivie du frère.

La maman était là, vêtue d'un grand manteau noir, des grands cheveux blonds et plats qui lui tombait jusque sur les fesses. Des trais tirés, une peau blanche, et des yeux verts perçants comme les vipères qui se braquèrent aussitôt sur elle. En considérant la couleur de la chevelure d'Ashley, une grimace de dégoût hautaine traversa le visage de la femme, qui s'adoucit aussitôt en voyant la couleur de ses yeux.

Ashley eut soudain froid, très froid, quand elle vit le père rejoindre la femme. Il mesurait quelques centimètres de plus qu'elle, mais ses talons de plusieurs centimètres lui donnaient une prestance sans égale. La femme semblait indestructible et faisait à peine trente ans.

Lorsque les prunelles vipères de la blonde se plantèrent dans ceux de la rousse, la fillette sentie une étrange connexion se créer. Un sourire étrange étira les lèvres de Eva Ikanovitzch et elle se tourna vers son mari en retirant son manteau de ses épaules.

Le baiser qu'elle déposa sur ses lèvres fut passionné. Les deux s'aimaient, profondément. Les deux étaient cruels, profondément. Les deux étaient indestructible, très certainement.

Ashley sut qu'elle voulait être comme cette femme plus tard. Grande fière et puissante. Elle en avait marre d'être une petite, un si petite fille qui se faisait trimbaler partout sans qu'elle ne puisse dire un mot.

Alors elle lâcha la main d'Amvrosi et elle monta sur le plan de travail de la cuisine ouverte en regardant le couple.

Elle était d'accord pour que le frère soit son frère, pour que le père soit son père, pour que l'autre frère et que les deux sœurs, soient son autre frère et ses deux sœurs, à condition que cette femme soit sa mère.

Nix 22 janvier 2019

Je rentrai dans la villa en soupirant et regardai Alexis qui m'attendait derrière la porte.

— Alors ? Qu'est-ce qu'il voulait ?

— Une alliance.

— Quoi ? Mais c'est génial ! Tu as accepté j'espère.

— Je n'ai pas eu le choix.

Il grogna en levant les yeux au ciel.

— Tu es irrécupérable. Comment peux-tu seulement penser à refuser une alliance avec la mafia la plus puissante au monde ?

Je haussai les épaules en montant les escaliers qui menaient à ma chambre.

— Ce mec est un con. Un fils de pute.

— Comme tous les mecs du milieu. Tu as déjà énormément de chance qu'il ne t'ait pas tuée.

Je ne savais pas si c'était vraiment de la chance.

— D'ailleurs, comment ça se fait ?

Je ne répondis pas. Même moi je n'avais pas de réponse à cette question. J'avais cru en avoir une, mais il m'avait vite fait revenir à la réalité.

— Quoiqu'il en soit Nix, sans lui tout ce que tu as serait détruit dans les mois à venir. Accepter fut ta meilleure décision de ces vingt dernières années.

Mon silence fut sa seule réponse. Il avait tort mais il ne savait pas *tout* alors qu'importe.

Alexis serra les dents face à mon mutisme et sortit de la pièce, sûrement pour aller régler des protocoles avec Taylor. Sa réaction me fit soupirer. Ça faisait quatre ans qu'on ne s'était pas vus, quatre ans que j'étais partie, sans rien dire à personne, ça semblait logique qu'il me déteste, mais ce que lui et moi partagions allait au-delà de ça. Mais je pouvais comprendre qu'il déteste la personne que j'étais devenue. Qu'il déteste qu'Ashley soit morte en même temps que j'ai quitté cette ville.

Fermant la porte de ma chambre, je retirai mon tee-shirt couvert de sang dans le dos, et me tournai pour apercevoir le tatouage. L'encre noire et vive sur ma peau pâle semblait me narguer, alors que le sang de Kurt coulait sur le crâne. Le contraste entre le sang frais, le noir de l'encre, et ma chair me foutait des frissons.

Est-ce que c'était une métaphore de ce qui se passerait plus tard ? Est-ce que tout ça n'était que passager ? Peut-être que dans dix ans, le F.B.I. arrêterait Kurt, Arkadi, et tout redeviendrait comme avant. Peut-être que Kurt mourrait. Il mourrait sûrement. Son projet était fou, irréel.

Dans dix ans...

Je ne m'y voyais pas. Je n'avais jamais été du genre à m'imaginer avec un mari, trois enfants et quelques bourrelets. Quand j'étais adolescente je rêvais d'être normale, je rêvai d'être heureuse, je rêvai d'être quelqu'un qui comptait. Mais la vie réelle est censée rattraper les rêves d'enfants.

Pourtant jamais, jamais, je ne pourrais m'imaginer autrement que je ne le suis maintenant. Mes souvenirs alourdissaient chacun de mes pas et parfois je n'arrivais plus à respirer, j'avais envie de mourir à chaque fois que je m'endormais, j'aimais torturer et je vivais pour mourir.

Parfois j'avais l'impression de vivre dans un cauchemar, mais la douleur me rappelait que c'était réel.

Je soupirai, enlevai mes vêtements et me glissai sous la douche en regardant le sang de Kurt disparaître dans le siphon.

Kurt Kurt Kurt Kurt Kurt....

Sors de ma tête.

Je traçai une ligne de sang sur ma cuisse avec mon ongle dans l'espoir de me le sortir de la tête et regardai le sang disparaître sur le carrelage sans que ce fils de chien n'ait disparu de mes pensées.

Je soufflai d'exaspération, me savonnai rudement et ressortis à peine quelques minutes plus tard, vêtue de la tenue la plus basique de la planète et de mes cheveux blonds.

J'enfilai un bracelet, quand je sentis quelqu'un pénétrer dans ma chambre. Je me retournai aussitôt, une main sur mon flingue, invisible et coincé dans mon jean, avant de voir Taylor. Je soupirai et me détendis.

— Qui t'as donné la permission d'entrer ?

— Moi-même ce n'est pas suffisant ?

— A ton avis ?

Il haussa les épaules en souriant et je soupirai.

— Qu'est-ce que tu veux ?

— Je vais faire les papiers avec ton... Alexis, et je vais surveiller tes moindres faits et gestes en tentant de te convaincre de rencontrer ma mère et de lui parler.

Je ricanai.

— Tu fais de jolis rêves.

— Moi ? Jamais. Je suis plus branché cauchemar. Mais si ça peut te faire plaisir, je t'ai amenée une certaine patineuse. Elle va passer son bac par correspondance mais elle ne pouvait pas rester là-bas.

Une patineuse ? Je fronçai les sourcils et vis soudain Cassidy Wilson apparaître derrière Taylor. *La meuf du bled paumé quand j'avais fui Kurt en août. Je l'avais suivie jusqu'à chez elle pour lui apprendre à mieux fuir. Qu'est-ce qu'elle foutait là ?*

Je roulai des yeux en la voyant. Elle n'avait rien à faire ici, Taylor était complètement taré. C'était une ado, qui passait son bac, elle était au lycée bordel. Certes elle était majeure parce qu'elle avait retapé son année, encore heureux. Mais une putain d'enfant qui n'avait jamais trempé dans ce monde n'avait rien à faire là, sans parler du fait que si les Ikanovitzch mettaient la main sur elle, elle serait kidnappée pour faire pression sur moi et Taylor.

Cette gamine n'avait rien à faire en plein milieu d'une guerre, il ferait mieux de la mettre en sécurité dans un QG. Mais j'avais déjà vu l'amour faire des dégâts, et vu comme il la regardait, il ne pouvait sans doute pas imaginer la laisser loin de lui. D'un autre côté, elle était sûrement plus en sécurité à ses côtés. *C'est une lycéenne bordel Taylor c'est dégoutant.*

— Sérieusement Taylor ?

— Bonjour à toi aussi Nix.

Je la regardai. Elle avait grandi et son visage faisait un peu moins bébé. C'était toujours ça de pris.

— Tu ne sais vraiment pas fuir la mafia hein.

Elle haussa les épaules.

— J'ai rencontré Taylor, c'est un mal pour un bien.

— T'es au courant que c'est mon frère.

Elle tourna la tête vers lui, en fronçant les sourcils.

— Vous êtes parents ?

Taylor grogna et me fusilla du regard.

— Seulement d'ADN.

Je ricanai.

— Déjà de l'orage dans l'air, et bah dites donc…

Cassidy me jeta un regard intrigué alors que je souriais hypocritement à Taylor.

— Mais sinon vous pouvez prendre la chambre d'à côté.

Taylor m'adressa un doigt d'honneur magistral et claqua la porte.

Je ricanai toute seule, amusée de la situation quand la sonnette de la porte principale retentit.

La maison entière se figea, on transportait des armes, des infos confidentiels, on abritait des criminels, et personne n'était attendu. Qui que ce soit, c'était un problème.

Je dévalai les escaliers, et appuyai sur l'interphone, pour voir dans la caméra de l'entrée, un livreur qui se faisait contrôler par les gardes du portail.

Des gardes en costard et oreillettes évidemment, quelle star n'avait pas de gardes ?

Je me retournai vers le reste de mes hommes qui s'affairaient à cacher les armes.

— Je veux dix hommes à l'étage, prêt à le tuer au moindre mouvement suspect, dans la plus grande discrétion évidemment, cinq en bas avec moi, cachés aussi. Alexis tu restes avec moi, une arme à portée de main, y a des démineurs dans le coin ? Ce n'est pas une bombe, les gardes viennent de vérifier mais on ne sait jamais.

Le nouveau s'avança et je hochai la tête alors que tout le monde se mettait en place.

Rien qu'à voir la tête du garçon qui avait été envoyé, je savais que c'était un coup des Ikanovitzch. Mais quel genre de coup ?

Les gardes laissèrent passer le livreur tout rougissant, et il n'était même pas aux trois quarts de l'allée que j'ouvris la porte, dardant sur lui un regard neutre.

Il semblait innocent mais on ne savait jamais qui l'était vraiment ou qui ne l'était pas.

Il me tendit un colis, de taille moyenne et repartit aussitôt, le rouge aux joues.

Une fois la porte fermée, je le posais sur la table, et attendis que le portail soit refermé pour prendre le cutter que me tendait Alexis.

Le carton se déchira lentement, quand enfin, je reposai le couteau et ouvris le paquet. Une odeur nauséabonde de décomposition se dégageait du colis.

La tête de Lorenzo, que j'avais connu à l'Initiation, reposait avec les yeux révulsés au fond du carton, figés éternellement dans une expression de pure horreur. Une photo d'Anna, que j'avais sauvée pendant l'Initiation, violée et en sang, était épinglée à la chair humaine. La carte décorée des entreprises Ikanovitzch était signé de *sa* main.

Plus tu cours plus ça me donne envie de te rattraper Ashley.

CHAPITRE 6

« Je vis en mourant, je brûle dans la glace, je tremble dans le feu, j'espère sans espoir, je pars et je reste »

Miguel de Cervantes

Kurt 23 janvier 2019

Je jetai mon sac sur le lit de Nix, qui était désormais devenu notre lit, bien qu'elle ne le sache pas encore. Aussitôt que Taylor m'avait informé du colis, j'avais rappliqué dans la charmante villa de Nix. Je ne manquerai le cinéma qui allait se dérouler ici pour rien au monde, et tous les prétextes étaient bons si je pouvais la baiser tous les soirs.

Je fermai la porte de sa chambre à clé, et me dirigeai vers sa salle de bain.

Elle était là, plongée dans la mousse, une cigarette à la main et les yeux fermés. Elle ne m'avait pas entendu entrer. Amusé, je m'approchai, enlevai mon tee-shirt et posai une main sur sa cuisse.

Elle ouvrit les yeux aussitôt, et retira ma main en m'éclaboussant.

— Qu'est-ce que tu fous là ? Sors de ma salle de bain, fils de chien !

Je ricanai devant son regard noir.

— Vraiment, tu pensais que j'allais te laisser tranquille ?

Elle soupira et ferma les yeux en basculant sa tête en arrière alors que j'admirais la courbe de sa nuque et la courbe de ses seins.

— Arrête de me reluquer tu ne me toucheras pas.

Je relevais la tête vers elle avec un sourire moqueur.

— Et pourquoi ça ?

Elle éclata de rire.

— Kurt Smith…

Elle fit danser ses doigts dans l'eau.

— Tu te poses vraiment la question, *Kurt* ? Tu ne te souviens pas de ta petite chérie…Comment tu l'appelais déjà ? *Emilie ?*

Je serrai les dents alors qu'elle faisait passer ses cheveux derrière son épaule sans me quitter des yeux.

— Son cadavre est une de mes plus belles œuvre d'art, sache-le. Ses cris étaient…délicieux. Elle parlait beaucoup. Visiblement elle se souvenait beaucoup mieux que toi du moment où tu as…

Elle me regarda avec un rictus.

— Où tu as, quoi, au juste, Kurt ?

Je roulai des yeux en tapotant des doigts sur son genoux.

— Je t'ai renvoyée chez toi c'est tout.

Elle fit glisser son ongle le long de mon doigt et crocheta ma peau jusqu'au sang. Elle sourit.

— Tu m'as fait trainer dehors et abandonné sur le côté de la route alors que je venais de rentrer de ton Initiation.

J'attrapai son poignet et le serrai sans la quitter du regard.

— Initiation où as couché avec un des participants sous mon nez. Donc ne viens pas me parler d'exclusivité. Je n'ai jamais touché la pute qui t'a mise dehors.

Elle fronça les sourcils avant d'éclater de rire.

— Sérieusement fils de chien ? Joackim et moi ?

Je restai silencieux alors qu'elle continuait à rire.

— Les mecs jaloux à l'extrême et possessifs pour de la merde sont tous sauf sexy et excitants, Kurt Smith. Joackim est cool. On a traîné ensemble. Il ne m'a jamais touchée et je ne l'aurai jamais laissé, parce que je n'ai jamais eu envie de lui. Je croyais que tu savais déchiffrer les gens et les comportements ? Pour un grand chef de Mafia je m'attendais à un peu plus d'intelligence, pas un enfant qui se laisse aveugler par un égo surdimensionné.

Je serrai les dents et m'apprêtai à répliquer mais elle me coupa la parole.

— Oh, excuse-moi, c'est vrai. Si tu avais vraiment un égo surdimensionné, tu aurais eu tellement confiance en tes capacités sexuelles que ça t'aurait semblé évident que je ne puisse pas aller voir ailleurs, comme tu es le meilleur. Bon alors, raconte-moi tes complexes.

Une image d'elle à genoux en train de supplier pour sa mort passa dans mes yeux mais ses prunelles provoquantes braquées sur moi éclipsaient mon imagination. Un frisson de rage me parcourut.

— Je vais te baiser tellement fort que tu me sentiras jusqu'à ta mort.

A nouveau, elle éclata de rire et son impertinence me donna envie de la noyer. Quand je l'avais rencontrée, elle avait ce feu dans ses veines, c'était indéniable, mais… Moindre. Elle avait toujours semblé se raccrocher à moi d'une certaine façon. Une partie d'elle, les démons qui vivaient dans son esprit, avaient chuchoté à mes instincts que je pouvais lui faire confiance.

Je l'avais chassée quand je pensais qu'elle m'avait trahi, et maintenant…

Maintenant, si j'avais été n'importe qui d'autre sur cette planète, j'aurais eu peur d'elle. Peur de ce qu'elle cachait, de qui elle était, et de toutes les réponses à mes questions. Il n'y avait plus trace de faiblesse ou de confiance dans ses yeux, qu'une détermination infaillible et un mépris pour tout et tout le monde.

J'avais compris qu'elle était française. Elle se pensait sur son territoire. Elle pensait qu'elle maîtrisait tout. Mais je contrôlai le monde. *Presque.*

— Me baiser ? Après avoir ordonné à tes hommes de me battre jusqu'à me laisser pour morte au bord d'un fossé, tu penses que t'as ne serait-ce que le droit de me toucher ?

Je fronçai les sourcils.

— Mes hommes t'ont battue ?

Elle roula des yeux et se redressa pour m'exposer une plaie au ventre en cicatrisation.

— Oh s'il te plait, ne fais pas semblant d'être étonné. Tu leur as dit de me jeter dehors comme si j'étais une traitre. Je n'ai même pas eu le temps de comprendre ce qui se passait que j'étais déjà dans un van en train de saigner.

Je passai mon doigt sur la plaie alors que la rage montait en moi. Personne n'avait le droit de la toucher à part moi. Personne.

— Je te les amènerai. Personnellement.

Elle rit.

— Ne sois pas ridicule. Tu vas punir tes gardes pour avoir suivi tes ordres ?

Elle retira encore une fois ma main qui glissait vers sa cuisse.

— Je t'ai dit de dégager.

— Pourquoi ? Tu sais que je ne m'excuserai pas. Je ne m'excuse jamais. Alors autant qu'on baise tu le désires autant que moi et que tu le sais.

— Tu as trop d'égo ou tu n'en as pas assez, mais il faut que tu choisisses. Tu penses réellement que la pensée de ta bite suffit à me faire oublier toutes mes convictions ?

— Oh je t'en prie Nix, tes convictions ?

Je ricanai et plongeai ma main dans l'eau, en agrippant sa cuisse au plus proche de son entrejambe nu.

— Je ne sais peut-être pas tous les secrets que tu caches, Nix Johnson, et tous les petits mystères que tu fais, mais je te connais.

Mon doigt s'infiltra en ses lèvres et elle serra les dents alors que j'appuyais sur son clitoris.

— Tu es restée.

Elle fronça les sourcils et tenta de dégager ma main mais je resserrai ma prise à l'intérieur d'elle et elle déglutit.

— De quoi tu parles ?

— Je t'ai traînée avec moi tout l'été. Et tu m'as suivi. Tu es à l'Initiation. Tu as accepté de te faire tatouer ma Marque sur ta peau. Et après tu es revenue chez moi. Tu es restée. Avec moi, avec Rachel, tu es restée. Je t'ai foutue dehors. Tu me le rendras, je le sais. Mais en attendant, je vais te rappeler pourquoi tu ne m'as pas fui.

Je crochetai mes doigts à l'intérieur d'elle et caressai son clitoris avec mon pouce, en faisant des vas et vient. Sa bouche s'entrouvrit et elle hoqueta. J'esquissai un rictus mais elle mit un coup de pied dans mon bras et se redressa en sortant de l'eau.

— Ce n'est pas comme ça que ça fonctionne Kurt.

Je léchai mes doigts en la regardant dans les yeux.

— Tu te mens à toi-même.

Des perles d'eau coulaient le long de ses seins et ma queue durcit tellement que ça me fit souffrir.

Elle sortit du bain et me considéra en s'enveloppant dans un peignoir. Elle se ralluma une clope et s'adossa à son lavabo alors que je me redressais.

Ses cheveux mouillés retombaient sur ses épaules partiellement dénudées, dégageant son visage et sa beauté.

Cette femme...

— Alors quoi, tu ne vas plus jamais baiser avec moi ?

Elle hocha la tête. Je ricanai.

— C'est un pari sur combien de temps tu tiendras ?

Elle soupira.

— J'aimerai comprendre pourquoi les mecs sont aussi prétentieux. C'est toi qui es en chien, fils de chien. Pas moi.

— C'est un défi ?

Elle haussa un sourcil. Je souris.

— Dans deux semaines je suis en toi.

Elle éclata de rire.

— Et c'est comme ça que tu prétends être le plus grand mafieux de je ne sais quelle planète ? En étant incapable de la garder dans ton pantalon et en étant obsédé par une fille dont tu ne connais rien ?

Je souris.

— Si tu me trahis, je te tuerai.

Elle rit.

— Je sais Kurt, je sais. Mais pourquoi prendre ce risque ? Mieux encore…

Elle se rapprocha de moi et sourit en caressant ma lèvre du bout des doigts.

— Tu as déjà pensé que je t'avais trahi Kurt. Alors pourquoi je suis toujours en vie ?

Je n'avais pas de réponses à sa question. La réalité c'était que je ne savais pas. Elle m'obsédait. M'agaçait. M'intriguait. Et c'était la première personne que je rencontrai qui ne me donnait pas envie de la tuer sur le champ.

Pour éviter de répondre à sa question, je souris et agrippai ses hanches en la maintenant contre moi.

— Je pourrai te faire jouir rien qu'avec mes doigts juste ici, et tu ne pourrais pas résister.

Elle me défia du regard.

— Alors fais-le.

Je refermai ma main autour de son cou et serrai en contractant la mâchoire sans la quitter du regard.

Plus elle me défiait, plus j'avais envie de la baiser, de la retourner et de m'enfouir en elle le plus profondément possible, de voir ses yeux perdus dans les vagues du plaisir, et de sentir ses magnifiques seins sous mes mains.

Je voulais entendre ses gémissements et ses supplications. Je voulais gagner ce pari.

Je lâchai sa gorge, la repoussai contre le lavabo et sortis, suivi par son éclat de rire.

Elle ne tiendrait pas, je m'en assurerai. Et quand elle viendrait me réclamer, elle crierait pendant deux jours d'affilée.

CHAPITRE 7

« Il paraît que nos rêves ont des significations. Pourtant, je n'ai trouvé dans mes cauchemars que cet arrière-goût d'une vengeance vaine »

Alexandra Kean

Nix 24 janvier 2019

Je me réveillai les paupières lourdes et l'esprit embrumé. Regardant autour de moi en me frottant les yeux, je m'aperçus que Kurt avait disparu, ne laissant derrière lui qu'un sac éventré et débordant d'affaires de rechange.

Je l'avais entendu se coucher près de moi dans la nuit. Je ne dormais pas. Lui non plus. Pourtant je l'avais laissé faire, et avais fait semblant d'être endormie.

Je me glissai dans une chemise noire et m'emparai d'un flash de vodka à moitié rempli, que je finis rapidement en ouvrant mes rideaux. L'aube se levait à peine. C'était bien la première fois que je me réveillais aussi tôt le matin.

Les cauchemars de la nuit avaient été rudes, plus que d'habitude et je peinais à les chasser.

Je me contemplai un instant dans l'énorme miroir que j'avais fait poser là six ans plus tôt. Mes yeux semblaient plus illuminés. Plus aussi ternes qu'ils avaient pu l'être.

J'avais le contrôle. Tout se mettait en place.

Je soufflai et mon regard fut soudain attiré par la trace de peinture noire qui me narguait sur le haut du miroir, comme un rappel amer de ma descente aux enfers. *Ou de ma remontée.*

Nix   novembre 2013 - Paris

— Ashley non mais t'es complètement folle ! Lâche ça immédiatement !

Je me retournai brusquement, la rage au ventre, la fureur dans mes veines, et mon regard noir planté dans celui de mon frère.

— Et pourquoi je devrais faire ça, Amvrosi ? MAIS VAS-Y ! EXPLIQUE, BORDEL DE MERDE !

Il me prit brutalement la ligne de cocaïne des mains et me regarda furieusement alors que je ricanais.

— Pauvre petit chéri... Tu veux t'occuper de ta sœur délinquante ? Pourquoi ? Parce qu'elle a été violée ? Mais Amvrosi... Je ne suis pas ta sœur tu te rappelles ?

Il déglutit et se pencha vers moi.

— Donne-moi ce pinceau Ash'.

J'éclatai de rire, d'un rire froid et malsain, complètement shootée.

— Tu savais toi ?

— De quoi tu parles ?

— EST-CE QUE TU SAVAIS BORDEL ?

— Mais savoir quoi ? Calme-toi, Ashley, je t'en supplie, sinon...

Je ricanai, et plongeai le pinceau dans le pot avant de lancer un jet de peinture noir sur mon foutu reflet de merde.

Je me dégoûtais.

— Me calmer ? ME CALMER ? MAIS TU T'ENTENDS PARLER BORDEL DE MERDE ? JE NE M'APPELLE PAS ASHLEY !

Il bégaya, et son ignorance m'éclata en plein visage, me rassurant un peu. Un peu.

— De quoi tu parles bon sang ? Tu es folle ? Tu t'appelles Ashley ! Tu t'es toujours appelée Ashley ! Même quand avant que papa ne te recueille !

— Me recueillir ?

J'éclatais d'un rire sans joie.

— Il ne m'a pas recueillie. Il m'a choisie. Il savait tout.

— Tout ? Mais de quoi tu parles ? Pose ce pinceau Ash, t'es complètement folle !

— MAIS EVIDEMMENT ! JE SUIS FOLLE !

Je chuchotai.

— Je préfèrerais l'être.

Je balançai un coup de pied dans le miroir, qui se fracassa en une multitude de morceaux avant de tomber au sol dans un bruit sourd.

— Je.

La lampe vola vers Amvrosi qu'il esquiva au dernier moment.

— Ne.

Cette fois-ci, ce fut la boule à neige qui vola.

— M'appelle.

La boite à musique craqua sur le sol, la ballerine brisée en deux.

— Pas.

Un cadre à photo partit vers la figure d'Amvrosi.

— ASHLEY.

J'écrasai ma commode sur le sol après un ultime effort. Amvrosi me fixa comme si j'étais malade. Et peut-être que je l'étais.

— JE SUIS NOEMI KRYAN BORDEL !

Il se figea, et me fixa dans l'incompréhension la plus totale. Des larmes coulaient sur mes joues. Mes mains tremblaient.

— J'ai été kidnappée !

Amvrosi soupira.

— Qu'est-ce que tu as pris cette fois Ash ?

Je ne l'écoutai pas. Il ne comprenait pas. Il ne comprenait pas. Je ris à nouveau. Je pleurai. Mes sanglots se mélangeaient à mon rire hystérique.

C'était putain d'hilarant.

— Il pensait que je n'allais jamais le savoir ? Sincèrement ? Mais il se trompe ! Je vais le dire ! Je vais le dire à tout le monde ! Je ne suis pas cette pute d'Ashley Ikanovitzch ! Je suis Noémi Kryan !

Amvrosi voulait ajouter quelque chose, mais la porte de ma chambre tomba brutalement au sol, laissant place à Monsieur le chef de la mafia russe.

Arkadi Ikanovitzch.

Je lui crachai sur la figure en lui fonçant dessus, incapable de contenir ma rage.

Le regard froid, il me dévisagea imperturbable alors que je lui donnais coup sur coup en reculant à mesure qu'il avançait en me dominant

— Il suffit, Ashley. Amvrosi, fais-moi le plaisir de ranger ce chaos. Toi, tu viens avec moi. Je te jure que tu vas te calmer.

Un froid glacial envahit mes veines et fit cesser mon hystérie immédiatement.

Non. Pas là-bas.

Un éclair de panique passa dans mes yeux et s'empara de mon corps alors qu'il saisissait froidement et durement mon bras.

— Non non non non non !

Ma supplique résonna dans le vide, comme toujours.

Il me traîna vers la sortie mais toutes les tentatives que je fis pour me dégager furent vaines. Des sanglots me secouèrent alors que je me débattais en jetant des regards suppliants à Amvrosi, le seul qui ne m'avait jamais rien fait.

Je le suppliais d'arrêter son père. De ne pas le laisser m'emmener. Mais comme chaque fois, il ne le fit pas.

— NON JE T'EN PRIE ARKADI NE ME RAMENE PAS LA BAS ! S'IL TE PLAIT ! NOOOOOOOOOOON !

Mon hurlement de désespoir retentit dans le vide, quand celui qui se prétendait mon père me cogna la tête pour me traîner plus facilement dans ses caves, et m'y fouetter, m'affamer nue et en sang pendant des semaines jusqu'à ce que j'ai appris la leçon.

Nix Présent

Je clignai des yeux et chassai le souvenir de ma tête. J'avais l'impression qu'il résonnait encore dans mon crâne quand Taylor entra dans la pièce, et cela me parut soudain très étrange.

J'étais au courant que j'avais une famille biologique et de qui ils étaient depuis quatre ans et demi. Mais prétendre que ce n'était pas le cas était bien plus simple. Pour tout le monde.

Ironiquement, je pouvais dire que la leçon était rentrée.

Les temps avaient changé. Je n'étais plus la victime d'Arkadi et de cette famille de malades mentaux.

Ou du moins j'essayais à tout prix de m'en convaincre.

— Tu comptes faire quoi aujourd'hui ?

Je haussai les épaules.

— Me balader dans Paris, en signant des autographes et en faisant du shopping.

A vrai dire je n'avais plus l'habitude de faire quelque chose de mes journées qui n'impliquait pas comploter et tuer.

— Tu redores ton image ou tu nargues les Ikanovitzch ?

Je ricanai.

— Depuis quand je tiens à mon image mon chou ?

Il leva les yeux au ciel en sortant de la pièce.

— Appelle moi quand t'es prête, je dois t'accompagner tu te souviens ?

— Mmh.

Je refermai la porte derrière lui et me glissai sous la douche, savourant l'eau brûlante sur mes muscles. Kurt. Taylor. Son frère. Ses parents. Les Ikanovitzch. Mon passé. Mes chansons. Alexis. C'était comme si toutes mes vies se mélangeaient. Comme si tout ce que j'avais tenté de protéger était en train de m'exploser à la figure. Et c'était moi qui l'avais provoqué.

Je m'habillai rapidement. L'hiver à Paris était froid, et grisâtre, ça changeait du désert dans lequel j'avais passé la foutue Initiation de Kurt.

Le reflet que me renvoya le miroir me déplaisait. Ces cheveux blonds me donnaient envie de m'arracher la tête, me renvoyant à une fille que je n'étais plus.

Ce n'était qu'une seule sortie, et prendre un peu d'air frais et voir du monde me ferait du bien.

N'est-ce pas ?

Les fans français étaient un peu comme des pigeons, il suffisait de leur lancer quelques miettes de pain de temps en temps pour les tenir en haleine indéfiniment. Car leur vies étaient si ternes, qu'admirer quelque secondes de la vie soi-disant géniale de quelqu'un d'autre, les faisait sentir mieux. Allez savoir pourquoi, je n'étais pas diplômée en psychologie humaine.

Un psychologue serait d'ailleurs vite effrayé par moi. Comme l'avait été celle qui m'avait examinée à ma sortie de l'hôpital, après mon viol. Quand je lui avais raconté ce que j'avais découvert pendant ma captivité, le fait que mon père adoptif était un mafieux, elle l'avait rapporté à Arkadi. Car du haut de mes quatorze ans, je voulais le dire à la presse, et que tout le monde soit au courant.

Ce fut mon premier séjour à la cave, sans doute l'un des plus douloureux.

Allez rentrer dans la tête d'une ado traumatisée par les gangs, que sa famille en était un, l'un des plus cruels, qu'elle ne devait le dire à personne et faire comme si tout était normal.

Arkadi avait évidemment ses méthodes personnelles, mais je ne l'avais plus jamais appelé papa, ni lui ni Eva.

Eva Ikanovitzch...

Je ricanai en sortant de la chambre.

Le plus pathétique c'était que les punitions d'Arkadi n'avaient fait que me pousser à la rébellion. Là où son *fils* m'avait lamentablement brisée comme un oiseau de verre tombant au sol au ralentit.

En morceaux tranchants.

CHAPITRE 8

« J'ai eu un frère un jour, mais je ne partageais pas son sang. Jusqu'au jour où son cadavre est tombé à côté de moi. »

Alexandra Kean

Taylor Décembre 2009

— Taylor ! Reviens ici tout de suite !

Je ne me retournai pas, perché sur le toit, ma clope entre mes lèvres.

— Descend de ce toit immédiatement et éteins moi cette cigarette ! Taylor !

Mon père me foudroya du regard et je haussais les épaules avec un sourire moqueur, inspirant longuement la nicotine.

— Tu as quinze ans Taylor ! Tu ne peux pas mettre fin à tes jours !

— Ah parce que maman elle peut ? Elle a le droit parce qu'elle a quarante ans c'est ça ?? Elle, elle a le droit de souffrir de la disparition de Noémi ? Mais pas nous ?

— Tu racontes n'importe quoi Taylor ! Evidemment que vous avez le droit d'en souffrir aussi, mais faut venir en parler...

Je vous paierai un psychologue... Tu ne peux pas te suicider ! Je ne peux pas perdre un de mes fils ! Pas encore !

Je ricanai en soufflant la fumée dans le ciel.

— Tu enfonces Adam des programmes de dernières années, de niveau étudiant dans l'espoir qu'il reprenne au plus vite ton entreprise pour pouvoir te saouler enfermé dans ton bureau ! Maman est en hôpital psychiatrique ! Elle est suicidaire ! Tout ça à cause de moi !

— Ce n'est pas ta faute Taylor !

— Si ça l'est ! C'est moi qui aie poussé Noémi à venir avec moi ! Maman nous avait dit de nous cacher !

— NON Taylor ! Ta mère n'avait pas dit à ta sœur de se cacher ! Elle protégeait quelque chose !

— Arrête de raconter n'importe quoi ! Ce que tu dis n'a aucun sens. Noémi était avec nous ! Elle avait 3 ans, pourquoi aurait-elle du protéger quoique ce soit ? C'était à nous de la protéger. Et j'ai échoué.

— Descends Taylor ! Ça ne sert à rien de se suicider pour ça !

— MA PETITE SOEUR A ÉTÉ KIDNAPPÉE BORDEL !

— NOÉMI EST MORTE !

— NON ! Elle est là, quelque part, et vous ne faîtes rien pour la trouver ! Plus personne ne recherche ma sœur !

— Taylor...

— Non ! Je veux ma sœur !

Je fermai les yeux et balançai ma clope au sol, approchant mes pieds de la rambarde en béton. Je mis un pied dans le vide et ricanai à l'exclamation horrifiée de mon père, avant de reculer de nouveau.

— Adieu Papa.

Je me retournai et me mis à courir sur le toit, ignorant les cris de mon père derrière moi. Je sautai du toit et atterris sur la maison voisine, sans m'arrêter, je me mis à courir comme si ma vie en dépendait. J'en avais besoin.

Cette putain de famille, ma putain de famille, était détruite, et personne ne faisait rien pour la reconstruire.

Je courus pendant des heures avant de m'arrêter, essoufflé. Sautant du toit sur lequel je me trouvais, je m'aperçus que j'étais parti bien loin de mon quartier.

Très loin.

Des ruines, des enfants en haillons, et des vagabonds me dévisageaient étrangement. Un des quartiers les plus pauvres que je n'avais jamais vus.

Reprenant mon souffle, je m'appuyai sur un mur avant de m'approcher d'un enfant avec un sourire pour le rassurer.

— Est-ce....

Je n'eus pas le temps de finir ma phrase que le gamin partait en courant.

Essoufflée, je me remis à marcher, tentant de connaître mon chemin mais tous les passants que je croisais fuyaient à peine les avais-je approchés.

La nuit commençait à tomber quand je me rendis compte que j'étais encore plus perdu que je ne l'avais été.

Les murs étaient gris, sales, et semblaient sur le point de tomber. Une fille était accroupie sur le sol, le regard vide.

Je m'approchais d'elle doucement, espérant qu'elle pourrait me dire où j'étais.

— Qui es-tu ?

Surpris, je me figeai. Sa voix était rauque, comme abîmée, et elle semblait vidée.

Je m'assis à côté d'elle et sortis une cigarette.

— Et toi qui es-tu ?

Elle haussa les épaules.

— Plus rien. Je ne suis plus rien.

— Je crois que ça me résume bien aussi.

Je pensais lui arracher un sourire, mais elle resta de marbre, le regard dans le vide. Je ne parvenais pas à voir la couleur de ses yeux dans la nuit.

— Pourquoi tu es là ?

— Je me suis perdu.

Elle hocha la tête dans un silence qui me foutait la chair de poule.

— Et toi ?

— J'attends qu'ils me rattrapent.

Je fronçai les sourcils.

— Comment ça ?

— Ils aiment bien organiser des chasses. Quand ils me trouvent ils me battent et me ramènent dans la cave. Mais je ne joue jamais leur jeu.

Je déglutis.

— Va voir la police.

Elle ne répondit rien, immobile.

— Tu sais où on est ?

— Tu veux aller où ?

— Quartier des affaires de Treckiam.

— T'es à quinze kilomètres. Si tu continues tout droit sur deux kilomètres tu devrais trouver une station de taxi.

Je hochai la tête quand des voix d'hommes si firent entendre. Elle soupira.

— Tu devrais t'en aller.

— J'aimerais t'aider.

— Tu ne peux pas.

— Je suis sûr que si.

Elle haussa les épaules.

— Ils me tueront dans quelques jours. Intègre la mafia Piratando. Tu ne pourras pas me sauver moi, mais tu pourras en sauver des milliers d'autres.

Je hochai la tête.

— Pourquoi la mafia Piratando ?

Elle sourit.

— Mon père en faisait partie. C'est pour ça qu'ils m'ont prise.

Je restai silencieux alors que les voix d'hommes se rapprochaient.

Elle me regarda, des larmes perlant dans ses yeux.

— Tu pourras lui dire que Isabelle l'aime ?

Je n'eus pas le temps de lui répondre. Des hommes armés courraient vers elle.

— Cours.

Elle ne me quitta pas du regard alors que je me levais, incertain et l'abandonnai à son sort.

Je courus aussi vite que je pouvais, et dus serrer les dents pour ne pas me retourner quand un hurlement retentit. Son hurlement.

Quelques kilomètres plus loin, je trouvai la station, pris un taxi et rentrai chez moi aussitôt, l'esprit chamboulé.

Je n'allais pas mourir. J'allais intégrer cette putain de mafia, retrouver ma sœur et sauver cette fille.

Nix présent

Je savourai l'énorme entrecôte grillée et saignante qui se trouvait dans mon assiette en regardant Taylor.

Il trifouillait son plat sans oser y toucher, grommelant des choses incompréhensibles sur la cuisine française. Une histoire de trop petites quantités et de trop peu de gras.

La fameuse cuisine des Américains....

Je ricanai et lui piquai une pomme de terre sous son regard noir.

— Arrête de piquer ma nourriture, déjà que je n'ai rien à manger...

— Arrête de te plaindre. La nourriture française est la meilleure du monde.

— Tu parles, il n'y a rien dans l'assiette et pas un poil de gras...

— Si tu savais combien de calories ce plat apporte... Pense aux petits africains qui n'ont qu'un morceau de pain.

— On croirait entendre mon père.

Je roulai des yeux.

— Il avait des techniques bizarres pour te faire manger.

— C'est ton père aussi.

— Non. On partage le même ADN, ça fait de lui mon géniteur mais certainement pas mon père.

Il haussa les épaules sans rien ajouter.

— Alors tes parents avaient quelques techniques pour te faire manger ?

Les personnes qui m'ont inculqué l'hygiène et le savoir-vivre étaient des missionnaires qui torturaient tuaient et kidnappaient pour gagner leur vie. J'étais chanceuse quand ils se rappelaient me donner à manger, je ne pouvais pas vraiment me permettre de faire des caprices sur mes brocolis.

— Ils ne me faisaient pas manger.

Je le vis déglutir et j'en profitais pour lui piquer une pomme de terre. Il me foudroya du regard.

— Et tu te rattrapes maintenant c'est ça ?

Je levai les yeux au ciel.

— Hahaha, très drôle.

Il soupira.

— Ecoute, je comprends. Je ne sais absolument pas ce que tu as vécu, ni ce que tu fais, mais… J'ai une famille aussi. Une famille qui a fait ton deuil et t'a pleuré pendant des années.

Je fis un sourire compatissant.

— Je n'en ai rien à foutre.

Il soupira.

— Tu ne peux pas arrêter d'être aussi mauvaise et insupportable pendant deux secondes ? Putain tout ne tourne pas autour de toi Nix. Ce que tu as vécu, par quoi tu es passée, je ne doute pas que c'est affreux, mais il y a d'autres gens qui souffrent. Tout le monde ne doit pas se plier en quatre pour toi.

D'autres personnes méritent des efforts. La seule chose que je te demande c'est d'arrêter d'être aussi méprisante et de rejeter le lien de parenté en bloc. J'ai compris, ok ? Tu ne veux pas de famille, tu ne veux pas de frères, pas de parents… Ne nous donne pas ce rôle-là, mais laisse-nous faire partie de ta vie.

Je soupirai.

— Taylor, ta famille et ses sentiments, ça ne m'atteint pas. J'en ai sincèrement et objectivement rien à cirer. Ma vie est un CDD qui arrive à son terme, sans parler du fait que c'est un bordel sans nom avec des choses qui te dépassent. Ta mère c'est ta mère. Je ne veux jamais la voir, tu m'entends ? Jamais. Ton frère pense que j'ai encore trois ans. Quant à ton père…

Il soupira et me coupa la parole.

— Ok, ok, j'ai compris. Tu ne veux pas que ma mère soit la tienne. Mais est-ce que tu veux bien être ma sœur ?

CHAPITRE 9

« L'amour fraternel est plus durable ; il ressemble à la pierre précieuse qui résiste aux plus durs métaux et dont la valeur s'accroît avec les années »

Hector Carbonnau

Nix 24 janvier 2019 - Paris

— On verra.

Un sourire éclaira son visage, et je finis mon plat sans rien ajouter.

Arrivés chez moi, je me précipitai sous la douche pour me réchauffer. Le calme régnait. Kurt et ses hommes n'étaient plus là depuis ce matin, même s'ils n'allaient pas tarder à revenir. Taylor était allé retrouver Cass qui était rentrée. Alexis m'attendait sur mon lit quand je sortis de la salle de bain.

Il me lança un flash de vodka que j'attrapais au vol.

— Tu n'as rien fait de ta journée ?

Il soupira.

— Je n'ai pas l'habitude de rien faire.

Je ris.

— Qu'est-ce que tu faisais quand je n'étais pas là ?

Il sourit.

— Je baisais des fans à peine majeures.

J'esquissai une grimace de dégoût.

— Tu es répugnant.

Il rit.

— Ouais, sûrement. Alors avec Taylor ?

Je haussai les épaules.

— La même rengaine. Il veut une petite famille parfaite qui se reconstruit. Je ne veux pas.

— Tu vas lui donner sa chance.

— Peut-être. Je ne sais pas.

Un silence s'installa.

— Tu as recouché avec Kurt ?

Je haussai un sourcil.

— Re ?

— Oh, ne fais pas l'innocente. Vu la tension entre vous, il t'a prise, pas qu'une fois, et dans beaucoup de positions.

Je grimaçai.

— Et j'ai joui.

Alexis grogna.

— Oh putain Nix, vous voir vous regarder est déjà assez dégueu comme ça je n'ai pas besoin des détails.

Je souris.

— Fais pas la vierge effarouché toi. Mais pour ta gouverne, non, je n'ai pas recouché avec Kurt. Je ne lui donnerai pas ce qu'il veut.

Alexis fronça les sourcils.

— Qu'est-ce qu'il s'est passé quand tu étais partie ?

Je soupirai.

— J'ai rencontré Kurt. Il m'a fait faire un petit road trip en tentant de découvrir ce que je cachais. Il me trouve divertissante.

Alexis rigola.

— Son divertissement va lui péter à la figure.

Je ne relevai pas, même s'il avait raison.

— Il a voulu que j'intègre sa mafia. J'ai accepté. J'ai son Tatouage dans mon dos.

Alexis se redressa, choqué.

— Tu l'as laissé te marquer ?!

Je soupirai.

— Oui. Mais tu sais pourquoi.

Il resta silencieux.

— Tu es sûre que tu n'es pas en train de te foirer Nix ? Je sais que…

— Non. Tu ne sais pas tout Alexis.

Il ricana.

— Quoi, tu es tombée amoureuse de lui ?

Je ris.

— Non, pas du tout.

— Alors quoi ?

— Je vais mourir. Et il me tuera. Il n'y a rien de plus.

Il soupira.

— Ne me laisse pas de côté Nix. Je suis avec toi dans cette merde. Je l'ai toujours été. Mais je ne comprends pas tout à ce qui se passe là.

Je fermai les yeux.

— Tu comprendras je te le jure. Mais pour le moment… Pour le moment profite du peu de moments de paix qu'il nous reste.

Il souffla.

— Tu me fais chier.

— Je sais.

Je souris, fier de moi et il me rendit mon sourire quand quelqu'un toqua à la porte.

Taylor entra en se grattant la gorge.

— Alexis. Je ne savais pas que tu étais là.

Les deux se regardèrent sans expression pendant quelques secondes comme s'ils se défiaient d'être le premier à sortir de chez moi. Je fis un signe de tête à Alexis pour lui dire de partir, et il soupira en se levant. Il passa la porte non sans bousculer Taylor au passage. Je lui passai une bière.

— Qu'est-ce que tu fais là ? Cass n'est là ?

— Elle dort.

Je n'ajoutai rien de plus et finis ma bouteille en quelques gorgés. Après tout l'alcool que j'avais bu aujourd'hui, je commençais enfin à avoir l'esprit embrumé et je m'allongeais sur mon lit sans faire attention à Taylor qui s'allongea à côté de moi. Avoir un frère n'était peut-être pas aussi terrible que je me l'étais imaginé. Peut-être que ça pouvait être bien.

Après tout, Taylor faisait comme moi parti du cercle de la mafia. Ça ne pouvait pas être très dérangeant. D'être sa sœur, je voulais dire. Ce serait un peu comme s'il faisait partie de mes proches au final. Un peu comme Alexis.

Mais est-ce que j'étais prête à avoir des faiblesses ? A avoir des personnes auxquelles je tiens réellement ?

Je n'en étais pas sûre.

Pas que je pouvais tenir réellement à qui que ce soit aussi rapidement évidemment. Mais si je laissais quiconque rentrer intimement dans ma vie, ça arriverait, peu importe quand.

Tu as laissé entrer Kurt pourtant.

— T'en veux ?

La voix grave me fit rouvrir les paupières. Taylor me tendait sa clope, les sourcils haussés.

Je hochai la tête et pris la cigarette pour inspirer longuement.

Les minutes défilèrent une à une alors que je sombrais de plus en plus dans les vapes. Plus de guerre plus de danger, plus rien que le néant. Mais la voix de Taylor me ramena au présent rapidement.

— C'est qui ?

— Comment ça ?

— Qui t'as fait subir tout ça ?

Je haussai les épaules, sans répondre. Il n'avait pas besoin de le savoir. Et je n'avais pas envie d'y penser.

— Pourquoi tu refuses d'être ma sœur ?

— Je ne t'ai pas dit que je refusais souviens toi. Mais je ne suis pas prête à avoir une faiblesse.

— La famille n'est pas une faiblesse.

— Si. Ne me sors pas tes discours à l'eau de rose. Il suffit de tenir à quelqu'un pour qu'il devienne une de tes faiblesses. Tous tes ennemis se précipiteront pour t'atteindre à travers elle.

— Je ne suis pas un enfant de cœur Nix. J'ai aussi mes propres ennemis qui pourraient s'en prendre à toi.

Je ricanais.

— Ne sois pas ridicule. Laisse-moi planer en paix, en attendant la guerre.

Il soupira.

— Je… J'aurai aimé faire quelque chose.

— Ce n'était pas de ta faute Taylor. Ils m'auraient prise quand même. Ils étaient là pour moi.

Il se passa une main sur le visage.

— Mais pourquoi ? Mon père m'a toujours dit que ma mère t'avait chargé de cacher quelque chose. Mais quoi ?

— Oh ça...

Je souris en triturant mon collier.

— Un dessin d'un tigre.

— Un tigre ? Tu te fous de ma...

Il se figea soudainement. Oui, le tatouage sur ma hanche était une tête de tigre.

— Est-ce qu...

— Tu as eu bien trop de réponses aujourd'hui Taylor.

Et je sombrai à nouveau dans le noir et les limbes de mes cauchemars.

CHAPITRE 10

« J'observai les papillons, rêvant de m'envoler dans un arc-en-ciel, rêvant de virevolter avec liberté. »

Alexandra Kean

Nix 25 janvier 2019

Je fus brusquement réveillée par une porte qui claquait. Grognant, je me redressai une main sur mon flingue, mais ce n'était que Kurt, si on pouvait dire ça.

Haussant un sourcil je lui jetai un regard noir.

— J'espère que t'as une excellente excuse pour m'avoir réveillée, fils de chien.

Il leva les yeux au ciel.

— On part dans cinq heures pour le Japon. Alors va faire tes valises.

— Le Japon ? Qu'est-ce tu veux que j'aille foutre au Japon ?

— Je vais expliquer aux Yakusa ce que je fais aux traîtres. J'ai pensé que tu voudrais participer.

Il claqua la porte de nouveau en sortant et je soupirai en me frottant les yeux, avant de m'allumer une cigarette avec un sourire.

Il avait bien pensé. Une petite torture me fera énormément de bien.

Taylor

J'embrassai Cass, passant mes mains sous son tee-shirt, mais elle me repoussa sur le matelas avec un sourire malicieux. Je grognai alors qu'elle saisissait son haut quand la porte s'ouvrit brutalement.

Je retins un grognement de mécontentement en voyant Smith. Je tenais encore à ma vie après tout.

— On part pour une semaine au Japon, j'emmène Nix. Tu surveilles la maison et Rachel qui vient d'arriver avec Joackim. Il se passe un truc et c'est toi qui iras dans les caves, je me suis bien fait comprendre ?

Je déglutis et hochai la tête alors qu'il refermait la porte. Cass grimaça.

— Il ne va rien se passer n'est-ce pas ?

Je soupirai en l'embrassant.

— Non il ne va rien se passer bébé. Et même s'il se passait quelque chose il ne me tuerait pas.

Elle souffla et s'allongea sur moi.

— Qui est Rachel ?

J'eus un petit sourire en coin.

— Elle va te plaire. Mais tu dois surtout savoir que si tu as simplement le droit de connaître son existence ça veut dire que le monstre qui vient de nous interrompre a confiance en toi.

Elle ouvrit grand les yeux.

— Comment ça ?

— Rachel est sa petite sœur.

— Bordel.

Je rigolai et me remis à l'embrasser avant de me redresser.

— Allez bébé ! On ne va pas rester toute la journée au lit, t'as des cours de combat à suivre !

— Mais pourquooooooooi ?

Je ricanai et l'emportai sur mon épaule.

— Mais parce que tu m'aimes.

— Plus maintenant.

Rachel

Il fait froid. Il fait froid. Il fait froid.

Les immeubles étaient moches. Il n'y avait pas une goutte de soleil. J'étais encadrée de cinq mecs armés jusqu'aux ongles. Je ne pouvais pas faire de câlin à Joackim.

Il fait froid. Et il fait froid.

Il y avait des bouchons. Des voitures toutes moches. Des gens carrément ennuyants.

C'était décidé, je DÉTESTAIS Paris.

Comment Nix avait-elle fait pour vivre ici ? La chaleur de Los Angeles et de Mexico était TELLEMENT MIEUX.

En plus les quartiers étaient délabrés, les immeubles tout petits, les routes couvertes d'ordures... Décidément les Parisiens ne respectaient rien.

Je croisai les bras pour me réchauffer alors que le SUV tournait dans une rue décidément plus belle que les précédentes.

De belles maisons blanches propres et nets, avec des petits pavillons, et plus on avançait plus ces maisons devenaient grandes. Mais alors que j'espérai que la maison de Nix se trouvait là, le SUV tourna encore.

Quelques minutes plus tard, il se gara devant un... Buisson ?

Le froid m'assaillit quand je sortie, je me renfrognai aussitôt, alors que les gardes me passaient devant. Ils passèrent dans un minuscule chemin que je n'avais pas vu entre les buissons et je m'y faufilai aussi.

Kurt, tu fais chier. Mais pourquoi fallait-il ABSOLUMENT m'amener à Paris ?

Bon d'accord, je le savais. Une guerre à venir, une prise de pouvoir, des morts, me protéger, blablabla. Mais Paris, vraiment ?

Personne à torturer, impossible de tuer discrètement en plein cœur d'un quartier résidentiel de grand standing. Qu'est-ce que j'allais faire de mes journées, à part rester enfermée dans une chambre sans fenêtre pour que personne ne me voit et ne puisse me tuer ?

Je soupirai de lassitude. J'en avais ras le bol de cette vie. Mais bon, avec un peu de chance, Joackim serait toujours chargé de ma protection et il me distrairait. Nous arrivâmes devant un grand portail en fer que Joackim déverrouilla avec difficulté.

Il s'ouvrit dans un couinement, et je me pressai contre les gardes qui me cachaient la vue.

Une fois leur tour de repérage effectué, ils revinrent m'encadrer et je fus déçue. Il n'y avait qu'un sentier bordé de ronces, et on pouvait deviner des murs en pierre sous les feuillages.

Je grognai alors que les gardes commençaient à avancer, et suivis le pas avec résignation.

Paris c'est nul.

Le chemin était interminable, cela faisait plus de cinq minutes que nous marchions, quand nous arrivâmes devant un deuxième portail. Celui-là était moderne, et barré de quatre serrures différentes avec un interphone.

Joackim sonna, et il s'ouvrit aussitôt. Le paysage changea complètement.

Les ronces n'étaient plus là, la verdure qui bordait le chemin était taillée, et entretenue, et les murs en pierre que j'avais devinés étaient nettoyés et dégagés.

Enfin, le chemin tourna à gauche et je restai figée. Une façade blanche, énorme, des grandes fenêtres et une porte noire et sublime. Il y avait une table et quelques chaises à l'extérieur. Je me précipitai pour rentrer dans ce qui ressemblait enfin aux belles villas auxquels j'étais habituée, quand un des gardes me barra la route.

Je soupirai et m'assis sur la chaise alors qu'ils fouillaient les alentours, quand la porte s'ouvrit d'un seul coup sur Taylor.

— Mais qu'est-ce que vous foutez bande d'imbéciles ! La maison est entièrement sécurisée !

Ils se redressèrent aussitôt et je ricanai, sans même avoir pitié pour Joackim.

Taylor me sonda du regard, avant de disparaître dans la villa sans un mot. *Toujours aussi renfermé lui.*

Je me précipitai dans la maison et fus soulagée par le luxe ambiant, celui auquel j'étais tant habituée. J'avais eu peur pendant un moment de me retrouver dans un de ces minuscules appartements où le four le lit et le bain cohabitaient.

J'avançai et visitai toutes les pièces une à une, avant de finalement arriver dans la cuisine, affamée, mais je me figeai.

Une fille en converses dégustait un milkshake, assise sur un haut tabouret, consultant son téléphone. Je ne voyais nulle part le tatouage de la mafia sur elle. Était-elle accréditée pour me connaître ? J'espérais que oui, en plus de rester enfermée dans une maison, il ne manquerait plus que je doive aussi éviter les personnes qui y vivent.

Je restai donc là à la regarder quand Kurt arriva, une clope entre les lèvres. Il la prit dans ses doigts, et me planta un baiser sur la tête alors que la fille levait le regard vers nous.

— Elle a les accré' Rachel c'est bon. Cass tu montres à ma sœur sa chambre, on part dans trois heures, on n'a pas le temps.

— COMMENT CA ON PART DANS TROIS HEURES ?

Une Nix en colère débarqua dans la cuisine et je fus soudainement impressionnée. Elle n'avait plus rien de la Nix que j'avais connu au Mexique. Plantée sur ses habituels talons, elle rayonnait, et ses yeux habituellement si hantés, foudroyaient mon frère comme s'ils pouvaient le tuer.

Il ricana.

— J'ai légèrement avancé le départ.

Elle lui mit une droite, si soudainement que je dus moi-même faire un pas en arrière de surprise.

La dénommée Cass se rapprocha de moi en regardant Nix donner un coup de genoux dans l'entrejambe de mon frère.

— Ils sont comme ça depuis que Smith l'a réveillée. Si je ne la connaissais pas j'aurai dit qu'elle l'aimait bien.

— Et moi si je ne connaissais pas mon frère je dirais qu'il l'aime bien.

Nous nous regardâmes d'un air entendu avant de continuer à regarder leur... scène de ménage ?

Kurt rigola et lui donna un coup de poing dans la mâchoire auquel Nix répliqua par un coup de talon aiguille dans le tibia.

Mon frère poussa une exclamation alors que Nix partait en marmonnant des jurons, ses talons claquant sur le sol.

— REVIENS ICI TOUT DE SUITE !

Kurt sortit de la cuisine à la poursuite de Nix et un bruit de verre brisé se fit entendre.

— VA TE FAIRE FOUTRE FILS DE CHIEN !

Un autre bruit étrange.

— FILS DE… ! REVIENS-LA !

J'échangeai un regard complice avec la blonde en converse qui rigolait silencieusement.

— Rouge ou noir la robe ?

Elle hocha la tête très sérieusement.

— Le noir lui ira mieux.

Ah ! On allait pouvoir préparer le mariage !

CHAPITRE 11

« Le temps était pourri là-haut. Pourri de chez pourri. Mais je ne parle pas de la météo. Je parle du timing du destin »

Alexandra Kean

Nix 25 janvier 2019

Il y a le vide autour de moi. Si je fais un pas...Un pas, et je tomberai. Alors je cours, je cours, je cours sans jamais m'arrêter espérant échapper à Thomas. Il accélère je tente encore d'aller plus vite, mais c'est comme si je ne pouvais plus accélérer.

Je cours, je cours, je cours, je n'ai plus de souffle et je n'arrive plus à respirer. J'ai mal, mal si mal...

Il y a des poids sur mes chevilles. Ils sont si lourds que je n'arrive plus à soulever mes pieds. Je suis figée à la merci de Thomas.

Il se rapproche et son visage se déforme. C'est Arkadi. Ma peau tremble, mes larmes coulent, je suis dans une cave, les mains collées, attachées aux barreaux comme si elles en faisaient partie. Il ricane, je hurle, je hurle et je hurle encore mais aucun son ne sort de ma bouche.

J'ai l'impression qu'on m'arrache la peau. Qu'on brûle tout ce que je suis alors que le claquement du fouet résonne dans le froid et la pierre.

Mes larmes dévalent mes joues, je ne compte plus, je ne compte plus, ils y vont encore et encore alors que je suis certaine de ne plus avoir de peau.

Je pleure je pleure et je pleure et pourtant rien n'y fait. Pourquoi je pleure ?

Je sens l'eau sur mon visage. L'eau qui coule, encore et encore, et d'un seul coup la coupure de mes liens disparaît, et je m'effondre sur le goudron, regardant Sophie avec douleur.

Elle me dévisage, le regard noir.

— JE SAIS CE QUE TU AS FAIT !

Elle le répète encore et encore comme un écho dans la nuit. Je vois des flash autour. Je peux entendre des sirènes au loin.

Mais elle les tuera tous. Elle est faite pour ça.

Elle m'a trahie. Elle nous a tous trahie.

— Soph'...

Mon filet de voix ressemble à un gémissement. Je voudrais savoir, je veux savoir pourquoi elle a trahi sa famille.

Elle me regarde, le visage de marbre et ses yeux verts, ses yeux verts qui me dévisagent froids comme la glace alors que je perds du sang.

Elle a un rictus et elle pointe son arme sur moi. Je n'entends qu'un bruit sourd avant de plonger de nouveau dans le noir, un noir si vide, si froid.

Je suis dans la neige, en robe, j'ai froid, j'ai froid, mais il n'y a personne.

Le noir revient, les images tournent autour de moi, encore, encore, encore, encore...

Ça tourne si vite... Il y a trop de sang, trop de cris, mes cris... Je sens la douleur qui me traverse de toute part encore et encore.

Je hurle.

Je me réveillai en sursaut, la sueur au front, un cri coincé dans ma gorge.

Kurt releva les yeux de son portable, un rictus sur les lèvres et haussa un sourcil dans ma direction.

— Encore des cauchemars ?

Je ricanai.

— Ils ne vont pas disparaître par enchantement Pedro.

Je sentis des doigts tenter de s'infiltrer dans mon jean que je repoussais, avant de donner un coup de poing sur l'épaule du criminel.

— Garde des doigts dégueulasses pour toi.

Il rit.

— Tu tiens vraiment à ce pari d'abstinence dis-moi.

Je levai les yeux au ciel.

— Ce n'est pas qu'un pari Kurt. Tu aurais pu m'avoir, t'as merdé, tu ne m'auras plus, bienvenue dans la vraie vie.

Je me dégageai et allai chercher un morceau de chocolat sur la table devant nous.

—Tu manges du chocolat maintenant ? Je croyais que tu te nourrissais exclusivement d'alcool et de nicotine.

Je le foudroyai du regard.

—Va te faire foutre.

Il ricana et je bus une autre gorgée d'alcool. La vodka et le chocolat, il n'y avait rien de mieux.

Il s'apprêtait à rajouter quelque chose mais la voix du commandant résonna dans l'interphone pour nous prévenir de l'atterrissage imminent.

Kurt mit sa ceinture et je l'imitais. J'étais impatiente de découvrir le Japon. Mon enfance n'avait pas vraiment été un exemple d'ouverture à la culture, et ne m'avait jamais laissé la place de rêver de visiter d'autres pays, alors je n'avais pas de destination idéale. Alors, même si nous n'allions pas rester longtemps, j'avais hâte de découvrir d'autres paysages. C'est en tournant mon regard vers Kurt que je m'aperçus qu'il m'avait tellement agacée dès mon réveil que j'en avais immédiatement oublié mon cauchemar.

Fils de chien.

Il me fit un petit sourire en coin, comme s'il savait ce à quoi je pensai, et je levai les yeux au ciel.

A la seconde où l'avion s'arrêta, Kurt sauta sur ses pieds, pressé de descendre, son arme déjà au poing. Evidemment nous n'étions pas dans un aéroport du gouvernement mais dans l'aéroport privé des Yakusa.

Et au vu du regard de Kurt qui armait et désarmait son arme machinalement alors que je mettais mon blouson, ça allait saigner.

Un type plutôt musclé, entièrement recouvert de tatouage jusque sur le visage et une mitraillette à la main nous accueillit. Il était encadré de trois hommes du même acabit.

Ils hochèrent la tête en direction de Kurt en signe de respect, ce qui me fit comprendre que Kurt était leur allié, et pas leur patron.

Mais alors pourquoi l'appelleraient-ils pour un problème de traîtrise interne ?

J'allumai une cigarette et Kurt ralentit pour être à côté de moi.

— La taupe qui est parmi eux fait partie de la hausse hiérarchie. Et cette taupe a fait tuer cinquante de mes hommes sur place. C'est pour ça que je suis impliqué.

Je hochai la tête alors que les Yakusa s'arrêtaient devant le SUV.

— Nous n'avons prévu qu'une voiture. Votre amie pourrait attendre là, et une autre viendrait la chercher, et la ramener à l'hôtel pendant que nous faisons affaire.

Kurt me pressa la main d'un geste discret, et je serrai les dents. La seule raison pour laquelle je ne le descendais pas dans la seconde pour avoir pensé que j'étais une pouf incapable de gérer du sang, c'était parce que c'était l'autorité de Kurt ici, pas la mienne.

Kurt flingua le petit qui me dévisageait depuis notre arrivée et reporta son attention sur le chef qui n'avait pas moufté.

— C'est réglé.

Il se rapprocha d'un pas, son regard froid et cruel fixé sur celui du commandant.

— Qu'on soit d'accord, elle est avec moi. Toujours. Elle m'accompagne partout tout le temps, et vous la traitez avec le même respect que vous me devez ou je vous tue sur le champ. Avertissez en vos hommes. Au contraire de ce que vous semblez penser, elle est très loin d'être inoffensive et vous préférez que ce soit moi qui tue vos hommes plutôt qu'elle.

Le chef hocha la tête en glissant son regard vers moi, alors que je lui servais mon plus beau sourire sadique pour compléter la déclaration du mafieux.

Nous arrivâmes quelques minutes plus tard devant un vieux bunker, face auquel attendaient cinq hommes en blouson de cuir.

Je me dépêchai de sortir du véhicule, oppressée par tant de contact humain, et observai un peu les lieux avant de me retourner vers Kurt.

— Il est où le prisonnier ?

Kurt haussa un sourcil en direction du chef des yakusa qui resta de marbre. Visiblement, ils ne s'aimaient pas beaucoup.

— Nous n'avons pas encore trouvé le traître. Suivez-nous.

Kurt serra les dents, semblant contenir sa colère. Les yakusa était une vieille institution, alors que Kurt ne prenait le pouvoir que depuis une dizaine d'années. Moi aussi j'aurai été énervée de voir un petit morveux débarquer et prétendre prendre le contrôle d'un territoire que je gère depuis des siècles. Alors évidemment Kurt ne régnait pas en maître ici.

C'était même tout le contraire.

Nous rentrâmes dans le bunker et je grimaçai. Des murs vert kaki, des meubles en fer gris et le symbole des yakusa peint sur les murs.

Les membres présent s'activaient derrière des ordinateurs et le chef esquissa un sourire en se tournant vers Kurt.

— Vous nous avez dit que vous avez les ressources nécessaires pour trouver notre traître n'est-ce pas ? Alors faites donc.

Je pouvais lire les envies de meurtre de Kurt aussi clairement que l'eau de roche mais il serra les dents et ne dit rien. Il se mit derrière un des ordinateurs et passa un coup de fil, non sans faire un signe de tête de salut à un des hommes près du chef des yakusa.

Celui-ci s'avança vers moi et me salua.

— Je suis Mao, le fils du *kumichō.*

Je fronçai les sourcils sans comprendre et il sourit.

— *kumichō* est notre appellation pour chef de clan, ou père de famille, le parrain du clan.

Je hochai la tête en guise de réponse alors que Kurt se levait.

— J'ai un nom. Hiro Saito.

Le chef des yakuza serra les dents et hocha la tête.

— Je m'en doutais mais je ne voulais pas le croire. C'est mon frère. Il est en bas.

Kurt se leva, une expression mortelle sur le visage.

— Je vais le dépecer.

Je n'aurai pas voulu être à la place de ce gars.

CHAPITRE 12

« Parce qu'être endetté, c'est être dépendant. Et que je n'accepte d'être dépendant qu'à cette adrénaline sans fin dans mes veines »

Kurt 25 janvier 2019

Ma voix glacée résonna dans le petit espace et je sentis quelques Yakusa frissonner. Mon arme chargée au poing je dévisageai leur chef avec haine. Ses petites magouilles par fierté m'avaient fait perdre une cinquantaine d'hommes, et plus d'une semaine de travail.

Pourtant, ce petit effronté avait toujours l'audace de me tenir tête. Ses hommes, bien qu'effrayés par ma rage et ma réputation, ne s'en étaient pas moins redressés, arme au poing, pour m'empêcher de passer.

— Tout doux Smith.

Je serrai les dents. Le chef des yakuzas, *Shun Saito*, et moi avions des relations tendues depuis que j'avais menacé de tuer sa fille s'il n'acceptait pas une alliance. Il n'avait pas accepté, il avait *fait un compromis.* En fait il avait pointé un couteau sur la gorge de mon bras droit de l'époque, et mis un flingue sous ma gorge. Mes hommes étaient prêts à les massacrer, les siens aussi.

Alors nous avions *fait un compromis.*

Ça ne voulait pas dire que j'avais moins envie de l'étouffer quand je le voyais. Surtout quand il se foutait aussi ouvertement de ma gueule.

Pas pour longtemps.

Il esquissa un rictus en me barrant le passage, agitant son flingue devant moi comme si j'étais un enfant.

— C'est chez moi ici. Ce putain de traitre là-bas ? Il m'appartient. De sang. Sa punition est à moi. Son meurtre est à moi. Tu comprends ? Tu étais ici pour m'aider à trouver le traître. Et, selon notre petit… arrangement, constater que les pertes que tu avais subies ont été dédommagées. Range ton flingue, *akachan* et reste derrière moi.

Je souris et serrai le poing pour contenir la rage qui fit bouillir mes veines. Il venait de me traiter de bébé, littéralement. Mais je ne fis rien et le laissai passer. Je sentis Nix se tendre à côté de moi. Je lui jetai un regard noir pour lui faire signe de se tenir tranquille.

L'enfoiré sourit et chargea son flingue, en me passant devant. La rage emplit mes veines et je clignai des yeux une seconde avant de le suivre. Je sentis l'hésitation de Nix à mes côtés. D'un signe, j'ordonnai à mes hommes de rester à la surface alors que je m'engageais dans l'escalier. La pièce bouillait de tension. J'avais envie de tuer. Non, je *crevai* d'envie de tuer.

— Eh merde.

Saito s'arrêta en arrivant dans le couloir. Je le rejoignis en quelques marches, ses hommes se dépêchèrent d'en faire de même.

Je me figeai un quart de seconde en voyant les cadavres de plusieurs yakusa joncher le sol. Cet enfoiré de traître nous avait entendus, et devancés.

Saito tira dans le plafond de rage et je dus rassembler toutes mes forces pour ne pas le tuer, lui aussi.

Mao, son fils se positionna à côté de moi, comme pour expliquer le geste de son père.

— Ce sont nos frères qui sont là, sur le sol. Et c'est le sien qui les a tués.

Je lui jetai un regard lourd de sens.

Cette balle aurait pu rebondir et tuer l'un d'entre nous. Il avait eu de la chance qu'elle se soit enfoncée dans une petite fissure. La chance ne sauve pas quand on est aveuglés par la rage.

Putain, ce couloir était si minuscule. On allait tous se faire massacrer.

Le chef avança, et ouvrit toutes les portes, unes à unes. Un calme glaçant régnait.

— C'est la seule sortie ?

Le chef se tourna vers moi.

— Les escaliers ?

Non, la corde, imbécile.

— Oui. Je laisse deux hommes devant.

— Deux hommes ?

Il serra la mâchoire.

— Ecoutez, Smith, si vous avez quelque chose à dire, dîtes-le avant que je vous tranche la gorge.

Je ricanai.

— Vous avez vu ce que ce type a fait ? Votre frère ? Et vous pensez que DEUX hommes dans un couloir étroit vont garder un escalier encore plus étroit sans se faire massacrer ? Mais putain, regardez autour de vous !

Il baissa les yeux sur les corps qui jonchaient le couloir et les trainées de sang sur les murs. Celui qui avait fait ça avait pris chacune de ses victimes par surprise, les tuant silencieusement d'un seul coup sec dans le cœur. Il avait été rapide, discret et efficace, en sachant pertinemment qu'il n'avait pas de porte de sortie.

Saito serra les dents.

— Il se rendra.

Je ricanai.

— Vous pensez sérieusement que ce gars a de l'honneur ?

Il me fusilla du regard.

— C'est mon frère.

— Il vient de massacrer la moitié de votre QG pour ne pas se faire prendre. Ouvrez-les yeux.

J'accélérai le pas, les yeux luisants de rage, mais tout semblait vide et calme, les murs décorés de sang.

Trop calme, pour un QG d'un des gangs les plus anciens et réputés au monde qui vient de subir une traîtrise pareille.

Je me retournai vers Shun Saito qui jouait avec son flingue en me regardant. Je sentis deux hommes arriver derrière moi et un frisson me parcourut le dos.

Où était Nix ?

— Kurt Smith.

Il cracha mon nom dans sa bouche.

— Vingt-cinq ans. C'est l'âge où je perdais mes dents de lait. Pas l'âge où on se prétend dirigeant. Encore moins menaçant.

Il s'avança vers moi. Le canon d'un flingue s'enfonça dans mon crâne et je restai de marbre en dévisageant.

— Nous sommes vieux, plus vieux que toi et tes petites ambitions d'enfant vengeresses, plus vieux que ton fou de père. Tu croyais sincèrement qu'en une poignée d'années tu allais parvenir à détruire ce que nous avons construit ? Qu'un occidental impertinent allait contrôler la mafia japonaise simplement parce qu'il le voulait ? Tu n'es qu'un gosse qui se croit tout permis parce qu'il a un peu de fric et une bonne pute.

Ses hommes ricanèrent.

— D'ailleurs, pas très courageuse ta chérie. Elle a disparu à la minute où elle a compris que les hommes au sol sont des prisonniers et que tout ça n'était qu'un piège. Quand je remonterai je dirai à tes hommes comme c'est dommage que tu te sois fait tuer par notre traître et ils pourront rentrer dans leur pays.

Je ris.

— C'est bizarre, mais je te croirais si tu m'avais déjà tué. Qu'est-ce qui t'empêche d'appuyer sur la gâchette maintenant ?

Il fronça les sourcils.

Je souris.

— Ah, oui, le chef des yakuza ne se construit pas en un jour. Il sait reconnaître une tueuse quand il en voit une. La seule raison pour laquelle tu ne me tues pas c'est que tu n'avais pas prévu mon accompagnatrice.

Il resta impassible et cela me dit que j'avais visé juste. Je me moquai ouvertement de lui.

— Tu as fouillé mon passé et qui j'étais de fond en comble. Félicitations ! Tu connais même les secrets de mes parents. Mais tu ne sais rien sur elle. Tes hommes ont essayé de trouver des informations en urgence, mais rien.

Sa lèvre tremblota de rage, quand un sourire se dessina sur ses lèvres.

— Ne t'en fais pas pour ça. Mes hommes ont trouvé ta pute.

Nix n'est pas une pute.

J'avais hâte de voir à quoi allait ressembler mon symbole au fer blanc sur son visage. J'avais hâte d'entendre ses cris. J'avais hâte de le voir souffrir. De le voir supplier.

Deux hommes surgirent, trainant Nix derrière eux.

Elle tremblait, suppliait, pleurait, gémissait, comme une petite fille, quand son regard croisa le mien. Une étincelle de rage et de sadisme brillait dans ses yeux, comme un grain de folie. Je pouvais aisément voir les deux petits couteaux qu'elle cachait dans les replis de ses poignets.

Une bonne actrice.

Je fronçai les sourcils en la regardant, mais un bref sourire déchira ses lèvres alors qu'elle éclatait de nouveau en sanglot.

Saito se lécha les lèvres en passant le doigt sur sa chemise déchirée.

— Une tueuse, tu disais Smith ? La seule chose qu'elle va tuer c'est ma bite.

Ses hommes rirent. Nix sourit. Mais il était trop occupé à se vanter pour le remarquer.

Elle me regarda et le temps se suspendit. Il se trompait. Nix était une tueuse. Et une tueuse magnifique.

En un fragment de seconde, ses couteaux s'étaient enfoncés dans les poignets de ceux qui la tenaient, puis retournés et enfoncés dans leur gorge.

J'attrapai le flingue pointé sur moi et me retournai, craquant son poignet et cassant ses os pour retourner le canon vers lui et lui tirer dans le crâne. Son copain sur la gauche subit le même sort avant même d'avoir pu réagir.

L'effet de surprise faisait toujours son effet.

Les hommes qui s'étaient dispersés à la recherche du traître imaginaire revinrent, alertés par le coup de feu.

Nix releva la tête vers moi et me sourit, éclaboussée par le sang des hommes qu'elle venait de tuer.

Cette femme.

Un coup me surprit dans le dos, et je me retournai vers mes ennemis, deux flingues en main.

Je souris.

— Alors qu'est-ce que vous attendez ?

Mes balles volèrent alors qu'ils fonçaient sur moi. On tenta de m'arracher mon arme mais je distribuai la mort plus vite qu'ils n'arrivaient à se défendre. En pivotant pour un achever un, je vis Nix qui évitait les coups d'un mec, sans arme et un grand sourire aux lèvres. Décidément cette fille ne cesserait jamais de me surprendre.

Je clignai des yeux et repris mes esprits. Un coup dans le ventre me fit cracher du sang et la douleur me fit sourire.

— Vous voulez la jouer comme ça ?

Les hommes devant moi étaient plein de confiance et d'égo, me regardant comme si j'étais la peste personnifiée.

Je n'ai jamais dit que je ne l'étais pas.

Mon flingue dans la main gauche, un couteau dans la droite, je tranchai des gorges et trouai des crânes plus vite que je ne respirai.

Mon arme glissa sur le sol et mes poings se mirent à saigner. Ma vision se teinta du rouge du sang de mes adversaires jusqu'à ce qu'ils s'écroulent au sol, quand mon dos percuta celui de Nix.

— Tu t'amuses bien ?

Elle ricana, alors que je tuais trois autres japonais et donnais un immense coup dans la poitrine au dernier, qui lui fit cracher du sang.

— Je me croirai à la fête foraine.

Je levai les yeux au ciel. Je croirai entendre Rachel. A ceci près que Nix n'était pas ma sœur. Des images pornographiques d'elle en train de me chevaucher me traversèrent la tête et je me sentis durcir en tournant si violemment la nuque d'un yakusa qu'elle se brisa. Non, Nix n'était pas ma sœur, et heureusement.

Je me collai contre son dos pour lui faire sentir ce qu'elle me faisait en attrapant au col le mec qui était derrière moi sans même le regarder.

Elle me foudroya du regard. Je souris malicieusement et envoyai le mec s'écraser contre le mur en savourant le bruit de ses os brisés.

— Tu n'obtiendras rien de moi Kurt.

Je fronçai les sourcils en lui piquant un poignard pour évincer le mec à côté d'elle.

— La semaine n'est pas fini.

Elle eut un sourire en coin et entoura ses jambes autour de mes hanches d'un saut pour trucider le mec qui arrivait derrière moi.

Elle effleura mes lèvres et je tuai d'une balle le dernier mec derrière elle.

Je l'attrapai par les fesses et la plaquai contre le mur.

— Les choses que j'ai envie de te faire, Nix, putain.

Je sentis tout à coup un canon froid appuyer sur mon crâne.

— Alors on m'oublie Smith ?

Je me retournai vers Shun Saiko et me léchai les lèvres en lui enfonçant une lame dans le ventre, saisissant son arme au passage.

Il fronça les sourcils.

— Mes hommes vont tous vous tuer. Vous êtes piégés ici.

Je souris.

— En es-tu sûr ?

Mon sourire s'élargit en voyant Mao arriver en courant au loin, suivi par des yakuzas en colère, alors qu'il perdait connaissance.

— Je n'ai jamais dit que tu allais mourir, *akachan*.

Mao arriva à la hauteur de son père et se pencha pour vérifier le pouls avant de se tourner vers ses hommes.

— Il est mort. Mon père, notre chef est mort.

Les yakuzas se turent. Ils feraient leur deuil lorsque nous serions partis. Pour le moment ils s'en referraient au nouveau chef des yakuzas.

Mao se racla la gorge, tentant de cacher ses émotions.

— Baissez vos armes. Smith et ses hommes sont nos alliés. Mon père a commis une erreur. Où est son frère ?

Des hommes ramenèrent le traître à ce moment-là. Celui-ci constata la situation d'un simple coup d'œil et s'apprêta à insulter Mao, mais il l'abattut avant qu'il ne puisse dire quoique ce soit.

Je fis un signe de tête au nouveau chef des yakuza, attrapai Nix par la taille et sortis du bunker en passant un coup de fil, suivi par mes hommes, couvert de sang.

Encore une belle journée qui se finissait.

CHAPITRE 13

« Son sang n'était ni noble, ni bourgeois. Il était royal »

Alexandra Kean

Nix 26 janvier 2019 - Japon

J'assis Shun Saiko sur une chaise en fer clouée au sol. Les O qui nous avaient accompagnés au Japon étaient assis devant la petite estrade, comme pour assister à un spectacle. Mao Saiko, son fils, se tenait debout avec un accompagnateur dans le fond. Il ne quittait pas son père des yeux. Il pleuvait légèrement. Le ciel était gris et froid. Nous étions dans un champ vide, à des kilomètres de n'importe quelle habitation.

Je sentis la présence de Kurt à côté de moi et me tournais vers lui. C'était la première fois que je le voyais depuis le retour à l'hôtel hier soir. Il n'avait pas insisté pour dormir avec moi. En fait, je n'étais même pas certaine qu'il ait dormi tout court.

— Tu es prête ?

Ses cheveux noirs s'humidifiaient et il passa sa main dedans pour le recoiffer. Personne n'aurait pu nier sa beauté.

— Pourquoi c'est ta mafia qui le torture Kurt ?

Il esquissa un rictus et essuya son couteau sur son jean. Je soupirai.

— Tu n'es pas venu ici pour trouver un traître n'est-ce pas ?

Il ne dit toujours rien, attendant que je poursuive avec une lueur fière dans le regard.

— Tu as convaincu Mao je ne sais comment de s'allier à toi et d'être de ton côté. Il t'admire et te respecte. Tout ce que tu avais à faire était tuer son père et son frère. Tu as manipulé Mao pour qu'il persuade son père de te tendre un piège. Ce n'était pas sorcier étant donné qu'il te détestait déjà. Mais tu étais prévenu. Et maintenant Mao est à la tête des yakuza et la mafia japonaise, une des plus anciennes et reconnues est sous ton contrôle également.

Il sourit, quand j'écarquillai les yeux.

— Non, non, attends. Tu avais parlé d'une fille.

Je regardai Shun Saiko sur sa chaise de mort.

— Tu as dit qu'il avait une fille et que tu avais essayé de la menacer pour faire chanter Shun mais qu'il avait essayé de te tuer. Tu n'as jamais parlé de Mao.

Je fronçai les sourcils quand tout s'éclaira en regardant l'expression de satisfaction masculine sur le visage du nouveau chef. Kurt hocha la tête.

— Shun Saiko avait une fille légitime qu'il voulait marier. Son époux serait devenu l'héritier des yakuza. Mao est un bâtard. Il n'avait aucun droit sur la mafia. Il a été élevé par son oncle et entraîné à tuer. La première fois que je suis venu ici j'ai failli mourir. Je n'étais pas assez puissant, mais surtout je ne m'étais pas attaqué à la bonne personne. Quand ma réputation a fait son chemin d'Amérique jusqu'en Europe, ainsi qu'en Indonésie grâce à mes relations là-bas, Mao est venu me voir.

— Vous avez conçu ce plan tous les deux pour qu'il puisse prendre le contrôle de la mafia en toute légitimité, à la seule condition que les yakuza soutiennent officiellement ta mafia.

Kurt hocha la tête avec un sourire.

— Et tu le feras tuer dès qu'il aura un fils. Parce qu'il ne reste pas loyal à ses supérieurs.

Il me jeta un regard plein de désir.

— Tu me donnes envie de te baiser quand tu déchiffres tous mes plans comme ça.

Je levai les yeux au ciel.

— Tu as toujours envie de me baiser.

Il sourit.

— Ce n'est pas entièrement faux.

Je regardai autour de moi. Une caméra était braquée sur le prisonnier endormi.

— Tu diffuses ta torture ?

— Tous les membres du premier et Second cercle assisteront à ça. Histoire de rappeler ce qui arrive quand on refuse de coopérer avec moi. Quand on essaie de me tuer. La vengeance est un plat qui se mange froid, et je vais la savourer.

Tu m'en diras tant.

Il marqua une pause.

— Tu le tortureras avec moi.

Je ne posais pas de question. Kurt s'avança vers Shun, désormais évanoui et attaché sur la chaise. Il posa ses mains sur ses épaules, le visage froid et impassible. Un puissant silence lui faisait face quand sa voix retentit.

— Shun Saiko est né en 1960. Sa mère est morte à sa naissance. Son père l'a entraîné à devenir son successeur. Il est devenu chef de la mafia japonaise à vingt-cinq ans.

Le poing de Kurt s'abattit sur la mâchoire du japonais. Celui-ci reprit conscience en crachant du sang, grommelant des injures dans sa langue. Il lui fit redresser la tête en tirant sur ses cheveux pour que chaque personne ici voit son visage.

— Vingt-cinq ans. C'est un peu jeune pour être chef de mafia non ?

Il esquissa un rictus.

— Il y a trois ans j'ai proposé à notre ami de soutenir notre Mafia. En réponse il a tenté de me tuer.

Sa voix claqua comme un fouet dans la salle alors que ma peau se couvrait de chair de poule.

Un sourire se dessina sur son visage.

— Non pas une fois. Mais deux fois. Pour cette offense il souffrira. Et il mourra.

Il se glissa derrière son prisonnier et lui chuchota quelque chose que seules les personnes les plus proches de lui pouvaient entendre.

— Je t'avais dit que je gagnerai Saiko. Qu'est-ce que ça fait de savoir que tu as été trahi par ton propre sang ?

Je déglutis enfonçant mes ongles dans ma peau, complètement absorbée par la tension et l'aura que dégageait Kurt. Je l'avais toujours vu comme un mec certes puissant, mais pas exceptionnel et que j'aimais bien embêter. Je n'avais jamais réalisé l'ampleur de qui il était et de ce ça impliquait. Je n'avais jamais vu le côté de Kurt qui était sur cette estrade.

Il se tourna vers son audience, regardant chaque personne attentivement en s'attardant sur Mao.

— Ne détournez pas le regard. Ne vous bouchez pas les oreilles. Que ses cris vous rappellent à jamais le traitement infligé à ceux qui pensent me défier

Un long silence s'installa. Deux O se levèrent et déshabillèrent Shun.

Kurt ricana et prit une feuille de papier blanche, très simple.

— Vous vous souvenez de ces feuilles que vous utilisiez sur les bancs de l'école ? Ce moment où vous vous coupiez le doigt, une très fine et douloureuse coupure ?

Kurt dirigea une des feuilles en ricanant vers le membre de Shun et d'un mouvement vif lui fis trois fines coupures. Evidemment le prisonnier ne moufta pas. Ce n'était pas destiné à lui faire mal, mais à l'humilier.

Il répéta son mouvement plusieurs fois avant de lâcher la feuille au sol.

Il prit une torche enflammée et brûla les cheveux du prisonnier. Shun se débattit en sentant la chaleur se répandre sur son crâne et réduire ses cheveux en cendres, mais Kurt arrêta le feu avant. Il brûla ainsi tous les poils du japonais, jusqu'à la base du pénis, où il resta bien plus longtemps que nécessaire jusqu'à ce que les premiers cris du prisonnier sortent enfin.

Je restai en retrait, de marbre et pourtant bien amusée par la situation. On commençait à peine.

Puis Kurt s'éloigna, avant de revenir avec un fil de fer aiguisé qu'il montra à son audience.

— Un fil de fer épais, et aiguisé. Il faut faire attention avec ce genre d'outils, on pourrait se couper.

Il ricana et se tourna vers Shun.

— Quitte à ne pas avoir de couilles, autant que ce soit vrai, lent et très douloureux n'est-ce pas ?

Il passa la corde à la base du pénis, qu'il avait précédemment brûlée, et scia lentement. Les hurlements qui retentirent dans le vent et le froid de la nuit qui tombait étaient glaçants.

Après de longues giclées de sang le morceau de chair tomba à terre dans un long hurlement étouffé de sanglots de Shun.

Kurt se releva, les mains et le visage plein de sang, dressé fièrement devant son… *peuple* ? Le mot sonnait bizarrement juste. Une atmosphère froide et d'indéfectible loyauté régnait dans l'air, quand Kurt se tourna vers moi. Je masquai ma surprise en plongeant mes yeux dans les siens.

— J'ai entendu dire que certains se posaient des questions à propos de la fille aux cheveux de flammes qui m'accompagne partout en ce moment. Cette fille est Nix Johnson. Sans doute meilleure que vous ne le serez jamais dans tous les domaines.

Ce n'était pas une insulte pour eux. C'était un honneur pour moi et je gardai un masque froid et impassible alors même que ma peau tremblait.

— Ce fils de pute qui réside derrière moi a également attenté à sa vie. Il a tenté de tuer le meilleur élément que compte notre mafia.

Il me fit signe d'avancer dans un silence de plomb, et je compris que j'avais le droit de participer.

Mes talons claquèrent sur l'estrade de fer alors que je me plaçais juste derrière le prisonnier. Je ne perdis pas de temps et basculai sa tête en arrière, afin de dégager le torse à la vue de tous.

Et je commençais à éplucher avec un sourire inconscient de sadisme sur le visage. Seuls les hurlements résonnaient dans l'air qui devenait plus froid de minute en minute.

Quand j'eus fini et que la peau de son torse avait disparu, sous ses hurlements d'agonie, je reculai et regardai Kurt arriver avec un fouet. Il me regarda, regarda les ciseaux, et regarda son visage, et je compris.

Je m'approchais de lui, et alors que Kurt donnait un énorme coup de fouet claquant sur l'abdomen nu et ensanglanté.

Et je commençais à découper son visage, en donnant un coup de ciseau dans le cartilage du nez, en découpant la lèvre jusqu'à la gencive, découpant sa joue, plantant mon ciseau dans son œil, alors que Kurt continuait sans cesse.

Il ne hurlait plus, il agonisait dans la souffrance la plus horrible qu'il puisse exister.

Une fois mon travail terminé, je me reculai et regardai Kurt.

Il dévisagea chaque membre, chaque personne présente, et plongea sa main dans cette abdomen complètement ouvert et en sang, pour en ressortir le cœur.

Et là, seul, fier, la poitrine bombée, un cœur humain en main, les cheveux, le visage, les mains couvertes de sang, il se tenait face à sa Mafia et à tous les mafieux du monde qui le regardaient avec un profond respect. C'était si... Intense. Je n'aurai jamais pensé assister à ça un jour.

Ils se mirent tous à genoux, avec un honneur et un respect ambiant à couper le souffle.

Il lâcha l'organe dans un bruit gluant, et c'est lui qui tomba, un genou à terre devant eux.

J'en eu le souffle coupé, alors que les autres s'inclinaient encore plus profondément.

Il n'y avait pas de peur, pas de règne par la terreur dans cette mafia. Juste cette admiration et ce respect profond et vrai.

Kurt Smith était un putain de roi.

CHAPITRE 14

« Les rencontres sont comme un coup de vent : certaines vous effleurent, et d'autre vous renversent »

Florence Lepetitdidier-Rossolin

Nix 27 janvier 2019

J'allumai une clope en regardant Kurt, profondément endormi dans le lit de l'hôtel.

Il était plus de minuit et il s'était écroulé à peine arrivé, prenant juste le temps d'enfiler une bouteille d'alcool et d'enlever son tee-shirt.

Je n'avais pas encore dormi, préférant me saouler un peu devant le paysage exotique, en chassant mes souvenirs, ces foutus souvenirs qui revenaient à chaque fois que je fermais les yeux.

Je sentais leurs mains ramper sous ma peau, je pouvais voir leurs yeux, entendre leurs voix résonner dans mon crâne comme si j'étais en train de le vivre. Ça ne s'arrêtait jamais.

Mon enfer personnel.

Ma cigarette finit par se consumer. Je fis tomber les cendres trois étages plus bas quand je perçus un mouvement derrière moi. Kurt se leva pour me rejoindre sur le balcon.

Il attrapa le paquet de clopes et le briquet, avant de m'en repasser une dans le silence absolu, seulement perturbé par les bruits des animaux dehors.

Le criminel me regarda longuement alors que je savourais l'air frais sur ma peau.

Son regard sur moi apaisait les démons qui faisaient rage dans ma tête. Ça n'aurait pas dû être le cas, mais je n'avais pas envie d'y réfléchir maintenant. Je profitai du calme, de l'illusion de paix, qui ne saurait durer.

— A quoi tu penses ?

Sa voix rauque me surprit. Je haussai les épaules.

— A rien.

Je regardai l'étendu sombre devant moi. Je ne mentais pas. Mon esprit était étonnement silencieux depuis quelques minutes.

Il se redressa, écrasa sa clope à moitié entamée et enfila un tee-shirt.

— On s'en va.

Je haussai un sourcil mais ne protestai pas. Nous n'avions pas échangé un mot depuis qu'il avait fini de torturer le yakuza. Il avait fait de la politique avec Mao pendant des heures, réglant les détails de leur alliance, et je supposais que je m'étais endormie ici, à boire.

Des motos étaient garées devant l'hôtel. Kurt dégagea les casques qui se trouvaient sur le guidon de l'une d'elles, avant de la chevaucher et de me faire un signe de tête.

Je grimpai derrière lui, et le moteur gronda avant que la moto ne démarre et ne fonce sur l'autoroute.

Le calme de la nuit était palpable. J'avais cessé d'essayer de réfléchir à ce que je faisais là, à ce qui allait se passer, ou à ma mort. Là, maintenant, le temps était comme suspendu. J'étais vivante, j'étais libre. Personne ne me contrôlait. Je n'avais pas d'obligations. Il n'y avait pas de couteau sous ma gorge en permanence. Plus de père adoptif prêt à me fouetter dans une cave humide pendant des semaines si je ne respectais pas ses règles. J'étais loin de tous les coups bas, toute cette manipulation, tout le venin de ce monde. Loin de la guerre, loin de mes secrets. Même mes cauchemars ne semblaient pas parvenir à me hanter.

Le véhicule accéléra, accéléra, accéléra jusqu'à ce que le vent s'infiltre dans mon sang, les bras complètement écartés pour mieux sentir l'adrénaline qui faisait battre mon cœur. J'étais vivante. C'était un des rares moment où j'aimais ça. Kurt accéléra encore, dépassant les quelques voitures, jusqu'à arriver à une route déserte. Je savais où il nous conduisait. Le Mont Kita.

Le bruit bourdonnant du vent glacé dans mes oreilles m'empêchait de penser alors que je resserrais ma prise autour de Kurt quand il ralentit.

Nous arrivions au bout de la route, loin du sommet du mont, mais à une assez bonne hauteur, et la moto s'arrêta progressivement.

Sur cette partie de la montagne, il n'y avait personne, pas un chat, pas un bruit, juste le bourdonnement incessant du vent. Cette route était interdite au public mais Kurt avait tué d'une balle les gardes qui avaient essayé de nous empêcher d'entrer.

L'herbe était sèche, courte, et il n'y avait que deux maigres petits arbres sans feuilles qui se balançaient au gré du vent. Quelques pas, et c'était le vide. Mais la vue était à couper le souffle. Le criminel ne disait rien, gardant ses yeux fixés dans les miens, avant de s'asseoir à quelques mètres du vide. Je fis de même, et finis par carrément m'allonger pour apprécier le fouet glacée des éléments sur ma peau.

— Pourquoi tu m'as laissée le torturer avec toi ?

Ma voix sonnait bizarrement au fin fond de cette montagne, un peu comme du cristal écorché. Il tourna la tête vers moi, ses cheveux secoués par le vent.

— Parce que tu le méritais.

Était-ce sa façon de s'excuser ?

Il ne dit rien de plus et je soupirais. Je n'obtiendrai rien de plus de lui de toute façon.

Un long silence parla et ce fut à lui de me poser une question.

— Qu'est-ce que t'as dit Emilie ?

Je soupirai et fermai les yeux.

— Rien de vraiment intéressant.

Je rouvris les paupières.

— Tu en as après le président. Pas son gouvernement. Lui.

Kurt ricana.

— C'est elle qui avait deviné ça ? Elle était plus intelligente qu'elle ne le montrait.

— Pourquoi ? Que t'a-t-il fait ?

Il rigola.

— Tu poses beaucoup trop de questions Nix.

Je le poussai gentiment en râlant.

— Arrête de m'imiter.

— Je n'arrêterai pas tant que je ne connaîtrai pas tous tes secrets.

Je secouai la tête.

— Mais pourquoi Kurt ? Tu n'as pas peur qu'ils détruisent ta mafia ? Pourquoi tu insistes tellement ? Tu ne sais rien de moi. Tu ne sais pas qui je suis. Qui j'ai été. Qu'est-ce que ça t'apporte, vraiment ? Tu n'as pas peur de ce que je cache ?

Il soupira.

— Mon père était un sale fils de pute cruel et idiot. Il menaçait tous ceux qui l'approchaient, tuaient ceux qui l'offensaient, torturaient ceux qui traversaient sa route sans pitié ni raisons. Il n'avait pas de but, pas de motif autre que sa soif continuelle de sang. Je n'étais pas l'aîné de la fratrie. Je n'étais pas destiné à prendre sa place de chef de gang. Il m'a élevé pour devenir un soldat. Un tueur.

Il tourna la tête vers moi.

— La première fois que j'ai tué, le sang a envahi mon esprit, et ne l'a jamais quitté. A part quand je t'ai rencontrée. Tes secrets me distraient de mon envie de tuer. On a déjà discuté du fait qu'il était impossible que me trahisses ou que tu sois une espionne. Tu caches peut-être plein de choses Nix Johnson. Mais certainement pas une trahison.

J'esquissai un sourire triste.

— Alors pourquoi me jeter dehors en pensant que je t'avais trompée ? Ça n'a pas vraiment de sens.

Il ferma les yeux.

— Je voulais savoir où tu irais.

— Ce n'est pas l'entière vérité.

— Peut-être, et alors ?

Je l'observai.

— Tu m'as foutu dehors à cause de ton égo. Pendant quelques heures tu m'as imaginée baiser avec un autre et ça t'a mis assez en colère pour ordonner qu'on me jette de chez toi alors que tu venais de me tatouer de ta marque. Tu es revenu quand le cadavre d'Emily est passé aux infos, mais je sais que tu me cherchais déjà avant. Tu n'as pas attendu que je te provoque. Si tu savais que tu ne voulais pas vraiment que je parte, et seulement me donner une leçon, pourquoi me tabasser et me jeter dans un fossé ?

Il soupira.

— Les filles que je baise ne couchent pas avec d'autres gars Nix.

Je rigolai.

— Les filles que tu baises ? Kurt, il n'y a pas de putes qui se trimballent dans ton premier cercle en se vantant de t'avoir eu dans leur lit.

— Nix tu m'insupportes.

— C'est une nouveauté ?

— D'accord Nix, tu as raison. Tu es la première fille que je baise en cinq ans. Je n'avais pas exactement pris le temps de payer des putes depuis que ma mafia a grandi, en prenant le risque qu'elles fouillent et vendent des infos.

— Pourquoi prendre ce risque avec moi ?

Il planta ses yeux dans les miens.

— Je ne sais pas Nix. Et toi, pourquoi tu restes au lieu de fuir loin où ton passé ne pourra pas te retrouver ? Pourquoi tout d'un coup revenir voir tes anciens amis ? Pourquoi consentir à me suivre partout alors que tu pourrais simplement menacer de vendre des infos aux russes et me faire dégager ?

Je souris.

— Je ne sais pas Kurt.

Il se positionna au-dessus de moi. Son souffle rebondit contre le mien.

— Tu étais magnifique en train de torturer ce yakuza.

Je ricanai.

— Parle pour toi.

Il passa son pouce sur mon téton à travers mon tee-shirt et je frissonnai. Ce n'était pas à cause du froid.

Je le repoussai, mes mains sur ses épaules.

— Tu ne penses tout de même pas qu'une simple conversation et une torture en duo te rachètent ?

— Ce n'est pas le cas ?

Je soupirai.

— Si.

Il sourit.

— Super, maintenant, enlève-moi ces vêtements. J'ai tellement envie de te baiser, bordel.

— Kurt, on est en pleine nuit sur une montagne au bord d'une falaise.

Il haussa un sourcil.

— Je t'ai dit de te déshabiller.

Je levai les yeux au ciel.

— Revoilà l'alpha mâle.

Il attrapa mes hanches et descendit mon jean d'un coup sec.

— Tu enlèves tes vêtements ou c'est moi qui te les arrache. Je ne crois pas qu'en plus de boiter jusqu'à la moto, tu aies envie d'y boiter nue ?

Je soupirai, et enlevai mes vêtements sous son regard de braise.

En quelques secondes, ses doigts étaient en moi, vérifiant que j'étais prête, et pour mon plus grand désespoir, je l'étais. Je n'eus pas le temps de cligner des yeux que ses mains caressaient mes fesses, mon visage écrasé contre l'herbe alors qu'il me pénétrait profondément.

— Putain Nix.

Son gémissement m'excita et je dus me retenir de faire de même. Je n'allais certainement pas lui dire qu'il m'avait manqué, mais bordel. *Il m'avait manqué.*

Ce fut seulement à mon quatrième orgasme, alors qu'il était totalement enfoui en moi, que je me rendis compte que j'avais perdu le pari.

Fils de chien.

Quand j'ouvris les yeux, l'aube se levait. J'étais allongée sur les genoux de Kurt. Son tee-shirt me couvrait, mais il s'était rhabillé.

— Mes hommes nous attendent.

— Tu as fini tes affaires ici ?

Il hocha la tête et je le suivis sur sa moto, encore embrumée par les méandres du sommeil.

Nous embarquâmes rapidement dans le jet quelques heures plus tard. Je m'écroulai aussitôt sur le lit en enlevant ma veste et mes chaussures, que j'avais récupérés à l'hôtel. On était partis pour dix heures de trajet, j'avais de quoi m'ennuyer.

L'avion démarra lentement alors que j'avalais deux bonnes gorgées de vodka et un repas digne de ce nom. Je n'avais pas réellement mangé depuis plus de douze heures alors le poulet faisait du bien.

Une fois rassasiée je m'installai confortablement dans un fauteuil avec du chocolat, de la vodka, et mes écouteurs plantés dans mes oreilles, quand un être d'un mètre quatre-vingt-cinq vint me déranger.

Je considérai son regard lubrique et soupirai en secouant la tête.

— Non.

Il me souleva d'un coup et me porta jusque sur le lit sans prononcer d'autre mots que :

— Si.

Je me dégageai en le fusillant du regard.

— Non. Je ne suis pas d'humeur.

— Tu l'étais cette nuit. Et je ne te demande pas ton avis. Il suffit que je te touche pour que tu deviennes consentante.

— Espèce de crétin obsédé et prétentieux.

Il s'allongea au-dessus de moi et me mordilla la clavicule, alors qu'une traîné de frissons se répandaient dans ma colonne vertébrale.

— Peut-être, mais j'ai raison. Sinon j'aurai déjà un couteau dans le ventre.

Il me fit un sourire narquois en aspirant ma peau alors que je le fusillais du regard. Ses mains commençaient déjà à enlever mon jean.

Le pire était qu'il avait effectivement raison.

J'entourai sa taille de mes jambes avant de le plaquer violemment sur le matelas avec un sourire en coin.

— Tu veux jouer ? D'accord, mais c'est moi qui commande.

Il tenta de se redresser mais je m'allongeai sur lui en le défiant du regard et enlevai son tee-shirt.

Il se laissa retomber et se décida à me laisser faire, ses mains enserrant mes fesses, alors que je retirai mon haut de façon aguicheuse.

Je défis sa braguette et fis tomber son jean à terre. Je me déhanchai un peu sur ses jambes et passai mes mains autour de son caleçon. Il ferma les yeux en attendant que je le lui enlève et je ricanai en me relevant et en enfilant son tee-shirt.

Il rouvrit les yeux en ne me sentant plus sur lui, et me foudroya du regard en me voyant à cinq mètres, habillée et moqueuse.

Il se précipita après moi et me plaqua contre la table en m'arrachant son tee-shirt.

—T'as eu ta chance bébé.

Sa main déchira ma culotte, arracha son boxer et me pénétra d'un seul coup.

Je poussai un gémissement de plaisir et m'accrochai à ses épaules.

Kurt bordel !

Neuf heures plus tard, nous atterrîmes enfin à Paris, et le SUV nous conduisit directement derrière chez moi. Je suivis Kurt, épuisée. Il ne m'avait pas laissée une seule fois tranquille des dix heures de voyage. Je ne savais même pas comment j'arrivais encore à marcher.

On pouvait dire que je lui avais en effet manqué.

J'ouvris la porte en soupirant et Kurt se figea aussitôt.

Joackim embrassait à pleine bouche une Rachel en soutien-gorge, ses mains plaquées sur ses fesses. Le regard de Kurt se teinta de rage alors que sa sœur se séparait rapidement de son amant, catastrophée.

On allait rigoler.

CHAPITRE 15

« Le pouvoir, le pouvoir, le pouvoir, mais bordel tout ce que je veux moi c'est la liberté ! »

Alexandra Kean

Nix 27 janvier 2019

— Eloigne-toi de ma sœur. Immédiatement.

Rachel enfila son tee-shirt tombé au sol et se plaça devant Joackim qui n'avait pas moufté.

— Kurt, je te préviens, tu ne le touches pas !

Le criminel tourna son regard plein de rage vers sa sœur avec hargne.

— Ce n'est pas à toi d'en décider. Tu te tais et tu vas dans ta chambre. C'est entre lui et moi.

J'écarquillai les yeux et Rachel croisa les bras et cria, scandalisée.

— Premièrement, tu n'es pas mon père mais mon frère Kurt. Joackim est accrédité, et sécurisé. Je n'ai plus cinq ans bordel ! J'ai parfaitement le droit d'avoir des relations sexuelles !

— Je te demande pardon ? Tu as 18 ans !

Rachel haussa un sourcil en le regardant.

— Et alors ? Tu baisais déjà depuis tes 13 ans à mon âge ! Et pour une fois, POUR UNE FOIS, que je ressens vraiment, et que je vis au lieu d'être surveillée vingt-quatre heures sur vingt-quatre ! Tu n'as pas ton mot à dire Kurt. En plus je parie que tu viens juste de baiser avec Nix vu ses cernes !

— Ce n'est absolument pas pareil Rachel.

Elle allait répliquer mais je soupirai en saisissant le bras du criminel.

— Kurt, tu dégages. Maintenant.

— Tu n'as pas à te mêler de mes affaires avec ma sœur Nix !

Je soupirai.

— Mais je n'en ai rien à foutre de ta petite vendetta de surprotection !

Je le poussai vers la porte par laquelle nous venions d'entrer.

— Je suis bien trop fatiguée parce que ça fait plus de vingt-quatre heures que je n'ai pas dormi à cause de toi pour supporter tes nerfs et ton égo incapable de supporter que sa sœur soit une grande fille. Alors tu vas prendre l'air, te détendre, regarder un porno ou la boite noire de ton avion, et ensuite tu viendras dire bonjour gentiment à ta sœur et tu lui feras la conversation sur les préservatifs, puisque tu veux tellement la materner !

Je claquai la porte derrière lui et me retournai vers Joackim.

— Toi ! Tu enfiles un truc, tes pectoraux n'intéressent personne. Rachel ! Dans ma chambre tout de suite, on doit parler ! Et Cass aussi ! Ne crois pas que je ne t'ai pas vu !

Elle sortit de derrière le frigo en ricanant alors que je leur jetai un regard noir, excédée et épuisée par les dix heures de trajet et ce gros con de criminel.

Je fis claquer la porte de ma chambre et m'affalai sur mon lit aussitôt entourée par les deux gosses. Je me redressais et enlevai mes talons avant de regarder Rachel.

— Alors, toi, raconte-nous pourquoi tu étais à deux doigts de baiser avec le géant en chocolat qui se trouve en bas.

Elle haussa les épaules en retirant ses chaussures pour s'installer sur les coussins.

— Il est super canon et puis, pour une fois qu'un garçon qui a les accréditations pour m'approcher le fait... Il me fait découvrir des trucs et puis j'ai vraiment l'impression de vivre quand je suis à côté de lui. Et, indéniable, il a une technique de torture ex-tra-or-di-naire.

Je haussai un sourcil.

— T'es amoureuse de lui ?

Elle rougit jusqu'à la pointe des pieds.

— Peut-être pas amoureuse. Ou du moins pas encore...

Cass rigola et je me tournais aussitôt vers elle.

— Et toi Cass ? Toi et mon frère ?

Elle écarquilla les yeux.

— Taylor est ton frère ?!

Je hochai la tête.

— Mon grand frère même. Alors ? Il baise bien ?

Elle se mordilla la lèvre.

— Tellement.

Je me rendis compte que je n'avais pas *vraiment* envie de savoir ça. Nous rigolâmes quand Cassidy me pointa du doigt.

— Et toi Nix ? Comment ça avance avec Kurt ? Vous allez nous faire des bébés ?

Rachel tapa des mains.

— Je t'en supplie dis-moi que vous êtes amoureux, comme ça il me laissera être avec Joackim comme il sera trop obsédé par toi.

Je les considérai avec un regard dégouté.

— Vous n'êtes pas bien les filles. On baise. Voilà ce qu'il se passe. Il n'y a rien à raconter.

Rachel croisa les bras en soupirant.

— Pourquoi lui il peut, mais moi je dois rester vierge jusqu'à la fin de ma vie ?

Je levai les yeux au ciel.

— Tu es la sœur de Kurt !

Elle croisa les bras en grognant.

— Mais bordel j'en ai marre d'être sa sœur moi ! Il est toujours en travers de mes pattes ! « Tu es la sœur de Kurt » « Kurt ne voudrait pas » « Kurt t'as interdit » « A cause de Kurt » « Kurt ne veux pas » « Kurt m'as dit de... » Kurt par ci, Kurt par là… Il régit ma vie comme un gardien de prison. Un de ces jours je vais faire une connerie et il ne s'en rendra pas compte.

Je ricanai et me levai pour aller chercher trois bouteilles de vodka, avant d'en donner une à Rachel et une à Cass.

— Et bien tu n'as qu'à commencer aujourd'hui en descendant une bouteille !

Elle sentit l'alcool et éloigna aussitôt la bouteille avec une grimace.

— Beurk ! Ça sent super fort ! C'est de la pure ou quoi ?

Je débouchonnai la mienne en la regardant.

— Bien évidemment.

Elle ricana et approcha ses lèvres du goulot en grimaçant.

— Ça fait autant de bien qu'on le dit ?

Non.

Je haussai les épaules et levai la bouteille.

— On trinque ?

Nos trois bouteilles s'entrechoquèrent et je m'affalai sur le matelas en savourant le contact brûlant de l'alcool dans ma gorge.

Certains disaient que c'était insoluble, cette putain d'addiction à la destruction. C'était sans doute vrai, mais je n'étais pas encore assez guérie pour l'analyser.

Des cadavres de bouteilles traînaient sur le sol, comme une chambre d'adolescente qui avait trop fait la fête. Deux, trois, quatre bouteilles peut-être ? Je ne me souvenais plus vraiment. Les deux filles n'en avaient bu qu'une pour deux, et encore, diluée dans des jus.

De la musique absolument merdique sortait des enceintes et Cass rigolait comme une cruche, allongée sur ma commode. Rachel dansait la macarena sur le matelas de mon lit, dont quelques lattes étaient brisées. Une odeur amère de nicotine régnait dans la pièce alors que je fumais ma quatrième cigarette, complètement dans les vapes.

Pendant quelques jours au Japon, mes démons avaient reculé. Il avait suffi de quelques minutes de retour dans ma chambre pour que je fasse une crise de panique, vite étouffée par la nicotine.

La réalité m'avait rattrapée aussi vite que mes cauchemars. Foutue ville de merde.

Pays de merde.

Vie de merde.

Je n'en pouvais plus.

Alexis ouvrit la porte sur le désastre de ma chambre, alors que je comatais sur mon lit. Je me redressai en grognant, mais son regard était très sérieux.

— Anna est encore en vie.

Je haussai un sourcil dans sa direction.

— Anna ?

Il souffla.

— Va boire de l'eau bordel. Anna, la fille avec qui tu étais à l'Initiation de Kurt, dont on a reçu une photo en sang avec la tête de Lorenzo. On a intercepté des messages des russes. Elle est en vie, et elle est ici, à Paris.

Je fronçai les sourcils avant de me figer.

— Qui la détient ?

— Arkadi.

Je hochai la tête et me levai.

— Bon et bien on envoie des hommes la récupérer.

Alexis se pencha vers moi.

— Ce sont les hommes de Kurt qui ont intercepté la communication.

Je me figeai et soupirai.

— Et maintenant ils veulent s'en charger n'est-ce pas ?

Il me sonda du regard.

— Oui.

— Combien de temps on a ?

— Ils ont prévu de passer à l'action ce soir.

J'enfilai ma veste.

— Bon, on va s'y mettre maintenant.

Rachel se redressa derrière moi.

— Je t'accompagne ! Elle avait l'air sympa.

Je lui jetai un regard désespéré.

— Non, Rachel, tu vas surtout rester ici et décuver.

Je fusillai du regard Cass qui se levait à côté d'elle, prête à argumenter.

— Toi aussi ! Je veux pas vous voir bouger d'ici. Non seulement vous êtes saoules et en crise d'adolescence mais vous ne savez pas vous battre, et je ne suis pas une baby-sitter sur les champs de bataille.

Rachel s'avança vers moi, le regard déterminé.

— Je sais me battre. J'en ai rien à foutre. J'en ai marre d'être enfermée. Si tu ne nous laisses pas venir avec toi je le dis aux hommes de mon frère et ils iront récupérer Anna avant toi, même si…

Elle fit un pas en avant vers moi.

— On se demande bien pourquoi tu veux arriver là-bas avant les troupes de mon frère. Qu'est-ce qu'ils risquent d'y trouver ?

Cass applaudit.

— Bien dit Rachel !

Je ricanai et levai les mains en l'air.

— Tu ne pourras plus te plaindra quand tu te seras faites tuer. Je n'ai pas la patience pour me battre contre vous.

Un peu de sang les dissuaderait de recommencer leur bêtises et mes hommes les protègeront pour qu'elles ne soient pas impliquées. Ça leur ferait une bonne leçon.

Certes, Rachel avait vu des horreurs, et elle savait se battre, mais elle n'avait jamais réellement eu à se battre. Et il y avait une gigantesque différence entre un coach payé et un ennemi là pour vous tuer.

Je me dirigeai vers la porte en enfilant ma veste et me retournai vers elles.

— Bon, vous venez ou pas ? J'ai pas tout mon temps.

Nix Novembre 2012

— Ian ! Attends-moi !

— Mais allez grouille toi bordel ! Ils vont nous voir !

Je parvins à le rattraper et lui sautai dans les bras en gloussant.

Il me regarda avec un rictus.

— Putain tu es magique Ash' sérieux.

Je rigolai et pris son joint.

— Bordel ! Il est fort celui-là tu l'as trouvé où ?

— Haha... Tu ne sauras pas !

Je fronçai les sourcils. Il était bizarre aujourd'hui. Mais je ne dis rien et fumai en silence.

Je levai les yeux au ciel. Il embrassa mon cou en empoignant mes fesses mais je le repoussai.

— Pas ici Ian... Il y a tes potes juste à côté en plus.

Il rigola.

— Mais justement c'est plus excitant de savoir qu'on nous observe non ?

Je secouai la tête en repoussant sa main et il me retendit le joint que je saisis avec délice.

— Nan pas du tout.

— Pff tu es relou...

Je haussai les épaules et le meilleur pote de Ian, Jas, débarqua dans la pièce.

— Salut beauté !

Je lui fis un signe de la main, la tête posée sur les cuisses Ian, le joint à moitié consumé.

— J'ai ramené des trucs un peu plus fort pour te faire planer bébé

Je me redressai un peu sur mes coudes pour voir des petits cachetons blancs dans sa main, et secouai la tête.

— Je touche pas à ces merdes moi.

Ian glissa sa main sur ma hanche.

— Allez bébé, ça va te faire du bien de te détendre un peu.

Je le regardai et il me tendit la bouteille de vodka avec un regard désireux et je cédais.

Je mis les cachets dans ma bouche et avalai.

Quelques minutes plus tard, je voyais des étoiles quand je vis Jas au-dessus de moi, retirant mon haut avec des yeux luisant.

Je grommelais pour tenter de le repousser mais j'étais déjà trop dans les vapes.

Je sentis la main de Ian presser mon sein et je clignais des yeux pour mieux le voir alors qu'une autre paire de main déboutonnait mon short.

— Allez détends toi bébé, ça va te faire du bien.

Dans un élan hallucinatoire j'ai cru apercevoir Alexis débarquer, mais non.

Personne ne m'avait sauvée ce jour-là.

CHAPITRE 16

« Putain maman, j'ai passé ma vie à être trahie. Mais je crois qu'aujourd'hui je viens d'envoyer le revers de la pièce »

Alexandra Kean

Nix 26 janvier 2019

— Tu sais tirer au moins ?

Rachel me jeta un regard glacial en s'emparant de la mitraillette.

— Evidemment.

Je ne pensai pas que Rachel avait conscience de ce qui l'attendait, pas plus que Cass. Elles voulaient sortir, sentir un peu d'adrénaline, un peu comme des ados en quête de liberté. Taylor, Joackim et Kurt me tueraient sans doute dès qu'ils sauraient que je les avais amenées là-bas. *En enfer.*

Rachel s'entraînait à tirer depuis qu'elle avait douze ans, torturait des prisonniers bien ligotés pour se distraire de la folie qui rongeait son esprit, mais jamais elle n'avait été confrontée au danger. Au réel danger où l'ennemi peut frapper à chaque instant, où il plus puissant et libre. Où il ne s'agissait pas seulement de torturer mais de tuer pour vivre.

Cass, étant donné son passif, avait déjà été confrontée à la bataille. Mais je doutais que ce fut dans de telles mesures. Ni contre des adversaires aussi entraînés.

C'est pourquoi même si je les emmenais, elles ne resteraient pas à mes côtés. Il s'agissait simplement de les effrayer un peu, de leur donner leur dose d'adrénaline. Sans compter sur la guerre en approche. Kurt était sans doute persuadé de pouvoir laisser sa sœur protégée et hors de combats mais il n'avait pas lu la folie dans ses yeux. Quand la guerre ferait rage, peu importe combien Kurt tenterait de protéger Rachel, peu importe l'entraînement qu'elle aurait reçu. Ce ne devrait pas être la première fois qu'elle se battrait, sinon elle mourrait.

Je glissai une énième lame entre l'élastique de mon pantalon et ma peau en observant les deux filles se préparer. Je donnai deux armes à chacune d'elles et Cass regarda son flingue étrangement.

— Nix, je me suis jamais servie de ça.

Je soupirai et lui passai un couteau.

— ça te convient mieux ?

Elle hocha la tête avec un sourire. Je ricanai.

— Quand vous serez en face du danger, ne paniquez pas.

Rachel leva les yeux au ciel.

— C'est bon Nix, ne nous materne pas. On a toutes les deux vécu des horreurs, et on sait toutes les deux se battre comme des mercenaires. On va s'en sortir.

Je ricanai.

— Il y a une différence entre vivre des horreurs et les infliger Rachel. Je connais ta passion pour la torture mais l'ennemi qui nous attend sera détaché et n'attendra pas que tu le tortures pour te tuer.

Cass haussa les épaules.

— Je me suis déjà battue face à de vrais ennemis moi. Je faisais partie d'un gang je te rappelle.

Je grimaçai.

— Cassidy, ce que tu as vécu n'est absolument rien contre ce que ces hommes peuvent, et te feront.

Rachel soupira.

— Bon quoiqu'il en soit, on vient. Alors, comment on s'organise ?

— On débarque avec mes hommes. On tue tout le monde, on prend Anna, on repart.

Elle fronça les sourcils.

— Ça ne peut pas être aussi simple que ça. Comment tu es sûre que ce n'est pas un piège ?

Je ne dis rien, même si en réalité c'était simple. Les russes comptaient sur les hommes de Kurt pour récupérer Anna. Je ne doutais pas qu'ils préparaient un piège pour eux. Mais ils ne s'attendraient pas à ma venue.

Les trois vans s'arrêtèrent dans un crissement de pneu devant la prison russe, à 45 minutes de la capital. Je sortis aussitôt et tuai les quatre hommes qui gardaient la porte avec mon silencieux. Cass et Rachel me suivirent avec un temps de retard alors que mes hommes défonçaient la porte du bunker.

Je défonçai la porte et tuai tous ceux que je voyais, prisonniers et gardes confondus. Je n'étais pas là pour sauver des innocents et jouer à mère Thérèsa avec les ennemis des Russes. Dès que le premier nettoyage fut terminé, et par là je voulais dire que les cartouches de mes mitraillettes étaient vides, je jetai mes armes à terre et saisis mes couteaux en me dirigeant droit vers trois mecs qui tentaient de me flinguer mais ne savaient visiblement pas tirer.

Je plantai mon couteau dans la poitrine des deux gars et ils s'écroulèrent aussitôt alors que j'agrippais le dernier par les cheveux et le flinguais dans les couilles.

Qu'il aille se relever après ça...

Je jetai un regard derrière moi. Retenues au début du couloir par mes hommes et protégées, Rachel et Cass avaient l'illusion de participer au combat. Rachel lacérait ses ennemis sans pitié, et avec une lueur de cruauté au fond du regard. Elle me surprenait. Je connaissais ses talents et son goût pour la torture et la souffrance humaine, mais je pensais que face à de réelles conditions, elle aurait reculé, et aurait été effrayée.

C'était Cass qui se retrouvait désemparé. Elle regardait un homme à terre gémissant, sans se décider à quoi faire. Heureusement que mes hommes les entouraient et tuaient pour elle ceux qui s'approchaient pendant qu'elle avait une crise d'existence. Je soupirai et marchai vers elle en lui tendant mon arme.

— Tue-le.

— Je…

Je soufflai.

— Cass, tu as voulu venir. Tu savais ce qui t'attendais. Si tu ne veux plus, très bien, tu remontes dans le van, tu n'en bouges plus, et ce sera fini. Si tu veux rester là, tue-le.

— Mais...

— Mais rien du tout. Tue-le, ou tu te barres.

Elle planta son regard dans le mien et je secouai la tête en brisant la nuque d'un gars qui courrait vers nous.

— Non Cass. Il faut que tu arrêtes de fuir. Si tu le tues, tu le regardes mourir.

Un frisson parcourut son corps et elle tira, les yeux rivés sur le cadavre. Quand elle releva la tête, des éclaboussures de sang sur le visage, une étincelle luisait dans ses prunelles.

Je savais qu'elle avait du potentiel.

Maintenant on allait pouvoir s'amuser.

Le dernier homme tomba à terre et je tournai la tête vers Rachel.

Tu ne parles pas, et tu tues tous ceux qui voient ton visage, est-ce que je me suis fait comprendre ?

Elle hocha la tête et mes hommes activèrent le brouilleur. Manquerait plus que leurs caméras repèrent le visage de Rachel et là Kurt en aura marre d'attendre de connaître mes petits secrets.

Je rechargeai mes flingues et passai une main dans mes cheveux en les tâchant de sang avant d'entendre des pas dehors.

Je fis signe à Cass et Rachel, en mettant un doigt sur la gâchette, prête à tirer. Mes hommes nous encadrèrent, prêts à réagir.

Je serrai les dents quand de nouveaux souvenirs m'envahirent et les chassai brusquement.

Si je me mettais à refaire des cauchemars éveillés à chaque fois que je pensais à mon passé, alors même que je n'allais pas tarder à le voir absolument partout, je ne m'en sortirai jamais. Dans chaque QG de prisonniers, après la main d'œuvre de base qui gisait désormais à terre, il y avait ceux qui étaient plus hauts dans la hiérarchie. Des mafieux qui volent les vies et les âmes sans y regarder à deux fois. De ceux qui ont sacrifié leur famille pour entrer dans la Mafia Ikanovitzch.

L'Elite.

Peut-être dix d'entre eux. Et il allait falloir tous les tuer si je ne voulais pas que la crise d'ado des deux filles derrière moi se transforme en massacre international.

Surtout que tuer dix des meilleurs membres d'une des mafias les plus puissantes au monde avec une ado psychopathe et une lycéenne traumatisée, ça promettait.

Heureusement que j'avais du renfort avec moi.

J'allai les massacrer.

La porte tomba brutalement dans un élan de poussière et je commençai à tirer. Les cinq premiers tombèrent mais aussitôt après, une pluie de balles rebondissant contre les murs s'abattit sur moi et je me surpris à prier pour que Rachel reste en vie.

Sortant quatre couteaux, je les lançai sur les quatre d'après. Deux tombèrent au sol, et les deux autres sortirent juste la lame de leur peau sans aucune douleur, tournant leur regard vers moi.

Un rictus féroce se dessina sur mes lèvres.

— Alors qu'est-ce que vous attendez ?

Ils se jetèrent sur moi de concert. L'un tenta d'attraper mon bras et de luxer l'épaule mais mon couteau s'enfonça dans sa trachée. Le sang éclaboussa sur mon visage et le second enfonça sa dague dans ma hanche.

— Fils de pute.

Il sourit, et une balla traversa son crâne. Je regardai Rachel, qui tenait son flingue avec fierté.

— Bien joué.

Le silence résonna dans la pièce recouverte de cadavres et je repris mon souffle.

Cass était blanche comme un linge et je soupirai.

— Allez les filles. Allez dans la voiture. Je vais chercher Anna.

— Tu es sûre qu'elle est là ? C'était un piège.

— Oui, elle est là. Mais pas forcément vivante.

Elle n'aurait plus dû être là ce soir quand les hommes de Kurt devaient venir. Mais on les avait pris par surprise.

Rachel soupira et mes hommes les accompagnèrent vers la sortie alors que je déglutissais. Je renforçai ma prise sur mon flingue et avançai lentement dans le couloir. Arrivée au bout je pris une profonde inspiration, et poussai la porte.

Une odeur de pisse, de sang, de merde. Des pleurs, des gémissements, des corps morts ou vivants étaient entassés dans les cellules.

Je passai devant eux, les ignorant, les tuant tous, un par un. Ils ne crièrent pas, ne cherchèrent pas à m'en empêcher, ils ne rêvaient que de ça. Des cobayes en cage.

J'arrivai enfin au bout. Il n'y avait qu'une seule cellule habitée, et Anna me regardait avec des yeux brillants de larmes et de douleur.

Je la regardai avec un sourire désolé. Mais elle se mit à trembler quand j'approchai.

— Ne t'approche pas de moi.

Du sang sortait de sa bouche alors que je m'agenouillai à côté d'elle.

J'avais froid. A la regarder, j'avais l'impression de me voir il y a quelques années. De la même façon que je m'étais vue en elle il y a quelques mois quand je l'avais sauvée de son viol. Je l'avais sauvée, et pour quel résultat…

— Tu es une traitresse.

Je posai ma main sur son épaule et elle frissonna de dégoût mais elle était trop faible pour se soustraire à mon contact.

— Je sais, je suis désolée.

— Kurt te tuera.

Je souris.

— Oui.

Elle cracha encore du sang alors que je resserrai ma prise sur la gâchette.

— Qui t'a torturé Anna ?

Elle fronça les sourcils.

— Tu devrais le savoir. Espèce de pute de russe.

Je soupirai. Mais que pouvais-je dire ? Elle avait raison.

— Qui t'a torturé Anna ? Arkadi ou Ian ?

Elle ricana à travers la douleur.

— Ton frère adoré. C'est ton grand frère adoré qui m'a torturé, Ashley.

Elle avait craché mon prénom comme s'il avait la peste. Je lui caressai les cheveux sans réagir. Mon cœur ne battait plus dans ma poitrine. Je ne voulais pas faire ça. Mais je ne pouvais pas la laisser vivre.

Elle vit mon arme dans ma main et son regard se teinta d'amertume.

— Ils avaient raison alors. Je pensais qu'ils me disaient ça pour me torturer. Je pensais qu'ils me mentaient pour me monter contre toi.

Mon ventre se tordit.

— Je suis désolée Anna.

La lueur de trahison dans ses yeux me donnait envie de vomir. J'étais vraiment désolée. Je ne voulais pas faire ça. Mais je n'avais pas le choix.

Il y aurait la même lueur dans les yeux de Kurt quand il l'apprendrait.

Je ne voulais même pas penser à ça. Même si ce moment arrivait plus vite que je ne le voulais.

— Ne me tue pas Ashley.

Je souris.

— Si je te laisse en vie, tu leur diras.

Elle ne dit rien. Son regard plein de mépris parlait pour elle. Je fermai les yeux et inspirai.

— Je suis désolée.

Je tirai.

La trahison dans ses yeux qui me regardaient avec haine se figea à jamais et le nœud dans ma gorge s'alourdit. J'abaissai ses paupières et inspirai lentement en reprenant contenance. Le silence autour de moi, l'absence de vie, était assourdissant.

« Ne me tue pas Ashley »

Ses derniers mots résonnaient dans ma tête. J'étais un monstre.

Je fermai les yeux. Chassai son souvenir. Me relevai. Puis je sortis en la laissant là, mais avec un nouveau cauchemar dans la tête.

Cass m'attendait et son visage s'assombrit quand elle ne vit personne avec moi. Je me justifiai.

— Ils l'ont abattue. Une balle dans la tête.

— Et les hurlements ? Et les bruits de tir ?

— D'autres prisonniers. J'ai soulagé leur souffrance.

Rachel inspira.

— Tu as bien fait. Mon frère récupèrera son corps.

Je hochai la tête, mais c'était mécanique.

— N'empêche, on a trop bien géré !

Cass grimaça.

— On va dire ça comme ça.

Je ricanai en accélérant, le visage plein de sang. *Heureusement qu'on ne passait que par des routes vides.*

Je me garai quelques minutes plus tard dans un silence de plomb. Cass entra la première, suivie par Rachel et vu leur silence, je pouvais certifier que messieurs les connards étaient revenu.

Je débarquai à mon tour, ignorai Kurt qui me foudroyait du regard comme s'il allait me tuer en inspectant sa sœur sous toutes les coutures, jetai un bref regard à Joackim qui emportait déjà sa belle vers leur chambre et montai les escaliers menant à ma chambre toute vitesse.

Je croisai mon reflet dans le miroir de ma chambre et me figeai, ignorant le tremblotement de ma main.

J'étais littéralement couverte de sang, sur chaque parcelle de ma peau, mes cheveux entièrement rouges, mes habits tâchés de sombre.

Je ressemblai à un spectre, un putain de spectre mortel.

J'ouvris le passage « secret » de ma chambre grâce à la fausse décoration de guitare sur mon mur, sans oublier de le refermer et descendu les marches prestement.

Je me servis un verre de whisky, épuisée en contemplant mon plan sur les murs. Un gigantesque visage imprimé que je connaissais par cœur me regardait, entouré de noms, de dates, d'articles, de listes.

L'horloge tournait.

Bientôt.

Je sentis une présence derrière moi. Mon verre se brisa au sol, répandant un liquide ambré sur le sol. Je considérai Taylor, le regard fixé sur tous les plans au mur, les poings et la mâchoire serrés, les yeux luisants de rage.

— Je crois qu'on doit parler *Nix*

Et merde.

CHAPITRE 17

« Et puis il y a ce putain de moment dans la vie, que tu te ramasses en plein dans la gueule sans même le voir, et qui change tout du tout au tout »

Alexandra Kean

Nix 26 janvier 2019

Je me laissai tomber sur le canapé, le regardant avec indécision. Il faisait les cent pas, tantôt me regardant, tantôt regardant le mur couvert de feuilles.

— J'arrive pas à y croire putain.

Je ne répondis rien. Je ne savais même pas ce qu'il avait compris. Ce qu'il n'avait pas compris. Ce qu'il voulait savoir. De toute façon, je n'avais plus le choix.

— BORDEL !

Son cri de rage résonna et il finit par s'affaler dans un des fauteuils en face de moi.

A quel point devais-je lui raconter la vérité ?

Il me regarda l'observer, muette comme une tombe, attendant juste qu'il me dise ce qu'il rêvait de me dire.

Il ricana en secouant la tête, détournant le regard avant de se passer une main sur le visage.

— Je t'ai cherché. Je t'ai cherché partout, dans les quatre coins du monde en espérant retrouver ma sœur. Et toi putain... Tu faisais ça ?

Ça ? Je n'avais pas passé vingt-et-un ans à formater ce plan.

Je haussai les épaules et allumai une cigarette, sans rien répondre.

— Je devrais le dire à Kurt.

Un frisson monta dans ma colonne vertébrale et je levai mon regard vers lui en espérant qu'il ne le pensait pas vraiment. Il devrait oui. C'était même son devoir en tant que membre de la mafia Piratando. Mais s'il le faisait, j'étais morte. Pire que morte. Pire que tout ce que j'avais subi jusque-là.

Pour une raison inconnue, il y avait aussi ce nœud dans ma gorge qui redoutait le moment où Kurt saurait, plus qu'à cause de la menace de douleur physique.

— Je devrai ouais. Mais je ne le ferai pas.

Je fermai les yeux, à la fois soulagée, étonnée et stressée. Il attendait quelque chose en retour. C'était plus qu'évident, et je savais ce qu'il voulait.

— Tu sais pourquoi je ne le ferai pas ? Parce que tu es ma sœur. Ma putain de petite sœur.

Je levai mon regard vers lui, attendant la suite.

— Mais je peux pas passer à côté de ça. Alors je veux savoir. Je veux tout savoir.

Je déglutis.

— Je peux te raconter. Je peux te raconter tout que j'ai vécu pendant que ta famille partait en vrille si ça te chante. Mais je suis totalement incapable de tout te dire. Il est préférable que certaines choses restent inconnues. Tu auras toujours des questions. Des choses que tu ne comprendras pas. C'est la seule chose que je peux t'offrir.

Il me sonda du regard.

— Qui est au courant de toute ton histoire ?

— Personne.

Il regarda le sol, semblant réfléchir, avant d'hocher la tête.

— Bien. Mais n'oublie aucun détail.

Je grimaçai, tentant un peu d'humour.

— Je n'ai même pas le droit d'aller me doucher ?

Il me jeta un regard noir.

— Ne fais pas l'enfant. Tu as voulu jouer dans la cour des grands, maintenant tu assumes.

Un sourire ironique s'étala sur mes lèvres alors que je ramenai la cigarette à ma bouche.

— Je ne fais pas qu'y jouer Taylor.

Il jeta un regard derrière lui avant de soupirer.

— Je veux bien te croire.

Je me levai pour aller chercher deux bouteilles de vodka, en tendis une à Taylor, débouchai la mienne et fermai les yeux en me rasseyant.

— C'est pas joli, joli.

Il ricana alors que j'avalais une grande gorgée d'alcool.

— Je m'en doute.

Je déglutis avant de froncer les sourcils.

— Déjà, comment tu es arrivé là ?

— Je me promenai dans ta chambre, dans l'espoir d'en apprendre un peu plus sur toi. J'ai fait résonner les cordes de ta pauvre guitare et j'ai entendu un grincement. J'ai cherché et je vu qu'il y avait un interstice d'où sortait de la lumière, à côté de la bibliothèque. Je l'ai poussée et j'ai eu la surprise de tomber sur un passage secret à la Indiana Jones. On peut dire que pour en apprendre un peu plus, je n'ai pas été déçu.

Je ricanais et bus une nouvelle fois. J'en aurai besoin de bien plus si je voulais parvenir à raconter mon histoire à Taylor. Même si ce n'était que la version « édulcorée ». Mon frère. Putain de bordel, j'avais un frère.

— Pourquoi tu veux tout savoir ?

Les jointures de ses mains blanchirent alors qu'il les serrait entre elles.

— J'en ai putain de marre de te regarder te détruire sans pouvoir rien faire.

Je ricanai.

— Je suis déjà détruite Taylor.

— Non. Personne ne l'est jamais.

Je le regardai, moitié ébahie, moitié moqueuse.

— Je n'en reviens pas que tu puisses dire un truc pareil.

— Alors raconte-moi.

Je fis la moue.

— Et tu parviendrais à oublier tout ça ? A ne plus jamais y penser ? A ne jamais interférer ?

Il hocha la tête.

— Evidemment. J'ai passé toute ma vie à tenter d'oublier que tu existais. Si le destin me colle ta tête en plein dans la gueule, autant faire en sorte que ce ne soit pas une tête en train de me tuer parce que je présente un danger pour ses petits secrets.

Je secouai la tête en rigolant.

— Quel doux euphémisme...

— Bordel, Nix.

Je plantai mon regard dans le sien, avant de soupirer et de retirer mes talons aussi couverts de sang que le reste de mon corps.

— Bien. Tu devrais prendre un verre.

J'avalai une immense gorgée de vodka et en débouchai une nouvelle avant de fermer les yeux avec un rictus.

— Il était une fois une fillette de trois ans terrifiée dans un fourgon…

Je ne sais pas combien de temps j'ai parlé. Combien de temps j'étais restée là, la bouche ouverte à déblatérer sans relâche face à Taylor, vidant verre sur verre, fumant clope sur clope avant que des larmes silencieuses ne commencent à couleur sur mes joues. J'occultai les secrets. Je ne racontai que mes traumatismes. Mais je crois bien que c'était la première fois que je racontais, vraiment.

La bouche ouverte de terreur, Taylor n'avait bougé que pour se placer à côté de moi sur ce putain de canapé, alors que je me levais, sans jamais cesser de parler, faisant les cent pas, encore, et encore.

Et là, alors que j'arrivais à la fin, à la toute fin, que l'alcool et la nicotine m'empêchaient de penser, que je revoyais en boucle cette putain de douleur, ces foutus images, comme une histoire d'horreur qui ne se terminait jamais, couverte de sang séché, les larmes dévalant mes joues, j'ai senti les bras de Taylor m'entourer.

Dans une autre vie, dans un autre temps, dans une autre réalité, si je n'avais pas été si inconsciente de mes actes à ce moment-là et embrouillée par les substances, je l'aurais sûrement repoussé. Mais non, je l'avais laissé faire, et j'avais pleuré toute l'eau dans mon corps dans le creux de son cou, trempant son tee-shirt alors que je le tâchais de sang et de douleur.

Il me serrait contre lui et quand j'eus enfin fini, il ne bougea pas d'un cil. Je ne pouvais presque plus bouger sous son emprise, mais j'étais trop occupée à pleurer, à déverser ma rage et ma douleur sur ce frère sorti de nulle part pour m'en soucier. Il n'avait rien dit, rien, absolument rien, se contentant de me regarder avec effarement et souffrance alors que je lui racontais tout ce que j'avais vu, tout ce que j'avais senti, tout ce que j'avais vécu comme si c'était la dernière fois que je pourrais le raconter.

Et quand finalement, j'avais commencé à sombrer dans le néant, l'accueillant à bras ouverts pour échapper aux démons de ma réalité, la seule chose qu'il avait dit, le regard fixé dans le mien, c'était :

— Je t'aiderai.

Et puis je crois qu'il avait ajouté quelque chose, mais j'étais déjà partie dans les limbes pour m'en rendre compte.

Je me réveillai la tête lourde, et avec la gueule de bois et remontai immédiatement les marches jusqu'à ma chambre. Taylor était parti, mais fort heureusement il avait eu la présence d'esprit de refermer le passage en partant.

J'étais pleine de sang séché, et c'était vraiment, vraiment désagréable, aussi je me précipitai sous la douche en savourant le contact de l'eau froide sur ma peau.

Je ne savais pas quoi penser. Mais une part de moi était persuadé que Taylor ne dirait pas un mot. J'avais envie de la croire.

Quand j'en sortis, une ombre de muscles se tenait sur le pas de ma porte et je soupirai en séchant mes cheveux.

— Je t'avais dit de dégager Kurt.

Il haussa les épaules sans décoller son regard de moi.

— Tu n'as absolument aucun ordre à me donner. Et avec ce que tu viens de faire je crois que tu peux te la fermer.

Je roulai des yeux mais ne dis rien. J'avais emmené sa petite sœur de 18 ans inexpérimentée combattre l'élite de la deuxième mafia la plus puissante au monde, mais après tout il m'avait bien jeté de chez lui et battu à mort il y a un mot. Je l'avais pardonné, certes, mais ça ne m'empêchait pas de garder un peu de rancœur.

Une femme pardonne mais elle n'oublie pas.

Il s'approcha de moi, une lueur que je connaissais bien dans le regard, mais je l'évitais en me soustrayant à son toucher.

— Tu es d'accord pour que Joackim baise ta petite sœur finalement ?

Il eut un rictus.

— Disons qu'on a trouvé un compromis. Et qu'il n'est pas près de prendre la virginité de ma sœur.

Je grimaçai.

— Il a omis de te dire que c'était trop tard peut-être ?

Il serra les poings mais ne dit rien, son regard braqué sur moi.

— Tu as l'air de vouloir me mettre en colère Nix...

Je ricanai.

— Ça se pourrait bien.

Il m'attrapa par les hanches, collant mon ventre contre son petit problème de dureté.

— Tu veux que je sois en colère contre toi Nix Johnson ?

Je me mordis la lèvre.

— Si tu es nu et en colère, c'est mieux.

Il ricana, je souris, il claqua la porte, jeta ma serviette au sol et me plaqua contre le mur, me dominant de tout son corps, les yeux brûlants de désir.

— A nous deux.

Il déchira son haut, déboutonna son jean, et surprise, il ne portait rien en dessous.

— Pas de préliminaires bébé.

Il me pénétra sans plus de cérémonie, le visage enfoui dans mon cou à aspirer ma peau, alors que je griffais son dos en me cambrant.

Il faisait nuit noire quand Kurt sombra enfin dans sa phase de sommeil la plus profonde. Mes yeux restèrent grand ouvert à ses côtés, rejouant la scène d'aujourd'hui encore et encore dans mon esprit.

« Ne me tue pas Ashley. »

CHAPITRE 18

« Parce que la folie ne se soigne pas, que l'amour est une folie, et que je suis une malade incurable »

Alexandra Kean

Lys avril 2014

Des papillons. Ou des fleurs. Même peut-être des cœurs ? Je n'aurai su dire. Il n'y avait que cette tâche noire en plein milieu du drap que je reconnaissais. Du sang. Du sang par litres. Du sang sombre et luisant qui coulait lentement du corps de papa.

Sa main froide qui faisait gouter le liquide sur le sol. Une goutte après l'autre.

Une goutte.

Une goutte.

C'était beau. C'était mal.

Ses yeux étaient grand ouverts, son visage figé dans un éternel mélange de stupeur et de frayeur. La moquette, si propre que ma mère adorait entretenir était désormais tâchée de sang. Salie à jamais.

Marquée par cette nuit-là.

La lune brillait dehors, elle brillait si fort, d'un éclat si lumineux que mon regard ne pouvait se décider.

Le sang ou l'argent.

Le sang ou l'argent.

Le sang l'argent le sang l'argent le sang l'argent le sang l'argent le sang l'argent....

Le hurlement déchirant de ma mère quand elle entra brusquement dans la pièce fit trembler les murs. Ses joues se couvrirent si rapidement de larmes que je trouvais ça magique. Et elle continuait de crier, crier, crier, crier, et j'en devenais sourde tellement ils étaient aigues.

Elle me perçait les oreilles, encore et encore alors qu'elle tombait à genoux devant papa, maculant sa robe toute blanche de sang. Le rouge se répandit sur la dentelle alors qu'elle rampait pour atteindre papa. Pour atteindre la main froide de papa qui goutait, goutait, goutait, goutait....

Je ne ressentais rien. Rien.

Rien du tout.

Il n'y avait que cette fascination pour l'argent de la lune et le rouge du sang de papa. Encore. Encore. Et encore. Il n'y avait rien, rien, rien que je puisse faire pour ressentir quelque chose.

Il n'y avait plus que ça, et les hurlements de maman, dans sa robe de mariée trempée de sang. Papa était en costume lui aussi. Tout noir alors le rouge ne se voyait pas comme sur maman.

La robe de maman était plus belle teintée de rouge, mais maman ne pensait sûrement pas ça.

Elle cherchait, elle cherchait sur le corps de papa, sanglotant, pleurant, reniflant, gémissant, et hurlant encore. Elle cherchait l'insigne. Elle cherchait le symbole de l'équipe qui avait tué papa.

Et puis elle m'a vue. Elle s'est remise à pleurer. A hurler. Elle est tombée à genoux devant moi. Elle a hurlé, hurlé, hurlé...

Son « non » résonnaient, la maison tremblait, et je pouvais entendre les invités monter.

Maman m'a regardée. Maman a regardé papa.

Et maman a dit « cours ».

Je n'ai rien dit.

J'ai juste lâché le couteau.

Parce que c'est moi qui aie tué papa.

J'ai vagabondé pendant des heures. Ou peut-être de longues minutes, ma robe blanche tâchée de sang, de rue en rue.

C'est maman qui m'avait obligée à porter du blanc. Je ne voulais pas porter de blanc. Le blanc signifiait la pureté. Mais j'étais un démon. Les démons ne portaient pas de blanc. Maman n'était pas d'accord. Maman disait que j'étais malade. Qu'il fallait juste que je prenne mon traitement.

Qu'il fallait juste que je me laisse faire.

Je tournai au coin d'une autre rue et puis j'entendis des pleurs. Comme ceux de maman. Mais en plus faibles. Plus discrets. Plus détruits.

Je m'arrêtais devant la fille qui pleurait, assise dans l'arrêt de bus, une bouteille à la main et des gros trucs scintillants aux pieds.

Elle me regarda, ricana, et but.

— Ils envoient une gosse me kidnapper maintenant ? Les pauvres cons de merde.

Son regard se perdit dans la nuit alors que je m'asseyais à côté d'elle. Mes pieds ne touchaient pas le sol alors je balançais mes jambes, attendant qu'elle me parle d'elle-même. Elle allait le faire. Tout le monde le faisait.

Mais pas elle.

Une heure passa, et elle continua de boire, boire, boire, sans même me prêter attention. Ça me mit en colère. Je méritai l'attention du monde entier.

— Qui es-tu ?

Elle tourna la tête et je croisai ses yeux. Ils étaient bleus, très bleus, mais ils étaient vides, tout vide comme les yeux de papa. Pourtant, elle, elle était vivante.

Elle fronça les sourcils, vit le sang sur ma robe toute blanche, but encore et regarda la nuit.

— Tu as connu la mort petite fille.

Je hochai la tête.

— Je l'ai donnée à mon papa. Il ne voulait pas me laisser être.

Elle ricana, sans rien dire et je fus étonnée. D'habitude les gens ont peur quand je dis ce genre de choses.

— Être... C'est une putain de blague.

Je fronçai les sourcils.

— Ça veut dire quoi « putain » ?

Elle haussa les épaules.

— C'est la définition du monde, petite fille.

Je croisai les bras.

— Je ne suis pas une petite fille.

Elle me regarda, avec un sourire narquois, et sortis une petite pilule toute blanche de sa poche.

—Tu as quoi, huit ans ? T'es peut-être une sociopathe, et tu ressentiras peut-être jamais rien, mais t'es quand même une putain de gosse. Parce que tu ne sais pas tuer.

Je fronçais les sourcils.

— Comment tu sais que je suis une sociopathe ? C'est comme ça que les psy m'appellent.

Elle rigola.

— Tu crois vraiment qu'une gosse de huit ans saine d'esprit débarquerait tâchée de sang parler à une inconnue en train de se saouler et de se droguer pour dire qu'elle a tué son père et qu'elle a aimé ça ?

— Non. Je n'ai pas aimé ça. A vrai dire je n'ai rien ressenti du tout. Et ça ne fait pas de moi une petite fille. Au contraire.

— Tu ne sais pas tuer petite. Tu ne sais pas être. Tu ne sais pas, tu ne sais rien.

— Toi tu sais.

Elle secoua la tête, et regarda les cachets dans sa main, semblant hésiter.

— Tu ne devrais pas les prendre. C'est blanc. C'est pur. Tu n'es pas pure. Tu es un démon.

Elle ricana et se leva en fourrant les cachets dans sa poche. Elle était grande, très, très grande.

— Je suis le diable petite fille, le diable en personne.

Elle me regarda, pencha la tête, et fourra sa main dans sa poche avant d'en sortir un objet étincelant.

— C'est quoi ton nom ?

— Lys.

Elle ricana.

— La vie c'est bien foutu de ta gueule, Lys.

Elle me jeta l'objet et je le rattrapai en l'observant. On aurait dit une clé, une vieille clé sur laquelle était gravée une adresse.

— Je m'en vais Lys. Je ne reviendrai pas avant plusieurs années. Mais dans quelques années, si tu as besoin, tu sais où me trouver petite fille.

Elle s'éloigna sous la pluie battante et je restai là, indécise alors que le sang séchait et collait à ma peau. Vraiment désagréable. Pourquoi donnait elle son adresse et une clé à une inconnue ? Encore plus si elle quittait la ville ?

Peut-être parc que j'étais rousse, comme elle ? Je n'avais que huit ans après tout.

— Je m'appelle Lys ! Je ne suis pas une petite fille !

Elle ne se retourna pas, et continua à s'éloigner avant de disparaître, ne laissant que cette ombre autour et je penchai la tête avant de reprendre mon chemin.

Oui, j'étais plus d'accord, j'étais un démon, et elle le diable.

Je vis une lueur au loin. Une petite maison illuminée de chaleur. Alors je me donnai un énorme coup de poing dans le nez et commençai à pleurer avant d'aller toquer à la porte.

Une dame m'ouvrit et je la regardai, les yeux pleins de larmes. Sanglotant, je leur expliquai que mon papa et ma maman venaient de me mettre à la rue, et que papa m'avait frappée partout.

Elle m'ouvrit la porte et je rentrai en continuant de pleurer, cachant la clé contre moi. J'en aurai besoin un jour, je le sentais très fort.

Mais pour l'instant ; j'allais juste prendre un bon bain chaud dans ma nouvelle maison, pensai-je en traversant le corps de la femme du ciseau qui se trouvait dans la salle de bain.

Lys 27 janvier 2019

Une rue, deux rues, trois rues...

J'arrachai une fougère et soupirai de soulagement envoyant le numéro vingt-quatre apparaître. J'avais tant marché pour trouver cette rue et ce... buisson ?

Je fronçai les sourcils en regardant l'immense tonne de végétation devant moi avant de voir un minuscule interstice et de m'y glisser. Il n'y avait qu'un chemin, envahi par les fougères, les ronces, et plein de petits animaux dégoutants. Dommage qu'on ne puisse pas les tuer, eux.

Je déglutis, en continuant mon chemin. Pitié, faites que le diable habite toujours ici.

J'arrivai une bonne centaine de mètres plus tard devant un immense portail en fer rouillé. *Vachement rassurant....*

Je regardai la clé et l'introduis avec hésitation dans la serrure, mais c'était la bonne. Je respirai, soulagée, et le paysage changea. J'avançai en prenant soin de refermer le portail à clé, regardant les murs désormais dégagés et les herbes coupées et entretenues.

Au moins, quelqu'un avait pris soin de tout ça récemment. Cela voulait dire qu'elle était revenue. Son corps était même peut-être encore chaud.

Vu le silence qui résonnait, elle ne pouvait être que morte. On avait l'impression que la nature elle-même était morte.

J'arrivai soudain devant un second portail, nettement plus moderne. D'un gris métallisé étincelant, des dizaines de caméras et blindé comme jamais. Je veillais à ne pas me faire repérer par les petits objectifs et me glissai dans un angle mort en observant ce qui se trouvait autour de moi. Putain, comment j'allais m'en sortir ? En même temps pénétrer dans la demeure d'une inconnue que j'avais rencontrée il y a quatre ans n'était pas une extraordinaire idée.

Mais elle m'avait donnée la clé, non ?

Je renonçai à sonner à l'interphone, il ne m'inspirait pas, et repérai un arbre tout prêt du portail. Je me faufilai jusqu'à lui, n'apparaissant jamais sur les caméras, pourtant très bien placées, grimpai à l'arbre et sautai sur le portail. M'aidant d'un branche de l'autre côté, je descendis précautionneusement, avant de sourire, fière de moi. J'avais quand même réussi à passer par-dessus trois mètres de hauteur, sur un mètre de largeur, blindé de caméras.

Je continuai à marcher, et enfin j'entendis des bruits.

Je fus accueillie par une demi-douzaine d'hommes armés, l'enfer dans leurs yeux, qui me braquaient, attendant un geste de ma part, mais je ne bougeai pas. Si le diable était morte, j'étais morte. Si elle ne se souvenait pas de moi, j'étais morte aussi. Il était possible qu'elle se souvienne de moi, et me tue tout de même.

Rajustant mon sac sur mon épaule, dans un silence de plomb, la porte s'ouvrit soudainement sur un énorme mec musclé et les hommes se mirent aussitôt à genoux, sans même lâcher leurs armes.

Mais alors que je pensais être exécutée dans les prochaines secondes, une chevelure de feu identique à la mienne passa devant le criminel le plus recherché du monde et me regarda avec un sourire narquois. Elle était exactement comme dans mes souvenirs, à ceci près qu'elle ne pleurait pas, et que ses prunelles brillaient.

— Tu as pris ton temps petite fille.

— Je m'appelle Lys, et je ne suis plus une petite fille.

CHAPITRE 19

« Dans tes veines, coulent le désir et la mort »

Alexandra Kean

Nix 27 janvier 2019

Je regardai Lys avec hésitation. Assise sur les tabourets de la cuisine, elle dévorait un sandwich sans jamais cesser de regarder autour d'elle. Je connaissais ça. Ses sens étaient en alertes, elle guettait l'ennemi, elle prévoyait ses prochains actes, et elle se tenait prête à bouger dans la seconde.

Mais elle avait *douze ans.*

Je soupirai et tournai mon regard vers un Kurt mécontent. Non seulement, elle était arrivée en plein milieu de ce qu'il appelait son petit déjeuner corporel. Ce fils de chien avait été contraint de descendre regarder une sociopathe de douze ans débarquer dans mon jardin comme dans une boulangerie avec la quéquette au garde à vous. Mais en plus il désapprouvait le fait que j'avais donné la clé de chez moi à une inconnue il y a quatre ans, et qu'elle ait réussi aussi facilement à rentrer.

Bon, il n'avait peut-être pas tort sur ce dernier point.

Lys leva soudainement le regard vers moi, plissa les yeux et demanda d'une voix ferme :

— Je prends quelle chambre ?

Je ricanai et allai lui répondre mais Kurt me devança et je le laissai faire. Une sociopathe de douze ans en face du criminel le plus cruel du monde, on allait bien s'amuser.

— Pour l'instant tu te contenteras du carrelage, tu n'as rien à exiger. Tu n'es pas ici chez toi, tu n'es personne. Est-ce que je me suis fait comprendre ? Tu fermes ta gueule, tu bouffes ce qu'on veut bien te donner et tu te fais petite. Si ça ne tenait qu'à moi tu serais morte, comme la gamine capricieuse que tu es.

Je ricanai, la gosse me jeta un regard noir, et Kurt alluma une cigarette. Lys avala le dernier morceau de son sandwich, se redressa sur ses pieds, s'approcha de Kurt et fronça les sourcils en croisant les bras.

— Alors premièrement je te ferai savoir que je possède la liberté d'expressions et que ce ne sont pas tes menaces ridicules qui me feront cesser d'exiger ce dont j'ai envie. Secondement, selon l'adage ce sont les plus gênés qui s'en vont alors si ma présence dans cette villa ne te convient pas tu sais où est la sortie. Troisièmement comme tu le dis toi-même cette villa ne t'appartient pas, mais appartient au diable, et le diable a décidé que je pouvais rester, donc encore une fois si tu es gêné tu n'as qu'à te barrer. Et quatrième et dernier point je m'appelle Lys, j'ai douze ans et je ne suis pas une gamine !

Je grimaçai. Cette pièce allait exploser.

— A douze ans j'avais déjà baisé, tué et torturé plus d'une vingtaine de personnes. Je suis l'homme le plus puissant sur cette foutue planète, et tout ce qui se trouve dessus m'appartient, y compris ta misérable vie et cette villa toute entière si j'en ai envie. Nix possède le pouvoir de décision que je consens à lui accorder et toi tu n'es rien ni personne d'autre qu'une gosse immature atteinte au cerveau. Ta place est dans un asile, bourrée aux médocs, en souhaitant tuer toutes les personnes autour de toi. Je suis le pire criminel du monde, mais toi tu es malade et faible, peu importe l'insensibilité que ton grain peut t'apporter. Personne n'est sans limites, TU as des limites, des limites que tu ignores car tu ne peux pas les jauger car tu ne ressens rien. Tu es une gosse faible, sans passé, sans expérience, sans rien d'autre qu'une clé rouillée et la chance de tomber sur l'une des meufs les plus intelligentes de la terre au détour d'une rue. Alors tu ferais mieux de te plier en quatre, de fermer ta gueule et d'apprendre en silence au lieu de me faire chier sinon je te détruirai tellement que tu voudras mourir tellement tu te détesteras. Est-ce que j'ai étais clair cette fois-ci, gamine ?

Lys déglutit et baissa la tête alors que je prenais une bière dans le frigo en me demandant si je devais être contente ou en colère contre Kurt. Il avait dit en une minute que j'étais sa marionnette mais aussi que j'étais une des personnes les plus intelligentes de cette planète. Je bus une longue gorgée d'alcool en regardant la gosse dégager de la cuisine pour aller aider les gars à installer les prisonniers dans les caves, comme Kurt venait de le lui ordonner. Si elle souhaitait vraiment apprendre à être une criminelle, elle n'aurait jamais meilleur professeur.

C'en était presque mignon.

Mais quelque chose dans cette scène me dérangeait. C'était ce regard, le regard de Kurt sur la gosse. Le même qu'Eva il y a onze ans quand elle m'a montrée pour la première fois comment tuer. Je ne savais pas qu'ils étaient impliqués dans une mafia à l'époque. J'avais encore une chance de m'en sortir malgré mes traumatismes. Mais elle ne me l'avait pas laissée.

— Nix, il faut qu'on en parle.

Je soupirai.

— Il n'y a rien à dire.

Il ricana.

— Tu plaisantes j'espère ? Tu as donné la clé de chez toi et ton adresse à une gamine que tu as croisé dans la rue. Tu es complètement timbrée.

Je soufflai.

— C'était il y a quatre ans. J'étais en bad trip.

Il fronça les sourcils.

— Tu ne te drogues pas Nix.

Je rigolai.

— Je ne me drogue, plus.

Il leva les yeux au ciel.

— J'avais pris beaucoup de différentes drogues ce soir-là. C'est le soir où je suis partie. Je n'ai rien emporté avec moi à part ce qu'il fallait pour prendre l'avion. J'étais totalement inconsciente. J'ai vu une fillette rousse de huit ans couverte de sang et je me suis vue. Alors je lui ai donné ma clé. Je n'ai pas pensé.

Il soupira.

— C'est une chose de le faire il y a quatre ans. Pourquoi ne pas la tuer maintenant ?

Je grimaçai.

— Je ne sais pas. Je suppose qu'elle me rappelle toujours moi. Et puis, tu l'as vue vraiment ? C'est la personne dont tu as eu le moins de problèmes à fouiller le passé depuis des années. Elle a vécu sans le moindre problèmes jusqu'à huit ans, a tué ses parents, a fugué, a tué une dame qui vivait seule chez elle, a été envoyé en centre correctionnel, et elle s'en est évadé hier soir. Il y a des photos, des vidéos d'elle. Aucune personne autour de toi n'a un passé plus transparent.

Il leva les yeux au ciel.

— D'accord, elle reste. Mais elle va apprendre.

Je rigolai.

— Papa Kurt en action pour apprendre à sa fillette comment être une bonne méchante. Comme c'est mignon.

La main de Kurt déboutonnait tranquillement la braguette de mon jean, sa langue léchant ma clavicule et sa main se faufilant dans mon intimité.

— Je vais te montrer ce qu'il fait le mec mignon.

Je grognai en tentant de me dégager.

— Kurt lâche-moi.

Il me retourna brusquement contre lui, son regard noir et luisant d'un désir féroce braqué sur moi.

— Ne te fatigue pas à râler alors que tu en as autant envie que moi et que tu veux juste me faire languir. Laisse-moi te baiser aussi fort que j'en meurs d'envie depuis cinq heures ce matin.

Je grimaçai. Il jeta mon tee-shirt sur la plaque de cuisson, me plaquant contre le frigo.

— Homme de Cro-Magnon.

— Arrête de parler et déshabille toi bordel, tu es beaucoup trop couverte pour ce qui va suivre.

— Tu as pris du viagra ou quoi ?

Je ricanai en envoyant valser mes talons et mon jean. Il me regarda avec un sourire moqueur en enlevant son haut. Il balaya le plan de travail, laissant tout ce qui s'y trouvait se briser au sol en me portant brusquement dessus. Il déchira ma culotte, arracha mon soutien-gorge, déboutonna son jean sous lequel il n'avait toujours pas mis de boxer, planta ses yeux dans les miens et répondit d'une voix rauque de désir.

— Je n'ai pas besoin de médocs pour te faire monter au paradis, bébé.

Il me pénétra d'un seul coup et je poussai un gémissement de surprise et de plaisir, me courbant aussitôt en fermant les yeux alors qu'il entourait mes seins de sa bouche et les dévorait. Ses coups de rein étaient brusques et violents, faisant monter en moi une boule de plaisir sans pareille.

— Si tu m'appelles encore une fois bébé, je ne te parle plus jamais.

Je gémis encore alors que mes ongles griffaient la peau de son dos jusqu'à plus soif. Il accélérait, encore, encore et encore, le frigo tremblait, le plan de travail vibrait et je n'ouvrai plus les yeux que pour croiser son regard insatiable. Je le sentis proche de jouir et retournai la situation. Je me retirai de lui et lui donnai un coup de poing dans le torse qui l'envoya par terre, seulement parce qu'il le voulait bien.

Je me mis sur lui en le regardant avec malice alors qu'il grognait d'impatience, sa queue gonflée de sang et tendue à l'extrême.

Il plaqua ses mains sur mes hanches alors que je me cambrais en le chevauchant, effleurant son sexe sans jamais le laisser me pénétrer. Son jean toujours sur lui me provoquait une sensation extraordinaire, si inconfortable que mon plaisir en était démultiplié.

Son regard était enflammé de désir, de plaisir et de frustration, si bien que lorsqu'il me tira violemment à lui, plaquant sa bouche contre la mienne et me pénétrant de nouveau en reprenant le dessus, je le laissais faire en gémissant de plaisir, mes talons s'enfonçant dans son jean, le baissant inconsciemment.

Mais il s'arrêta brusquement et bloqua mes mains au-dessus de ma tête.

— Tu veux plus me parler ? Pas de soucis bébé, bâillonnée tu peux pas dire grand-chose de toute façon.

Il tendit la main pour agripper sa chemise mais je contrai avec mon genoux.

— Non Kurt.

Il hocha la tête et lâcha le bout de tissu. Il y avait des choses que mon passé avait dessiné en moi d'une telle façon que je ne pourrai jamais l'accepter au lit.

Il plaça sa main sur ma gorge et continua.

Ma peau était trempée de perle de sueur, alors que j'étais plaquée sur le plan de travail, mes mains enserrant violemment les épaules de Kurt, la tête rejetée en arrière et les yeux clos, prenant tout ce qu'il me donnait encore, encore, encore, et encore sans jamais m'arrêter.

Je versai des larmes de plaisir quand il me mordit le sein dans élan de sauvagerie, me plaquant encore plus sur le marbre, quand enfin, il me donna un coup de rein fatal. Je m'écroulai au sol dans un orgasme puissant, envahie par des étincelles dans chaque partie de mon corps. Quand je repris conscience du monde autour de moi, je clignai des yeux pour voir la vision extraordinairement érotique de l'homme le plus puissant au monde le visage tendu, les muscles bandés et les yeux fermés d'un plaisir sans pareil.

CHAPITRE 20

« Comme une douce écume dans un océan déchaîné. Elle disparaîtra vite mais putain qu'est-ce qu'elle est belle »

Alexandra Kean

Nix 28 janvier 2019

Je me réveillai doucement enfoncée dans le matelas de mon lit, distinguant difficilement les meubles autour de moi. J'aperçus Kurt assis au bord du lit à quelques mètres de moi, fumant une cigarette en silence. La nuit était tombée, et la villa était d'un calme absolu. Je me redressai en grimaçant. Mes membres étaient complètement courbatus et crispés par certains agissements d'une certaine personne pendant toute l'après-midi.

La chambre était remplie d'une délicieuse odeur de nicotine et un vent frais me hérissait la peau. Kurt se retourna en silence, me contemplant sans rien dire, alors que ses doigts pianotaient sur ma taille. Plongée au fond des draps, je soupirai en regardant l'ombre du criminel en contre-jour de la lumière de la lune. Il posa une main sur ma cuisse et la caressa distraitement en continuant de fumer. Je m'enfonçai dans les oreillers en fermant les yeux et quand je les rouvris, Kurt s'était assis juste à côté de moi. La fumée de sa clope se répandait dans l'air alors que ses yeux me sondaient avec une étrange lueur de mélancolie.

— Pourquoi tu es revenue à Paris quand je t'ai viré au Mexique ?

Je haussai les épaules. Je ne pouvais pas lui répondre. J'en avais marre de fuir.

Kurt attrapa une de mes mèches de cheveux qui traînaient sur le drap, sans vraiment me regarder et joua avec distraitement.

— Est-ce que tu es déjà tombé amoureux Kurt ?

Je le regardai droit dans les yeux et il eut un étrange sourire en se passant une main dans ses cheveux.

— Jamais. Je ne vois même pas comment tu peux poser la question. Et toi ?

— Oui. Deux fois.

— Deux fois ?

Je haussai les épaules sans rien ajouter de plus et fermai les paupières en sautant son doigt passer lentement sur ma clavicule. Un long silence passa, pas un de ces longs silence gênants mais un de ces moments de flottement où l'impossible semble pouvoir arriver, où le plus inhumain de tous redevient normal quelques secondes.

Il n'y avait que le bruit de nos respirations, et lui qui caressait ma peau incessamment. Qu'est-ce que je ne donnerai pas pour savoir ce qu'il pense…

— Kurt ?

Ma voix trembla et il haussa un sourcil en posant une main sur ma cuisse alors que la lumière de la lune éclairait son visage.

— Qu'est-ce que tu vas faire de moi ?

Mon regard le transperça et une étrange lueur passa dans ses prunelles mais il ne répondit rien. Un long silence passa et je posai mes jambes sur ses cuisses en fermant les yeux. Il posa sa main sur mon mollet alors que seul le bruit de nos deux respirations se faisait entendre dans la chambre.

— Ce serait plutôt à moi de te demander ça.

Il eut un étrange ricanement ironique et je vis ses yeux briller.

— Il y a une guerre qui s'installe Nix. Une foutue putain de guerre qui va faire des millions de mort. J'aurai ma vengeance. Et les Ikanovitzch mourront. Tous. Les uns après les autres. Jusqu'à Ashley, en passant par la totalité de leur mafia. Les Etats-Unis seront réduits à feu et à sang, jusqu'à n'être plus qu'un putain de champ de ruine où le plus fort prendra le pouvoir.

Il resserra sa prise sur mon mollet.

— Moi.

Il planta ses yeux dans les miens et sa main grimpa jusqu'à mon ventre, couvrant ma peau de chair de poule.

— Tu seras où dans ce bordel putain Nix ?

Je laissai divaguer mon regard et il s'allongea sur moi, les muscles tendus, ses poings enfoncés dans le matelas, son regard noir plongé dans le mien et ses jambes mêlées aux miennes.

Je tremblai et fermai les yeux en sentant une larme couler sur ma joue pour une raison inconnue.

— Là où tu voudras Kurt. Toujours.

Il plongea sur mes lèvres et je sentis un étrange goût salé s'ajouter au baiser, mais ce n'était pas moi. Je rouvris les paupières et contemplais les pupilles brillantes de Kurt et la goutte qui avait coulé sur sa joue. Il arrêta le baiser et chuchota tout contre mes lèvres en fermant les yeux.

— Dis-moi que je ne serai pas obligé de te tuer quand je saurais Nix. Promets-le-moi bordel.

Il rouvrit les paupières pour me regarder alors que je restais muette, tremblante. Je ne pouvais pas lui promettre ça. Parce que c'était faux et il le savait, il le savait mieux que personne.

Mais il se contenta de me contempler, les yeux brillants alors qu'il plaquait à nouveau ses lèvres contre les miennes.

— Tu es époustouflante Nix.

Je rigolai et passai mes mains dans sa nuque pour l'attirer contre mon corps.

— Ne dis-pas des choses comme ça fils de chien. Je pourrai tomber amoureuse.

Il ricana et m'enfonça dans le matelas en écrasant sa bouche contre la mienne. Il me fit passer au-dessus sans cesser de m'embrasser, une main fourrée dans mes cheveux et l'autre pressant ma cuisse. Il me plaqua contre son torse et envoya valser ma chemise à travers la pièce pendant que je lui retirais son boxer.

Il me regarda dans les yeux et, pressant mes fesses avec un sourire narquois, plongea sa tête dans ma poitrine alors que je fourrais la mienne dans son cou pour aspirer sa peau couverte d'encre.

J'ondulais contre lui qu'il me frustrait encore et encore refusant de me soulager, avant de me plaquer à nouveau contre le matelas, et de me tourner sur le ventre. Il m'immobilisa, une main sur ma nuque et je sentis ses lèvres parcourir ma colonne vertébrale. Je gémis, me courbant dans l'espoir d'en obtenir toujours plus, mais il ne bougea pas et je sentis soudain sa main sur mon tatouage. Ou plutôt, son tatouage.

Il lécha les contours de la tête de mort et je le sentis durcir contre ma jambe, ses mains se resserrant encore sur mes hanches.

— Tu m'appartiens Nix.

Il me retourna brusquement, planta son regard dans le mien et me pénétra.

Ses coups de reins furent si forts et puissants que j'avais l'impression qu'ils resteraient gravés en moi pour toujours. Il me renversa encore, je me courbais de nouveau et il s'enfonça plus profondément à chaque fois.

Je repris mon souffle contre son épaule, agrippée à ses bras et ricanai doucement.

— Va plus doucement, tu veux atteindre mon âme ou quoi ?

Il rigola et accéléra, me faisant basculer la tête en arrière, plongée dans une ivresse de plaisir.

— C'est déjà fait Nix.

Je fermai les yeux en me laissant emporter par le plaisir, ne pensant plus qu'à ces putains de sensations de dingues et à cette foutue larme qui coulait sur ma joue.

Parce qu'il avait sûrement raison.

Et que ça me brisait.

CHAPITRE 21

« Le passé ne peut jamais être oublié. Ni pardonné »

Alexandra Kean

Nix 28 janvier 2019

Je me réveillai brusquement et attrapai aussitôt la bouteille de vodka qui traînait à côté en regardant autour de moi. Kurt avait déserté les lieux, et un froid glacial régnait dans la pièce.

Je me levai avec difficulté, complètement courbatue. Cet enfoiré avait oublié de fermer la fenêtre. Je n'étais peut-être pas très saine d'esprit mais jusqu'à preuve du contraire, je n'avais pas non plus besoin de soins par cryogénisation.

J'enfilai un short et un top blanc avant de descendre pied nus à la cuisine où se trouvait déjà Alexis. Il me regarda avec un sourire narquois et me jeta une bière que j'attrapais en le rejoignant.

— Qu'est-ce que tu fous ?

Il ricana.

— Notre chanteuse préféré a la voix enroué dites donc ! Mais qui peut bien t'avoir fait crier comme ça ?

Il fit sauter un pancake dans la poêle en me jetant un regard moqueur auquel je répondis par un coup de poing dans l'épaule.

— Ouche ! Non mais ça va pas !

— Ferme ta gueule Alex, et passe-moi des pancakes plutôt.

Il leva les yeux au ciel en rigolant et déposa deux pancakes dans l'assiette en face de moi.

— Les Ikanovitzch vont finir par frapper bien plus fort que ça, tu le sais n'est-ce pas ? Ils jouent petit depuis que tu es revenue, et ça ne sent pas bon.

Je grommelai en versant du chocolat dessus.

— Ouais, je sais je sais, et bien le plus tard sera le mieux.

Il fronça les sourcils.

— Je sais que je n'étais pas là pour toi, pendant toutes ces années.

Je haussai les épaules.

— Je ne t'ai pas laissé le choix Alexis.

Il soupira.

— Ce n'est pas la question. Je me fiche de savoir réellement pourquoi tu es partie sans moi, même si j'apprécierai que tu me le dises. Mais Nix… Je n'oublierai jamais toutes les fois je t'ai récupérée après les punitions d'Arkadi, après Ian-

Il n'eut pas l'opportunité de finir sa phrase.

— Je ne suis plus cette fille Alexis. Et ne parle pas de ça ici.

Il haussa un sourcil.

— Tu es sûre ? Je sais que tu as changé. Tu t'es endurcie, tellement endurcie que parfois je ne suis pas sûr de te reconnaître. Mais je ne suis pas aveugle. Pendant les quatre ans où tu as disparu, tu n'étais pas exactement en thérapie. Est-ce que tu es sûre que tu es prête à leur faire face Nix ?

Mon visage se durcit.

— Oui.

Il entoura mon cou avec son bras.

— J'en suis pas si sûr.

Je soupirai.

— Qu'est-ce que ça change Alexis ? Après tout, je vais mourir. Je n'aurai pas le temps de guérir, pas le temps de m'appesantir sur ce que je ressens.

Il fronça les sourcils.

— Je ne pense pas qu'il te tuera Nix. Il semble bizarrement… S'attacher à toi.

Il avait dit ça avec dégoût. Je souris tristement.

— Kurt Smith ne s'attache pas. Et même… Il ne m'en tuera que plus violemment.

Il me serra dans ses bras et le silence reposa entre nous quelques secondes avant qu'il ne se gratte la gorge.

— Bon, et tes fans alors ? Ils attendent de te revoir.

Je relevai mon regard vers lui et soupirai.

— Ils ont attendu trois ans peuvent bien attendre encore un peu non ? Et puis je suis sortie avec Taylor il y a à peine quelques jours. Ils m'ont vue, ils savent que je suis là, c'est tout.

Alexis me regarda avec une pointe d'amusement en déposant un verre de jus d'orange frais sur le comptoir.

— Justement. Ils attendent de te voir agir comme la célébrité que tu es. Et aussi comme la sœur que tu es. Les journaux ont deviné rapidement que tu étais leur petite sœur disparue. Ils attendent que tu confirmes les rumeurs, que tu sois heureuse d'avoir retrouvé ta famille biologique. Tu dois agir comme quelqu'un de normal.

Je le regardai sans rien dire et il leva les yeux au ciel.

— Bon d'accord tu n'es pas normale. Mais il n'empêche que tes fans, eux, sont normaux, et pensent que tu l'es. Et si tu veux qu'ils continuent à le croire...

Il me fit une moue explicite avant de mordre à pleine dent dans son pancake. Je soupirai et lui balançai le fouet de pâtisserie dans la figure. Il l'évita et me jeta un regard moqueur.

— Je déteste quand t'as raison.

Il rigola et planta un baiser sur mon front avant que j'aie pu faire quoique ce soit.

— C'est toujours un plaisir beauté.

Il s'enfuit vers la sortie alors que je mordais dans mon pancake avec énervement, quand il repassa sa tête dans l'ouverture.

— Au fait, Adam et sa petite copine arrivent à quatorze heure, pour votre magnifique après-midi en famille !

— Qui a organisé ça ?!

Mais il était déjà parti.

Je vais le tuer. Le tu-er.

Cass entra dans la cuisine et piqua un de mes pancakes avec un énorme sourire, les joues rougies et les cheveux en bataille. Je rigolai.

— Toi tu as bien commencé ta matinée.

Elle me jeta un regard moqueur.

— Sûrement moins violemment que toi, vu ta tête on dirait que Kurt t'as prise par derrière.

J'ouvris de grands yeux et fis semblant de lui lancer une spatule.

Elle rigola.

— T'en as pas marre de jeter des objets à tout va ? On dirait une névrosé.

Je levai les yeux au ciel.

— C'est soit ça, soit je frappe les gens.

— Où alors tu contrôles tes pulsions ?

Je grimaçai.

— Non ça ne me dit rien.

Elle soupira.

— Bon, comment ça va avec mon frère ?

Elle haussa un sourcil de surprise.

— Ton frère ? Il y a du progrès dans l'air dites donc.

— Ne t'emballe pas.

— Ça va. J'ai du mal à arrêter de cauchemarder d'Andrew.

Je fronçai les sourcils. Andrew était son ex-petit copain. Il l'avait surprise en train de se faire violer par son meilleur ami et avait pensé qu'elle le trompait. Il était membre d'un gang, elle était lycéenne sur le point de participer aux jeux olympiques de patinage artistiques. Il l'avait battue à mort de rage, et tué ses parents. Les séquelles physiques l'empêchaient de refaire de la compétition pour toujours. Elle m'avait croisée quand j'avais fui Kurt en juillet dernier. Après qu'il m'ait récupérée, il avait laissé Taylor enquêter sur elle. Et voilà où on en était.

— Les cauchemars finissent par s'en aller ?

Je ne pus m'empêcher de rigoler quand elle me dit ça.

— Ce n'est pas à moi qu'il faut demander ça ma belle. Mais je pense que tu as encore une chance de t'en sortir.

— Tu ne penses pas que toi aussi ?

Je lui souris sans répondre. J'étais détruite définitivement depuis longtemps.

Elle allait ajouter quelque chose après avoir avalé, quand une silhouette déboula en furie.

— Joackim est mon prince charmant. Il faut que je vous raco-

Elle s'arrêta net en ouvrant grand les yeux devant moi et souffla.

— Et bien, mon frère t'as prise par l'autre porte cette nuit ?

Mon verre s'écrasa à deux millimètres de sa face. Je sortis de la cuisine, énervée comme jamais, mais Rachel me retint par le bras.

— Tu n'aurais pas tes règles par hasard toi ?

Je fronçai les sourcils.

— Je ne les ai pas eues depuis… Extrêmement longtemps.

— C'est-à-dire ?

— Au moins six, sept ans.

Elle écarquilla les yeux.

— Hein ? Mais c'est pas possible !

Je levai les yeux au ciel.

— Entre la vodka, la nicotine, la drogue, la famine et les blessures, j'aurai été surprise de toujours avoir un cycle.

— Tu te droguais ?

Je soufflai.

— Mais pourquoi tout le monde est toujours surpris de savoir ça ?

Un sourire de vainqueur s'étala sur son visage.

— Tu n'as pas l'air du genre à te droguer, aussi étrange que ça semble. Sauf que maintenant tu ne te saoules plus autant qu'avant et tu consommes plus d'énergie, tu manges mieux aussi, et tu as rythme de vie. Donc tu as sûrement tes règles. Et vu ton caractère de cochon...

Cass grimaça.

— Elle veut dire, plus que d'habitude.

Rachel rigola.

— Sans être devin je peux dire que tu as tes règles.

Je levai les yeux au ciel.

— Tu te bases sur des clichés sexistes. Tu disais quoi à propos de Joackim ?

Elle s'accouda au comptoir.

— On ne l'a pas encore fait, mais hier soir on a…

Elle rougit.

— Vous savez, fait des préliminaires.

Je ricanai.

— Tu peux le dire, tu l'as sucé, c'est pas gênant. T'es capable de me demander si ton frère m'a sodomisée, mais pas d'expliquer que Joackim a trouvé ton clitoris ?

Elle rougit de plus belle en rigolant alors que Cass soupirait.

— Ce n'est pas parce que tu n'as jamais été timide, ou eu ta période de découverte du sexe Nix que tu dois être aussi méprisante.

Un froid recouvrit ma peau. Non, je n'avais jamais eu de « période de découverte ». On me l'avait volée. Forcée. Je n'avais jamais eu l'occasion d'être timide avec mes amies en racontant mes ébats. Je n'avais jamais eu le temps de me questionner sur comment un doigt à l'intérieur de moi me faisait sentir.

Je sortis de la cuisine avec un regard noir, en les laissant rigoler. Leurs rires me poursuivirent jusqu'à l'étage, où je constatai que Rachel avait raison.

J'avais leur âge quand j'avais fui. C'était il y a seulement quatre ans. Pourtant je me sentais bien plus vieille qu'elles. Décalée.

Je m'habillai plus chaudement en ignorant le froid dans mes veines. En passant devant le miroir je crus voir la moi de quatorze ans terrifiée, et je clignai des yeux pour la chasser.

De temps en temps, je sentais leurs mains sur moi comme si c'était hier, je sentais tout, je voyais et revivais chacun de mes traumatismes comme s'ils étaient arrivés en même temps et ça me submergeait tellement que je n'arrivais plus à respirer.

Certains appelaient ça une crise de panique. J'appelai ça une lampe cassée et une nouvelle raison de me saouler.

Je redescendis rapidement après m'être calmée pour trouver Alexis affalée sur le canapé.

— Pas de nouvelles des Ikanovitzch ?

— Non aucune, je t'aurai prévenu sinon, tu le sais bien.

— Mmh.

Je grommelai en le regardant jouer à son jeu, ultra concentré. Fonate, fortnete, fonite, quelque chose comme ça. Nos ennemis pouvaient venir nous tuer à tout moment et il ne trouvait rien de mieux à faire qu'être sur un jeu vidéo.

— Tu vas faire quoi ?

— A quel sujet ?

Il soupira.

— Tu sais à quel sujet. Tu ne vas pas rester éternellement à attendre qu'ils mettent en place un coup.

— Et pourquoi pas ?

Il roula des yeux en tuant un adversaire.

— Parce que dans quelques mois, ton petit Kurt va prendre le contrôle de cette foutue planète, et que si tu ne veux pas qu'il découvre ce que ton frère a découvert tu vas devoir la jouer fine, efficace, tout ce que tu veux, mais jouer très vite.

Je roulai des yeux en piquant une chips sur la table basse.

— Mais Kurt le découvrira, au bout moment. C'est le plan. Et je serai enfin libre, au ciel.

Alexis me foudroya du regard en se penchant vers moi.

— Arrête de dire des âneries pareilles Nix, on sait toi et moi que tu ne veux pas mourir. Tu as encore moins envie que Kurt ne découvre la vérité.

Je fronçai les sourcils et il argumenta.

— Parfois quand tu le regardes, je vois le même regard que tu donnais à Ian.

— Tu dois halluciner.

Nous nous sondâmes du regard, et Lys profita de cette occasion pour arriver dans le salon.

— J'ai quoi pour petit-déjeuner ?

— Ce que tu iras chercher grâce aux jambes que la nature t'as fourni.

Elle plissa les yeux mais ne dit rien et partit en silence à la cuisine avant de revenir aussitôt, une tranche de brioche à la main.

— Vos prisonniers sont assez intéressants.

Je haussai un sourcil interrogateur en avalant une longue gorgée de vodka.

— Ils ont une façon de penser fascinante, à toujours croire qu'ils sont les prédateurs alors qu'il est assez évident qu'ils sont des victimes.

Je ricanai.

— Tu es bien à côté de la plaque petite fille. Tous ceux qui sont enfermés dans les caves sont des prédateurs de première catégorie et tu as bien de la chance qu'ils soient attachés parce qu'autrement tu serais morte. Tu es seulement une sociopathe, petite.

Elle plissa les yeux de colère en se relevant d'un bond.

— Je ne suis pas petite. Tu as une grande tendance à mettre mes nerfs sous pression.

Je grognai alors que la sonnette de l'entrée principale retentissait. *Adam.*

— Bravo Sherlock, c'est volontaire.

Taylor arriva derrière moi et regarda Alexis en se dirigeant vers la porte.

— C'est toujours ok pour ce soir ?

Une violente explosion retentit sur son jeu et son personnage commença une étrange danse alors qu'Alexis poussait une exclamation de joie.

— ET BOUM TOP 1 !

Puis il tourna un sourire franc vers Taylor.

— Evidemment Tay ! Au calcio à 20h ?

Mon frère hocha la tête.

— Ouais mais te fais pas repérer par les journalistes de merde, le calcio est un bar de la mafia. Kurt et Joackim seront là aussi.

Ils nous font quoi là ? Une sortie entre mecs ?

— Bon allez je vais ouvrir à Adam avant qu'il se congèle et que Lisa nous pique une crise. Nix, sois diplomate d'accord ? Ne tue pas Lisa.

Il claqua la porte. Je fronçai les sourcils en reportant mon attention vers Alexis.

— Qui est Lisa ?

Il ouvrit la bouche pour me répondre mais au même moment la porte s'ouvrit brusquement pour laisser une fille d'un mètre soixante-quinze au moins apparaître.

Elle regarda autour d'elle, retira son manteau en plaquant un carnet et un stylo avec *des plumes roses*, sur son torse et m'aperçut. Son visage s'éclaira d'un énorme sourire et elle se planta juste devant moi, en pantalon vert, tee-shirt rose et bottes jaunes.

— Nom d'une pipe ! Tu es Ash's !

Elle se mit à sautiller sous mon regard ébahi.

— Je suis la presque belle-sœur d'Ash's ! Faut que je le dise à toutes mes copines ! Adam ! Pourquoi tu ne m'as pas avertie ?!

Elle se figea, sans se départir de son grand sourire et me tendit une main enjouée.

— Moi c'est Lisa je suis trop enchantée de te rencontrer ! Je suis la petite copine d'Adam ! T'es vraiment sa sœur, c'est juste mais IMBELIEVABLE !

Que dire ?

Son sourire.

Sa tenue.

Son accent anglais.

Son comportement.

Je vais la tuer.

CHAPITRE 22

« Et à présent et pour toujours, je suis invincible »

Kurt Smith

Kurt septembre 2008

Je regardai le pistolet que papa venait de me donner en fronçant les sourcils.

— Kyle, on n'a pas toute la journée alors mets toi en position et plus vite que ça.

Je regardai papa et finis par hausser les épaules. Il tenait mal son arme, son pouce était juste derrière la culasse alors il allait être blessé pendant le tir.

Je pris correctement mon arme sans m'en préoccuper et commençai à tirer, comme tous les matins depuis que j'étais né. Et comme tous les matins chacune de mes balles atteignit le centre de la cible.

Je soupirai quand mon chargeur fut vide avant de me tourner vers papa, qui comme je l'avais prédit était en train d'injurier tous les dieux du monde en appliquant du tissu sur sa blessure.

— Je peux aller voir Rachel ?

Il ricana en me foudroyant du regard.

— Tu veux aller voir ta petite pute mon garçon ? Tu te crois meilleur que moi hein ?

Je sentis tout un coup ma tête valser vers la droit et serrai les dents sans rien dire, accusant le coup en silence, comme il me l'avait appris.

- Mais tu ne seras jamais personne tu m'entends ! Jamais ! Tu seras le petit soldat de ton frère, parce que c'est tout ce que tu es, un soldat. Un pion. Une arme. Rien. Est-ce que tu m'as compris Kyle ?

— Oui papa. Je sais papa. Je peux aller voir Rachel papa ?

Il ricana et lâcha ma mâchoire en m'envoyant valser sur le sol. Je me relevai aussitôt et replantai mes yeux dans les siens sans moufter.

— C'est ça va voir ta petite pute tiens. Je me ferai un grand plaisir de la tuer quand tu auras compris qu'elle est une erreur de la nature.

Ça n'arrivera jamais papa. Tu ne poseras jamais la main sur elle.

Je gardai cette pensée pour moi et sorti de l'armurerie aussi vite que j'y étais entré.

Je marchai longtemps, très longtemps avant d'arriver devant l'école de Rachel. Elle était très laide, très banale, mais le sourire de ma sœur quand elle me vit valait toujours le détour.

— Kyle !

Je lui souris et elle m'agrippa le bras pour nous entraîner dans le gymnase de son école. Je crochetai la serrure comme papa m'avait appris et elle rentra en courant s'allonger sur les matelas.

— Alors ? Tu l'as apporté ?

— Oui, ça n'était pas très compliqué.

Je lui donnai le couteau en plastique que j'avais chipé à l'armurerie et elle sourit encore plus.

Elle n'avait pas le droit d'apprendre à se battre. En fait, elle n'avait même pas le droit d'aller à l'école, mais papa la détestait tellement qu'il ne voulait pas savoir ce qu'elle faisait de ses journées. J'avais fait en sorte qu'elle y aille.

— Oh mais il est vraiment trop génial ! Tu sais vraiment t'en servir ?

Je hochai la tête et elle prit l'arme avant de danser avec en faisant des postures de superhéroïne.

— Bam bam bam ! Plus tard je serai Wonder Woman !

Je rigolai.

— Et je veillerai sur toi.

Elle croisa les bras en jetant le pistolet sur les matelas.

— Faut toujours que tu gâches l'ambiance !

Je haussai les épaules et elle s'assieds à côté de moi.

— On repart bientôt ?

— Dans trois jours.

— Je ne pourrai plus aller à l'école, hein ?

Je la regardai sans rien dire. Elle avait à peine six ans. Elle ne devrait pas voir tout ça. C'était ma responsabilité.

— Ne t'inquiète pas, je te ferai l'école moi-même.

Elle roula des yeux en se relevant.

- T'es con Kyle. Papa ne te laissera même plus me voir. Tu vas avoir quatorze ans... Il va t'envoyer au loin. J'ai peur quand je m'endors. Ma cellule est toute froide. Je suis trop grande pour te rejoindre sans qu'on me voie.

Je fronçai les sourcils.

— Je te protégerai Rachel. Toujours.

— Tu ne peux pas Kyle. Un jour tu ne pourras plus.

— Alors je les tuerai tous.

Elle leva les yeux au ciel.

— Ça ne changera rien. Je ne pourrai jamais être une fille normale comme Camille dans ma classe.

Je souris tristement.

— Je suis désolé pour ça.

Elle serra les dents et ne répondit rien.

— Je ne serai jamais Wonder Woman Kyle. Parce que les Super-Héros n'existent pas et que je ne suis qu'une bâtarde qui a froid et faim la nuit.

Je plissai les yeux et me levai juste à côté d'elle.

— Je suis ton superhéros.

Elle me sourit et je la serrais dans mes bras.

— Et toi ? Tu vas faire quoi ?

Je restai silencieux.

Quand je serai assez grand, je vengerai ma sœur.

Kurt 15 juillet 2011

– Alors mon fils tu as aimé ça je parie ? Foutre ta queue dans ce corps vierge de cette petite pute de Ikanovitzch ! Alalala, je suis passée juste après toi, un délice cette petite chatte !

Je serrai les dents en déchargeant et chargeant mon arme sans rien dire.

Ouais c'était une Ikanovitzch. Mais elle ne savait rien putain. Elle ne savait rien du tout, elle savait juste qu'elle n'en sortirait jamais indemne. Je l'avais vu dans son putain de regard quand elle m'avait regardée, elle ne me suppliait pas de la libérer. Elle me suppliait de la tuer.

Cette fille serait à jamais complètement détruite, et pour quoi ?

A cause de mon père. De ce putain de père de merde qui me considérait comme son petit soldat et cette chiasse de frère qui était enfermé avec elle dans la cellule depuis des heures. Il aimait ça. Il aimait la violer.

Ce gang n'avait aucun honneur. J'avais tenté d'en trouver pourtant. Pendant toutes ces années, depuis que j'étais né à toujours essayer de voir où se trouvait la putain de raison, mais il n'y en avait aucune. Mon père ne voulait pas le pouvoir, il ne voulait pas la puissance, non. Il ne voulait rien, rien que le plaisir de détruire, de regarder les gens se briser et se plier en deux de peur devant lui. Il voulait juste sentir son cœur battre, et prétendre qu'il était là, alors que mon père n'était qu'un monstre abominable qui avait réduit ma mère et ma sœur à un tas de cendre.

Brad sortit de la cellule et me regarda avec dégoût traînant une fille derrière lui. Je cru que c'était la russe, mais je me relevai d'un seul coup, mon arme au poing en voyant Rachel, les joues couvertes de larmes, tremblant de tout son corps et le regard vide, une immense trace sanglante sur la joue.

— J'ai été obligé de la forcer à regarder ce que je faisais à cette pute. Ma petite bâtarde de sœur ne peut pas être aussi naïve, alors je l'ai amené voir cette pute. Elle a une chatte délicieuse ! Je voulais aussi la prendre par le cul mais y avait trop de sang partout et je crois qu'elle s'était chié dessus. Bon allez, on va fêter ça ! Et arrête de pleurer ! Mais qu'est-ce que t'es faible, c'est pas possible, tu veux que je te viole aussi pour t'apprendre à arrêter de pleurer ? Parce que je peux te garantir que cette salope d'Ikanovitzch elle arrive même plus à pleurer maintenant !

Je croisai le regard de Rachel. Elle sut ce que j'allais faire. Je le lui avais dit, il y a des années. S'il lui arrivait quoique ce soit, je les tuerais tous.

J'aurai dû le faire plus tôt.

Rachel se détacha de Brad et mon putain de grand frère ne la retint pas alors qu'elle allait s'enfermer dans la chambre. Je posai ma main sur la mitraillette qui traînait sur le canapé. Il y avait des armes partout. Des hommes partout.

Mais j'étais plus fort, plus doué, plus intelligent et plus entraîné. J'étais plus puissant que tous ceux rassemblés ici. Je m'étais entraîné pour ce jour.

La chiasse qui me servait de famille était bien trop occupée à ricaner de ce qu'ils venaient de faire à Ashley Ikanovitzch pour me voir. Pour voir la balle se planter dans leur poitrine et les tuer sur le champ, les yeux écarquillés de stupeur. Ils auraient dû payer plus longtemps, ils auraient dû mourir lentement et en souffrance, mais je n'avais plus le temps. J'avais une putain de vengeance à construire.

Leur sang éclaboussa mes vêtements et je sentis cette d'adrénaline malade se répandre dans mes veines quand je tuais chaque personne présente dans cette pièce. Pour chaque meurtre, un frisson de plaisir dans mon sang. Pour chaque vie, un sentiment d'accomplissement.

Mon frère tomba le dernier, avec une amère rancune à jamais dans ses yeux.

Et le silence retomba dans la pièce. Les balles et les cris n'étaient plus là, ne laissant place qu'au fantôme de ces hurlements, à ces murs à jamais marqués de sang et à ces corps et ces yeux exorbités qui pissaient le rouge et la chair brûlée.

Les muscles bandés, l'arme au poing et couvert de sang, je restai là à les regarder alors qu'un sentiment de puissance s'emparait de moi.

— Kyle...

Je sentis Rachel avancer derrière moi. Sa voix tremblait.

— Non. Je suis Kurt. Je ne serai plus jamais Kyle.

Elle me regarda avec une étincelle d'admiration et d'un seul coup les soldats de mon père qui gardaient l'entrée débarquèrent.

Ils examinèrent la pièce et se figèrent en me voyant. Et puis lentement, très lentement, sans lâcher leurs armes, ils tombèrent à genoux, la tête et les yeux baissés.

J'allais bâtir un putain d'empire.

Une putain de mafia.

Ma mafia.

CHAPITRE 23

« J'en n'ai rien à foutre que les gens ne m'aiment pas. Tout ce que je veux c'est être aimée »

Alexandra Kean

Nix 28 janvier 2019

Lisa n'arrêtait pas de parler. Il me semblait qu'elle en était à me raconter un devoir d'atelier d'art, avec un grand sourire qui me sortait par les yeux.

Pourquoi n'arrêtait-elle pas de sourire ?

Je ne savais pas ce que je faisais là, et l'envie de partir me démangeait presque plus que l'envie de la tuer. Mais à chaque fois, à chaque fois que je faisais mine de me lever, elle semblait me retenir d'une façon ou d'une autre.

— Et toi tu en penses quoi ?

Je lui offris mon plus beau sourire en resserrant ma prise sur le couteau que je cachais dans ma veste.

— J'en pense que si tu n'arrêtes pas de me saouler avec tes histoires de feutre et de téléréalité, je vais te traverser le cœur avec la lame que je tiens dans ma main.

Elle éclata de rire.

— Tu es vraiment trop drôle comme belle-sœur ! Vraiment je t'adore ! En plus Adam m'a proposée de rester quelques temps chez toi pour qu'on puisse faire connaissance.

C'est décidé, elle n'a aucun instinct de survie.

J'éclatai d'un rire tonitruant au moment où les garçons revenaient.

Adam me sourit.

— Eh bien alors vous avez l'air de vous amuser !

Je le foudroyai du regard en enlevant la main qu'il avait posé sur mon bras avec une moue de dégoût.

— Non, je ne crois pas. J'expliquai justement à ta *petite amie* que si elle n'arrêtait pas de me casser les oreilles avec ses histoires, elle mourrait. Elle ne me prends pas au sérieux, et c'est *vraiment* dommage. Mais si tu tiens à savoir ce qui m'a tant fait rire, c'est que ta charmante amie que tu aimes tant semble penser que tu lui as proposé de passer quelques jours chez moi ?

Il déglutit en se frottant la nuque.

— J'avais évoqué l'idée, je voulais t'en parler...

— Oh mais avant toute chose tu ne crois pas plutôt qu'il faudrait informer ta petite amie que je ne suis pas seulement une star disparue et ton frère un alcolo ?

Lisa tourna vers lui un regard interrogateur.

— De quoi elle parle, elle ? Elle est super malpolie et désagréable ta sœur !

Je laissais couler pour la simple raison que ce qu'elle allait apprendre lui ferait un choc suffisant. J'aurai sûrement le droit de la tuer quand elle menacerait d'aller voir la police.

— Adam ! De quoi elle parle bon sang ?

Adam soupira en me jetant à nouveau un regard noir auquel je répondis en roulant des yeux. Dans quel monde vivait-il ? Il fréquentait des criminels, son frère faisait partie d'une mafia, et il pensait que ça n'allait pas influencer sa vie personnelle ?

— Lisa... Est-ce que tu as entendu parler de Kurt Smith ?

Elle frissonna.

— Evidemment. Toute l'histoire autour de lui, le gouvernement et tout, je n'ose pas trop y penser ça me fait flipper. Mais bon, on ne va pas se cacher, je ne sais pas si le portrait robot qu'ils passent à la télé est toujours valable, mais pour un criminel, il est super beau.

Adam la foudroya du regard, décidément il passait son temps à faire ça.

Je me demande s'il s'entraîne les matins devant son miroir. Et boum que je te foudroie, et paf un regard noir...

— Ce type est un des criminels les plus dangereux du monde Lisa, ne t'en approche pas.

Elle rigola.

— Comment tu voudrais que je l'approche ?

Adam soupira.

— Taylor travaille pour lui, c'est un des plus hauts placés de la mafia Piratando, mon entreprise est sous leur protection et Nix couche avec.

— C'est qui Nix ?

Non mais sérieusement….

— J'ai vraiment une tête à m'appeler Ash' ? Adam tu l'as dégotée dans un concours de débiles ou... ?

— Je t'interdis de lui parler comme ça !

Sa voix froide claqua dans le bar et les clients se retournèrent vers nous. Un bar normal, des clients normaux, sauf un tiers d'entre eux qui étaient des hommes de Kurt, surveillant tout ce qui se passait. Le bar avait été silencieusement passé au peigne fin, sans micro, sans caméra, rien du tout.

— Ah oui ? Et qu'est-ce que tu vas faire pour m'en empêcher ? Vas-y je t'attends il n'y a aucun problème ! Puisque tu te sens déjà si à l'aise d'inviter des gens chez moi, je suppose que tu es aussi prêt à m'affronter, où tu vas encore battre en retraite en plaidant avoir eu une enfance difficile ?

Le bar était devenu silencieux, tous nous regardait alors que je m'étais levée, dévisageant ce « frère » avec mépris, qui ne bougea pas face à ma provocation, se contentant de me foudroyer du regard, *encore*.

Il aurait pu la défendre, tenter de me frapper, répliquer, n'importe quoi, au lieu de rester silencieux à me dévisager sans savoir quoi faire.

Je ricanai et saisis ma veste.

— T'es vraiment qu'un lâche, je ne sais même pas comment il est possible qu'on soit du même sang. Et dis à ta copine d'arrêter de croire au père noël. Vous faites pitié.

Je partis en claquant la porte. J'eus à peine le temps de voir Taylor me lancer un regard noir et me dire que j'avais dépassé les bornes.

Aucune inquiétude à avoir quant aux clients. Les caprices de la célèbre Ash's étaient de notoriété publique.

Je suis une peste et tout Paris le sait.

Je rentrai à la villa en claquant la porte et trouvai Alexis toujours affalé dans le canapé devant son jeu. Le reste de la maison était silencieuse.

Je m'assieds à côté de lui en soupirant et il mit son jeu en pause avant de se tourner vers moi.

— Alors ?

Je ricanai et pris une bière dans le paquet posé devant lui.

— Rien. Sa copine est insupportable, il est pathétique - et Taylor reste silencieux en attendant que tout ça passe.

Il fronça les sourcils.

— Tout ça ? De quoi tu parles ?

— Il est rentré dans ma chambre.

— Merde.

Je haussai les épaules et bus une longue gorgée d'alcool.

— Ça n'entraînera aucune répercussion, crois-moi.

— Vraiment ?

Je hochai la tête.

— Vraiment.

— Eh bien alors quel est le problème ?

— Le problème le foutu problème, c'est qu'Adam machin, mon soi-disant frère, tient à entrer dans ma vie, à en faire partie, et à fonder une grande famille avec plein de papillons et de joie dégueulasse. Il a toujours rêvé de retrouver sa sœur mais malheureusement pour son petit cœur trop mignon, elle ne veut pas de lui, et il serait grand temps qu'il le comprenne.

Il fronça les sourcils.

— Que lui as-tu dit exactement ?

— Rien, je l'ai envoyé se faire foutre c'est tout.

Alexis soupira.

— Tu as abusé Nix.

Je roulai des yeux.

— Tu ne vas pas t'y mettre aussi !

Il serra la mâchoire.

— Je ne rigole pas. Je ne sais pas ce qui s'est passé dans ton crâne pendant quatre ans mais tu es insouffrable depuis que tu es revenue. Avant tu avais certes des mécanismes de défense, mais là tu es carrément mauvaise, hautaine et insupportable.

Je ricanai.

— Et je suis supposée en avoir quelque chose à foutre ?

Il soupira.

— J'essaie de t'aider là Nix. Tu ne devrais pas être aussi dure avec lui. Tu es détruite, mais... lui aussi.

Je fronçai les sourcils et ouvris la bouche mais il me coupa.

— Non. Laisse-moi parler. Tu n'en as peut-être pas conscience, mais ce type qui est ton frère, t'as vu hurler et crier quand il avait six ans. Il a vu sa sœur, sa petite sœur, être emporté par des types armés qui avaient tués tous les gardes chez lui. Il a vu ses parents, sa famille se décomposer, sa mère tenter de se suicider, année après année, son père les délaisser pour se plonger dans les putes le travail et l'alcool. Son frère a fini par dealer et s'engager dans une mafia en tuant des gens de sang-froid. Et lui au milieu de tout ça, il a dû se construire alors qu'il n'avait rien, aucune base, et qu'il a toujours, toujours, continué à chercher une sœur disparue, un fantôme dont il n'avait qu'une photo en souvenir, un fantôme qui lui pourrissait la vie. Et quand il la retrouve enfin, sa sœur n'a plus rien à voir avec la fillette de trois ans qui appelait à l'aide les yeux pleins de larmes. C'est une jeune femme de vingt et un ans plantée sur des échasses, le regard froid, prétentieuse, qu'il entends hurler la nuit à cause de ses cauchemars. La seule chose qu'Adam voit en toi c'est sa sœur détruite parce qu'il n'a pas pu la sauver cet après-midi-là, qui refuse son aide en menaçant de tuer la femme qu'il aime.

Je haussai les épaules et m'allongeai sur Alexis.

— Déjà, je n'ai pas besoin d'aide. Ensuite… Il a juste eu une enfance difficile. C'est rien.

Il me saisit par le menton.

— Je sais que ce n'est rien pour toi Nix. Face à ce que tu as vécu, peu peuvent se vanter d'avoir une vie plus pourrie.

Je laissai échapper un rire triste.

— Mais ce n'est pas une compétition. Ton vécu n'invalide pas le sien. C'est ton frère Nix. Il faut que tu lui montres que tu es bien plus que ce qu'il ne voit. Tu lui reproches d'être ton naïf, trop innocent, trop irréaliste. Mais à quel moment lui as-tu parlé, expliqué ce que tu avais vécu pour qu'il agisse en conséquence et comprenne ton comportement ?

Je levai les yeux vers lui.

— Tu sais, j'aimerai vraiment comprendre ce que tu dis. Mais le fait est, que je m'en fous. Je ne sais pas ce que ça veut dire « c'est ton frère ». En quoi est-ce censé être une raison suffisante, une justification suprême ? Je m'en fous qu'il me comprenne, ou pas. Je m'en fous qu'il me déteste. Je m'en fous qu'il souffre. Je ne le connais pas. Et je n'ai pas envie que ça change.

— Alors pourquoi laisser entrer Taylor ? En quoi est-il différent ?

Je haussai les épaules.

— C'est différent c'est tout. On est du même monde. Il ne me force pas. Il reste à la bordure de ce que je peux supporter. Adam exige tout de moi, tout de suite. Il ne l'aura jamais.

Alexis soupira.

— Si tu commençais par ne pas trop critiquer sa petite amie ?

— Je ne vais commencer nulle part, parce que je m'en fous Alexis. Vraiment. Je ne vais pas faire d'efforts pour quelque chose qui ne compte pas pour moi.

Il haussa un sourcil.

— Qui ne compte pas pour toi, vraiment ? C'est étrange, j'ai un autre souvenir de la toi de 15 ans en larmes sur ce même canapé, réclamant une vraie famille qui tient à elle.

Un froid se répandit dans mon corps. Parfois, j'oubliais qu'Alexis ne savait pas tout. Parfois j'oubliais que même la personne dont j'étais le plus proche sur cette planète ne connaissait pas tous mes secrets, et que j'étais la seule à en porter le poids tout entier sur le dos.

— Pourquoi maintenant que tu l'as, tu te rebutes ?

Je fermai les paupières.

— Je n'ai plus 15 ans Alexis. Et c'est trop tard.

Je ne trouvais rien d'autre à répondre. La vérité me tordait le ventre.

CHAPITRE 24

« Et pendant quelques instants, j'ai rêvé d'une vie normale. »

Alexandra Kean

Kurt 31 janvier 2019

Je renfilai mon tee-shirt en regardant Nix, en sous-vêtements, avaler la totalité d'une bouteille de vodka. Elle se leva et se colla à moi en posant son menton sur mon épaule et faufilant son genou contre mon entrejambe.

Je grognai.

— Nix, si tu ne veux pas que je te baise sur le champ tu ferais mieux d'arrêter de faire ça.

Elle soupira et enleva son genou avant d'aller se rasseoir sur son lit.

— T'es vraiment pas drôle. Et puis depuis quand tu vas prendre un verre toi ?

Je ricanai.

— Je ne vais pas *prendre un verre,* comme tu dis, je vais examiner une cargaison de drogue.

— Oui, enfin vous allez prendre un verre après. Entre hommes.

Elle rigola en me narguant et je la soulevai par les cuisses.

— Et on va même baiser.

Elle me foudroya du regard et je rigolai.

— Tout doux ! Je connais un blond dégoutant qui ne se gênera pas, mais on a déjà une cette conversation Nix. Je ne baise pas des putes.

— Blond dégoutant Kurt, sérieusement ? Il s'appelle Alexis.

Je levai les yeux au ciel.

— Je m'en fous de son prénom. Il te colle.

— Et donc ?

Je ne répondis pas. Elle grogna en roulant des yeux et s'affala sur le lit.

— Mon programme d'aujourd'hui est régi par la vodka. Et peut-être par quelques meurtres.

Je pris ma veste en cuir et l'enfilai sans la quitter du regard alors qu'elle s'allumait une énième clope.

— Tue qui tu veux si ça te chante. Rachel et Cass s'ennuient dans leur chambre au fait.

Je souris et m'approchai d'elle pour lui planter un suçon dans le cou en pressant sa fesse. Elle gémit aussitôt mais je la lâchai dès que je sentis sa main se diriger vers mon entrejambe.

— Je reviens vers quatre heures du matin, reste éveillée !

— Je te hais fils de chien ! Et j'ai mes règles en plus! T'es vraiment qu'un connard !

— C'est pas moi que ça dérange !

Je ris et dévalai les escaliers mon arme au poing, parce que je savais qu'elle serait toujours réveillée à m'attendre à quatre heure.

Je retrouvai Alexis, Taylor et Joackim dans la cour arrière, et grimpai à l'arrière du SUV aux vitres teintées qui nous conduirait tout droit au bar où avait lieu la transaction.

J'allumai une cigarette et le conducteur démarra dès que mon lieutenant eut refermé la porte. Je savais que la cocaïne que nous amenait ce gang n'était pure qu'à soixante-quatorze pour cent alors que j'en avais demandé une à quatre-vingt pour cent pour ce marché. Donc j'avais fait le déplacement en personne.

On allait bien s'amuser.

Nix

Je le hais.

Je regardai mon cou en grimaçant. Il était recouvert d'une large trace bleu violette et rouge toute fraîche, et je n'avais pas besoin de préciser qui en était l'auteur.

Il allait vraiment falloir lui apprendre que non, mon cou, mes clavicules et mes seins n'étaient pas comestibles.

Sans parler du fait qu'il éveillait mon désir en sachant qu'il allait me laisser en plan pour aller s'amuser avec ses nouveaux petits copains.

— Tu es au courant qu'ils ne vont pas s'amuser mais tuer des gens ?

Je relevai la tête et vis Cass dans l'embrasure, me rendant compte que j'avais parlé à voix haute.

Je haussai les épaules.

— Oui, mais c'est la même chose. S'amuser, tuer, torturer, au final, ce sont des synonymes.

Je rigolai. Elle soupira et vint s'asseoir à côté de moi.

— On n'a vraiment pas le même dictionnaire.

Je ne répondis rien, puisqu'elle avait raison.

— Putain, je stress pour l'Initiation.

Je haussai un sourcil.

— Tu y participes ? Tu vas intégrer la Mafia ?

Elle hocha la tête.

— Taylor n'était pas trop d'accord. C'est moi qui ai insisté.

Je fronçai les sourcils en me souvenant de sa réaction quand nous étions allées « sauver » Anna.

— Tu es sûre.

— Oui. Je veux le faire. Je veux être forte.

Je ris.

— Tu peux être forte en prenant des cours d'art martiaux ici.

Elle secoua la tête.

— Non, c'est différent. Je veux en être. J'en ai marre d'être laissée de côté. Et puis… Andrew y participe.

— Andrew, comme le Andrew qui t'a tabassée par qu'il pensait que tu le trompais alors que tu te faisais violer ?

Elle hocha la tête.

— Oui, ce Andrew-là.

— Tu vas te venger ?

Elle grimaça.

— J'espérais plutôt parler.

Je fis la moue.

— Si tu y vas, il faut que tu sois prête à le tuer. C'est dans combien de temps ?

— Dans une semaine.

— Taylor sera avec toi. Tu vas surmonter ça.

— C'est mon premier amour, son meilleur ami m'a violée et m'a pris a virginité, lui il est persuadé que je suis une horrible pute qui a séduit son meilleur ami, et il a tué toute ma famille après m'avoir tabassée jusqu'à la mort. Il ne sait même pas que je suis encore en vie. Tu l'as vu où le bouton, ça va aller, dans l'histoire ?

Je haussai les épaules.

— Tu as quelqu'un qui t'aime et que tu aimes à la folie, puissant qui plus est et supérieur à Andrew à tes côtés. Tu vas t'en sortir.

Elle grimaça.

— Désolée.

Je ne répondis rien. Elle n'avait pas à s'excuser. Après tout, nous avions toutes les deux été détruites, la nuance étant qu'aujourd'hui elle avait de quoi se relever et se construire un futur, de recommencer à zéro, alors que moi...

Moi c'était ma fin, qui approchait.

Je chassai mes pensées et vis Rachel surgir.

— C'est calme quand les hommes disparaissent. On se croirait dans un cimetière.

Je haussai les sourcils.

— Il est où ton homme ?

— Avec eux.

Cass grimaça d'horreur.

— Ils vont mettre feu au bar.

— En attendant, nous on s'ennuie. Mais j'ai une super idée.

Je regardai Rachel.

— J'ai peur.

Elle sourit.

— On peut aller attaquer une des planques des Ikanovitzch !

— Rachel, c'est beaucoup, beaucoup trop dangereux. On n'est pas au Mexique on les planques des Ikanovitzch sont très amusantes à déglinguer. Paris est un territoire neutre concernant les mafias, aucune n'a encore officiellement basée son territoire dessus.

Elle fronça les sourcils.

— Et la tienne ?

Je levai les yeux au ciel.

— Je n'ai pas de mafia Rachel, j'ai des hommes.

— Et tu les sors d'où s'ils ne sont pas là pour trafiquer ?

Je souris sans répondre. Elle soupira et je repris mon explication.

— Les Ikanovitzch sont autant chez eux que nous le sommes, sinon plus. Leurs bases sont extrêmement nombreuses et d'une puissance conséquente, et toi tu es la sœur du mec le plus puissant du monde

— Avec qui tu couches.

Je soupirai sans relever. J'avais l'impression de discuter avec une ado en pleine crise.

— Par conséquent tu vas sagement rester ici.

— Mais on ne peut rien faire !

Je haussai les épaules. L'ennui ne me dérangeait pas, j'aimais me saouler et fumer en paix.

Cassidy bâilla et se leva.

— Personnellement je vais manger un bout et aller me coucher. Il est déjà tard et ton frère m'a maintenue très en forme ce matin et toute la nuit dernière.

Je ris et elle s'en alla en claquant la porte alors que Rachel se levait à son tour.

— Je vais nous chercher aussi des trucs à manger, je reviens !

Elle disparut également et je soupirai en regardant autour de moi.

Il faudrait que je pense à rénover cette foutue chambre de merde. Trop de souvenirs. Trop de pensées, trop de mon passé imprégnait les murs.

Trop de cauchemars.

Chaque bout de cette chambre était marqué à jamais. La griffure sur le pied du lit le jour où j'avais vu la vidéo que Ian avait posté. La trace noire sur le miroir le jour où je ne pouvais plus me voir dans le miroir. Le cadre entièrement noir qui représentait autrefois moi et Ian en train de s'embrasser.

J'avais vraiment été amoureuse de cet enculé. Folle amoureuse.

J'attrapai à nouveau ma bouteille de vodka et en bus une longue gorgée afin de chasser ces putains de souvenirs qui envahissaient ma tête quand Rachel revint dans ma chambre, avec un plateau remplie de nourriture entre les mains.

Elle le posa sur le lit et je m'emparai aussitôt du hot dog couvert de fromage fondu sous son regard moqueur.

Nous mangeâmes en silence et quand je finis par m'allonger sur le lit, les yeux fermés sans rien dire, je la sentis se tortiller.

Je rouvris les paupières et me redressai pour la voir se mordre la lèvre en me fixant.

Je fronçai les sourcils.

— Qu'est-ce qui se passe ?

— Je sais.

— De quoi tu parles ?

— Je sais que tu es Ashley Ikanovitzch.

CHAPITRE 25

« Tout sadisme semble la volonté délirante d'une impossible possession »

André Malraux

Nix 31 janvier 2019

— Pardon ?

Elle soupira.

— Ne me demande pas comment, je le sais c'est tout. Mais ne t'inquiète, rien ni personne ne t'a trahie, il ne s'est rien passé, je n'ai rien découvert ici, je le sais depuis... longtemps. Même avant de te connaître. Je t'ai reconnu à la seconde où je t'ai vue. Ça me démangeait de te le dire. Mais ne t'inquiète pas, je ne dirai rien à mon frère.

Je fronçai les sourcils, la main sur mon flingue chargé et armé, prêt à tirer.

— Je ne peux pas te le dire, Kurt ne le sait pas lui-même. Ne t'en fais pas je ne lui dirai rien.

— Donc tu ne vas pas dire à ton propre frère que la fille avec qui il couche est sa pire ennemie ? Tu ne m'auras pas.

Les traits de Rachel se durcirent en voyant le canon de mon arme pointée sur elle.

— Si je lui dis, il nous tuera toutes les deux.

Je ricanai.

— Tu as un sens de la famille douteux.

Elle me sonda du regard.

— Tu ne lui veux pas de mal. Je le sais. J'en suis sûre.

Je me rapprochai d'elle froidement.

— Si le croire rassure ta conscience.

Elle se racla la gorge.

— Je te l'ai dit pour la simple raison que je n'arrivais plus à le garder pour moi.

Je la contemplai.

— Comment le sais-tu Rachel ?

Elle resta muette.

— Moi je crois surtout que c'est comment tu l'as appris que tu ne veux pas dire.

Elle releva la tête.

— Et alors ? Je sais que tu vaux mieux que ça Nix. Je suis persuadée que tu te donnes des airs mais que la seule raison pour laquelle tu caches ton identité et ton nom de famille.

J'aimerai tellement qu'elle ait raison.

Kurt

Je jetai un regard noir au vigile dont le crâne rasé abordait fièrement mon Tatouage. Il baissa respectueusement la tête en se retournant pour s'engager dans un couloir sombre qui s'éloignait de la piste de danse, à l'entrée de la boite de nuit.

Nous arrivâmes dans une salle, plus calme. La musique était tout aussi forte que dans la principale, mais plus sensuelle.

Le bar à putes.

Plusieurs tables rondes, des petites banquettes confortables et rouge, des danseuses toutes plus provocatrices et déshabillées les unes que les autres, en talons à faire pâlir de jalousie Lady Gaga.

Aucune ne nous approcha alors que l'on s'asseyait dans le carré VIP. C'est triste, j'en aurai bien flingué une ou deux pourtant.

Je fis tourner mon arme, la chargeant et la déchargeant mécaniquement, restant dans l'ombre de la banquette, invisible aux yeux de ceux qui ne regardaient pas, laissant Taylor prendre le devant de la place.

Joackim se tenait à côté de lui, le flingue sorti.

C'était toujours succulent de voir leur tête au moment où ils se rendaient compte que le vrai boss les observait depuis le début en fantasmant sur le meilleur moyen de les tuer.

Un vrai parc d'attraction.

Je vis les trafiquants débarquer au fond, confiants et à l'aise. *Pas pour longtemps.*

J'en profitai pour jeter un coup d'œil à Alexis, qui était assis dans le calme, à quelques mètres de moi. Il restait en retrait de Joackim, visible mais silencieux. Ce type était intriguant. Toujours souriant quand il était en compagnie de Nix, mais il devenait une tombe silencieuse et froide sans émotion dès qu'il s'en éloignait.

Et sa proximité avec elle me démangeait.

Le bruit de mon arme que j'armais et désarmais résonnait dans ma tête. Je ne quittais pas les dealer des yeux.

Ils s'avancèrent vers nous, posant les sacs contenant la cocaïne à terre. Seul l'homme qui se cachait derrière les autres, le plus jeune, laissait transparaître sa peur. Michael Corti, le petit chef, affichait un visage impassible.

Joackim s'empara des sacs et les vida sur la table, laissant apparaître des dizaines de sacs remplis de drogue.

Taylor en saisit un, un rictus aux lèvres.

— Bah alors ? Vous n'avez rien à dire ? Vous ne saluez pas votre boss ?

Je me moquai en silence en les regardant baisser la tête devant Taylor alors que je m'allumais une cigarette.

— Voila qui est bien mieux. Enlevez-moi ces airs coincés, vous n'êtes pas en enfer tout de même !

Non, ici c'est pire.

— On dirait que vous venez de voir Kurt Smith !

Je contins mon rire. Ça n'allait plus tarder maintenant.

— Allez faites-pas ces têtes ! Si j'étais lui je vous aurai sûrement tués pour m'avoir donné de la cocaïne pure à soixante-quatorze pourcents au lieu de quatre-vingts, mais je suis de bonne humeur aujourd'hui. Je ne vous en veux pas, je vous jure !

Ils restèrent de marbre, pourtant je vis le plus jeune être soulagé.

— Notre fabricant ne peut plus faire de cocaïne plus pure car les sols ont été salis.

Corti avait parlé mais Taylor continua sa tirade en l'ignorant.

— En fait, vous avez vraiment beaucoup de chances que je ne sois pas le chef !

— Ou alors de la malchance que je sois là.

Je tirai sur ma clope sans les quitter du regard.

— Smith, nous n'y sommes pour rien je vous jure ! Nous avons appris que la cocaïne n'était pas aussi pure que prévue avant de venir.

C'était faux, mais je me fichais qu'ils sachent que mon indic avait déjà découvert toutes leurs manigances.

Je recrachai de la fumée dans l'air et fis signe au premier devant moi de venir. Il obéit en déglutissant et dès qu'il fut assez proche, je l'attrapais par le menton, lui écarquillai un œil et enfonçais ma cigarette à l'intérieur sous son hurlement de douleur.

Agacé, je pressai sa mâchoire jusqu'à la lui briser entre mes doigts et le tuai d'une balle dans la tête.

Le plus jeune suivit aussitôt. Les trois autres tentèrent de fuir, mais mes hommes étaient plus rapides. Ils les maintinrent pendant que je les abattais.

Aussitôt, Taylor se redressa en se marrant alors que quatre mecs se saisissaient des corps.

— Tu n'as même pas savouré.

Je haussai les épaules.

— Je n'en avais pas envie.

Alexis se leva en soufflant. Il n'avait pas dit un mot depuis plus d'une heure.

Taylor se rassieds dans la banquette en le regardant.

— Tu vas où ?

Il fit un signe vers les pôles de danse.

— Me soulager.

Je ricanai en le voyant dire un mot au gérant, juste avant que quatre filles ne l'entourent et ne l'entraînent dans les chambres à l'étage.

— Tu en penses quoi de lui ?

Je tournai la tête vers Taylor en haussant les épaules.

— Trop proche de Nix.

Il rigola, mais je n'avais pas envie de m'étendre sur le sujet. Je me tournai vers Joackim et me remis à jouer avec mon arme.

— Joackim, Joackim Joackim…

Je me penchai vers lui.

— Qu'est-ce que tu penses de ma sœur Joackim ?

Il déglutit.

— Elle est intelligente, superbe, rayonnante, et je l'aime.

Je ricanai.

— Qui t'a autorisé à l'aimer ?

Il maintint mon regard.

— Je n'ai pas besoin d'autorisation, ça ne se contrôle pas.

Je haussai un sourcil.

— Tu n'as pas besoin d'autorisation ? Pour fréquenter ma sœur ? Pour la toucher ? Pour la *baiser* ?

Il déglutit.

— Elle est majeure. Elle a le droit de prendre ses propres décisions. Elle n'a pas besoin d'un chaperon.

Il resta de marbre au contact de ma lame sur sa gorge.

— Elle a besoin d'un chaperon si je le dis Joackim. Elle est sous ma responsabilité. C'est ma sœur. Tu es déjà extrêmement chanceux que ton instructeur t'ait trouvé une aptitude particulière durant ton Initiation, et que Nix t'ait validé. Car la protection de Rachel t'es confiée, tu en es conscient ? Je la laisse s'amuser avec toi parce que je ne suis pas idiot, elle doit vivre. Mais ne t'oublies pas. Ma sœur n'est pas un nom sur une liste. Ce n'est pas une femme avec laquelle on « réfléchit ». Si tu lui fais le moindre mal. Le moindre mal. Tu ne verras plus jamais la lumière du jour. Tu ne te lèveras plus jamais. Tu ne tiendras plus jamais rien dans tes mains. Tu seras condamné à vivre, jusqu'à ce que tu meurs. Même la folie ne te sauveras pas. Est-ce que tu m'as compris ?

— Oui.

J'esquissai un petit sourire satisfait.

— Je trouve ça étrange cependant.

Je haussai un sourcil vers Joackim qui s'était levé, et me regardait avec un air défiant.

— Tu prétends tenir plus que tout à la sécurité de Rachel, mais c'est une femme que tu connais depuis 6 mois, dont tu ne sais rien, qui te mens et te cache des choses qui est autorisée à la fréquenter sans limite et à me « valider ».

Je serrai la mâchoire.

— Mes affaires avec Nix ne te concernent pas.

Il ramassa sa veste en partant, non sans s'arrêter une dernière fois.

— Non, mais ça ne veut pas dire que j'ai tort.

Je le regardai s'en aller en restant impassible. J'espérai presque qu'il fasse une erreur avec Rachel après cette phrase. Mais elle me tuerait si je lui faisais du mal.

Taylor, toujours assis à côté de moi ricana et je plissai les yeux.

— Tu t'es rapproché de Nix récemment.

Il hocha la tête.

— Elle t'a dit quelque chose ?

Il rit.

— Tu penses qu'elle parlerait plus à moi qu'à toi ?

Je haussai les épaules.

— Je ne sais plus.

Il soupira et se releva.

— T'y vas ?

— Ouais. Je vais essayer de parler à Adam. Ça risque d'être houleux. D'ailleurs... Je sais que je ne devrais pas te demander ça, mais si tu pouvais en parler à Nix...

Je haussai les épaules.

— Débrouille toi Taylor. Nix est déjà trop chiante à gérer sans problème de famille.

Il soupira, récupéra son blouson et disparut. J'inspirai longuement la nicotine quand mon portable vibra.

Je peux venir ?

Je regardai le message un instant, sceptique, avant de lui répondre.

Rachel et Cass ne sont pas avec toi ?

Elles dorment. Je m'ennuie.

Ramène-toi.

Je reposai mon téléphone et soufflai. Cette soirée s'annonçait grandiose.

CHAPITRE 26

"Pour un flirt, avec toi, je feraaai n'importe quoi! Pour un flirt, tadalalalaa"

Michel Delpech "Pour un flirt"

Kurt 1er février 2019

L'horloge sonna deux heures du matin quand je m'allumais une énième cigarette. Ça faisait cinq putains d'heures que Nix m'avait envoyé son message et que je tentais de mater les putes sur scène sans parvenir à bander, quand je la vis surgir dans la pièce.

Instantanément ma queue se réveilla et je la reluquai sans gêne alors qu'elle traversait la pièce pour venir à ma rencontre. Elle avait vêtu une putain de robe qui moulait chaque millimètre de son corps en s'arrêtant à peine au tiers de ses cuisses fines et bronzées. Ses talons brillaient de mille feux.

Ses lèvres étaient peintes d'un rouge qui me donnait envie de l'agenouiller à mes pieds. Ses prunelles saphir me contemplaient derrière ses cils et je ne voyais plus qu'elles. Ses cheveux roux étaient bouclés, retombant sur ses reins vers son cul magnifique.

J'étais incapable de détacher mon regard d'elle. Elle me subjuguait. M'envoûtait. Elle pouvait tout prendre de moi en cet instant.

Tous les regards de la boîte se fixèrent sur elles jusqu'à se détourner à la vitesse de l'éclair quand ils la virent s'arrêter devant moi. Son regard ne m'avait pas quitté un seul instant et la sensation que cela fit naitre dans ma poitrine était indescriptible.

Cette femme était... Je n'avais pas les mots.

Elle s'assieds sur la banquette, attrapa mon verre de vodka et le vida sans me lâcher des yeux.

— Tu en as mis du temps.

Elle ricana.

— Pourquoi, tu m'attendais fils de chien ?

— Moi, non, ma queue, oui.

Elle passa une main dans ses cheveux en volant mon paquet de cigarettes et mon briquet pour s'en allumer une.

— J'ai mes règles Kurt. Je refuse de baiser dans le sang.

Elle frissonna, sûrement en train de s'imaginer la scène alors que je souriais. Elle changerait d'avis. En attendant…

— Je ne te parlais pas de baiser Nix. Il y a bien d'autres façons de jouir.

— Non.

Son expression était trop déterminée pour être sincère. Elle tentait de s'en convaincre elle-même. Je n'arrivai plus à quitter mon regard de ses lèvres.

— Et que fais-tu donc si tu ne m'attends pas, Kurt Smith ?

Je fronçai les sourcils et montrai mon verre qu'un serveur était en train de remplir en tremblant.

— Je me saoule en admirant les belles putes qui sont au fond.

Elle leva les yeux au ciel et tira sur sa cigarette en me rejetant la fumée à la figure.

— Tu ne danses pas ?

J'éclatai de rire.

— Non, Nix, je ne danse pas.

Elle se leva et me toisa du regard avec un rictus.

— C'est bien dommage. En tout cas, moi, je vais me déhancher sur la piste.

Et elle disparut dans le couloir qui menait à la boîte. Il me fallut quelques minutes pour intégrer ses paroles.

Me déhancher sur la piste.

Putain.

Je me levai aussitôt et traversai la salle sans attendre, mon flingue à proximité en longeant le couloir rapidement.

Si un mec avait posé la main sur elle je le tuai et je la torturerai ensuite.

J'accélérai le pas en resserrant ma prise sur mon arme quand je vis la silhouette de la rousse m'attendre avec un rictus dans l'embrasure de l'entrée.

Elle écrasa sa clope en me regardant, moqueuse.

— Je pensais que tu comprendrais plus vite.

Je la saisis par la hanche et la plaquai contre moi.

— Et toi, tu ne danseras pour personne.

Elle rit.

— Ne fais pas le mafieux possessif tu veux ? Je fais ce que je veux. Et ce n'est pas illégal de regarder.

— Ça le deviendra.

Elle me tourna le dos pour pénétrer dans la foule ivre.

Je la suivis et quand nous nous retrouvâmes au centre de la piste, elle se retourna vers moi, une lueur joueuse au fond des yeux.

Elle me dit quelque chose mais la musique était si forte que je n'entendis pas.

Un homme me bouscula, et se confondit en excuse en m'apercevant, mais je n'étais pas d'humeur à le tuer, alors je le laissai courir. Quand je relevai la tête, Nix avait disparu. *Encore.*

Je traversai la foule à sa recherche, et me figeai.

Elle était là, la tête rejetée en arrière, ses cheveux ondulant autour d'elle, et la terre autour d'elle ne tournait plus.

Ses hanches bougeaient délicieusement, les yeux clos, au rythme de la musique. Elle rouvrit les paupières, son regard croisa le mien, et mon sang bouillonna. Le temps se suspendit. Elle m'ensorcelait, et je ne voulais pas me préoccuper de ce que ça voulait dire.

Je m'approchai d'elle et me plaquai contre son corps. Sa peau se couvrit immédiatement de chair de poule et elle ferma les yeux en se courbant contre moi. Mes mains descendirent sur son corps, caressant ses hanches, m'agrippant à ses cuisses et à sa robe. Je la sentis haleter dans mon cou avant de se retourner et de planter ses pupilles dans les miennes.

Elle passa sa langue sur ses lèvres et fit descendre sa jambe entre les miennes, avant d'appuyer son genoux sur mon entrejambe déjà douloureux.

Je grognai et attrapai durement ses hanches pour plaquer sa poitrine contre la mienne mais elle me repoussa avec un rictus. Elle se pencha sur ma nuque et je sentis son souffle rebondir contre ma peau avant qu'elle ne mordille mon lobe d'oreille, me provoquant des frissons de désir douloureux.

J'attrapai ses fesses à pleines mains, savourant le contact et laissant les fantasmes envahir mon esprit, avant de me pencher à mon tour sur sa nuque.

— A quoi tu joues Nix ?

Elle ricana et lécha mon cou avant de dégager mes mains de ses fesses et de s'éloigner d'au moins un mètre de moi.

— Je me venge.

Je fronçai les sourcils.

— De quoi ?

— De la pipe que je vais te faire en rentrant.

Je souris et la plaquai de nouveau contre moi pour qu'elle sente ma queue gorgée de sang.

— Alors défoule-toi bébé.

Un sourire s'étira sur ses lèvres et la musique changea alors que le DJ criait du français incompréhensible.

- ET MAINTENANT MESSIEURS LES MAFIEUX, POUR FETER DIGNEMENT LE RETOUR D'UNE STAR, VOICI « OMBRES » DE ASH'S !

La salle cria et l'ambiance devint plus tamisée. Nix me regarda avec un sourire dans les yeux alors que des notes de violon électrique remplissaient la salle en crescendo.

Et puis soudainement, la musique s'arrêta. La foule retint son souffle, jusqu'à ce qu'une note puissante sorte des enceintes. Une voix qui semblait hurler en chantant, donnant un ton rock'n'roll et passionné à la chanson.

Et puis le son s'arrêta et la voix de Nix sortit des enceintes, me faisant froncer les sourcils. C'était vraiment très étrange de se dire qu'elle avait été chanteuse.

Je reportais mon attention sur la rousse en face de moi dont le regard s'était assombri.

Je haussai un sourcil.

— Mauvais souvenir ?

Elle ferma les yeux et secoua la tête.

— Non. Un bon. Tâché.

Je hochai la tête, comprenant ce qu'elle voulait dire et elle rejeta la tête en arrière, ravalant les larmes qui perlaient dans ses yeux.

Pour la première fois, cela m'emplit de rage. Pour la première fois j'eus envie de savoir ce qui lui était arrivé, non pas pour découvrir ses secrets, mais pour tuer ceux qui lui avaient fait ça. Je voulais tuer les monstres de ses cauchemars, et effacer les larmes de ses joues, pour toujours.

Ça ne durerait pas. Elle et moi. Ce moment. Je le savais. Il était comme hors du temps, hors de portée, alors je me laissais guider et arrêtai de penser, avant que la réalité ne me rattrape.

La musique était sensuelle et enflammée alors que Nix commençait à se déhancher contre moi. Je grimaçais à nouveau de douleur en plaquant durement mes mains au creux de ses reins. Je n'aurai jamais cru pouvoir bander aussi fort, et pourtant c'était le cas.

Nix qui se déhanchait comme une putain de déesse, un coup collé contre mon corps, et la seconde d'après s'éloignant dans la foule.

Je ne la quittai pas des yeux laissant mes mains courir sur son corps alors qu'elle bougeait au rythme de la musique, sa bouche suivant inconsciemment les paroles.

La musique finit sur un grésillement. La Nix adolescente de la chanson rigola en écho sur les dernières notes et ça me donna des frissons. Je n'avais jamais, jamais entendu Nix rire de cette façon. Aussi jeune, aussi innocemment, aussi spontanément.

La rousse plaqua ses lèvres contre les miennes. Je fourrai aussitôt ma langue dans sa bouche, posant une main sur ses fesses et l'autre enfouie dans ses cheveux.

Elle était à moi.

Elle se colla contre moi, une main sur mon sexe et posa son ongle sur ma lèvre inférieur en plaquant ses lèvres contre mon oreille.

— Tu as du rouge à lèvres.

Elle rapprocha ses lèvres des miennes, les effleurant à peine avec un rictus séducteur et chuchota contre ma bouche.

— Juste là.

Et elle disparut dans la foule, me laissant seul avec une érection de la taille d'une montagne.

CHAPITRE 27

"Je ne suis pas une putain d'héroïne, oh ça non. Parce que dans mon conte à moi, la gentille princesse meurt sous les coups acérés de l'épée du prince alors que le dragon dort profondément"

Alexandra Kean

Nix 1er février 2019

Je soupirai en sortant de la boite de nuit et hélai un des taxis privés de la mafia.

Une fois seule sur la banquette arrière, je frissonnai en soupirant. Le taxi ressemblait, comme tous les taxis et c'était généralement la raison pour laquelle je les évitais, à celui dans lequel j'étais quand je m'étais fait enlever il y a bientôt neuf ans.

La voix d'Anna ne voulait pas me quitter. J'avais tué pendant longtemps, torturé, sans une once de remords, mais je crois que c'était la première fois que j'avais tué quelqu'un dont j'étais proche, quelqu'un qui était innocent, pour protéger mon secret. Ça me donnait mal au ventre.

Je ne voulais plus tuer pour ça. Je voulais en finir. Je voulais que tout ça s'arrête, enfin. Mais il y avait ce sentiment au creux de mon ventre à chaque fois que Kurt me touchait. Il me donnait envie de vivre, alors qu'à chaque fois que je fermai les yeux, je voyais mille raisons d'en finir.

Je soupirai, vis un bar tabac dans le coin, et prise par une soudaine impulsion, demandais au chauffeur de s'arrêter.

Il obtempéra, et je sortis rapidement sous les trombes d'eau, serrant ma veste et ma pochette contre moi en une vaine tentative d'échapper à l'eau qui tombait drue.

Exactement comme il y a neuf ans.

Je soupirai et rentrai dans le bar, les cheveux trempés. Je remontai mon bracelet sous ma veste de sorte à ce que le vendeur ne le voit pas.

Je m'approchai des étals et pris une bouteille de vodka avant de m'approcher du comptoir.

L'homme était plutôt vieux, les cheveux grisonnants et sentant le tabac à plein nez.

Je lui tendis quelques pièces de monnaie en regardant autour de moi, quand je fus attirée par le son de la télévision.

Une journaliste trempée de la tête aux pieds, couverte par un maigre parapluie sur fond de décor de pompiers, ambulance et feux, récitait un discours glauque.

« *Une explosion phénoménale vient de détruire l'entièreté de la pyramide du Louvres, bloquant ainsi l'entrée au musée. Aucun bilan de victimes n'a pu être fait pour le moment, mais une visite nocturne avait lieu pour les jeunes enfants, ainsi plus de quatre cents jeunes se trouvaient dans le bâtiment au moment de l'explosion. Les autres sorties semblent avoir été bloquées. Les secours tentent de se frayer un chemin...* »

Je quittai le magasin pour me retrouver à nouveau sous les trombes d'eau et avalai une longue gorgée de vodka.

La nuit promettait d'être longue.

Kurt

Je revins dans la seconde salle au bout du couloir et marchai vers le barman. Je devais vraiment me soulager avant d'exploser.

Il baissa la tête et commença aussitôt à me préparer un verre de vodka mais je l'arrêtai.

— Je ne viens pas boire. J'ai besoin d'une pute. Une très bonne pute.

Il hocha la tête et disparu avant de revenir quelques minutes plus tard accompagnée d'une magnifique blonde aux yeux de biches verts qui me regardait sans vraiment oser me regarder. Je la reluquai quelques minutes et m'emparai des clés que me tendait le barman.

Elle ferait l'affaire.

J'écrasai ma cigarette et grimpai les escaliers qui menaient jusqu'aux chambres avant d'ouvrir la plus luxueuse et d'y entrer sans jeter un regard à la pute.

Elle referma la porte et alors que je m'asseyais sur le lit en déboutonnant mon jean. Elle était vêtue d'une tunique orangé transparente qui laissait voir son corps.

Elle garda les yeux baissés et s'approcha de moi alors que j'enlevai enfin mon boxer, libérant ma queue douloureusement dure.

La pute se mit à genoux, me jeta un regard séducteur qui ne me fit strictement aucun effet et posa sa bouche sur ma queue.

Elle lécha ma bite sur toute sa longueur, suça le gland et fit coulisser mon sexe dans sa gorge mais je ne ressentis absolument rien d'autre que la vision de Nix apprenant ce que j'étais en train de faire.

Agacé, je repoussai la blonde qui tomba à terre sous le coup de la surprise et lui envoyai une balle dans sa gueule trop maquillée.

Je me débarrassai de mon tee-shirt et le jetai au sol en me précipitant sous une douche glacée.

Je me passai une main dans les cheveux et donnai un gros coup dans la porte vitrée.

Bordel !

Pourquoi elle voulait plus sortir de ma tête putain ?

J'attrapai mon sexe et vis soudainement Nix sur moi se déhanchant sur ma queue avec ses putains de seins splendides dans mes mains.

Je la vis sous moi, me regardant avec ses prunelles saphir, ses dents effleurant mon gland alors qu'elle me léchait sur toute sa longueur.

Je la vis allongée sur le comptoir de la cuisine, se cambrant au maximum, le visage transformée par le désir et ses gémissements plein la pièce.

J'entendis son cri de jouissance et puis je jouis à mon tour sur le carrelage de la douche.

J'attrapai mon visage dans mes mains et donnai un énorme coup à la vitre qui explosa sous mon poing mais je ne remarquais même pas le sang.

Putain, Nix, sors de ma tête bordel de merde !

Nix

Je poussai la porte de la villa en soupirant, épuisée. Il était déjà quatre heures du matin, et mes règles me faisaient souffrir.

Je me servis un grand verre de vodka avec lequel j'avalais un médicament quand j'entendis du bruit venant du salon.

Je m'y rendis pour trouver un Alexis endormi, et une Cassidy pâle comme un linge, un café dans les mains et les yeux rivés sur la télévision.

Je m'approchai d'elle en égouttant mes cheveux :

— Qu'est-ce que tu fais debout ?

— Je me suis disputée avec Taylor.

Je fronçai les sourcils. Je ne pensais pas qu'il était déjà rentré. Qu'est-ce que faisait Kurt d'ailleurs ? Pourquoi ne m'avait-il pas suivie ?

Je retins un grognement. Il devait sûrement être en colère de ma petite manipulation. Ou plutôt être occupé par l'explosion du Louvres.

Cass m'indiqua la télé en tremblant.

— 127 des jeunes sont morts. Ils avaient dix ans. Les autres sont retenus en otage par les membres de la mafia qui ont envahi la totalité du musée. Apparemment il y avait un souterrain que les autorités ne connaissaient pas, par laquelle ils sont entrés. C'est ce que Taylor m'a dit avant de partir au Q.G. Il doit régler des choses. Comme si ça, c'était quelque chose à régler. Comme si la mort de cent vingt-sept gosses de dix ans qui venaient visiter un musée était UNE PUTAIN DE CHOSE A REGLER !

Et elle éclata en sanglots. Elle me regarda, les yeux remplis de rage, pointant la télévision du doigt, faisant les cent pas.

— Ils envahissent tout, ils prennent tout, ils tuent, ils massacrent, et ils n'en ont rien foutre. Et au nom de quoi ? D'une foutue mafia de merde qui n'a même pas de but. Ah, si, le pouvoir ! Le pouvoir, mais qu'il est beau le pouvoir entre des mains si cruelles et si sanglantes qu'elles ne discernent même plus le vrai du faux ! Envahie par une perversité sans nom, une sorte de respect incompréhensible, et illogique qui ne sera jamais vrai ! Comment tant d'hommes peuvent se mettre du côté de cette putain de criminalité qui détruit ! Elle nous détruit tous, jour après jour, nuit après nuit, année après année... On ne s'en sortira pas putain ! Aucun de nous. Et comment je me suis retrouvée là moi ? Je ne devais pas y être. Ce n'est pas ma place putain ! Je n'étais qu'une ado ! UNE ADO bordel ! Et ils m'ont détruite comme ils viennent de détruire cent vingt-sept familles et sûrement toutes celles des enfants en otage. On n'en sortira jamais. Jamais.

Et sa tasse se brisa sur le sol.

— Il n'y a pas de place, il n'y en aura jamais pour personne. Vous êtes là, cachés dans cette villa à comploter, à manipuler sans même penser à toutes ces putains de personnes innocentes, là, dehors, qui n'ont rien demandée à personne, rien, jamais si ce n'est de vivre ! L'Homme est cruel, égoïste et sans nom, et vous êtes tous comme ça ! Vous détruisez, réduisez à néant des valeurs, des vies, des âmes, vous n'en avez rien à foutre ! Vous prenez sans crainte des conséquences, vous tuez sans même y penser, vous détruisez comme vous existez, VOUS ETES DES PUTAINS D'ORDURES ? ET VOUS PRETENDEZ AIMER ? Avoir des putains de sentiments ? Mais non ! Je ne suis pas d'accord bordel de merde ! Et toi Nix, tu devrais le savoir ! Tu devrais le savoir plus que tout ! Tu t'es fait massacrer par ces putains de mafia, et tu n'en as rien à foutre ! RIEN ! T'es toujours là, à coucher avec un espèce de psychopathe qui se croit au-dessus du monde ! Tu es la même qu'eux ! VOUS ETES LES MECHANTS DES CONTES DE FEES NIX !

Je ne mouftai pas.

— Et le pire, le pire bordel, c'est que moi aussi.

Sa voix trembla.

— Je suis dans cette putain de villa, amie avec deux criminelles qui pensent que torturer est un passe-temps amusant, je suis en couple avec un mec détruit qui tue pour son plaisir et celui de son boss, et dans quelques putains de semaines je serai enfermée dans un putain de camp d'Initiation, et le tatouage de cette putain de mafia s'étalera sur ma peau. Et comme si ça ne suffisait pas, comme si le fait de devenir un monstre n'était pas déjà assez, là-bas il y aura mon premier amour et son meilleur ami. Son meilleur ami qui m'a violée et pris ma virginité parce qu'il n'arrivait pas à garder sa queue dans son pantalon. Et mon putain de premier amour qui m'a battue jusqu'à la mort, enlevé toute chance de repatiner un jour, laissée pour morte dans un fossé, couverte de sang et à demi-nue, un putain de premier amour qui a assassiné froidement et sauvagement ma famille entière, me laissant seule au monde, ET DONT JE SUIS TOUJOURS FOLLEMENT AMOUREUSE BORDEL !

Elle s'effondra en sanglots sur le canapé alors que je voyais le visage rempli de désespoir de Taylor dans l'ombre. Il avait tout entendu.

Je lui fis signe que je m'en occupais et il claqua la porte, la rage plein les yeux.

— Je n'arrive pas à le chasser de ma tête. Il est partout. Dans mes cauchemars, dans mes souvenirs, il envahit tout et je le revois toujours quand Taylor essaie d'aller plus loin. Comme si à défaut d'avoir pu me tuer, il m'empêchait de vivre. Pourtant je l'aime Taylor. Je l'aime. Je l'aime à m'en faire perdre la tête. Mais je ne pourrais jamais lui dire. Je ne veux pas qu'il devienne comme Andrew. Je ne veux pas. Je ne veux pas aller à l'Initiation. Je ne veux pas de cette vie. J'ai peur putain Nix.

Elle éclata à nouveau en sanglots.

— Ce sont les Ikanovitzch qui ont mené cette attaque. C'est un message pour nous.

C'est tout ce que je trouvais à répondre. Elle me jeta un regard noir et s'enfuie dans sa chambre, me laissant tremblante, ses paroles résonnant dans la pièce.

CHAPITRE 28

« J'ai tout donné jusqu'à mon cœur, puis j'ai tout perdu jusqu'à mon âme »

Alexandra Kean

Nix 1er février 2019

Je me levai pour aller me chercher de quoi manger dans la cuisine avant de me figer.

Un silhouette en pyjama descendit les escaliers avec légèreté et s'avança dans la cuisine en soupirant avant de m'apercevoir.

Lisa eut un hoquet de surprise et rigola.

— Désolé Noémi je ne t'avais pas vue.

Je fronçais les sourcils.

— Premièrement, je ne m'appelle pas Noémi, deuxièmement tu n'es pas autorisée à m'appeler par mon prénom ni à m'adresser la parole, troisièmement, qu'est-ce que tu fous chez moi ?

Elle recula d'un pas choquée et balbutia :

— Euh, Taylor nous a dit qu'on pouvait dormir ici pour quelques jours... et désolée...

Je la fusillai du regard et allumai une clope.

— De quel droit prends-il des décisions à ma place ?

— A ce sujet... Adam souffre vraiment du fait que tu ne l'acceptes pas comme un frère.

Je ricanai et lui recrachai ma fumée à la figure.

— Grande nouvelle, ce ne sont pas tes affaires. Il devrait déjà se contenter du fait que je ne t'ai pas tuée, alors que crois-moi je meurs d'envie de voir une de mes balles te traverser ta gueule de folle. Ferme-là et remonte dans ta chambre.

Elle déglutit et recula.

— D'accord... Mais tu devrais savoir qu'Adam est celui qui a le plus perdu dans ton enlèvement. Taylor a la Mafia. Adam n'a plus de famille.

Et elle disparut à l'étage.

Je fermai les yeux et me concentrais sur ma bouteille de vodka en soupirant. Je n'avais pas besoin d'une famille. S'il en dépendait c'était son problème.

Je rejoins à nouveau le salon et m'assis à côté d'Alexis, regardant dans le vide. Je n'avais aucune envie de dormir. Aucune envie de rien faire.

J'envoyai valser ma bouteille à travers la pièce quand j'entendis des bruits de pas et une ombre débarqua.

C'est pas vrai, ils se sont tous concertés ?

Adam me sonda quelques minutes avant de s'asseoir sur un des fauteuils en face alors que je m'allumai une clope. Il avait des cernes qui descendaient presque sous ses joues et il semblait avoir pleuré.

Il me regarda et se racla la gorge en ouvrant une bouteille de whisky.

— Tu ne dors pas ?

Je ricanai.

— Si mais je suis somnambule.

Il soupira et ferma les yeux en avalant une grande gorgée d'alcool alors que j'inspirai une grande bouffée de nicotine.

— Pourquoi tu ne veux pas être ma sœur putain ?

Je fronçai les sourcils en relevant la tête vers lui et haussai les épaules en recrachant ma fumée dans l'air.

— Je ne te connais pas. Je ne sais pas qui tu es. Tu débarques dans ma vie, prétendant être un frère dont je n'ai jamais ressenti l'absence, avec ta vie assez pourrie, mais une vie quand même.

Il fronça les sourcils.

— Toi aussi tu as une vie.

Je ricanai en portant ma clope à ma bouche, posant mes pieds sur la table basse.

— Non, moi j'ai une mission suicide.

Il souffla.

— Je ne comprends pas putain. Je te comprends pas.

Je haussai les épaules.

— Tu persistes à me voir comme la sœur détruite à laquelle tu dois venir au secours. Mais tu as tout faux.

Il prit sa tête entre ses mains et se releva soudainement, sa bouteille en main. Au vu de ses yeux rouges et de son état d'énervement, ça devait être au moins sa troisième.

— Tu me fais chier bordel ! Tu sais que j'ai arrêté les études depuis que j'ai seize ans pour reprendre l'entreprise de papa et avoir une chance de te retrouver ? J'ai absolument tout sacrifié, de mes études, ma vie, mes parents, tout est passé dans ton enlèvement. A l'instant même où tu as disparu je me suis retrouvé tout seul. Ma mère s'est mise à se suicider, mon père s'est bourré d'antidépresseurs et de putes, mon frère a dealé de la drogue et pendant ce temps j'étais là sans jamais, jamais, au grand jamais cesser de te chercher. J'ai fait tous les recoins de la terre, priant dieu tous les soirs de ma vie que tu sois toujours en vie, et qu'ils ne t'aient pas fait de mal. Je t'imaginais prisonnière dans une cave sans avoir jamais vu la lumière du jour, je t'imaginais avec une vie normale, des parents et une vie parce que tu serais partie dans un trafic de bébé, je t'imaginais morte après avoir été une bombe humaine en Iran, je t'imaginais pute dans des trafics, esclave... Mais certainement pas une pétasse montée sur des échasses qui semble maîtriser le monde qui couche avec un putain de criminel et qui torture pour s'amuser.

Je me relevai brusquement en le foudroyant du regard.

— Je ne suis pas une pétasse espèce de fils de pute !

Il ricana, complètement bourré.

— Je te signale que la pute est aussi ta mère. Et puis est-ce que tu t'es regardée dans un miroir récemment avec ton maquillage de pot de peinture, ta robe si courte que je pourrai presque voir ta chatte et tes talons tout moches ?

La gifle partit toute seule et il s'écroula au sol, une longue et profonde griffure sanglante sur la joue.

— Relève-toi.

Il ricana devant ma voix froide en obéissant tout seul.

— T'es personne pour me dire ce que je dois faire.

Je lui indiquai le fauteuil en ricanant à mon tour.

— Assis-toi. Sale chien. On verra lequel de nous se sentira coupable après ça.

Il plissa les yeux alors que j'écrasai ma cigarette et en allumai une autre.

— Qu'est-ce que tu vas faire ?

— Je vais te raconter.

Il resta bouche bée tout le temps où je parlais. Je ne lui racontais aucun de mes secrets. Pas de noms, pas de raisons, pas de vérité, juste les faits. Mon enlèvement. Le froid, la faim quand les missionnaires qui m'avaient gardée pour eux oubliaient de me nourrir. Leurs corps quand ils furent tués. La première fois que j'avais tué. Ensuite mon viol. L'éducation strict. Je ne lui dis jamais qui, ni quoi, ni où. Je lui racontai leurs mains sur moi, le vide que j'avais ressenti. Je lui racontai la douleur après. Je lui racontai les abus plus tard. Les sextapes, la drogue, les viols répétés après qu'on m'ait forcée à consommer. Les orgies, le chantage. Les trahisons. Jusqu'à ce que j'en ai marre. Ma fuite. La purge forcée à New York. Mes nuits tremblante et en sueur, les yeux révulsés par l'envie de drogue. Ensuite le vide. Les cauchemars quand je fermais les yeux. L'envie d'alcool auquel je n'ai pas pu résister. Le vide qui s'est installé, jour après jour. L'impossibilité d'être sobre, parce que sobre signifiait se souvenir, être lucide, admettre tout ce que j'avais vécu. Et j'étais consumée par la honte.

Encore aujourd'hui.

Les yeux rouges de rage et de larme, je regardai Adam en reprenant mon souffle. Son verre était brisé au sol, sa main tremblait et il me regardait presque avec terreur.

Je fis un pas vers lui et sifflai :

— Maintenant que tu sais ça, ne le répète jamais à personne où je te ferai souffrir plus fort que la brûlure des flammes de l'enfer. Et ne redis jamais, jamais, jamais, ô grand jamais, que je suis une pute.

Il ne bougea pas, figé, immobile, sans cesser de me regarder, sans savoir quoi dire.

— Maintenant bouge.

Il ne moufta pas et je m'approchai de nouveau de lui.

— DEGAGE !

Il se releva, me regardant tremblant comme une feuille alors que je le dominais, les pupilles remplies de rage et les poings serrés en faisant claquer mes talons.

Il tenta d'ajouter quelque chose et je vis rouge.

— DEGAGE DE CHEZ MOI BORDEL !

Il se décida et partit à grand pas en se passant une main dans les cheveux avant de faire claquer la porte de la villa.

Je restai là, immobile et tremblante de rage et de douleur d'avoir dû raconter des souvenirs qui me faisaient vomir de souffrance quand je sentis une main se loger dans la mienne.

Je tournais le regard vers Alexis qui me regardait les yeux débordant d'amour fraternel.

Je le contemplai sans savoir quoi faire quand un sanglot m'échappa.

Je portais ma main à ma bouche pour tenter de l'arrêter mais trop tard, et je m'effondrai en larmes dans les bras d'Alexis.

Le seul qui avait toujours été là.

A jamais.

CHAPITRE 29

« Je t'adore tellement que je ne pourrai jamais t'aimer »

Alexandra Kean

Nix 1er février 2019

Alexis me tendit la main en se redressant difficilement.

— Tu viens ?

Je me frottai les yeux et me relevai en m'appuyant contre lui.

— Ouais. Mais on prend des bouteilles de vodka d'abord.

Il ricana et me redirigea vers les escaliers.

— Tu t'es assez saoulée pour la soirée. T'as juste besoin de dormir.

Je grognai mais ne dis rien. Arrivée devant ma chambre, Alexis me traîna sur mon lit avant de me regarder en ricanant.

— Tu ressembles à une petite poupée.

Je pris un coussin et le lui envoyai sur la figure.

— Parle pour toi mannequin de mes deux.

Il rigola et je fermai les yeux.

— Essaie de dormir Nix. T'en as vraiment besoin.

Je haussai les épaules en soufflant et il sortit de la pièce alors que je sombrai dans le sommeil.

Un bruit sourd me réveilla en sursaut et je clignai des yeux. Il faisait toujours une nuit noire, décidément cette nuit n'en finissait plus, et Kurt était là, une cigarette en bouche, remplissant un sac de sport noir d'un mélange de ses affaires et des miennes.

— Mais qu'est-ce tu fous ?

Je me redressai sur mes coudes en le dévisageant et il leva la tête vers moi en remontant la fermeture éclair du sac.

— On s'en va.

— Quoi ?

Il me jeta une veste en cuir noir et ma paire de talons préférée.

— On dégage.

Après tout…

J'enfilai la veste et les talons à la vitesse de la lumière et il m'agrippa le bras pour me traîner plus vite hors de la villa.

Il fourra le sac sur la banquette arrière d'une voiture de sport et referma la porte en faisant gronder le moteur.

Je le suivis et à peine étais-je assise qu'il démarra et fonça hors de la villa.

Je pris le temps de m'installer plus confortablement alors que Kurt fonçait à travers les rues désertes de Paris à un compteur qui n'était même pas permis.

Le calme de la nuit n'était perturbé que par le grondement du moteur et par sa main sur ma cuisse qui faisait battre mon cœur plus fort.

Quand il ralentit enfin, une bonne vingtaine de kilomètres plus tard, je soufflai de soulagement en me tassant dans mon siège.

— Je peux savoir ce que tu fous ?

Il haussa les épaules.

— Je nous emmène en balade.

J'ouvris la bouche, sidérée.

— En plein milieu de la nuit ? Qu'est-ce qui a merdé ?

Il souffla d'exaspération en s'allumant une clope.

— Une usine de fabrication d'armes qui a pété. Quatre-vingt-deux millions d'euros partis en fumée. Mes gars pensaient à un coup des russes mais ils sont déjà bien trop occupés par l'attaque du Louvres. Un sale coup d'ailleurs. Les flics me mettent ça sur le dos.

Je fronçai les sourcils.

— C'est étonnant surtout.

Il tourna la tête vers moi.

— Qu'ils s'attaquent à des gosses ? Pourquoi ? C'est un message qui reste.

Parce qu'Eva Ikanovitzch ne se serait jamais attaquée à des enfants. Je haussai les épaules.

— Je ne sais pas. Comment es-tu persuadé que les russes ne font pas un double coup ?

— C'est en dehors de leur zone d'action, et il y a plusieurs indices d'un *soucis* interne.

Je ricanai.

— Tu soupçonnes qui ?

Il haussa les épaules.

— Ça peut tout aussi bien être accidentel. Mais ce n'est pas la première fois que j'ai des problèmes là-bas.

Je plissai les yeux.

— Un traître ?

Il ricana et recracha sa fumée dans l'air en ouvrant la fenêtre.

— On verra. On va bien s'amuser.

— Et on arrive quand ?

— Dans plusieurs heures.

Je grognai.

— Tu fais chier fils de chien.

Je m'endormis, bercée par le vrombissement du moteur et sa main sur ma cuisse.

Quelques heures plus tard, il tourna vers une aire d'autoroute, me faisant déglutir. Je haïssais les aires d'autoroute depuis ce jour quand j'avais huit ans.

Quand je ne sortis pas de la voiture, il me contempla avec un sourire moqueur.

—Tu comptes mourir de faim ?

Je haussai les épaules.

— Je suis déjà restée quatre mois sans bouffer autre chose que du pain rassis une fois par semaine. Quelques jours c'est pas la mort.

Il soupira.

— Tu comptes rester six jours sans vodka ?

Il avait de bons arguments, je devais le reconnaître.

— Qu'est-ce qu'on fait encore dans cette voiture Kurt ?

Il rigola et je sortis du bolide. Le jour s'était levé depuis un moment, il devait être aux alentours de sept heures du matin, les routes étaient encore pratiquement désertes, et le calme régnait.

Un frisson me parcourut à la vue d'une aire de jeu au loin. Il n'y avait pas les mêmes jeux. J'étais à des milliers de kilomètres de l'aire de mes souvenirs.

Ça n'empêchait pas ceux-ci de remonter.

Je croisai les bras et accélérai le pas.

— La vodka sera utile !

Il ricana.

— Je me demande bien comment ton foie peut-être en si parfaite santé alors que tu ingurgites des litres et des litres d'alcool tous les jours.

Je haussai les épaules en souriant.

— Tu ne le sauras jamais.

Il plissa les yeux.

— Crois-moi Nix, je le découvrirai.

— Quand je serai morte sûrement.

Puis je rigolai.

— Et puis j'ai de la chance c'est tout, il n'y a rien à découvrir. J'ai un bon métabolisme.

Il fronça les sourcils mais n'ajouta rien en me passant devant.

Je soupirai et accélérai en faisant claquer mes talons sur le sol.

Ras le cul du passé.

Kurt

Je regardai Nix me dépasser comme une flèche en ricanant. Elle semblait avoir repris du poil de la bête.

Bien. On allait enfin pouvoir s'amuser.

Le vendeur pâlit brusquement et je le tuai d'une balle dans le crâne, alors que Nix s'emparait de plusieurs packs de bière et de vodka.

Je la regardai faire en admirant son cul fabuleux, quand elle me siffla en claquant des doigts.

Je la fusillai du regard en attrapant au vol le pack de bière qu'elle m'envoyait.

— On se réveille fils de chien.

Je ricanai.

— Je suis parfaitement réveillée bébé.

Sachant parfaitement que je parlais de ma queue, elle leva les yeux au ciel et se contenta de me fourrer deux autres packs d'alcool entre les mains.

— On y va ?

Je la regardai en rigolant.

— Tu te souviens de la dernière fois qu'on est allés dans une station-service ?

Elle fronça les sourcils avant de soupirer.

— J'avais fini évanouie donc pas vraiment.

Je ris.

— C'était grâce à mes doigts de fée.

Elle leva les yeux au ciel et me donna un coup de coude dans les côtes.

— Tu es très loin d'être une fée fils de chien !

Elle s'éloigna en faisant claquer ses talons, moi sur ses pas.

Cette femme était décidément flamboyante.

Je laissai Nix se servir dans les étals en détruisant les systèmes de sécurité, avant de répandre de l'essence et de l'acide sur toute la station.

Je la vis remonter dans la voiture et pris un briquet, allumai une flamme et la laissai tomber sur une flaque d'essence.

Je fis claquer la portière, gronder le moteur, regardai Nix et démarrai au quart de tour alors que la station partait en fumée dans une gigantesque explosion.

Vraiment magnifique.

Je ralentis un peu au bout d'une dizaine de kilomètres alors que Nix sortait deux bouteilles de bière, une clope entre les lèvres.

— Passe m'en une.

— Clope ou bière ?

Je ricanai.

— Clope d'abord, bière ensuite.

Elle rigola et mit une cigarette entre mes lèvres avant de l'allumer.

J'inspirai une grande bouffée et la pris entre mes doigts avant d'ouvrir la fenêtre.

— Rachel ne va pas bien.

Je tournai la tête vers elle qui me regardait sérieusement.

— Pourquoi tu dis ça ?

— Ça fait plusieurs fois que je l'entends péter un câble sur son enfermement. Tu devrais lui laisser du lest.

Je serrai la mâchoire.

— C'est depuis quelques années maintenant. Elle va bien. Elle est juste effrayée de ce qui est arrivée à une de ses amies.

Elle fronça les sourcils, m'invitant à poursuivre.

— Tu te souviens de Jason ? Tu l'as rencontré à New York quand je t'ai rencontrée.

— Oui, c'est le mec qui m'a conduite jusqu'à toi.

Je hochai la tête.

— Je le connais depuis longtemps. Bien avant que je sois Kurt Smith. Il avait une sœur, Elizabeth. Elle et Rachel s'entendaient très bien. Elle a fini par être tuée par Ashley Ikanovitzch il y a 6 ans.

— Qu'est-ce qui s'est passé ?

— L'enfermement l'a rendue folle.

Elle hocha la tête, sentant que je n'en dirai pas plus, et changea de sujet.

— On dort où ce soir ?

Je haussai les épaules avant d'esquisser un sourire en coin en la regardant.

— Là on où voudra.

Elle rigola.

—Tu n'as vraiment pas peur de te faire arrêter.

Je fronçai les sourcils en la regardant avec sérieux.

— Le monde m'appartient Nix. Ce n'est qu'une question de temps.

— Pourquoi tu veux que le monde t'appartienne Kurt ?

Je souris sans répondre. Elle haussa un sourcil.

— Et qu'est-ce que tu vas faire des Ikanovitzch ?

Je serrai les dents en appuyant sur l'accélérateur.

— Je les détruirai tous jusqu'à ce qu'on ne se souvienne même plus de leur nom.

Elle ferma les yeux et inspira une grande bouffée de nicotine avant d'allumer la radio à fond et de poser les pieds sur le tableau de bord.

— Ça risque d'être épique.

Je ricanai en accélérant encore.

— Ce sera légendaire Nix.

— Tu te crois assez important pour entrer dans l'histoire, Kurt Smith ?

— Je ne fais pas que le croire. Je le suis.

Et elle n'ajouta rien parce qu'elle savait que j'avais raison.

`Kurt                28 aout 2012`

Le corps tomba à terre dans un geignement. J'essuyai mon flingue et le rangeai dans mon jean quand Jason débarqua dans la pièce suivi de près par sa petite sœur, Elisabeth ou comme tout le monde l'appelait, Lizzie.

— Tu passes à la télé mec !

Je fronçai les sourcils.

— Quoi ?

— Les fédéraux sont après toi mon gars !

Je courus à sa suite dans le salon et vis mon visage couvert de sang sur l'écran plasma, diffusé par la chaîne d'infos alors que la journaliste relatait mon dernier meurtre avec une inquiétude visible. Elle craignait presque que je débarque sur son plateau pourri tiens.

— En seulement un an putain, c'est n'importe quoi, il m'a fallu cinq ans pour avoir une minuscule annonce dans un journal local simplement parce que j'avais enlevé une fille ! Toi t'es dans le journal national en quelques mois !

Je ricanai en continuant de regarder le journal avec fierté et m'allumai une cigarette.

— Aux dernières nouvelles on est combien ?

— Cinq cent milles. On est en train de construire des centres d'Initiation, comme tu voulais. On a des hommes étalés dans toute l'Amérique, énormément de bases en Afrique du Sud, ceux sont les anciennes bases de ton père, et on commence à s'installer en Europe. Je crains que l'Asie soit bien plus complexe. Quant à la Russie… Ils vont être un énorme problème.

Un sourire s'étendit sur mes lèvres.

— A ce rythme-là dans dix ans on contrôle le monde.

Dans dix ans, j'aurai ma vengeance. Il sourit aussi en me regardant.

— Putain ouais ! Dans dix ans...

Ses yeux s'étaient arrondis alors que je ricanai et lui jetai une bouteille de bière.

— On y arrivera dans cinq.

Il s'étrangla avec l'alcool.

— Cinq ? Mais t'es malade !

Je lui jetai un regard noir en me levant et jetai ma bouteille encore à moitié pleine à la poubelle.

— Même quatre si j'en ai envie. Le monde m'appartiendra Jason. Et je tuerai quiconque essaie de m'en empêcher.

Il rigola.

— Oh je serai bien le dernier.

Il se leva et sortit de la pièce avec sa bouteille de bière en main avant d'ajouter.

— Allez joyeux anniversaire, Kurt !

Je secouai la tête en ricanant et me rassis en tirant sur ma clope. J'y arriverai. Je serais respecté. Craint. Il mourrait en me regardant dans les yeux. Je m'en assurerai.

Et ces Ikanovitzch n'auront qu'à mourir de peur dans un trou de souris.

J'entendis soudain des bruits de pas et vis Lizzie devant moi. Je râlai en regardant son sourire en coin.

— Je peux te donner mon cadeau d'anniversaire Kurt ?

— Fais pas ça Liz'.

J'étais le seul à l'appeler comme ça. Et elle adorait ça. Elle monta sur moi en me chevauchant.

— Je sais que tu ne m'aimeras jamais, mais moi, je suis amoureuse de toi, et je ne veux personne d'autre que toi pour prendre ma virginité.

Je haussai un sourcil.

— Je n'attends rien de plus Kurt. Je prendrai tout ce que tu me donneras.

— T'es consciente que je coucherai avec plein d'autres filles après toi ? Que je ne serai jamais ton petit ami ?

Elle releva la tête en me défiant du regard.

— Oui. J'en ai rien à foutre. Maintenant baise-moi.

Je la regardai, écrasai ma clope et plaquai ma bouche contre la sienne en écrasant mes mains contre ses fesses.

— Je ne serai pas doux Liz'.

Elle sourit contre mes lèvres.

— Je serais déçue si tu l'étais.

Et je la fis basculer contre le canapé. Putain ce que je pouvais adorer cette nana.

CHAPITRE 30

« Je garde mes secrets dans la glace qui habite mon âme »

Alexandra Kean

Kurt Smith 7 novembre 2012

Je soupirai en m'allumant une cigarette quand je sentis des bras m'entourer et un menton se poser sur mon épaule.

— Ça va ?

Je ne répondis pas et Lizzie se blottit contre moi en frissonnant.

— Reste pas dehors si t'as froid.

Elle haussa les épaules et sourit.

— Tu me réchauffes.

Je ricanai et soufflai ma fumée dans l'air quand Jason débarqua et fusilla sa sœur du regard.

— Lizzie tu rentres tout de suite ! Non mais qu'est-ce que tu fais dehors à vingt-trois heures par moins dix degrés ? Et sans manteau en plus, t'es complètement folle !

La brune soupira et se sépara de moi en jetant un regard noir à son frère avant de poser un baiser sur ma joue en me chuchotant un « je t'aime » et de retourner à l'intérieur du bunker en insultant son frère.

Mon bras droit se posa à côté de moi, une bouteille d'alcool fort dans la main et me regarda.

— Tu n'aimes pas ma sœur.

Je ne répondis pas. Ce n'était pas une question, juste une simple constatation.

— Ne lui fais pas de mal, s'il te plait Kurt.

Je tournai mon regard vers lui en inspirant une grande bouffée de nicotine.

— Elle sait ce qu'elle fait. Elle sait que je ne pourrai jamais lui apporter ce qu'elle veut. Mais elle a décidé qu'elle n'en avait rien à foutre. C'est son choix. Elle est majeure. Moi je vis ma vie.

—- Tu ne peux pas promettre, c'est ça ?

— Je ne promets jamais rien Jas'.

Il souffla et resserra son manteau autour de lui en regardant la vallée qui s'étendait devant nous.

— Putain j'ai hâte de partir. Je déteste ce putain de pays.

Je hochai la tête et il me regarda en fronçant les sourcils avant de rentrer dans le bunker en claquant la porte blindée.

Je fis tourner mon flingue dans la main en observant les deux silhouettes se disputer à plusieurs centaines de mètres.

Ashley et Sophie Ikanovitzch.

Je pourrai les tuer. Mais pas tout de suite.

Leur heure viendrait.

Nix 7 novembre 2012

— Sophie putain reviens t'es complètement malade !

— Non, toi tu es complètement malade Ashley ! Qu'est-ce que tu es allée croire en faisant ami ami avec de parfaits inconnus ?! Que papa ne le découvrirait pas ?

Je l'attrapai par le bras pour la retourner vers moi et la fusillai du regard.

— Premièrement Arkadi n'est pas mon père, deuxièmement il ne sait pas et troisièmement j'ai le droit d'avoir des amis, bordel de merde ! Ma vie ne te regarde en rien !

— TU ES MA SŒUR !

— MÊME PAS EN RÊVE ! Tu n'es pas de mon sang Sophie, oh que non et j'en suis fière. A ta place je préférerai mourir plutôt que d'être la fille d'un monstre pareil !

Elle m'attrapa par le bras et me serra très fort en me jetant un regard noir comme la nuit.

— ARKADI EST MON PÈRE ET JE T'INTERDIS DE PARLER COMME CA DE MA FAMILLE ESPÈCE DE PETITE INGRATE ! SANS LUI TU SERAIS MORTE A L'HEURE QU'IL EST !

Je ricanai.

— Parce que tu es exactement comme lui, une sale petite pute comme tout le reste de ta famille, cruelle et sans âme. Tu mérites de subir ce que j'ai vécu.

Ma tête tourna brusquement sur le côté et ma joue me brûla alors que je reportai mon attention sur Sophie qui me regardait avec mépris, la main encore en l'air.

Elle venait de me gifler.

— Ose encore une fois dire un mot sur ma famille qui est aussi la tienne et je m'assurerai que notre père te garde toute ta vie dans ses caves, que ta réputation de chanteuse merdique soit à jamais descendue aux enfers et j'assassinerai tous ceux à qui tu tiens.

Elle tourna les talons avant de se retourner avec un rictus moqueur sur le visage.

— Pour info tu portes notre nom Ashley. Et pour l'instant tu es la seule de la famille à t'être jamais fait prendre par les ennemis, alors tu ferais mieux de t'inquiéter de ce que Kurt Smith te fera à toi, lorsqu'il te trouvera. Déchet.

Et elle disparut dans le glacier.

Je fermai les yeux et laissai une larme couler.

« La seule de la famille à t'être jamais fait prendre par les ennemis. »

J'aurai donné mon cœur pour ne jamais avoir fait partie de cette foutue famille de merde. Putain ce que je pouvais les détester. Je les tuerai. Je les tuerai tous.

— Cesse de pleurer.

Je me retournai brusquement et vis ma mère apparaître à quelques mètres de moi, montée sur ses talons vertigineux même en plein milieu des glaciers russes.

— Je ne t'ai pas élevée comme ça Ashley.

Je reniflai et la regardai en me relevant.

— Désolée maman.

Elle soupira et je me blottis contre elle alors qu'elle m'entourait de ses bras.

— Ne l'écoute pas. Sophie se fera sûrement tuée dans un combat inutile et on ne se souviendra jamais d'elle. Toi tu es promise à quelque chose de plus grand.

Je haussai les épaules en reculant et resserrai mon manteau contre moi.

— Tu répètes toujours ça.

— Parce que c'est vrai. Ton tatouage le prouve.

Je soufflais et ne répondis pas.

— D'ailleurs tu as trouvé ?

Je mentis.

— Non.

— Ce n'est quand même pas si compliqué !

— Je t'ai dit que tu hallucinais.

Elle secoua la tête et me pointa du doigt.

— Oh que non ma chérie. Tu trouveras. Il faut que tu regardes plus attentivement. Et plus rapidement. Je n'ai pas que ça à faire. Ce tigre est une carte que toi seule peux déchiffrer.

— Je n'ai pas le temps.

Elle me fusilla du regard.

— Tu le trouveras. Maintenant oust', laisse-moi seule.

Je soupirai et tournai les talons en partant à l'opposé du camp. Je n'avais aucune envie de me retrouver au milieu de tous ces russes.

Je soupirai et me laissai choir dans un monticule de neige en regardant le ciel.

Combien de temps pourrai-je encore lui cacher ?

Evidemment que je l'avais déchiffrée. Je l'avais déchiffrée bien avant qu'elle ne me le dise. Des années avant.

Je n'étais pas stupide. Mais elle ne devait pas savoir. Personne ne devait savoir.

Jamais.

Je reniflai et regardai au loin.

Ce secret me pourrissait la vie. A quel moment Sophie s'était-elle mis à me détester ? A quel moment j'avais commencé à coucher avec Ian et Jas en même temps ? A quel moment avais-je commencé à me droguer ? A quel moment j'avais foiré dans ma vie bordel ?

Peut-être que ça n'était pas ça la vraie question. Peut-être que la vraie question c'était tout simplement à quel point, moi j'étais foirée, pour répandre autant de merde autour de moi.

Une larme coula sur ma joue et je me laissai aller en sanglots dans la solitude et le froid polaire de la Russie quand un bruit se fit entendre.

Je me figeai, une main sur mon flingue en arrêtant immédiatement de pleurer et me retournai pour voir une fille en grosses bottes enveloppée d'un énorme manteau qui me regardait avec un grand sourire et des yeux pleins de larmes.

— Salut toi ! Je ne pensai pas tomber sur quelqu'un d'autre ici.

Je grognai.

— Figure-toi que moi non plus.

Elle s'assit à côté de moi et sécha ses larmes avec un petit sourire.

— Tu t'appelles comment ?

— Nix.

Elle haussa un sourcil et hocha la tête.

— Joli prénom. Tu as déjà été amoureuse Nix ?

— J'en ai le malheur en effet. Pourquoi ?

— Je suis amoureuse d'un monstre qui ne m'aimera jamais mais qui m'adore.

Je fronçai les sourcils. Le vent soufflait doucement, et le temps semblait s'être figé pour laisser à cette conversation le lieu d'exister.

— T'es tombée sur un compliqué toi. Tu t'appelles comment ?

Elle ricana et ferma les yeux avant de tomber en arrière et de faire un ange dans la neige.

— Je suis Lizzie.

Kurt 7 novembre 2012

— KURT SMITH !

Je détournai mon attention de la cadette Ikanovitzch qui courrait au loin pour fixer Eva Ikanovitzch. Elle me contemplait, dans toute sa splendeur. Comment faisait-elle pour rester en talons sur du verglas et de la neige ?

— Ouais ?

Elle rit et me regarda alors que ses cheveux volaient au vent.

— Ne crois pas que je ne sais pas que c'est le gang de ton père qui hante les nuits de ma fille.

Je haussai les épaules en resserrant légèrement mes doigts sur ma clope.

— Et arrête de l'observer quand tu viens nous attaquer, ou nous espionner.

Je ricanai.

— Et pourquoi pas ?

— Parce qu'elle va bien. Elle n'a pas besoin que son pire ennemi la regarde sans cesse en se demandant s'il doit la tuer ou la protéger.

Je secouai la tête.

— Je ne pense pas qu'elle aille bien Eva. Cependant je ne semble pas être votre pire ennemi.

Eva Ikanovitzch rigola en resserrant son manteau autour d'elle.

— Oh Smith, mon mari est bien trop fourré d'orgueil et de cruauté malsaine pour s'apercevoir que tu es une version de lui en plus jeune, plus intelligent et bien plus censé. Tu gagneras cette guerre. Je n'ai aucune raison d'être ennemie avec toi. C'est le jeu de la vie.

— Je vous tuerai tout de même quand votre tour viendra.

Elle sourit en fermant les yeux comme pour savourer l'air sur sa peau.

— Je le sais. De toute façon je commençais à me faire vieille sur cette partie d'échec.

— Vous ne devriez pas compter sur Ashley pour vous succéder.

Elle hocha vigoureusement la tête avec un rictus.

— Oh elle le fera. Je l'ai bien élevée. Elle reprendra ma suite.

— Qui êtes-vous au juste Eva ? De quelle suite parlez-vous ?

Elle partit dans un grand éclat de rire, un des putains de rire froid et glacial que seuls les vrais méchants font dans les films.

— Oh pauvre Smith, tu es encore trop jeune pour comprendre. Ma fille t'expliquera quand elle posera sa lame sur ton cœur.

Je ne répondis rien et la regardai partir dans un silence polaire quand j'entendis Lizzie derrière moi.

— Oh putain Kurt t'es toujours là ! T'as pas froid ?

Je haussai les épaules sans me retourner.

— Rentre avant que ton frère ne s'énerve en te voyant debout. Va rejoindre Rachel.

Elle soupira et sa voix se fit inaudible.

— Je vais aller dans ma chambre plutôt. Tu me rejoins ?

Je souris inconsciemment.

— Comme toujours Liz'.

Elle émit un petit sourire de contentement et rentra définitivement dans le bunker quand un sanglot éclata.

Mon regard se posa sur la rousse en bas de la vallée qui tombait à genoux dans la neige en pleurant toutes les larmes de son corps.

Eva Ikanovitzch avait tort.

Ashley Ikanovitzch n'allait pas bien.

Pas bien du tout.

CHAPITRE 31

« Je n'ai pas peur de la mort, ça ne veut pas dire que j'ai envie de mourir. Et ce n'est pas parce que j'ai peur de la mort que je n'en ai pas envie »

Alexandra Kean

Lizzie Avril 2013

Cher journal,

Nous sommes le sept avril et je n'ai pas dormi depuis le cinq. J'ai froid, ma couverture ne me couvre pas beaucoup. J'espère parvenir à sortir d'ici. Il fait sombre, clair au milieu de la journée. Il n'y a personne, pas un chat personne pour m'aider. J'ai très froid.

La neige recouvre l'entièreté du couloir, et la cellule dans laquelle je me suis réfugiée et la moins humide de toutes. Ou plutôt celle qui ne s'est pas effondrée.

J'ai de la chance, les murs sont blindés et isolés, donc malgré le froid je n'en mourrai pas. Je me dis que ça aurait pu être pire, que j'ai trouvé de quoi manger et boire et que c'est déjà pas mal. Mais les réserves s'épuiseront. Périmeront.

Espérons simplement que Kurt me retrouvera avant. Comment ai-je atterri ici au juste ? Je crois que je me suis perdue.

Jason m'avait dit de rester avec lui, mais Kurt est parti devant.

On s'était disputé tu sais ? Je te l'avais raconté. Il a dit que je ne pouvais pas continuer à l'aimer. Que ce n'était pas bien pour moi. Que je devais me trouver un mec qui m'aimerait en retour et qui pourrait me protéger. Pas lui. Je lui ai dit qu'il était tout à fait capable de me protéger et que je n'en avais rien à faire qu'il ne m'aime pas. Et il m'a regardée, avant de me balancer mon soutien-gorge à la figure et de sortir en ajoutant : « mais j'ai strictement aucune envie de m'encombrer de toi ». Je le savais depuis le début de la conversation mais ça ne m'a pas empêchée d'être blessée. Qu'est-ce qui l'empêche de m'aimer en retour ?

Est-il vraiment juste ce monstre cruel qu'il montre à tout le monde ? J'ai toujours été persuadée du contraire.

Mais mon amie, Nix, m'a dit que ce n'était pas lui mais moi le problème dans notre histoire. Précisément, elle a dit que dans tout ça, j'étais trop une gentille fille pour un diable pareil. Je n'ai rien répondu. Elle ne sait pas qui je suis, donc comment pourrait-elle juger ? Elle ne connait pas Kurt. Si elle savait réellement… Elle m'a donnée un téléphone volé quand on s'est rencontré, et c'est mon seul contact avec l'extérieur, et avec elle. Je ne sais pas qui elle est non plus. Mais c'est ma seule amie. Je suis la petite sœur du bras droit du futur mec le plus puissant du monde à la tête d'une mafia, je couche avec lui. Je ne suis pas censée être une « gentille fille ». La sœur de Kurt n'en est pas une alors qu'elle a vécu aussi protégée que moi sinon plus.

Elle aime torturer. Elle ne m'aime pas beaucoup je crois. Une fois elle m'a dit qu'il fallait que j'aille me faire remplacer les ovaires par les couilles si j'espérais un minuscule pourcentage de courage une seule fois dans ma vie.

Je n'ai pas su lui répondre. C'est vrai quoi, je ne suis pas vraiment censée être courageuse. Je ne sais pas ce que c'est. Encore une fois j'ai demandé à Nix. Cette fille est vraiment géniale. Mais elle est bizarre. Elle traîne toujours le regarde autour d'elle, avec des talons de plus en plus haut à chaque fois qu'on se rencontre. Parfois elle éclate en pleurs quand elle arrive à notre point de rendez-vous et je ne sais pas pourquoi. Parfois elle disparaît pendant des semaines et revient couverte de bleus et de blessures.

Je n'ai jamais posé la question.

Est-ce que ses parents la battent ? Que faisait-elle ce jour-là dans la neige, quand on s'est rencontrées ?

Je n'en ai aucune idée.

Je n'oserai jamais. Je n'en ai pas le courage.

Encore cette foutue notion de courage qui me reste étrangère. Est-ce que c'est vraiment une notion essentielle dans ce fichu monde ? Je n'en ai jamais eu besoin.

De toute manière, le courage ne fait pas de moi quelqu'un de bien, comme son absence ne fait pas de moi quelqu'un de mauvais.

Mais si j'avais du courage, je serais déjà sortie d'ici. J'aurai retrouvé mon chemin.

Si j'étais une fille parfaite.

Si j'étais une fille dont Kurt pourrait tomber amoureux.

Mais je ne le suis pas.

Je ne me vois pas d'avenir. Je ne suis même pas allée au lycée.

J'ai peut-être fait l'école primaire et Jason m'a emportée avec lui après avoir livré nos parents à la police pour suivre Kurt. J'ai bien tenté de devenir amie avec Rachel mais elle ne voulait pas me parler. Elle ne parlait à personne, personne d'autre qu'à son frère.

Je l'ai vu sortir en douce, vivre sa vie, grandir, apprendre des méthodes de torture et devenir presque comme une superhéroïne de film alors qu'elle n'a que treize ans.

Moi je n'ai pas d'amis.

Je n'en ai jamais eu.

Je suis condamnée à rester cloitrée entre quatre murs constamment surveillée par une dizaine de gardes, sans sortir sans autorisation, seulement si nous sommes sur un territoire ami, et sur un périmètre de quarante mètres, toujours à dix mètres maximum des gardes, cinq minutes seulement.

Je ne sais pas comment Rachel a fait. Qu'est-ce que j'aimerai pouvoir sortir. Vivre.

Mais mon frère n'en a strictement rien à faire de ça. Il dirige ses petites affaires sans se rendre compte que je me morfonds de jour en jour dans une vie qui n'en est pas une, dans un amour qui ne sera jamais réciproque alors que je n'ai que dix-huit ans.

Qu'est-ce que je vais faire plus tard ?

Je ne sais pas.

Je ne sais rien.

Je ne me vois plus d'avenir.

Et quelque fois quand j'entends Kurt baiser une fille, mon frère rigoler avec ses copains, Rachel sortir en douce, alors que je reste péniblement morte de faim dans ma chambre parce qu'on a oublié de m'apporter à manger, je veux mourir.

C'est peut-être pour ça qu'en disant à mon frère que je rejoignais Kurt dans le convoi, j'ai pris la direction opposée.

Que j'ai tué chacun des gardes dans un accès de colère et que je suis partie seule et à pied dans la neige et dans le froid vers le vide et l'inconnu.

Ils me retrouveront. Ils retrouvent toujours Rachel.

Mais au moins, j'aurai profité de ça.

Ici ça sent l'air frais. Ça sent l'extérieur. Ça sent la liberté.

Liberté...

Je n'attends que ça.

Qu'on vienne me libérer.

Lizzie

Kurt 2 février 2019

— Arrête-toi.

Je fronçai les sourcils en tournant mon regard vers Nix.

— Qu'est-ce qu'il y a ?

Elle secoua la tête et se cacha les yeux avec sa main.

— J'ai super mal à la tête.

Je hochai la tête et pris la sortie pour le prochain village. Il devait bien contenir un petit hôtel paumé, et sinon on tuerait une famille.

Nix soupira en sortant de la voiture alors que je faisais une rapide recherche sur mon téléphone. Aucun hôtel à l'horizon.

Je sortis également et regardai les quelques maisons plutôt grandes et campagnardes qui s'étendaient sur le bord de la minuscule route déserte quand soudain Nix fit un drôle de bruit.

Je me retournai vers elle sans comprendre et la vis soudainement vomir ses tripes sur l'herbe. Je m'approchai aussitôt d'elle mais elle me repoussa en se relevant, pâle comme un linge, se tenant à la voiture.

— Kurt... Est-ce que t'as touché aux bouteilles de vodka ?

Je fronçai les sourcils.

— Non pourquoi ?

Elle haussa les épaules.

— Je n'aurai pas dû vomir. C'est pas normal.

Je ricanai.

— On vient de rouler à deux-cent kilomètres heures sur une route pleines de tournants et t'as passé les six heures à boire bouteille sur bouteille. C'est logique de vomir dans ses cas-là.

Elle me jeta un regard noir et se remit à vomir. Je fronçai les sourcils. Elle semblait vraiment mal.

— Il y a un hôpital dans le coin ?

— Un des nôtre ? Oui.

— Emmène-moi.

Je soupirai.

— Tu n'as pas besoin d'y aller pour si peu.

Elle eut un faible sourire et se remit à vomir alors que je remarquai que sa main tremblait.

— Je te dis que ce n'est pas normal Kurt. Je n'ai jamais été malade.

Je fronçai les sourcils et lui ouvris la portière en soufflant. *Tout ça pour qu'ils lui trouvent une overdose.*

J'appuyai sur l'accélérateur alors qu'elle vomissait ses tripes dans un sac en plastique. Je devais avouer qu'il était étrange qu'elle soit soudainement malade.

Je revis sa main trembler, je la vis respirer lentement, agrandir les yeux et se pincer la peau avant qu'elle n'articule d'une voix rauque.

— Dépêche-toi bordel.

Je fronçai les sourcils et obéis.

Ce n'était pas l'alcool.

Nous arrivâmes dans un grand dérapage devant l'hôpital cerné de mon symbole.

Un infirmier arrivant en courant, gueulant que c'était la place des ambulances et ferma sa gueule dès qu'il me vit.

J'ouvris la portière et soutins Nix qui avait même enlevé ses chaussures.

Si elle meurt je tue tous les gens dans cet hôpital.

Putain mais qu'est-ce qu'elle a bordel !

Elle me regarda en tremblotant et je fusillai l'infirmier du regard pour qu'il se dépêche alors que des médecins arrivaient avec un brancard au moment où elle s'évanouissait dans mes bras, de la mousse au creux des lèvres.

Mon cœur rata un battement et je sortis mon flingue en pressant ces enfoirés de médecin de merde de se grouiller de la soigner.

Elle convulsa soudain et l'infirmier se précipita vers moi.

— Monsieur, mes respects, comment cela est arrivé ?

Je me mis à réfléchir et puis frонçai les sourcils.

Est-ce que tu as touché aux bouteilles de vodka ?

J'ouvris la portière et me précipitai sur la banquette arrière pour regarder le paquet de vodka à peine entamé.

Je sortis une bouteille et la regardai avant de la tendre à l'infirmier.

— Empoisonnée c'est possible ?

— Plus que probable monsieur.

Il repartit en courant alors que je serrais les poings.

S'il y avait une quelconque substance mortelle dans cette putain de bouteille, celui qui l'a mise là-dedans paierait un prix éternel.

Je contins ma rage et suivis le brancard en regardant les cheveux de feu de Nix se répandre sur les draps blancs et fades alors qu'une douzaine de médecins se pressaient autour d'elle. Ils avaient intérêt à bien faire leur putain de job.

Et bordel, Nix, si ton subconscient m'entend, t'as intérêt à survivre ou je viens te hanter dans la mort.

CHAPITRE 32

"Parce que quand on n'a pas de plan on se permet tout"

Alexandra Kean

Lizzie Avril 2013

Les cris de mon frère ne me parviennent qu'en bourdonnement. Mon cœur fait tellement de bruit dans ma poitrine que j'ai l'impression qu'il va se détacher.

Les yeux fermés, les mains tremblantes, je ne prononce pas un mot.

Que mon frère s'énerve encore et encore s'il le souhaite. Que Kurt m'ignore encore, que Kurt me déteste s'il le veut. Que Rachel me haïsse autant qu'elle le peut.

Aucun d'eux ne remarquera jamais que je ne vais pas bien. Ils m'entourent tellement qu'ils m'en oublient. Ils me protègent tellement qu'ils m'en blessent.

« Pourquoi t'es-tu échappée » « Tu es folle » « Tu aurais pu mourir » « Je vais renforcer tes gardes » « Tu ne sortiras plus jusqu'à nouvel ordre » « et n'essaie même pas d'approcher Kurt à nouveau »

Ils veulent contrôler ma vie. Comme toujours. Ils répètent que je suis la personne la plus précieuse à leurs yeux mais ils s'obstinent à me détruire. Le pire est qu'ils ne s'en rendent même pas compte.

Mon frère me traîne dans ma chambre et claque la porte. Le bruit des quatre serrures qui se verrouillent cinq fois résonne dans la minuscule pièce et je souffle avant de me planter devant le miroir et de sourire à mon reflet.

De grandes choses se préparent. Et je n'en resterai pas la spectatrice.

J'en serai le putain de premier rôle et ceux qui se mettront en travers de mon chemin seront tués.

Un sourire froid s'étira sur mes lèvres alors que je déchirai ces vêtements de petite fille et les laissai tomber au sol.

Je vais me venger. Je vais faire saigner ce monde.

Je vais leur montrer que je ne suis pas une gentille fille.

Je les tuerai tous.

Et j'en ressens déjà le plaisir intense.

Le plaisir intense de la chair qui se déchire, du sang qui coule et des cris de tes victimes.

Certains diront que je suis complètement folle.

Mon frère l'a dit.

Mais il ne devrait pas s'étonner.

Je ne suis presque jamais sortie de ces quatre murs depuis ma naissance.

La séquestration fait perdre la tête à ce qu'on dit.

Si c'est le prix à payer pour ma liberté alors soit.

Je serai folle.

Mais je détruirai mon frère et je savourerai regarder ses yeux s'éteindre et son âme s'envoler sous mes coups de poignard.

Et je mettrai Kurt à genoux devant moi.

Kurt 3 février 2019

— Monsieur, mes respects, votre amie est sauvée, elle est dans la chambre 423, elle dort.

Je hochai la tête sans lui répondre et passai devant lui en le bousculant.

Je serrai les poings et pénétrai dans sa chambre. Qu'elle ait survécu est un miracle. Ce poison était mortel, direct et elle aurait dû mourir en quelques minutes, mais son corps avait trouvé assez de forces pour se battre contre la substance.

C'était un putain de miracle.

En était-ce vraiment un ?

Je refermai la porte de sa chambre et la contemplai en m'asseyant sur une chaise non loin du lit.

Ses cheveux roux étaient éparpillés et ses yeux clos. Elle ne disait rien, ne bougeait pas, presque comme si elle était morte. Mais elle ne l'était pas.

Elle est magnifique bordel. Je retire ce que j'avais dit.

Elle est *un putain de miracle.*

Mais qui avait pu empoisonner ces putains de bouteille bordel ? Le mec savait très bien ce qu'il faisait.

Il savait que j'allai brûler la station à la seconde où on aurait tout ce qu'il nous fallait, faisant ainsi disparaître les preuves de notre passage, et du sien avec. Il savait que j'allais m'arrêter dans cette station. Il savait qu'on allait prendre de la vodka. Il savait que j'avais embarqué Nix dans un road trip en plein milieu de la nuit.

Mais bordel de merde qui était au courant de ça ?

Et du poison... Du poison, quelle étrange manière de tuer dans notre monde. Il y en avait tellement d'autres bien plus efficaces et bien plus sûres.

C'était mesquin, mais malin pour quelqu'un qui ne pouvait pas nous battre en physique.

Mais pourquoi tenter de nous tuer maintenant ? Et lequel de nous deux était désigné ?

La personne qui avait fait ça, était un professionnel, qui était proche de nous et par conséquent, qui résidant dans la villa.

On pouvait tout de suite éliminer les gardes. Ils m'aimaient trop.

Ça restreignait le nombre de suspect à un nombre de personnes en qui Nix avait confiance.

Et visiblement elle s'était trompée sur l'un d'eux. Restait à découvrir lequel, et pourquoi il avait voulu la tuer.

Je soufflai quand j'entendis un petit gémissement. Je me levais aussitôt et m'approchai de Nix qui clignait des yeux en se redressant.

— Bordel, j'ai l'impression d'avoir la gueule de bois.

Je ricanai.

— J'aurai préféré.

Elle pouffa en ajustant son oreiller et referma les yeux.

— Tu t'es inquiété, fils de chien ?

— Oui, tu ne mourras pas tant que je n'aurai pas découvert ton secret.

Elle ricana et me regarda en se redressant, l'air de dire que je me trouvais des excuses.

— On m'a empoisonnée ?

— De la ciguë.

Elle siffla et marmonna quelque chose avant de me regarder alors que j'ouvrai la bouche.

— Non ! Ne dis rien ! Je ne te répondrai pas. Sois juste content que je sois en vie.

Je grognai.

— J'aurai presque préféré que tu meures pour que tu arrêtes de m'emmerder.

Elle m'envoya un oreiller sur la figure, et je le laissai calmement tomber au sol en haussant un sourcil.

— Va te faire foutre, fils de chien. Amène-moi à manger plutôt, j'ai faim.

Je ricanai.

— Tu m'étonnes avec tout l'alcool que t'as ingurgité.

— Et que j'ai vomi dans ta bagnole.

— Dans un sac plastique.

— Non, j'ai vomi à côté quand tu t'es garé.

J'arrondis grands les yeux et sortis de la chambre au pas de course sous son rire.

J'ouvris violemment la porte de ma voiture et me figeai devant l'énorme tâche de vomi sur la banquette.

Putain je vais la tuer.

L'odeur était absolument horrible et mes sièges étaient ruinés. Je soupirai et rejoignis une Nix morte de rire.

Je la pointai du doigt, les dents serrées alors que je claquai la porte derrière moi.

— Tu n'as plus tes règles n'est-ce pas ? Attends-toi à avoir très mal demain matin. Très, très mal.

Elle grimaça avant de ricaner.

— Je pourris ta voiture et ma punition c'est un orgasme ? Le deal me va !

Je levai les yeux au ciel et la regardai sérieusement.

— Tu te sens mieux ?

Elle haussa les épaules.

— Oui mais fatiguée.

— On repart demain matin. Dors.

Elle soupira mais ne protesta pas alors que je sortais de la pièce pour aller trouver une voiture.

Nix 4 février 2019

Je me réveillai en grognant et regardai autour de moi. Le jour semblait s'être déjà levé et Kurt jouait sur son portable dans un coin de la pièce.

Je me redressai, parfaitement remise de cet empoisonnement. Celui qui avait fait ça allait le payer très cher, et de ma main. Kurt leva les yeux vers moi en ricanant.

— La marmotte est levée ! Il est dix-sept heures bébé.

Je fronçai les sourcils en grognant.

— Une marmotte, vraiment ? Où est le romantisme d'un « Belle au bois Dormant » ? Je n'ai dormi qu'une heure ?

— Tu penses vraiment ressembler à une princesse de merde qui attends cent ans que son prince vienne l'embrasser pour se réveiller et ne sait rien faire d'autre que sourire ? Et tu as plutôt dormi vingt-cinq heures.

Je m'étranglai en ignorant sa remarque, sachant qu'il avait raison.

— Wow, j'étais fatiguée.

Il hocha la tête et me jeta mon sac.

— Tu prends ta douche, tu t'habilles on s'en va.

Je hochai la tête alors qu'il se rasseyait sur sa chaise. Je soupirai en comprenant qu'il ne quitterait pas la pièce.

Cet homme...

Je montai dans la nouvelle voiture en mordant dans un énorme hamburger alors que Kurt écrasait sa clope sur le goudron.

— On va où maintenant ?

— On reprends la route, mais on s'arrêtera pour la nuit. Il va y avoir une tempête.

Je grognai de mécontentement en retirant mes talons pour plus de confort dans la voiture. Le froid dehors était glacial.

J'enfonçai mes écouteurs dans mes oreilles et Kurt démarra sous le soleil couchant. Il était un peu plus de dix-neuf heures maintenant, nous allions rouler encore quelques heures avant de trouver un endroit où dormir et malgré mon grand sommeil j'étais encore épuisée. Survivre à un poison mortel n'était pas de tout repos.

J'arrêtai la voiture devant une grande villa aux lumières allumées paumée en pleine campagne. Elle ferait largement l'affaire.

Je regardai Nix et soupirai. Sa musique sortait de ses écouteurs et pour la première fois depuis que je la connaissais elle semblait vraiment en paix. Comme si tous ses cauchemars avaient disparu.

Ça lui allait bien.

Je l'admirai encore quelques secondes et sortis de la voiture, un silencieux dans la main.

Je poussai le portail qui étrangement s'ouvrit aussitôt et m'engageai dans la longue allée. Il n'y avait qu'une seule voiture, une superbe caisse blanche du style des années 60 décapotable.

Je toquai un coup sec à la porte en marbre noir, ce que je n'aurai sûrement pas fait dans d'autres situations me contentant de la défoncer, mais Nix ne devait pas être réveillée.

Une fille brune en pyjama m'ouvrit la porte. Je levai mon flingue mais elle m'arrêta avec un sourire.

— Oh vous pouvez rentrer vous n'avez pas besoin de me menacer ne vous inquiétez pas.

Elle sourit et ouvrit grand la porte alors que je fronçais les sourcils en la détaillant. La vingtaine, des longs cheveux bruns et bouclés, des yeux marron. Elle était la sœur du chef de mafia d'Italie, avec qui j'avais une alliance tendue.

— Enchantée Kurt Smith, je suis Alexandra.

CHAPITRE 33

« Je mourrai. Tu mourras. Il mourra. Nous mourrons. Vous mourrez. Ils mourront. Et le monde avec »

Alexandra Kean

Nix 26 mai 2013

Je regardai les corps, les yeux exorbités et la main tremblante, sans même jeter un regard à Lizzie.

— Pourquoi t'as fait ça putain ?

Elle rigola d'un rire froid qui me donna la chair de poule en se déplaçant derrière le comptoir du bar pour se servir un verre de jus d'orange.

— Je ne sais pas je m'ennuyai.

— Tu t'ennuyais ? Non mais tu t'entends parler ?

Elle haussa les épaules alors que je contemplais le sol couvert de sang et de corps, sidérée et tremblante.

C'était un goûter d'anniversaire. Les corps des enfants qui étaient là, dix ans selon le gâteau qui restait intact sur une des tables, étaient massacrés et charcutés comme s'ils avaient chacun été torturés. Leurs yeux étaient grand ouverts de terreur et leurs joues maculés de larmes et de sang. Leur chair ouverte et saignante à flots.

Trente-deux.

Ils étaient trente-deux.

— Est-ce que tu te rends compte de ce que tu as fait putain ?

— Oh ça va, on ne va pas en faire tout un fromage.

Elle sortit deux grands couteaux de cuisine et m'en tendit un.

— Bon, tu m'aides à découper leurs corps ? Faut les virer de là.

Je lâchai le couteau et reculai d'un pas.

— Mais t'es complètement malade ! Je ne t'aiderai pas putain, t'es complètement folle démerde-toi.

Je poussai la porte du bar et m'en allai à grand pas en tentant d'effacer ces putains d'images de ma tête. Comment elle avait pu dégénérer comme ça ? Bordel c'était inhumain.

On aurait dit...

Je soufflai en m'asseyant sur un banc, les mains tremblantes. Putain mais quand est-ce qu'elle était devenue un monstre pareil ?

Je me passai une main dans les cheveux en regardant autour de moi, indécise quant au lieu où je me trouvais. Il y avait plein de grandes villas qui semblaient ultra sécurisées et j'avais l'impression d'être surveillée.

Je croisai le symbole de la mafia Piratando du regard et soufflai en tentant de ne rien laisser paraître de ma peur.

J'avais atterri je ne sais comment dans leur base actuelle.

Calme-toi Ash, ils ne savent pas qui tu es et ne peuvent pas te reconnaître...

Je respirai quand je vis Lizzie arriver en soufflant, et se planter devant moi en croisant les bras.

— Tu m'as promis de m'aider !

— Evidemment ! Je veux bien t'aider à découvrir la vie, pas à massacrer des gosses parce que tu t'ennuies ! Tu es devenue complètement malade Lizzie, il faut que t'ailles te faire soigner !

Elle roula des yeux en croisant les bras.

— Bien, au moins Kurt tombera amoureux de moi si je suis aussi folle que lui !

— Kurt ?

— Ah, oui, je ne t'avais jamais dit son prénom ?

Elle se rapprocha de moi et me tint par le bras.

— Je suis folle amoureuse de Kurt Smith. Tu sais, le gars qui ne veut pas de moi.

Les yeux écarquillés d'horreur je reculai d'un pas en me débattant pour qu'elle me lâche.

— Mais t'es qui au juste bordel ?

Elle ricana en resserrant sa prise sur mon bras.

— Je suis la sœur du bras droit de Kurt Smith. Alors maintenant tu vas m'obéir ou toute ta petite famille d'innocents mourra avec toi. Tu as promis. Tu tiens ta promesse. On va les découper.

J'ouvris la bouche en sentant mon cœur battre à cent à l'heure. Putain je m'étais encore fourrée dans une belle merde. Mais elle n'avait pas l'air de savoir qui j'étais. Et heureusement.

— Non mais t'es barge ma parole ! Même pas en rêve ! J'en n'ai rien à foutre de qui tu es, tu te démerdes. Va te faire soigner et laisse-moi tranquille !

Elle rigola d'un de ses rires sadiques et froids et me planta son couteau sous le visage jusqu'à me couper.

— J'en n'ai rien à foutre de tes envies ou de ton avis ma petite, tu vas faire ce que je te dis et ensuite je te tuerai. Je crois que tu n'as pas bien compris la différence de rang entre toi et moi. Je suis la sœur du bras droit du chef de la mafia et sa petite amie. Toi tu n'es personne, rien d'autre qu'une tapette pauvre et sans identité alors je te jure que si tu ne m'obéis pas sur le champ je tuerai toute ta famille.

Ce fut plus fort que moi, je rigolai.

— Tu es vraiment stupide Lizzie. Tu n'es pas la petite amie de Kurt Smith. Il ne t'aime pas. Il ne t'aimera jamais. Tu n'es sûrement qu'un de ses passe-temps. Et puisque tu tiens tant à savoir qui je suis, je vais te le dire.

Je lui fis une clé de bras sans qu'elle n'ait eu le temps de réagir en la regardant dans les yeux, les prunelles froides et déterminées alors qu'une lueur de folie pure dansait dans les siennes. Elle n'avait jamais pris de cours de combat. Elle ne savait pas comment se battre, comment se défendre comment tuer un adversaire. Elle était juste complètement dérangée du ciboulot parce que son connard de frère l'avait séquestrée toute sa vie dans une solitude intense et une douleur ignorée en pensant la protéger.

Mais elle en avait trop dit. Pour une fois que les leçons d'Arkadi me servaient.

— Je suis Ashley Ikanovitzch. La fille du pire ennemi de ton grand amour. Et je vais te tuer. Tu as des dernières paroles à prononcer ?

Elle écarquilla les yeux et ma lame traversa sa poitrine. La dernière chose qui franchit ses lèvres est un hurlement d'appel à l'aide qui résonna dans tout le quartier.

Des hommes sortirent de tous les coins aussitôt. Je lâchai immédiatement son corps et commençai à courir, courir, et courir encore, aussi vite que j'y étais entraînée depuis que j'avais huit ans. Je flinguai toute les silhouettes que je pouvais apercevoir et accélérai encore et encore, sans respirer quand un SUV débarqua dans l'angle opposé avec Arkadi au volant.

Je ne me posai pas de questions. Je ne fis que courir et bondir dans la voiture alors qu'elle démarrait au quart de tour.

Tremblante et la respiration erratique je tentai de reprendre mon souffle, alors que la voiture s'éloigner du danger.

Arkadi tourna son regard noir vers moi.

— Qu'est-ce que tu as fait Ashley?

Bégayant de frayeur je répondis. Je ne voulais pas aller dans les caves.

— J'ai tué la petite sœur du bras droit de Smith.

Mon soi-disant père partit dans un grand éclat de rire avant de poser sa main sur la mienne.

— Ça c'est ma petite fille ! Ils t'ont vue ?

Je hochai la tête et il rigola plus fort en me regardant les yeux pétillants.

— Je suis fière de toi Ashley !

Mon cœur tambourina dans ma poitrine. Il ne m'avait jamais dit ça. Mais je ne savais pas si ça me plaisait.

Nix 5 février 2019

Un froid glacial me réveilla et je me redressai aussitôt en tendant une main vers mon flingue absent. Je plissai les yeux et regardai autour de moi avant de soupirer de soulagement en voyant Kurt accoudé au balcon, la baie vitrée de la chambre complètement ouverte.

Je détaillai les murs autour de moi en débouchant la bouteille de bière posée non loin de moi.

Des murs blancs, des meubles plutôt beaux mais fades, cette chambre n'avait rien de personnel. Il régnait un calme froid, un calme presque apaisant où seuls les grillons se faisaient entendre alors que l'espace était plongé dans la pénombre de la nuit.

Kurt m'avait changée pour me passer seulement un de ses tee-shirt.

Je soupirai et me levai pour le rejoindre sur le balcon, fronçant les sourcils en voyant les nuages noirs qui arrivaient à l'horizon.

— Tu es réveillée.

Je hochai la tête et m'approchai à côté de lui pour regarder l'immense propriété qui s'étendait devant nous.

— Qui vivait ici ?

Il grogna.

— Une fille. La sœur d'un allié. Elle n'est pas morte.

Je haussai un sourcil de surprise mais il secoua la tête comme pour changer de sujet.

— Tu te sens mieux ?

— Ça va. J'ai vu pire tu sais.

Il ricana.

— Le contraire m'étonnerait.

— Ce terrain est immense.

Il hocha la tête.

— Tu veux une clope ?

J'acquiesçai et il m'en glissa une entre les lèvres avant d'approcher le briquet.

Un tonnerre déchira le ciel et je sursautai.

— Les orages ne m'avaient pas manquée.

Il rigola.

— Tu n'aimes pas les tempêtes ?

Je haussai les épaules.

— Quand il pleut, il y a moins de sang à nettoyer.

Il tourna son regard vers moi.

— Tu n'as aucune cicatrice.

Je fronçai les sourcils.

— De quoi donc ?

— Tu dis que tu as été torturée. Mais ton corps est intact.

Je souris faiblement.

— Ouais.

Il m'observa sans rien dire avant de reporter son regard vers le ciel.

— Il reste combien de temps ? Avant que ton plan ne se concrétise et que t'attaques la Maison Blanche ?

Il ne dit rien.

— Quelques mois.

Un silence passa, un long silence comblé uniquement par le bruit grondant du tonnerre au loin.

— Tu resteras avec moi.

Je redressai vivement la tête en fronçant les sourcils, sans comprendre.

— Quand tout ça sera fini. Tu resteras avec moi. Et essaie pas de fuir où je t'enferme.

Je souris tristement.

— Je serai morte avant Kurt.

Il fronça les sourcils en me regardant.

— Tu dis toujours ça. Et pourquoi ? Il n'existe personne d'assez fort pour te tuer.

— Toi.

— Je ne le ferai pas.

— Si. Si tu le feras. Tu le sais aussi bien que moi.

— Alors quoi ? Qu'est-ce que tu fais là ?

Je fermai les yeux alors qu'une goutte de pluie tombait sur mon front.

— Je profite d'un peu de bonheur je suppose.

Il inspira lentement et plaqua ses lèvres contre les miennes.

Je fourrai mes mains dans ses cheveux alors que la pluie commençait peu à peu à tomber et il se sépara de moi en soufflant bruyamment.

— Et si je ne te tuais pas ? Que ferais-tu ?

Je levais la tête pour accueillir les trombes d'eau sur mon visage.

— Je ne sais pas.

Je ne voulais pas me donner cet espoir. Il rigola et me regarda avant de plaquer son torse contre mon dos les yeux rivés vers le ciel orageux qui déversait des torrents d'eau sur la terre.

— T'es l'une des plus belles choses qui me soient arrivées.

Complètement trempée je me tournai vers lui en rigolant.

— Toi aussi Kurt.

Il haussa un sourcil moqueur.

— Plus de fils de chien ?

Je levai les yeux au ciel et il m'embrassa. Un de ces putains de baisers profonds qui retournait l'estomac et faisait soulever des montagnes. Un de ces putains de baisers qui donnait envie de donner ton âme. Un de ces putains de baisers qui donnerait presque envie de ressentir.

Mais ressentir était une connerie, et on n'était pas dans un conte de fées.

Je mourrais avant la fin de l'année et j'accueillerais la lumière blanche les bras ouverts.

Alors en attendant, je profite.

J'entourai sa taille de mes jambes alors qu'il me soulevait pour approfondir le baiser, sa langue mêlée à la mienne, ses mains enserrant mes fesses et mes larmes salées s'y mêlant.

— Tu survivras Nix.

— Non. Et je ne le veux pas.

— Bien sûr que si.

Je ne répondis rien. Il ne dit rien de plus. On était juste là, sur un putain de balcon paumés en pleine campagne française, complètement trempés à s'embrasser comme s'il n'y avait pas de lendemain, comme si rien n'était jamais arrivé.

Comme si on n'était plus qu'un gars et une fille s'embrassant sous la pluie.

CHAPITRE 34

« Même en enfer tu brûleras moins que quand je suis avec toi »

Alexandra Kean

Nix

Kurt se sépara de moi, ses mains enserrant mes fesses et me fixa.

— Tu n'as plus tes règles ?

Je fronçai les sourcils.

— No...

Je n'eus même pas le temps de finir qu'il me plaqua contre le mur en m'arrachant son tee-shirt, sa bouche plaquée contre la mienne et ses doigts se baladant sur l'entièreté de mon corps.

Il fixa son regard au mien, ses prunelles luisantes d'un désir fou et plongea sa tête dans mon cou alors que je tentais tant bien que mal de me retenir à ses épaules.

Il était pressé, brûlant, et je pouvais le sentir plus dur que du béton se coller contre mon entrejambe.

Putain de bordel de merde cette fois-ci, c'est sûr, il a pris du viagra.

Ses mains pétrirent mes fesses alors qu'il refermait la baie vitrée derrière lui et me plaquait contre le matelas en me reluquant de haut en bas.

Il retira son tee-shirt en grognant, les yeux plantés sur chaque parcelle de mon corps, avant de se débarrasser de son jean sans me quitter des yeux.

Essoufflée par cet assaut je me redressai en me passant une main dans les cheveux, vêtue en tout et pour tout, d'une culotte que Kurt regardait comme s'il voulait la manger.

Ce qui est sans doute le cas.

Je gémis à cette pensée et sentis mon bas ventre se contracter de désir douloureux, désir qui se multiplia quand le criminel retira son boxer.

Il s'approcha de moi, plaqua sa main contre ma cuisse au plus proche de mon entrejambe, me faisant gémir de désir, et se pencha pour m'embrasser avec force.

Au moins je n'aurai pas besoin de mettre de rouge à lèvres demain.

Il écarta sèchement mes cuisses sans me quitter des yeux. Je peinai à respirer sous les promesses de ses prunelles quand d'un seul coup son regard me quitta et sa bouche s'abattit de toute ses forces sur mon intimité.

Où est passée ma culotte ?

Cette pensée disparut aussi vite qu'elle était venue alors que j'ouvrais béatement la bouche de plaisir, terrassée par les ondes qui me traversaient. Sa langue sur mon clitoris, ses doigts sur mes fesses et sur mes seins, jouant avec mes tétons me donnaient envie de m'évanouir.

Putain ça m'a manqué.

Je me courbai, un gémissement gutturale sortant de ma gorge mais il s'arrêta.

— Connard !

Je me redressai aussitôt et lui lançai un regard noir. Il y répondit par un ricanement et un clin d'œil moqueur qui me fit bouillir de rage, alors que j'étais déjà bouillante de désir. Je fixai mon regard sur son sexe qui semblait sur le point d'exploser et me léchai les lèvres avec provocation.

Il grogna et je reportai mon attention sur lui, la respiration saccadée.

Un long silence s'installa, seulement comblé par le bruit de nos respirations. Une goutte de sueur coulait le long de ma hanche et ses yeux noirs ne quittaient pas les miens, remplis par un désir si brûlant et si sauvage que j'en avais mal à la tête.

Ses muscles dessinés d'encre noir étaient bandés au maximum, une de ses mèches retombait sur son visage mais il ne cessait pas de me regarder.

J'enserrai le drap sous mes poings alors qu'il faisait un pas vers moi.

Il se jeta sur moi.

Dans un grognement puissant, il rentra en moi sans plus de préliminaires, plaquant ses mains contre mes hanches ou dans mes cheveux, ses yeux rivés sur les miens alors qu'il ne cessait de m'embrasser toujours plus fort et toujours plus profondément.

Alors que je pensais qu'il allait enfin me satisfaire, il se retira de nouveau, m'agrippa violemment et me traina sur la commode à côté de la porte.

D'un mouvement sec de la main il dégagea tout ce qui s'y trouvait jusqu'à ce que ça se brise sur le sol avant de m'y déposer brutalement.

Il tira sur mes cheveux pour de nouveau m'embrasser, me rapprocha de lui et me pénétra profondément.

Je sentis une longue brûlure sur ma cuisse due à ma position inconfortable mais je n'en avais rien à foutre. Kurt donna un coup de reins extraordinaire et ma colonne vertébrale fut parcourue de frissons de plaisir intense.

Jamais il ne me quitta des yeux et à chaque fois que je voulus les fermer pour me laisser aller au plaisir, il me força à les rouvrir en arrêtant ses mouvements.

Soudain, trempé de sueur et la respiration hachée il se sépara de moi de quelques centimètres.

Nos cœurs battaient à la chamade, ses yeux étincelaient de désir, de plaisir, de fureur et de rage et je ne saurai dire ce que les miens exprimaient.

J'étais tremblante de désir, de plaisir et de frustration, mes yeux ne pouvaient quitter les siens alors que j'avais tellement envie de m'écrouler complètement épuisée.

Kurt s'avança vers moi, ses pupilles rivées aux miennes et planta un doigt au milieu de ma poitrine.

— Tu ne mourras pas tant que je ne l'aurai pas décidé. Tu m'appartiens.

Je retins mon souffle et il recula d'un pas, le regard plus noir que la nuit elle-même alors que la pluie redoublait dehors.

— Tu. Es. A. Moi.

Et il se jeta une nouvelle fois sur moi, alors que je me perdais dans les brumes de la luxure.

Tout me semblait flou et confus, je n'entendais plus rien je ne sentais plus rien, je ne prononçais plus rien, je ne faisais plus rien. Je pouvais juste sentir...

Ses lèvres sur ma peau.

Ses lèvres sur les miennes.

Ses dents raclant ma poitrine.

Ses mains la malaxant.

Ses coups de rein brutaux qui n'en finissaient plus.

Cette goutte de sueur sur ma peau.

Mon corps recouvert d'une fine couche d'humidité.

Mes cheveux se trempant à la vitesse de l'éclair quand il me plaqua contre le balcon.

Ses mains fourrées dans mes cheveux.

Ses mains sur mes fesses.

Ses mains sur ma peau.

Lui sur moi.

Lui en moi.

Lui partout.
Lui et moi.

Je jouis. Brutalement, brusquement, sauvagement, dans un long râle, un plaisir innommable, dans un soupir de désir qui n'en finissait plus.

Je me laissai retomber sur le lit, trempée par la pluie et la sueur, la poitrine recouverte des suçons de Kurt, l'entrejambe en feu, mon cœur battant à la chamade et ma respiration saccadée qui ne voulait pas se calmer.

J'inspire, j'expire, j'inspire, j'expire, j'inspire, j'expire, j'inspire, j'expire, j'inspire, j'expire, j'inspire, j'expire,

Encore.

Encore.

Encore.....

Et je sombrai dans le noir.

Nix

Du noir partout. Son sang partout. Et des hurlements sortant de tous les coins. Ses boyaux qui s'étendaient sur le goudron. Mon sang.

La douleur la souffrance et mes larmes, mes putains de larmes qui ne voulaient pas s'arrêter mes sanglots à jamais gravés dans la pierre de ces murs, leurs regards moqueurs, leurs regards tremblant d'un amour faux, leur sourire hypocrite.

Ses mains partout sur mon corps, son regard pervers, les pleurs de la fille, mes pleurs, mon regard vide, mon sang ma douleur et....

J'ai mal bordel !

SORTEZ-MOI DE LA JE VOUS EN PRIE !

Je crie je hurle, je me débats mais mes coups retombent dans le vide et je suis inutile.

Les larmes ne veulent pas cesser, et je souffre putain je souffre si fort que j'en ai envie de vomir mais il n'y a personne, personne, personne... Je suis putain de seule et je le serai toujours.

Il y a mon sang là-bas, celui des autres de l'autre côté, et un coup, un coup et encore un autre jusqu'à ce que je n'arrive plus à respirer.

La souffrance encore, la balle qui traverse mes côtes, l'arme qui appuie contre mon front, mon cœur qui s'arrête de battre, mes larmes qui coulent encore et mes hurlements déchirants qui hantent encore, encore et encore ces lieux.

Je me réveillai en sursaut les joues trempées de larme et vis Arkadi au-dessus de moi. Il posa une main sur mon front brûlant en emprisonnant ma main tremblante dans la sienne.

— Calme-toi Ashley.

Je tentai de réguler ma respiration et il me regarda avec les yeux brillants.

— C'est fini, c'est passé.

Je respirai plus fort et il me blottit contre lui. Je le laissai faire, m'accrochant à son tee-shirt, les yeux vides alors qu'il séchait mes larmes. Il les séchait, pour mieux les provoquer plus tard. Mais je ne pouvais pas m'empêcher, les quelques instants où il m'offrait son attention, d'espérer que ce soit la dernière fois qu'il me punisse.

— Je suis détruite.

Il secoua la tête et planta un baiser sur mon front.

— Non Ashley. Personne ne peut te détruire. Tu as juste enduré beaucoup. Je suis tellement désolé...

Je reniflai mais ne répondis pas, profitant seulement du câlin qu'il m'offrait. C'était comme ça qu'il se réconfortait.

— Pourquoi tu m'enfermes papa...

Il soupira.

— Je ne peux pas te laisser te détruire encore et encore Ashley. Tu dois être plus forte si tu veux pouvoir survivre. Si tu veux vivre.

Je le regardai et me remis à pleurer. Il pensait m'endurcir, que c'était la solution. Alors qu'il me tuait à petit feu.

— Pleure ma fille, pleure autant que tu veux. Mais ne te laisse pas sombrer je t'en supplie.

Il resserra ses bras autour de moi et je pleurai doucement contre lui en hochant la tête.

Parce que s'il m'enfermait pendant des semaines et me faisait torturer par ses gardes, encore, et encore, j'espérai.

J'espérai chaque fois, que ce soit la dernière fois.

CHAPITRE 35

« Parce que putain je l'aime cette vie mais je ne veux pas l'avouer »

Alexandra Kean

Nix 5 février 2019

J'ouvris les yeux en soupirant. Je n'arrivai pas à dormir et cette putain de nuit semblait interminable. Kurt fumait clope sur clope en lisant des rapports.

Je me levai et croisai les jambes en l'observant alors qu'il relevait son regard vers moi.

— Qu'est-ce qu'il y a ?

— Rien, je te regarde.

Il rit et me reluqua.

— T'en veux encore ?

Je levai les yeux au ciel.

— Trois fois c'est déjà bien assez alors que je me suis fait empoisonner il y a deux jours je pense.

Il grogna.

— Le mec qui a fait ça est introuvable.

Je haussai un sourcil moqueur.

— Et pourquoi ce ne serait pas une fille ?

— T'es féministe maintenant ?

— Je suis réaliste, fils de chien. Sous-estimer une personne parce que c'est une fille, un noir, un arabe, un blanc, un chinois, un français, un américain, une blonde, un gay, ou je ne sais quel autre stéréotype de la société, revient à se jeter aux bras de la mort. Et puis les statistiques indiquent qu'en général ce sont les femmes qui tuent avec du poison.

Il rit mais hocha la tête.

— C'était une façon de parler. On cherche mais malheureusement il n'y a que très peu de caméras en France, ils ont eu une bande de manifestants qui ont détruits les péages alors on n'a aucun indice de ce côté non plus... Celui qui a fait ça savait très bien qu'il serait impossible de le retrouver une fois la station brûlée.

Je soupirai. Il avait pensé à tout. Kurt se leva en posant ses rapports.

— Tu veux t'amuser ?

— Ai-je déjà répondu non à cette question ?

Il rigola et descendit les escaliers alors que je le suivais en bâillant et pieds nus.

Il alluma la veilleuse de la cuisine qui diffusa une légère lumière dans la pièce et ouvrit le frigo sans aucune gêne.

— Tu sais que ce n'est pas chez toi ?

Il tourna la tête vers moi avec un rictus et une mèche sombre lui tomba en travers des yeux.

Putain qu'il est beau.

— Rien à foutre.

Je rigolai et m'assis sur le comptoir alors qu'il sortait deux bouteilles de champagne et les posai à côté de moi. J'en pris une en main pour regarder l'étiquette alors qu'il sortait deux coupes du placard et sifflai d'admiration.

— Elle ne se fait pas suer, 1000 euros cette bouteille aux dernières nouvelles.

Il ricana et la déboucha avant de faire couler le liquide doré dans les coupes. Les bulles pétillèrent et j'admirai le champagne avec envie.

Ou Kurt... ? De toute façon ils sont aussi bons l'un que l'autre.

Il déborda et une partie du liquide tomba par terre sous le rire pas du tout désolé de Kurt.

— Tu sais que selon la coutume française quand le champagne déborde du verre, si on trempe son doigt dans ce qui coule et qu'on s'en met derrière l'oreille on deviendra riche?

Kurt rigola et s'approcha de moi et me tendit la coupe trempée de champagne en chuchotant.

— Tu veux m'en mettre ?

Je me mordis la lèvre et attrapai la coupe en prenant une goutte de champagne sur mon index. Je me penchai vers lui, mon souffle rebondit contre sa nuque et appliquai le liquide froid contre son oreille.

— Fait.

Il ricana et essuya le verre avant de me tendre ma coupe et de trinquer. Le bruit des verres s'entrechoquant résonna dans la pièce sans qu'il ne me quitte des yeux et il déposa un bref baiser sur mes lèvres avant d'engloutir sa coupe d'un seul trait.

Je fis de même avec la mienne et savourai cet alcool délicat et élégant qui ne s'était pas posé sur mon palais depuis longtemps.

Je gémis de satisfaction et nous resservis une coupe.

— Putain, ça fait tellement de temps que je n'ai pas bu quelque chose d'aussi délicieusement bon.

Il grogna et me fixa avec un regard de braise.

— Si tu pouvais éviter de gémir comme ça ma queue t'en serai reconnaissante. A moins que tu ne tiennes à réaliser tous mes fantasmes dans la seconde.

J'éclatai de rire et bus une gorgée de champagne.

— Et quels sont tes fantasmes, fils de chien ?

Il eut un rictus et me colla contre lui en faisant couler une légère goutte de champagne dans mon décolleté.

C'était bien la peine que j'enfile un tee-shirt si c'était pour le tremper de champagne.

Il leva les yeux pour les planter dans les miens et ma peau se couvrit de chair de poule. Il commença à parler et je sentis le liquide froid passer entre mes seins.

Putain...

— Toi...

Il se pencha et passa sa langue sur la goutte de champagne sans me quitter des yeux.

— Léchant...

Je gémis et il empoigna soudain ma main pour la coller sur son entrejambe dans un grognement sourd.

— Ma queue...

Je gémis de plus belle et il se redressa pour me regarder avant de m'embrasser.

— Tu sais que ça n'arrivera jamais.

Il sourit en empoignant une de mes fesses.

— Tu me l'as déjà promis il y a quelques jours... J'attends toujours.

Je rigolai et bus une autre coupe de champagne avant de sauter du comptoir.

— J'ai envie de danser !

Il haussa un sourcil en me regardant, sa coupe à la main.

— Je te parle de me sucer et toi tu veux danser... Je ne sais pas comment le prendre...

J'éclatai de rire.

— Eh bien prends-moi !

Il eut un rire.

— C'est un ordre mademoiselle Johnson ?

Je m'approchai de lui en me mordant la lèvre, le narguant du regard avant de reculer d'un pas.

— Ça se pourrait bien, monsieur Smith...

Il secoua la tête en me regardant, les yeux pétillants, avant de disparaître dans la pénombre du salon.

Une musique démarra et un sourire s'étala sur mon visage alors que j'engloutissais une quatrième coupe de champagne et reposai brutalement le verre pour me mettre à danser alors que des lumières de toutes les couleurs ambiance disco illuminaient la pièce et que Kurt revenait en grommelant.

— Elle a une boule disco tu te rends compte ? Qu'est-ce qu'elle fait avec ça sérieux ?

Je haussai les épaules, montai sur la table et dansai, complètement envoûtée par le champagne et la musique des années quatre-vingt qui résonnait dans toute la maison.

Kurt m'observa en ricanant et je lui tirai la langue.

— Le champagne ne te réussit pas.

— De quoi tu parles ? Je ne suis même pas bourrée.

Il leva les yeux au ciel.

— Cette phrase veut tout dire Nix. Tu veux pas un peu de vodka pour redevenir lucide ?

— T'es sûr que c'est pas toi qui es bourré ?

Il rigola.

— Tu danses sur une table, Nix.

Je levai les yeux au ciel quand la musiqua changea et je sautai de la table pour me précipiter vers lui.

— Mais non c'est juste toi qui ne sais pas t'amuser, aller danse !

Je le trainai par le bras mais il me résista alors que je remontais sur le comptoir, bouteille de champagne à la main et tournoyai en riant.

Kurt leva un sourcil surpris en me contemplant et je lui souris de toutes mes dents sans arrêter de tournoyer.

— Mais qui êtes-vous et qu'avez-vous fait à Nix Johnson ?

Il m'avait dit ça avec un sourire sur le visage et son regard ne me quittait pas. Je lui envoyai un baiser et il secoua la tête de dépit.

La fille qui habitait là profita de ce moment pour débarquer en se frottant les yeux, regardant Kurt, puis moi, puis Kurt, avec sidération.

— Putain je ne vous ai jamais dit que vous pouviez faire la foire chez moi sérieux !

Kurt lui lança un regard noir.

— Tu veux répéter cette phrase ?

Elle ricana.

— Connard.

Il fronça les sourcil et j'éclatai de rire. Kurt ne comprenait apparemment pas les insultes françaises.

Je me remis à danser en criant et la fille remonta dans sa chambre en grommelant des jurons en italien.

J'allais attraper une nouvelle bouteille et attrapai mon téléphone pour activer mes réseaux sociaux, mais Kurt me le prit des mains. Il m'enleva la bouteille et me descendit de mon perchoir.

— T'es complètement malade ! Tu veux que tout le monde sache où on est ? Calme-toi bordel ! Putain, je comprends mieux pourquoi tu bois jamais de champagne bordel !

Je lui adressai un grand sourire et plantai un baiser sur sa joue.

— Tu vois c'est pour ça que tu es là, pour me rappeler quand je suis conne !

Il roula des yeux et je grimpai sur son dos.

— OUIIIIII !

Kurt grogna et tenta de se défaire de moi mais je tins bon.

— T'es vraiment chiante là Nix.

Il baissa la musique et je me laissais glisser sur le sol en fronçant les sourcils.

— Ça va j'ai le droit de m'amuser aussi, monsieur-je-suis-sérieux-tout-le-temps ! J'ai le droit de me laisser aller et d'être heureuse un peu, surtout que j'y ai pas eu beaucoup droit dans ma vie. Alors pourquoi tu ne veux pas juste fermer ta gueule et me laisser profiter putain ?

Il soupira et se pinça la lèvre. Je haussai un sourcil mais il m'embrassa et j'enfouis aussitôt mes mains dans ses cheveux ébène.

Et il embrasse comme un dieu en plus...

— C'est quand la dernière fois que tu as bu du champagne ?

Je lui souris tristement.

— Quand j'avais quatorze ans... J'ai dû prendre un taxis après. Il pleuvait... J'aimais bien la pluie tu sais ?

Il me serra contre lui et je me laissais aller contre son torse en fermant les yeux.

Putain de vie...

L'effet de l'alcool quittait lentement mes veines et plus tard cette nuit-là, allongée complètement nue sur Kurt en tenue d'Adam, recouverts par un drap, sa voix résonna.

— J'ai pas pu.

— Quoi ?

— La baiser.

— Mais de qui tu parles ?

Je fronçai les sourcils en le regardant et il ferma les yeux en grognant.

— Une pute en boîte.

Je fronçai les sourcils sans comprendre ce qu'il voulait dire.

— J'ai tenté de la baiser. Mais je n'arrivai même pas à bander putain. Je n'arrive plus à te sortir de ma tête.

Je fermai les yeux et enfouis ma tête contre lui.

— Ça tombe bien Kurt, moi non plus.

Et puis je crois qu'on s'était endormi.

CHAPITRE 36

« Quand t'as dit que t'étais tombée, je ne pensais pas que tu l'avais fait avec autant de classe. »

Alexandra Kean

Nix

Je me réveillai en sursaut quand la voiture se gara brutalement devant une boite de strip-tease mal famée, au cœur d'un quartier en ruines.

Je grognai en me redressant et vis le soleil en train de se coucher. On avait roulé toute la journée et il devait maintenant être aux alentours de vingt heures, je mourrai de faim, j'avais chaud, et en plus on était en Italie.

Je grognai de mécontentement en regardant Kurt qui allumait une clope et examinait les lieux.

— Qu'est-ce qu'on fout ici ?

— On rends une petite visite au chef du quartier. Je trouve le malade qui fait péter mes usines, je le torture, je le bute et on repart.

— Qu'est-ce que je fais là moi ?

— Tu le tortureras avec moi bébé.

— Tu sais fils de chien, tu as vraiment beaucoup de chances qu'on soit en public et que tu aies besoin de faire une démonstration de force dans quelques minutes. Sinon je t'aurai bien roué de coups pour m'avoir appelée bébé mais je crains que te faire massacrer par une fille nuise à ta réputation.

Il ricana.

— Je ne manquerai pas de t'appeler comme j'en aurai envie dans ce cas. Je sens qu'on va bien s'amuser.

Je haussai un sourcil méprisant en tirant sur ma propre cigarette.

— Essaie un peu pour voir et je pratique la torture du rat sur tes attributs.

— Et qui te baisera bébé ?

Je serrai les dents avant d'esquisser un petit sourire moqueur.

— Alexis. Il est bien plus doué que toi.

Il contracta sa mâchoire et plaqua une main possessive sur ma cuisse, ses yeux rivés dans les miens.

— Je croyais qu'il n'était que ton ami...

Sa voix froide ne me fit pas d'autres effets que de m'exciter alors que je haussai les épaules avec une indifférence feinte et écrasai ma clope.

— Je n'ai jamais dit qu'il était autre chose. Pas ma faute si tu es parano de jalousie, mais que tu ne peux pas t'empêcher d'aller te faire sucer par une pute quand je ne veux pas le faire.

Il ricana et je posais un talon hors de la bagnole avant de claquer la porte derrière moi.

— Je savais bien que ça allait me revenir dans la figure. J'aurai pu ne jamais te le dire.

Je levai les yeux au ciel.

— Kurt on n'est pas en couple d'accord ? Tu fais ce que tu veux, mais ne viens pas prétendre à l'exclusivité et à tous tes principes si tu ne les respectes pas. Je te rappelle que tu m'as fait virer à la rue et battre pour moins que ça.

J'avançai sans attendre sans réponse. En réalité, qu'il ne soit pas arrivé à aller jusqu'au bout me plaisait, mais le simple fait qu'il y ait pensé… Me donnait envie de le découper.

Pour être pourri, l'établissement l'était au sens le plus littéral du terme. Une espèce de mousse verte et bleue courrait sur les néons hésitants qui illuminaient le nom de cet... endroit.

Des Italiens qui parlaient vite et forts, transpirant de graisses ou de muscles, d'un extrême à un autre, se tenaient sur le trottoir sans aucun signe de respect pour l'homme qui venait de sortir de sa voiture. Cela m'indiquait que les relations entre la mafia italienne et la mafia Piratando n'était pas au beau fixe.

Le fils de chien me rejoignit, parcourut d'un regard noir les hommes qui le dévisageaient, mi- méprisants mi- interrogatifs et soupira en me regardant, les sourcils froncés.

— On va devoir se la jouer diplomate. Mes hommes encadrent le quartier mais en cas de problème on peut être fusillés avant d'avoir vu une balle partir. La mafia Italienne n'est pas de tout repos et sont beaucoup trop indépendants à mon goût. Donc la provocation ne sera pas pour aujourd'hui.

Je grimaçai.

— En d'autres termes je dois me contenter de faire la potiche.

Il hocha la tête, le visage concentré en tapotant sur son téléphone avant de le ranger dans sa poche de me regarder et d'armer son flingue.

— T'es prête ? On va faire de la politique.

Nous débarquâmes dans une gigantesque salle moderne et décorée, au plafond impressionnant. Nous fûmes aussitôt encadrés par des hommes armés jusqu'au dos et en costume, qui recouvraient littéralement chaque pan de cette pièce.

La fuite en cas de problème n'était pas au programme.

Les murs étaient décorés de colonnades façon antiquité d'une beauté à couper le souffle, les hommes présents respiraient la classe, la puissance et l'honneur.

Ils nous regardaient, arme au poing en déambulant, regardant leur montre à plusieurs milliers d'euros toutes les minutes.

Un trône incrusté dans la pierre dans la salle trônait sur le mur opposé à l'entrée, décoré de nombreuses dorures toutes plus magnifiques les unes que les autres.

Et puis un homme entra.

Ma respiration se coupa alors que je le suivais du regard et qu'il traversait la salle. Vêtu d'un costard blanc comme la neige tranchant avec sa peau mate et bronzée à souhait, les yeux noirs de ténèbres et ses yeux d'un bleu translucide à vous transpercer l'âme, sa présence emplissait la pièce. Il était entouré de deux gardes du corps comme on en voit dans les films et se dirigea droit vers le trône avec assurance.

Sans rien perdre de sa classe il s'assit, observa un flingue blanc nacre que venait de lui apporter un de ses hommes, le chargea, le déchargea, le rechargea et fixa son regard sur Kurt.

— Mes hommes ne sont pas responsables de ces incidents Smith.

— Le hasard n'a d'hasardeux que ce que l'on décide qu'il le soit. Il ne s'agit pas d'un *accident,* Bianchi.

— *Non l'ho mai detto Smith. Dico solo che la mia mafia non è responsabile. (Je n'ai jamais dit ça Smith. Je dis seulement que ma mafia n'est pas résponsable)*

— *Il tuo territorio. La vostra responsabilità. Hai firmato gli accordi, Bianchi. Ho tollerato molti errori, ma se non risolvi questo problema, sarò costretto a usare la violenza. (Ton territoire. Ta responsabilité. Tu as signé les accords, Bianchi. J'ai toléré beaucoup d'erreurs, mais si tu ne règles pas ce problème, je vais être forcé d'user de violence)*

— *Mi occupo cura di questo problema. Ma a una condizione. (Je me charge de ce problème, mais à une condition)*

Kurt leva un sourcil froid. Je ne comprenais strictement rien.

— *Non ci sono domande. Io me ne occupo io, con i miei uomini, sul tuo territorio e tu non dirai nulla perché non sei in grado di negoziare (Il n'en est pas question. Je me charge de ça, avec mes hommes, sur ton territoire et tu ne diras rien parce que tu n'es pas en position de négocier.)*

— *A una condizione. Quanto tempo hai bisogno ? (A une condition. De combien de temps avez-vous besoin ?)*

— *Una settimana. (Une semaine)*

— *Voglio la ragazza. Tutta la settimana. (Je veux la fille. Toute la semaine)*

Kurt fronça les sourcils et hocha la tête.

— *Perfetto. (Parfait.)*

Le regard chaud de l'italien se posa sur moi et il sourit, d'un putain de sourire Colgate qui aurait pu me retourner l'estomac si ma peau n'était pas déjà si proche de celle de Kurt.

Un duel de regard s'installa pendant quelques secondes et le criminel tourna les talons. Je le suivis mais il se retourna brusquement et saisit brutalement mon poignet à m'en entailler la peau.

— Tu restes ici pendant que je fais mes affaires, tu le satisfais s'il te le demande et tu fermes ta gueule.

Je haussai les sourcils de choc avant de comprendre.

Il venait de m'échanger pour son petit boulot là ?

Je reniflai de mépris et reculai d'un pas. S'il pensait que j'allai me gêner pour baiser avec l'italien après ça, il pouvait courir.

— Fils de pute.

Il serra la mâchoire mais n'ajouta rien alors que je tournai les talons, fixant mon regard dans celui désireux et impressionné de l'italien.

Je me plantai juste devant lui, il haussa un sourcil et je déclarai d'une voix froide.

— Je suis Nix.

Il me considéra de la tête aux pieds, un sourire mi-impressionné mi- dominateur prit place sur son visage alors qu'il répliquait avec ce délicieux accent italien.

— Alessandro Bianchi. Chef de la Mafia Italienne *mio dolce.*

Il saisit ma main droite et effleura le dos de ma main droite de ses lèvres.

— C'est un véritable plaisir. Assis-toi veux-tu?

Je m'assieds à ses côtés, laissant ainsi remonter ma robe sur mes cuisses en défiant Kurt du regard. Ses yeux étaient neutres mais il puait la rage et la jalousie à des kilomètres.

Tu t'es mis dans cette situation tout seul mon grand.

La main de l'italien s'enroula autour de ma taille et je lui jetai un regard moqueur alors qu'il tournait les talons.

Les femmes ont toujours le pouvoir en main même quand les hommes pensent les contrôler. Et c'était sans doute ça le plus galvanisant.

Kurt avait voulu jouer mais il avait perdu d'avance.

Je gagnai toujours.

Après tout, les russes étaient connus pour leur talent à la roulette russe n'est-ce pas ?

Oh, on allait rigoler.

L'adrénaline du pouvoir se répandit dans mes veines et je tournais un regard enflammé vers Alessandro. Il me le rendit et se leva en passant son bras sous le mien.

Il dit rapidement quelques mots en italien à ses hommes et se tourna vers moi avec un clin d'œil de braise.

— Nous serons mieux dans ma chambre.

Je lui souris et il me guida en silence.

Kurt allait s'occuper de sa petite affaire en se morfondant de jalousie, et moi j'allais prendre mon pied dans la lit d'un étalon Italien en bouffant du vin des spaghettis et du chocolat.

Elle n'est pas belle la vie ?

CHAPITRE 37

« Les sentiments sont incontrôlables et douloureux. Alors me parlez même pas de quand on les ignore. »

Alexandra Kean

Nix 6 février 2019

Je fus conduite dans une pièce richement décorée, avec un lit majestueux au centre. Ça me fit déglutir. Certes, Kurt était un sacré fils de pute et j'allais lui faire mordre la poussière… Cependant lui et moi avions… Quelque chose. Je n'aurais pas su le définir, mais il y avait une raison pour que je n'ai pas touché un seul homme pendant quatre ans, et que ce fusse lui qui ralluma mon désir.

Cet homme, Alessandro avait une prestance sans égal. En dehors de ma revanche contre Kurt, avais-je vraiment envie de coucher avec lui ?

Je ne savais pas.

Je m'assis sur le lit, sans savoir quoi faire. J'étais seule. Le mafieux était parti, et m'avait dit de me mettre à l'aise. Kurt était probablement dans un quelconque hôtel en train de *faire ses affaires* et ça me donnait envie de le tuer.

Mon regard tomba sur un cadre photo pile en face de lui. Je reconnus immédiatement Alessandro, mais il semblait beaucoup plus jeune, plus souriant, et tenait une fille entre ses bras. C'était étrange, et certainement pas le plus accueillant pour les conquêtes qu'il ramenait ici.

Je m'allongeai en soupirant, les yeux sur le plafond. Je tentais de ne pas penser à Kurt et sa pute, en vain.

Pourquoi avait-il voulu aller voir une pute ?

Mes pensées dérivèrent vers mon passé à peine mes yeux clos. Ma relation avec Ian semblait appartenir à une autre vie. Mon viol aussi. Parfois j'avais l'impression que tout ce qui s'était passé avant les quatre dernières années de ma vie n'avait pas existé. Puis je me souvenais. De mon kidnapping, du meurtre de mes « parents » de mon viol… Puis de Ian. Du meilleur ami de Ian. Et de tout ce qui en avait découlé.

Nix Octobre 2012

— Nix reviens ici tout de suite !

Je ricanai sans répondre à Alexis et donnai un coup de talon au cheval qui partit au quart de tour. Un vent frais et puissant secoua mes cheveux et je fermai les yeux en me laissant bercer par les mouvements amples et précis de l'étalon.

Les cris rageux et lassés de mon meilleur ami me parvenaient distraitement mais ne s'éloignaient pas. Comme d'habitude il m'avait suivie. Ça n'avait rien de surprenant. Mais il devenait assez agaçant à toujours vouloir se préoccuper de moi.

Je me penchai dans la crinière de l'animal et jetai un regard derrière moi pour voir Alexis lancé au grand galop sur une jument de course. Il allait me rattraper.

Serrant les dents, je jurai et enfonçai mes talons dans les flancs de l'étalon en ajustant mon assiette pour que le cheval soit le plus léger possible.

Je n'avais pas besoin de compagnie. Je n'en avais pas envie. Pas tout de suite, pas maintenant, c'était beaucoup trop tôt. Tout était beaucoup trop tôt. Paris, le lycée, Alexis, Arkadi. Ça me donnait mal à la tête.

Mais Alexis ne lâcherait pas, il ne lâchait jamais alors je devais juste le semer le plus rapidement possible avant qu'il ne parvienne à mon niveau.

Alors je tournais légèrement ma reine vers la droite et m'enfonçais dans la forêt du domaine. L'étalon que je montais était champion de cross. Celle d'Alexis de course. On verrait bien qui gagnerait au fond d'une forêt.

Je ricanai à cette pensée et me soulevai avec le cheval alors qu'il sortait par-dessus un bosquet.

L'équitation n'était pas mon passe-temps favori mais comme de nombreuses disciplines, j'avais appris à la maîtriser à la perfection.

La perfection.

Quelle belle illusion putain. Rien ni personne n'est parfait. Jamais. Une jeune fille innocente et naïve sans aucun déchet est trop naïve justement. Un mec gentil sera toujours trop gentil à un moment.

La perfection est une chose haïssable. Ceux qui prétendent l'avoir atteinte ne sont que des menteurs, et les menteurs ne sont pas parfait.

La perfection n'existe pas.

Pourtant qui n'aime pas se regarder dans le miroir en se persuadant l'être ? Certainement pas moi.

Mais je serai bien la première à être jetée en enfer quand une balle traversera mon cœur, dans quelques années.

Je me retournais et ne vis plus le cheval d'Alexis. Aucun bruit signalant sa présence ne se faisait entendre, mais avec le bruit du vent et des sabots de l'étalon contre le sol, il pouvait tout aussi bien être là.

Faisant plusieurs zig zag, je finis par retourner à l'extérieur de la forêt au grand galop avant de sauter le portail de la propriété.

Personne ne m'avait suivie cette fois-ci.

Je soupirais de soulagement et fis ralentir mon cheval au trot alors que l'on arrivait sur l'autoroute.

Je n'avais pas besoin de compagnie. Vraiment pas.

J'inspirai brusquement et retins mon souffle pour m'empêcher de pleurer. Plus que quelques minutes et je pourrais me laisser aller. Je profitais des derniers beaux jours dans la maison de campagne, à une heure et demi de Paris. Les gars avaient décidé de faire une fête ici, et je les avais suivis, pour suivre Ian. Comme d'habitude. Et comme d'habitude, Alexis parvenait à aller là où j'allais.

Une dizaine de kilomètres plus loin, je tournais à droite sur un sentier à moitié abandonné et mis l'étalon au pas. Je ne connaissais même pas son prénom.

Je tapais rapidement le code du portail en fer rouillé et il s'ouvrit dans un grincement alors que je soupirais de soulagement.

Seul le gazouillement des oiseaux retentissait et j'inspirai l'air frais de cette foutue forêt en serrant les poings de douleur avant d'attacher le cheval à un arbre.

Ian apparut devant moi au même moment, un flingue pointé sur moi qu'il baissa dès qu'il me reconnut.

— Ash putain...

Je le regardai et me jetais dans ses bras en inspirant son odeur à plein nez et gémis. Il m'avait manquée.

— J'ai cru que tu ne reviendrais jamais.

Je hochai la tête et enfouis ma tête dans son cou sans le regarder. Moi aussi j'avais pensé ça. Longtemps.

Il posa ses mains sur mon dos et je grimaçai quand il toucha mes plaies fraîches. Il les retira aussitôt.

— Merde Ash, encore ? C'est pas possible, tu ne fais que te faire punir !

Je ne répondis rien et il me prit par la main pour m'emmener dans la maison mi abandonnée mi rénovée qui se trouvait là. Ian l'avait découverte il y a un temps et j'étais l'une des seules au courant de son existence. On pouvait y être tous les deux, sans personne. Sans rien. Juste lui et moi.

Il retira doucement mon tee-shirt et déglutit en ouvrant la trousse de secours.

— Qu'est-ce que tu as fait cette fois-ci ?

Je regardai au loin sans lui répondre et serrai le collier que je tenais toujours à la main.

— J'existe. Ça lui suffit.

Il me regarda et posa un léger baiser sur mes lèvres alors que ma peau se couvrait de chair de poule.

Qu'est-ce que je pouvais l'aimer putain.

Il dut sentir que je le matais parce qu'il releva la tête avec un petit sourire en appliquant de l'alcool sur un coton.

— Arrête de mater Ash.

Je fis la moue.

— Je ne vois pas pourquoi je me gênerai.

Il se mordit la lèvre.

— On s'occupera de ça tout à l'heure. Attention ça va piquer.

Il disait toujours ça. Mais il savait que ce n'était qu'une chatouille par rapport à ce que j'avais subi.

Il banda mes plaies après les avoir désinfectées et me tendit mon tee-shirt mais je l'arrêtai.

— Je croyais qu'on devait « s'occuper de ça ».

Il rigola et m'embrassa à pleine bouche. Je répondis instantanément à son baiser et fourrai ma langue autour de la sienne en m'accrochant à son pull. Il m'attrapa par la nuque pour me rapprocher de lui quand une douleur lancinante parcourut mon dos et je me séparai de lui alors qu'il me dévisageait.

— J'ai dit plus tard, justement pour cette raison Ash.

Je soufflai, sachant pertinemment qu'il avait raison et le regarder m'enfiler mon tee-shirt. J'aurai pu le faire seule mais le regarder m'habiller était bien trop excitant.

— Reste avec moi ce soir.

Je hochai la tête et un sourire s'étendit sur son visage. De toute façon je n'avais pas prévu de faire autre chose.

— J'ai besoin de faire les courses, je peux te laisser seule ?

Je hochai la tête. Il m'embrassa et je me laissai aller contre lui avant qu'il ne se relève en me regardant les yeux luisant de désir.

— Je t'aime Ash.

— Je t'aime aussi.

Il claqua la porte, le bip de l'ouverture du portail se fit entendre et je soupirai, ravie d'être enfin seule. La douleur me martelait le dos et me faisait sentir faible. Et je détestais ça putain, je détestais ça si fort.

Je n'étais pas une putain de faible. J'étais puissante et pourtant j'avais toujours la putain d'impression d'être à la merci de tout le monde.

Je soupirai et ouvris lentement ma main que je n'avais pas desserrée depuis que j'étais arrivée ici.

Je me levai avec hésitation et me dirigeai vers la cuisine quand le bip retentit de nouveau et je me figeai, le regard tourné vers la porte.

Ian ne pouvait pas être déjà rentré.

Son meilleur ami franchit la porte en me lançant un sourire franc et je soupirai de soulagement.

— Putain ! Ne me refais plus jamais un coup pareil Jas !

Il rigola alors qu'une étincelle s'allumait dans son regard en m'observant.

— Tu crois que je vais me gêner peut-être ?

Je levai les yeux au ciel de frustration et me laissai tomber dans le canapé.

— Pour la peine, va me chercher du chocolat et de la chantilly.

Il roula des yeux avant d'obéir alors que je ricanai en sortant mon portable pour parcourir mes notifications. Rien de bien intéressant hormis les très nombreux messages d'avertissement que m'envoyaient Alexis. Il fallait qu'il se calme. J'allais bien. Je ne faisais rien de grave. J'étais avec Ian, il me protégerait.

Jas revint dans le salon et me regarda sans rien dire, en me tendant une assiette et la bombe de chantilly, cette foutue étincelle toujours au fond des yeux.

— Arrête de me regarder comme ça Jas.

Il haussa un sourcil.

— Je te regarde comment selon toi ?

Je soupirai en balbutiant.

— Avec... cette....lueur bizarre.

— Ça s'appelle du désir Ashley.

Je frissonnai et évitai de le regarder.

— Oui, et bien, ce n'est pas correct. Je suis avec ton meilleur ami.

— Qui est ton frère adoptif.

Je levai les yeux au ciel en haussant les épaules avant de plonger un doigt dans la chantilly et de le porter à ma bouche avec délectation. Bordel, qu'est-ce que c'était bon...

Jas grogna et se leva soudainement au-dessus de moi, les muscles bandés. Je fronçais les sourcils.

— Mais putain tu le fais exprès !

Il me fusilla du regard et je fronçai les sourcils en déglutissant alors qu'un frisson parcourait ma colonne vertébrale.

— De quoi tu parles ?

— Joue pas à ça avec moi Ashley. Je sais que tu ressens exactement la même chose que moi.

— J'aime Ian plus que ma propre vie Jas.

Il hocha la tête.

— Oh ça je sais et j'en ai aucun doute. Mais je ne suis pas en train de te parler de sentiments là.

Il attrapa brutalement ma main et la posa sur sa queue.

— Je te parle de sexe. Et n'ose même pas nier que tu ne meures pas d'envie de me baiser parce que tu n'as pas enlevé ta main. Tu fais exprès de me provoquer avec tes gémissements et en suçant tes doigts.

Je ne savais pas quoi faire.

— Ian va revenir.

— Dans quatre heures. Arkadi l'a appelé à peine après qu'il soit parti.

Je déglutis quand soudain Jas s'accroupit près de moi et m'enleva mon tee-shirt.

— Laisse-moi te montrer.

Il n'attendit pas ma réponse et répandit de la chantilly sur toute ma clavicule droite jusqu'au creux de mes seins. Je frissonnai et un sourire moqueur s'étendit sur ses lèvres alors qu'il se penchait pour lécher la crème.

Je gémis, mal à l'aise, et bougeai un peu la jambe dans l'espoir qu'il comprenne qu'il fallait qu'il s'éloigne mais il prit ça pour un encouragement. Sa langue se faufila sous mon soutien-gorge, léchant encore et encore la chantilly sans aucune pudeur. J'allais avoir seize ans l'été prochain après tout, il fallait que j'assume, si je l'avais provoqué, même sans le vouloir.

— Je sais que tu es amoureuse de Ian. Et je n'irai jamais contre ça. Je veux juste te baiser.

Je grognai alors que son regard me transperçait et je fini par hocher difficilement la tête.

Il n'attendit pas plus, retira son pantalon et le mien et s'enfonça en moi. Je gémis, la douleur dans mon dos me lançant alors que Jas grognait de satisfaction.

— Putain tu ne peux pas avoir que quinze ans.

Si.

Il plongea sur mon sein, mordillant mon téton sans aucune gêne en donnant coup de rein sur coup de rein.

Gémissante, je finis par mimer l'orgasme dans un souffle de sueur alors qu'il se perdait en moi.

Et c'est à ce moment-là que je me rendis copte que malgré l'amour infini que je ressentais pour Ian il n'y avait strictement aucune trace de culpabilité au fond de moi.

Nix 6 février 2019

Alessandro referma la porte de sa chambre derrière lui et me regarda avec des yeux luisant de braise.

— Je vais prendre une douche mais sois certaine que la prochaine chose que je prendrai ce sera toi *mio dolce.*

Je me demandai un instant où le frapper pour avoir insinué que j'étais une chose, mais je me retins.

L'italien sortit de sa salle de bain ultra luxueuse et vint me regarder, reluquer conviendrait mieux cela dit, avec pour seul vêtement une serviette de bain enroulée autour de sa taille.

Je devais bien avouer qu'il avait des pectoraux dignes de ce nom et que son regard était probablement troublant, mais bizarrement je n'avais pas envie de lui.

Il se pencha sur moi et je m'allongeai pour accompagner son mouvement. Je n'avais pas pris de décision.

Il posa ses lèvres sur mon cou en mordillant ma peau et je frissonnai, de ce qu'il interpréta comme du désir alors qu'il s'agissait seulement de la sensation dérangeante d'une bouche inconnue sur ma peau.

Il releva la tête vers moi avec un sourire de contentement et voulu m'embrasser mais je le repoussai aussitôt alors que le visage de Kurt me trottait dans la tête.

Putain je ne peux pas faire ça bordel.

Il me regarda en fronçant les sourcils, surpris, avant de se redresser et de soupirer.

— Tu es déjà sienne n'est-ce pas ?

Je hochai la tête sans rien répondre et il eut un petit sourire compréhensif.

— C'est dommage *moi dolce,* j'aurai vraiment aimé te prendre mais je comprends. Je me souviens du sentiment de l'amour. Smith ne se serait jamais affiché avec toi sinon. Il ne s'affiche pas avec les putes.

De l'amour, bien sûr. Il était à côté de la plaque mais je ne pris pas la peine de le corriger. Je ricanai alors qu'Alejandro retirait sa serviette et enfilai un boxer sans pudeur.

Je désignai le cadre photo.

— C'est la femme que tu as aimé ?

Une douleur foudroyante passa dans son regard et son visage se ferma durement.

— Oui. Elle est morte il y a dix ans.

Je restai silencieuse et il sortit de la chambre sans rien ajouter sur ce sujet.

— Je vais demander à une de mes bonnes de te préparer une chambre.

Il me laissa seule sur son lit et je soupirai en me souvenant d'une après-midi perdue en plein milieu de la campagne.

Pourquoi est-ce que j'avais été capable de tromper Ian Ikanovitzch en étant folle amoureuse de lui alors que je n'avais même pas été capable de poser mes lèvres sur celles d'un autre mec que Kurt ? Je savais que ce jour-là, Jas avait abusé de moi. Mais plus tard, nous avions recommencé. J'avais aimé ça. Et jamais je ne m'étais sentie coupable.

CHAPITRE 38

« Et on ne parlera jamais de quelques coups de poing dans la sueur et le sang, parce que la folie du pouvoir ne peut pas le permettre. »

Alexandra Kean

Nix 11 février 2019

La sonnerie de mon téléphone me réveilla brusquement. Cela faisait maintenant cinq jours que je n'avais pas vu Kurt et que je me baladais dans le luxe italien comme une reine. Alejandro n'avait plus tenté de me toucher et c'était tant mieux pour lui et sa queue.

Je soupirai et regardai l'écran en plissant les yeux. La chambre était plongée dans le noir et trois cadavres de bouteilles traînaient à côté du lit. Je m'ennuyai, et tout ce qui rimait avec vie morne signifiait cauchemars.

Et cauchemars pourris jusqu'à la moelle...

Ramène ton cul dans les caves de ton Italien. Maintenant.

Oh, tient, un revenant. Et un revenant qui se permettait de me donner des ordres. S'il avait ajouté une formule de politesse je me serai inquiétée pour sa santé. Je soufflai et m'habillai rapidement quand je remarquais un paquet posé au bout du lit.

Sans parler du fait que la personne qui l'avait posé là devait avoir extrêmement confiance en ma capacité à ne pas le faire tomber pendant mon sommeil, cette chose qui ressemblait à...*un cadeau*, présentait un danger potentiel plus qu'une chose excitante.

En glissant mon flingue dans ma ceinture avec deux lames aiguisées, je m'approchai et distinguai une carte sur laquelle était imprimé le symbole de la Mafia Piratando. Prudemment, je la retournai et fronçai les sourcils en allumant la lumière à proximité.

« Pour me faire pardonner,
Kurt »

Je crois qu'un bilan santé s'impose.

Malgré moi, un petit sourire étira mes lèvres et je saisis le paquet avant de me figer en soulevant le couvercle.

Un putain d'éplucheur en argent avec une super lame aiguisée.

Meilleur cadeau du monde.

Et avec un peu de chance, si Kurt veut que je le rejoigne dans les caves c'est parce qu'ils ont trouvé les traîtres. Mais s'il pensait s'en tirer avec ça, il avait tout faux.

Mes yeux s'illuminèrent et j'enfilai mes talons immédiatement sans oublier mon nouvel instrument de torture préféré avant de descendre à toute vitesse.

Je ralentis en voyant Alejandro, les sourcils froncés et visiblement très en colère pendu au téléphone. Il finit par raccrocher en envoya valser le téléphone qui explosa en mille morceaux sur le mur du couloir à quelques mètres de moi.

Je haussai un sourcil d'étonnement alors que le regard du bel italien se fixait sur moi.

— Qu'est-ce que tu fais debout à cette heure-ci Nix ?

Je haussai les épaules. Je n'avais même pas regardé quelle heure il était.

— Je vais rejoindre Kurt.

— Tu l'appelles par son prénom ?

Je fronçai les sourcils et le regardai sans cesser de marcher.

— Evidemment.

Il haussa un sourcil impressionné et me suivit.

— Cet amour est donc réciproque…

J'éclatai de rire.

— Lui et moi sommes loin d'être des amoureux transis, Bianchi.

— Je te fais marcher. Smith est incapable de tomber amoureux. Tu devrais arrêter de l'appeler par son prénom avant qu'il l'apprenne. Tu passeras un sale quart d'heure.

Je ne répondis rien et enchainai.

— Pourquoi tu étais en colère comme ça ?

Il serra la mâchoire.

— Smith a trouvé le responsable. C'est un ami proche. Je ne suis pas tellement étonné quand j'y pense. Mais j'ai envie de le tuer.

Je ricanai et il me jeta un regard noir mais je n'étais pas du tout désolée.

— Pourquoi tu vas le rejoindre ?

— Je vais participer à la punition.

Ce fut à son tour de partir dans un grand éclat de rire.

— Smith, laisser une des filles avec lesquelles il baise, torturer un de ses prisonniers ? Tu m'excuseras *mio dolce*, mais si tu réussis à ne pas t'évanouir devant le sang ce sera un énorme progrès. Tu ferais mieux d'aller te recoucher.

Je ricanai et accélérai le pas en imaginant sa tête quand il me verrait en action.

E-pi-que.

Je dévalai les escaliers en pierre à toute vitesse et poussai la porte en métal blindé, rapidement rattrapée par Alessandro.

L'odeur de sang et de pisse me prit aussitôt les narines, mais je l'ignorai et traçai directement vers le regroupement d'hommes qui s'agitait tout au fond du couloir.

Le bruit de mes talons résonnait dans les murs de pierre et je ralentis en sentant le regard perçant de Kurt me dévorer les entrailles.

L'italien me rattrapa et me stoppa en m'agrippant par le bras. Me dégageant, je me retournai en le fusillant du regard.

— Non mais pour qui tu te prends toi ?

— Je te déconseille de franchir un pas de plus *mio dolce*, parce que peu importe ce que tu ressens pour Smith, ça n'est sûrement pas réciproque et il n'aurait aucune hésitation à te tuer si tu franchis la porte de cette cellule.

Je reniflai de mépris et continuai ma route en l'ignorant avant d'arriver devant une immense porte blindée grande ouverte. Une soixantaine de cellules à la porte grande ouverte se trouvaient là, avec une bonne cinquantaine d'hommes qui traînaient des silhouettes sur le sol pour les faire rentrer.

Kurt avait en effet trouvé les traîtres.

L'odeur de sang surpassait toutes les senteurs de merde et de pisse qui devraient s'y trouver, et des hurlements retentissaient à n'en plus finir, ponctués par des ricanements et des injures américaines.

J'avançais lentement en prenant le temps de tout examiner et les hommes de Kurt, reconnaissables entre mille par leur façon alerte de se tenir se retournèrent vers moi et inclinèrent très légèrement la nuque.

Je sentis Alejandro me rattraper et sa voix froide résonna contre mon oreille.

— T'es qui au juste pour qu'ils baissent la tête devant toi putain ?

Je haussai les épaules. *Ils n'avaient jamais fait ça avant.* Je continuai à avancer jusqu'à la dernière cellule quand un soldat m'arrêta.

Il fit un signe à un de ses camarades qui posa un regard respectueux sur moi avant de disparaître. Il n'y avait pas grand monde autour de celle-ci, et aucun hurlement ne retentissait mais au regard meurtrier de l'italien, je devinais que c'était là que son ami était confiné.

Un mec que je ne connaissais pas surgit d'un seul coup et planta son regard dans celui d'Alejandro.

— Vous avez des choses à nous raconter Bianchi.

L'homme me lança un regard, et disparut en entraînant l'italien derrière lui au moment même où Kurt surgissait.

Je déglutis en l'observant.

Putain ce qu'il est beau.

Vêtu uniquement d'un jean, des centaines de gouttes de sang parsemaient la totalité de son torse encré et recouvraient la moitié de son visage, lui conférant un air pour le moins...diabolique.

Ses cheveux noirs étaient rejetés vers l'arrière et on pouvait y voir une traînée de sang plutôt conséquente, mais qui n'était rien à côté de ses mains, si couvertes de sang qu'on aurait dit qu'il les avait trempées dedans. *C'était sûrement le cas.*

Les quelques hommes présent auparavant disparurent aussitôt à l'intérieur de la cellule et ma peau se couvrit de chair de poule sous le regard transperçant du criminel.

Putain il m'a manquée.

— Il t'a baisée ?

Sa voix froide claqua comme un fouet alors que je levai les yeux au ciel.

— Non.

— Il t'a touchée ?

— Non plus.

Son regard me reluqua et la minute d'après il était devant moi.

— Est-ce que tu en avais envie ?

— Je ne sais pas, tu avais bien envie de baiser cette pute non ?

Il leva les yeux au ciel.

— Je t'ai laissée à Alessandro pour que tu sois en sécurité. Je ne fais pas confiance à ses hommes et j'ai été plongé dans le boulot à la recherche des traîtres. Il y avait toute une rébellion. Je n'aurai pas pu te surveiller aussi.

— Je suis loin d'être une enfant Kurt, je sais me protéger tu es bien placé pour le savoir.

— Certes, mais les Italiens sont imprévisibles.

Je haussai un sourcil, offensée, mais n'ajoutai rien. Leur alliance avait l'air particulièrement tendue et fragile. Il sourit et plaqua ses lèvres contre les miennes, m'agrippant par la nuque.

— Plutôt que tu ne voulais pas que je te déconcentre et me laisser avec Alessandro t'a plus déconcentré que si je t'avais accompagné.

Il grogna et me plaqua contre lui.

— Ta gueule Nix.

Il me fit tait d'un baiser et je ris contre ses lèvres. Il l'approfondit, sans un regard pour les soldats autour en train de nettoyer le massacre.

Je gémis contre sa bouche en fourrant ma main dans ses cheveux alors que ses mains parcouraient mon corps sans aucune pudeur.

Il se sépara de moi et un sourire satisfait s'étala sur son visage. J'avais très probablement du sang partout mais ça n'avait aucune importance.

— Crois moi, Nix, j'ai hâte de te baiser mais on a d'abord quelques traîtres à saigner jusqu'à la moelle.

Je ricanais et le suivis jusqu'à l'intérieur de la cellule.

Le prisonnier était silencieux et son regard froid se figea sur nous, à peine entrés.

Son costume était déchiré, couvert de sang, et sa jambe pendait sur le sol, relié à sa chair par seulement quelques bouts de nerfs. Un homme maintenait un tissu probablement recouvert d'alcool sur la plaie mais le traître ne bougeait pas d'un poil. La souffrance perçait ses pupilles et il était évident qu'il mettait tous ses efforts à ne pas lâcher un bout.

Je posai mon paquet sur la table en fer juste à ma gauche et me tournai vers Kurt avec un regard accusateur.

— Vous avez commencé sans moi !

Il rit.

— Je me suis légèrement emporté quand on est venu le chercher avec sa femme et ses enfants dans sa villa. Ce sont d'ailleurs eux qui ont fini par dénoncer leur père.

Je haussai un sourcil et le prisonnier grogna. Je me tournai vers lui et l'examinai.

— Ça lui arrive souvent de grogner comme un animal ? Il essaie d'exprimer des pensées profondes ? Ce n'est pas très élégant.

Kurt ricana.

— Je lui aurai bien retiré les cordes vocales mais on n'a pas le temps et j'ai du fric à dépenser ailleurs que dans cet espèce de chien misérable.

— Il n'a toujours pas crié ?

— Non, rien du tout, même pas un gémissement.

— Vous lui avez fait ouvrir la bouche ?

Kurt me regarda et secoua la tête avant de faire un signe à un de ses hommes qui se précipita vers le traître. D'un coup sec sur la mâchoire qui se déboita, la bouche du prisonnier s'ouvrit sur une coulée de sang assez impressionnante.

— Il s'est coupé la langue avec ses dents pour ne pas laisser échapper un son. J'espère que vous n'aviez pas l'intention de le faire parler.

Kurt haussa les épaules en rigolant.

— Il n'avait plus rien à nous dire, ce n'est que de l'amusement maintenant.

Mes yeux s'illuminèrent et je m'emparai de mon éplucheur.

— Alors je peux me défouler ?

Il rit.

— Evidemment. Fais-toi plaisir.

Je me décalais sur le côté et poussai violemment sa tête du côté gauche pour dévoiler son épaule droite. Je pris en main mon nouvel éplucheur et le posai sur la naissance de son cou, en commençant à tailler de fines tranches de peau.

Lys aurait aimé être là. La petite psychopathe apprenait les fondamentaux de la torture avec les hommes de Kurt, à Paris.

Je me décalai après avoir dépouillé la totalité du côté droit de son buste de sa première couche de peau. On pouvait voir ses veines et ses nerfs sous la chair à nu, et le meilleur était que ça ne saignait pas. Il gémissait de douleur, mais ce n'était *rien* par rapport à ce que j'étais sur le point de lui faire.

Je pris la bouteille d'alcool à quatre-vingt-dix degrés qui avait servi pour « désinfecter » sa plaie à la jambe un peu plus tôt.

— Tu sais que je suis gentille quand même ? Je vais même te soigner !

Son visage perdit subitement toutes ses couleurs en comprenant ce que je m'apprêtai à faire mais je ne le laissai pas plus se morfondre et versai l'alcool sur sa chair à vif.

Quand il tenta de hurler, il s'étouffa avec le sang de sa langue et avec sa langue coupé qu'il avala.

Je le dévisageai longuement, savourant son impuissance et sa douleur. Voir mes proies souffrir me rappelait qui j'étais tout en me faisant l'oublier.

Kurt arriva à côté de moi et planta une dose d'adrénaline dans ses veines pour l'empêcher de s'évanouir et d'échapper à sa punition.

Il avait causé la mort de centaines d'hommes, trahit la confiance de dizaines d'autres, diffusé des informations, monté une vendetta, et volé des millions d'euros, sans compter les explosions et attentats.

Sa souffrance était un moindre paiement.

Le prisonnier fut mis à nu pendant qu'une matière spéciale était disposée au sol et que la plupart des personnes présentes quittaient la pièce. Trois ou quatre hommes vêtus de combinaisons semblables à celles portées dans les laboratoires, entrèrent, munis de bidons d'un étrange liquide. Kurt me tira vers lui.

— Qu'est-ce que vous avez prévu ?

— On va l'achever. Les bidons qu'ils sont en train d'amener sont pour annihiler l'acide quand ce sera fini. Arthur !

Il interpella l'homme qui venait de franchir la porte, suivi d'Alessandro et d'un dernier homme en combinaison.

— La salle est prête ?

— Oui monsieur, j'étais venu vous y emmener.

Kurt hocha la tête et se tourna vers moi avec un sourire en coin.

— Allez, on va regarder le spectacle au chaud. L'odeur est immonde, il s'est fait dessus.

Je tournai la tête vers le traître pour constater avec un ricanement qu'il avait raison. En sortant, je croisai le regard d'Alejandro.

— Tu te trouveras une autre personne de confiance, Bianchi.

— Je le connais depuis tellement longtemps. On a traversé tellement de choses en ce moment.

— Les gens sont très rarement comme on les croit. Tu dois tourner la page et tu dois le faire vite sinon ton désir de vengeance s'infiltrera dans tes veines, tu deviendras obsédé et sans même t'en rendre compte tu rejoindras sa cause pour te sentir plus proche de lui et tu finiras de la même façon. Ce mec n'est plus ton meilleur ami. C'est une saleté de traître anarchiste qui a voulu plus qu'il ne pouvait avoir et qui a trahi la confiance de ses supérieurs. Il l'a mérité.

L'italien soupira et se retourna vers moi avant de sortir de la cellule. Je le suivis et rattrapai rapidement Kurt dans le couloir de pierre.

Les hurlements s'étaient tus pour la plupart. Tout semblait vide et froid, et seule l'odeur caractéristique de la mort flottait autour de nous. Kurt me rapprocha de lui et ma peau se couvrit de chair de poule. Nous entrâmes dans une pièce attenante à la cellule d'où nous sortions. Seule une immense vitre sans tain et blindée les séparait.

Des chaises étaient disposées devant elle, et Kurt me tira sur ses genoux au moment même où un homme en combinaison jaune entrait dans la pièce avec un bocal fait dans une matière que je n'aurai su définir.

Un silence s'installa. Un très long silence qui laissa la mort s'approcher, peser sur nous, pendant quelques secondes à peine, et l'homme renversa le bocal sur le prisonnier.

Le hurlement de souffrance et d'horreur qu'il poussa était digne des plus grands films d'horreurs, sa voix transperçait les murs et ma peau se recouvrit de chair de poule. Je tournai la tête vers Kurt, et le contemplai contempler le prisonnier dont le corps était attaqué et rongé à une vitesse délirante par l'acide corrosif.

Qu'est-ce que je faisais sur ses genoux ?

Le hurlement s'éteignit et je sentis le corps de Kurt se détendre de satisfaction. Sa prise sur ma hanche se desserra, se transformant presque en caresse.

Ce qui restait du corps tomba au sol dans un couinement. Kurt se releva en tenant fermement ma main, le visage redevenu impassible.

— Bien. On a de la route à faire.

Le traître était mort.

CHAPITRE 39

« Quand mon monde s'écroulera, alors là, j'aurai la paix »

Alexandra Kean

Nix

Ne pas sombrer. Ne pas s'abandonner. Ne pas perdre espoir. Ne pas renoncer. Ne pas se laisser aller. Revenir à la vie. Cligner des yeux encore, pleurer toujours, rêver jamais.

Je tremble, tremble et ma peau est couverte de chair de poule.

Contrôler son souffle ? Retenir sa respiration. Arrêter les tremblements. Arrêter de pleurer.

Mais rien n'y fait.

Je perds le contrôle et je n'arrive même pas à le retenir.

Il y a des âmes, des gens autour de moi qui me regardent, qui essaient de me parler. J'entends leur voix mais je ne les comprends pas, je ne les comprends plus et je ne pense pas pouvoir rouvrir les yeux un jour.

Je ne pense pas le vouloir.

Je pleure encore et un sanglot s'échappe de mes lèvres, un ultime sanglot. J'essaie de comprendre, je tente de me persuader que je ne comprends pas, je réessaie encore mais je sais déjà.

Quelle putain d'idiote je fais.

Il fait froid. Très froid. Trop froid.

Une voix me parvient et j'entrevois des yeux. Il y a de l'espoir dans ces pupilles, alors je referme mes paupières.

Je ne veux pas d'espoir. Je n'en ai plus. Je n'en ai plus.

J'ai juste besoin de m'éteindre.

Mais il y a cette voix. Elle ne veut pas s'arrêter alors je finis par rouvrir les yeux et je croise de nouveau ces pupilles pleines d'espoir.

C'est vain l'espoir.

C'est inutile.

Ça fait rêvasser pour rien, ça fait espérer sans rien.

Et on finit par juste en mourir de haine parce que ces espoirs sont restés illusoires.

Et cette voix est toujours là, elle.

Je cligne des paupières, je vois flou, de moins en moins et je vois net. Je sais ce que je devrais voir. La mort, le sang, je devrais sentir cette putain de putréfaction qui devrait s'emparer de mon corps mais non.

Il n'y a rien que les pupilles confiantes et pleines d'espoir d'Alexis.

— Reste avec moi Nix, reste avec moi je t'en prie. Les secours seront bientôt là. Tu entends ? Ils arrivent. Reste avec moi Nix.

Nix... J'adore ce prénom. Il sonne bien, il résonne dans mon âme et il me définit.

Mais je ne veux pas rester. Il n'y a plus aucune raison. Il n'y a plus rien pour moi ici.

— Ne les laisse pas gagner tu m'entends ? Si tu meurs ils auront eu ce qu'ils voulaient. Je t'en supplie Nix. Reste. Crois-en moi putain.

Il y a une vague de douleur atroce, je sens mon cœur s'arrêter, ma poitrine se vide de tout son et j'ai peur.

Peur de quitter ce monde sans avoir fait ce que j'avais à faire.

Peur d'avoir échoué.

Peur d'avoir perdu.

Alors j'ai serré la main d'Alexis et j'ai cru en lui. Ce jour est resté le plus proche où je ne suis jamais passée de la mort. Le jour où Sophie a tenté de me tuer. Tout était…si compliqué. Il s'était passé tellement de choses, et en si peu de temps. Kurt nous ramenait en France. J'avais le cerveau en bouillie. L'horloge tournait. Le moment approchait.

Rachel 8 février 2019

Je me réveillai en sueur, le cœur battant à la chamade et des larmes coulant sur mes joues.

Ne ferme pas les yeux. Ne ferme pas les yeux ou tu vas les revoir.

Je tentai de reprendre mon souffle, mais rien à faire. Ma respiration saccadée m'empêchait de penser. Ou plutôt m'empêchait de ne pas penser.

Je revoyais encore et toujours ces prunelles qui me regardaient sans me voir, vidées de tout espoir, vidées d'âmes. Les prunelles d'Ashley Ikanovitzch.

Les yeux de Nix.

Je me dégageai de l'emprise de Joackim et me levai du lit, les mains tremblantes. Je reniflai et considérai mon reflet dans la pénombre de la nuit.

Des cernes énormes, la peau pâle et les yeux vides.

J'avais l'impression de voir Nix la première fois que je l'ai vue. Ou Lizzie avant qu'elle ne meure.

Qu'est-ce qui m'étais arrivée putain ? Est-ce que toutes les filles de l'entourage de Kurt étaient condamnées à se détruire jusqu'à en mourir ?

Kurt ne laisserait pas ça m'arriver n'est-ce pas ?

Je tremblai et sortis de la chambre à pas de loups, séchant mes larmes avec la manche de mon pull.

Jason disait la même chose. Et pourtant Lizzie est devenue malade. Complètement folle.

Et ces cauchemars qui ne s'arrêtent pas...

J'inspirai un grand coup et descendis les escaliers en tentant vainement de calmer mon cœur qui battait à la chamade.

Quelle heure était-il ?

Peu importait.

Comme à son habitude depuis le départ de Nix, Alexis était devant la télévision, ne décollant pas son regard de l'écran, de sa vodka et de son ordinateur.

Je n'osai jamais lui parler.

Il était trop sombre, trop froid, et par-dessus tout, il avait l'air d'avoir passé sa vie à tenter d'encaisser les démons de la rousse, sans jamais réussir à l'extirper des ténèbres.

Et je ne comprenais pas comment elle n'avait pas reconnu Kurt.

Il l'a violée putain ! J'étais là. J'étais tout le temps là.

Même quand ses lentilles sont tombées sur le sol après un énième coup au visage, et qu'elle a crié. Même quand j'ai vu l' atrocité qui régnait dans son regard, même quand Brad rigolait et l'humiliait et la frappait encore, et qu'il me forçait à regarder, encore et encore. Je n'avais même pas le droit de fermer les yeux.

Jamais.

Comment aurais-je pu oublier ses yeux ?

C'était impossible. Alors comment Nix avait-elle pu oublier le visage de Kurt ? Comment Kurt avait pu oublier celui de Nix alors que je l'avais déjà vu culpabiliser pendant de longues nuits entières où il se repassait la scène en boucle.

Et cette putain de guerre insensée.

Je fermai les yeux et reniflai en tentant de chasser mon cauchemar avant de m'affaler au côté d'Alexis. Il ne bougeait pas, concentré à taper des trucs incompréhensibles sur son ordinateur. Du français.

Quelle langue de merde. Beaucoup trop compliquée pour moi.

— Comment Nix arrive-t-elle à se regarder en face ?

Alexis tourna brusquement la tête vers moi. Ses yeux bleus me transperçaient d'un étrange sentiment que je n'aurai pu définir.

Un sourire moqueur et froid étira ses lèvres.

— Définis ton thème parce qu'il y a des centaines de raison qui peuvent te pousser à dire ça.

Je soufflai et m'installai plus confortablement avant de lui piquer sa vodka.

— Comment arrive-t-elle à tenir debout avec ces putains de cauchemars dans sa tête ?

Son regard se rembrunit et il serra son poing autour de son paquet de chips avant d'ouvrir une bouteille de bière et d'en avaler une longue gorgée.

— Elle ne tient pas debout.

Je haussai un sourcil interrogateur et Alexis prit une grande inspiration.

— Nix va mourir.

Je reculai d'un bond.

— Elle est malade ?!

— Non. Ton frère va la tuer.

Je français les sourcils d'incompréhension.

— Je ne l'ai jamais vu regarder quelqu'un comme il regarde Nix. Il ne pourra jamais la tuer.

Il hocha la tête.

— Je sais. Mais elle ne le sait pas encore. Et si elle l'apprends....

— Quoi ? Que mon frère est très probablement en train de tomber amoureux d'elle et qu'elle aussi ?

Il inspira et finis sa bouteille d'un seul coup avant de se lever pour me faire face.

— Elle se tuera. Elle ne veut pas vivre Rachel, et ça elle l'a décidé il y a très longtemps. Mais tu n'es pas là pour savoir ça n'est-ce pas ? Tu ne veux pas devenir folle, et sombrer comme elle, j'ai raison ?

Je hochai lentement la tête pétrifiée par ce qu'il venait de dire.

— Pourtant tu as Joackim non ?

Je baissais la tête en me mordant la lèvre et il ricana.

— Mais ce n'est pas la même chose n'est-ce pas ? Il ne saura jamais ce qui te dévore. Ce qui te hante jour après jour, je parie qu'il ne sait même pas que tu fais des cauchemars la nuit. Il te protège. Il tombe lentement amoureux de toi. Tu es folle amoureuse de lui.

J'allais répliquer à cette dernière remarque mais il ne m'en laissa pas le temps.

— Il te fait sentir vivante mais il ne voit pas où tu es déjà morte.

Je baissai la tête. C'était exactement ça.

— Tu t'es dit que je pouvais t'aider ?

— Non. Absolument pas. Je voulais juste savoir comment un mec peut rester derrière une fille pendant des années, l'aimer autant que tu l'aimes, la protéger de tout et pourtant la voir se détruire et être détruite en étant impuissant, la regarder fuir sans un regard, la regarder décider de mourir et de se lancer dans je ne sais quelle entreprise suicide, sans même être atteint. Combien de balles tu t'es pris pour elle ? Combien de fois es-tu mort à l'intérieur pour elle alors qu'elle-même agonisait en silence d'une souffrance invisible ? Qui est Nix, Alexis ?

Il déglutit et se rassit, le regard totalement vide.

— Je ne sais pas Rachel. Je n'en ai aucune idée. Mais toi, tu peux t'en sortir. Tu as absolument tous les pouvoirs pour te sortir de cette merde qui envahit ton esprit.

Je reniflai.

— Et comment je suis supposée faire ?

— Fais ce que Nix n'a jamais pu faire. Fais confiance en Joackim.

Et il quitta la pièce sans se retourner.

Je déglutis, et rejoignis ma chambre. Joackim était réveillé, se frottant les yeux à travers la pénombre.

— Rachel ? Qu'est-ce que tu fais debout ?

Je haussai les épaules.

— Encore un cauchemar.

Je grimpai sur le lit et il m'agrippa aussitôt entre ses bras. Je me blottis contre son torse en tentant d'oublier ma conversation.

— Encore ?

Je hochai la tête.

— Oui.

Il embrassa mon front.

— Il faut que ça s'arrête… Je ne sais pas comment t'aider.

Je haussai les épaules.

— Ça finira bien par passer.

Il soupira.

— Je suis tellement impuissant.

Il me prit par la taille et me m'installa sur lui en me caressant la joue.

— Ça finira par aller mieux.

Je hochai la tête en le contemplant.

— Grâce à toi.

Il sourit et rit.

— Non, grâce à toi beauté.

Je me mis à califourchon sur lui et mis mes mains autour de son cou.

— Tu es beau Joackim.

Il sourit.

— J'essaie d'arriver à ta cheville princesse.

Il déposa un baiser sous mon oreille et j'enfouis ma tête dans sa nuque.

— Je pourrai rester là pour toujours.

Il rigola.

— Si seulement.

— On n'a qu'à fuir, fuir loin.

Il caressa le creux de mes reins sans me quitter des yeux.

— On fuirait dans une île secrète inconnue de tous, où il n'y aurait rien que nous deux pour toujours.

Il me retourna pour me dominer et je m'enfonçai dans les coussins, les jambes entourées autour de sa taille.

— Je te ferai des pancakes aux pépites de chocolat tous les matins.

Il haussa un sourcil.

— Tu sais cuisiner toi ?

Je fis la moue.

— Absolument, je suis une chef hors pair.

Il me chatouilla le creux de la taille et je rigolai.

— Ah ouais ? Une chef hors pair ? C'est pas ce que disaient les œufs brûlés de la dernière fois.

Je levai les yeux au ciel.

— Ça c'est entièrement de ta faute Jo. Tu m'as distraite.

Il déposa un baiser dans mon décolleté et râla.

— Je déteste ce surnom.

J'esquissai une moue triste.

— Tu me détestes ?

Il fit mine de réfléchir.

— Mm, je crois bien.

Il s'attaqua à mes côtes et je ris aux éclats. Il m'embrassa doucement et me fit perdre la tête rien que sur le contact de ses lèvres sur les miennes.

Son regard se vissa au mien et je me perdis dans la beauté de ses yeux.

— Joackim, je…

Il resta silencieux, attendant que je finisse ma phrase, mais j'en étais incapable. Je changeai de sujet aussitôt.

— Parfois je me demande comment tu peux faire partie de la mafia.

Il rit contre mon cou.

— Parce que je suis mignon avec toi ?

Je souris.

— Un vrai sucre d'orge.

Il rit.

— Pour toi seulement.

— Tu aimes tuer ?

Il soupira et se laissa retomber à côté de moi.

— Je ne sais pas vraiment. Je dirai qu'avec le temps… J'ai appris à faire fi des remords. J'oublie que c'est une vie humaine, et ça m'aide à avancer. Je sais bien le faire. C'est plutôt ça.

Je déposai un baiser sur son torse.

— Qui t'as appris ?

Il resserra son emprise sur mon épaule.

— Tu te souviens que je me suis retrouvé à la rue quand j'avais 12 ans, après avoir fui mon foyer ?

Je hochai la tête en enfouissant mes mains. Je me souvenais de son histoire. Des cicatrices dans son dos. Du tremblement de ses mains.

— C'est un mec qui m'a retrouvé. Je faisais du sale boulot pour son petit trafic de merde. Je faisais parler ses traîtres. J'étais le bourreau. J'écrivais le nom de chacune de mes victimes dans le grenier qui me servait de maison à la craie. Et puis les hommes de Kurt ont débarqué. Je les aidés. Je suis resté un peu avec eux. Jusqu'à ce qu'on me propose l'Initiation. J'ai passé les tests. Je les ai réussis. J'ai fait l'Initiation. J'ai rencontré Nix. Et puis toi.

Je l'embrassai en souriant tristement.

— Maintenant je tue mais pour un maître différent.

— Tu aimerais t'en échapper ?

Un silence passa.

— Je ne sais plus. C'est tout ce que j'ai toujours connu. Mais parfois, quand je te regarde… On mérite mieux que cette vie.

Je sentis son cœur sous mon oreille et me blottis contre lui sans répondre. Est-ce que je le méritais vraiment ?

CHAPITRE 40

« Parce que même si je tombe, je tombe avec toi. »

Alexandra Kean

Nix janvier 2014

Je crois que je pleure. Je n'en suis pas vraiment sûre. Je n'arrive pas à décoller mon regard du sien. C'est comme si j'étais indéniablement figée à lui. Sa main sert la mienne, je sais qu'il me murmure des choses, mais je ne veux pas les entendre.

Je ne veux pas faire face putain.

J'en ai terriblement marre.

Je referme les yeux pour ne plus voir, ne plus rien voir. J'ai mal. La totalité de mon dos me lance des éclairs de souffrance absolue qui déchirent mes nerfs et ma capacité de penser, et pourtant j'arrive à respirer. J'entends mon souffle saccadé, irrégulier et mon battement de cœur affolé retentir dans mes oreilles.

Je crois que je suis physiquement là, mais que dans ma tête je suis très, très loin.

Je pourrais peut-être me pencher sur quelques questions philosophiques en vogue.

Qui je suis, qui je vais devenir, qui je veux devenir...

Mais une énième fois, la voix d'Alexis me ramène sur terre. Putain, qu'est-ce que j'aimerais ne jamais y revenir. A chaque fois qu'il me ramène, j'ai l'impression que c'est une bonne chose et puis la merde d'après arrive et j'abandonne encore.

Je n'y arriverai pas. Je ne suis pas assez forte pour survivre à tout ça putain.

Même pas assez forte, avec tout ce qu'Eva m'a appris, pour les contrer. Je suis putain de faible et impuissante.

Qu'est-ce que je ne donnerai pas pour ne pas me sentir aussi invincible dans ses bras.

Parce ce n'est qu'une illusion. Une putain d'illusion, une impression brève qui disparaît à chaque fois qu'un de mes cauchemars revient dans ma tête où dans mon espace vital.

— Putain, Nix, me refais pas ce coup-là où je te jure que je te ramène à ton père.

Je rouvre brusquement les yeux. Pas pour sa menace. Il ne la mettra jamais à exécution. Mais Arkadi Ikanovitzch n'est pas mon père.

— C'est Arkadi.

J'entends Alexis soupirer de soulagement, ses bras se resserrent autour de moi et je le laisse faire.

— Putain Nix, arrête de partir comme ça. Un jour je n'arriverai pas à te ramener.

Je hoche la tête.

— Si tu arriveras. Tu y arrives toujours.

Ses yeux aussi bleus que les miens se plantent dans mes pupilles.

— Non. Il arrivera un moment, un moment où tu seras tellement détruite que je ne pourrais pas te ramener sur terre. Quand tu fais des crises de panique comme ça, il n'y a que toi qui peux décider respirer à nouveau. Est-ce que tu veux mourir Nix ?

Mon regard se perds autour de moi et je referme les paupières mais les démons m'assaillent et je les rouvre aussitôt.

— Je ne sais pas. Je ne sais plus.

Alexis soupire et une larme coule sur sa joue alors qu'il me regarde et sa voix tremble.

— Je t'aime Nix. Je ne veux pas que tu meures. Mais je ne peux pas croire en toi à ta place. Crois en toi Nix. Je t'en supplie. Crois en ce putain d'espoir aussi inutile qu'il soit. L'humain a besoin de croire.

Ma voix est rocailleuse.

— Les dieux n'existent pas, ni aucune légende, mythe ou autre fable. Croire est une perte de temps.

Ses yeux se remplissent d'un amour infini alors que je le regarde, la peau couverte de chair de poule.

— Tu es une légende Nix. Tu as seulement besoin de croire en toi-même.

Je fonds en larmes dans ses bras.

Sans lui je ne suis rien.

Kurt

La voiture s'arrêta devant la villa de Nix à deux heures du matin, deux jours plus tard. Je tournai la tête vers Nix en coupant le contact. Elle dormait, comme à son habitude, et ma queue se durcit en repensant à tous nos arrêts sur la route durant le trajet.

Elle s'agita et un gémissement de terreur sortit de sa bouche. Elle faisait encore un cauchemar.

Je sortis de la voiture ouvris la portière de son côté avant de la porter jusqu'à son lit et redescendis les escaliers quand un cri retentit.

Rachel.

Je remontai en quatrième vitesse et ouvris violemment la porte de sa chambre. Ma sœur était là, redressée et en sueur, pâle comme la mort et avec d'énormes cernes jusqu'au fond des joues.

Joackim s'était réveillé et la regardait avec inquiétude mais je l'empêchai de faire un geste vers ma sœur d'un seul regard noir. Il se rétracta aussitôt et ma sœur se précipita vers moi.

La serrant dans mes bras, je la trainai hors de cette chambre qui puait le sexe. Heureusement que Rachel était habillée.

Rien que d'imaginer ce mec toucher ma sœur me donnait des envies de meurtre.

Elle se laissa tomber sur le fauteuil alors que l'ombre d'Alexis disparaissait dans la pénombre. Il ne m'avait pas manqué celui-là.

Je regardai ma sœur et la fusillai du regard alors qu'elle baissait les yeux.

— Je peux savoir ce qui t'arrives ?

Elle haussa les épaules.

— Je fais plus de cauchemars c'est tout.

Je levai les yeux au ciel et ricanai sans aucune joie.

— Qu'est-ce que tu fais de tes journées ?

A nouveau, haussement d'épaules.

— Je mange, je couche avec Joackim, je dors, je bois, je...

— COMMENT ÇA TU BOIS ?

Pétrifié, je la considérai sous tous les angles alors qu'elle croisait les bras en me défiant du regard.

— Oui, je bois. Parce que c'est plus cool la vie avec une bonne dose de vodka. Et parce que je m'ennuie.

Je me redressai en lui jetant un regard noir.

— M'en parler ne t'es jamais venu à l'esprit ? Ah, j'oubliais, tu es obnubilée par tes parties de baise avec ton nouveau petit ami. Alors premièrement, ton charmant camarade sera désormais chargé de veiller à ce que tu ne touches plus jamais une bouteille d'alcool, que tu reprennes une alimentation saine, et que tu sortes *minimum* cinq heures par jour. Va t'éclater où tu veux dans la ville, dans la province, j'en ai rien à faire tant que tu es en sécurité, que personne n'apprends ton existence ou ne te relie à moi et que je sais où tu es. De plus tu passeras ta journée de demain à l'hôpital pour un bilan complet avec toutes les analyses possibles. Et quant à tes cauchemars, ils s'effaceront avec le temps si tu profites de la vie. Mais tu vas commencer par m'avaler deux somnifères et te prendre une bonne nuit de sommeil.

Joackim choisit son moment pour entrer dans la pièce. Il s'était rhabillé, grand bien lui avait pris. Je n'avais jamais vu ma sœur dans un état pareil.

Je le fusillai du regard et l'attrapai par le col de son polo en le regardant droit dans les yeux.

— Toi. Tu es chargé de veiller à la sécurité et à la santé de ma sœur. Si un seul de ces paramètres te fait défaut tu souffriras tellement que tu me baiseras les pieds dans l'espoir de subir une torture par simulation de noyade. Et si tu lui brises le cœur, aucune comparaison ne serait assez puissante. Tu te souviens de notre conversation ?

Il déglutit en hochant la tête. Je déposai un baiser sur le front de ma sœur et remontai dans la chambre.

Je savais qu'être à Paris lui rappelait Lizzie et lui faisait perdre l'esprit. Je pensais que la fréquentation de Joackim aurait pu l'aider à aller mieux. J'allais lui passer un savon à la première heure demain, mais je ne voulais pas plus perturber le sommeil de Rachel.

Nix était assise sur le lit quand je revins, seulement vêtue d'un de ses tee-shirts et me regardait en bâillant.

— Pourquoi tu gueules comme ça à des heures pareilles ?

Je ne pris pas la peine de répondre et refermai la porte derrière moi avant de m'approcher d'elle en retirant mon tee-shirt.

— Tu as dormi.

Elle haussa les épaules et son regard se perdit au loin mais je la ramenai à moi en saisissant son menton entre mes doigts et déposai un baiser sur ses lèvres.

Elle ricana et me repoussa.

— On a suffisamment baisé pour toute la semaine prochaine Kurt. Et je suis fatiguée.

J'ignorai ses paroles et la saisis par les hanches avant de l'allonger sur le lit. Un petit sourire étira ses lèvres mais aucune étincelle de désir ne s'alluma dans son regard. Je soufflai de frustration et me laissais tomber à côté d'elle.

— Qu'est-ce que vous avez toutes aujourd'hui ?

Elle rigola et se blottit contre moi, sa tête enfouie dans mon épaule et sa jambe entre les miennes alors que je caressais distraitement son dos.

— Je suis juste fatiguée Kurt. Et d'ici très bientôt, on aura absolument plus le temps de se reposer. Alors pourquoi on ne peut pas juste...dormir ?

Elle grimaça en me regardant et je soupirai en la serrant contre moi.

— Je n'aime pas dormir.

— Pourquoi ?

Sa voix n'était plus qu'un faible murmure.

— Parce que mes cauchemars me hantent aussi.

— Mmh ?

Je sentais son souffle contre mon torse et fourrai ma main dans ses cheveux.

— Je revois la fille que j'ai vendu à un gang quand j'avais 17 ans, pour monter ma première alliance. Je n'ai plus aucun souvenir de son visage. Juste ses hurlements. Et puis soudain ce vide et ce silence affreux. J'ai vu des choses bien pires et pourtant c'est ça qui me hante. C'est ridicule hein ?

Mais Nix s'était déjà endormie.

CHAPITRE 41

« Le sang et l'honneur sont indissociables, mais il est impossible d'associer le sang à l'honneur »

Alexandra Kean

Nix 10 février 2019

Je me redressai en clignant des yeux et regardai autour de moi. Kurt avait disparu et un silence de plomb régnait dans la villa.

On frappa à la porte et je bâillai en voyant la tête de Cass apparaître dans l'interstice.

— Ça fait longtemps que je ne t'avais pas vue.

Elle sourit et grimaça en s'asseyant sur mon lit.

— Je m'entraîne pour l'Initiation, avec Lys figure-toi.

Je fronçai les sourcils.

— Lys, la petite psychopathe qui a débarqué ici il y a quelques semaines ? De douze ans là ?

Cass hocha la tête avec une grimace.

— Oui, cette Lys là.

— Kurt veut lui faire passer l'Initiation ?

— Non, elle est trop jeune, mais quand il est n'est pas avec toi, il est tous les matins dans les caves à l'entraîner à tuer et à se battre. Si ce n'était pas de Kurt Smith qu'on parlait j'aurai dit qu'il s'attachait à elle… A une gosse, tu te rends compte ?

— Non, je ne me rends pas compte.

Je fis la moue en ouvrant ma bouteille de vodka. Le concept de Kurt et d'une gamine était carrément surnaturel.

— Tu t'es réconcilié avec Taylor ?

Elle déglutit et regarda ses doigts.

— Je…

Elle soupira.

— C'est compliqué. Je ne sais pas quoi faire. Ni quoi penser ?

— Tu l'aimes ?

Elle hocha la tête.

— Oui.

— Tu en es sûre ?

Elle fronça les sourcils.

— Oui, évidemment.

— Ce n'est pas une relation pansement, un sentiment proche de l'amour parce que tu as l'impression qu'il t'a sauvée ? C'est réel ?

— Oui. J'en suis sûre.

Je hochai la tête.

— Alors tu es prête ? En dépit de tout, de tout ce que tu détestes, de la criminalité de ta vie, des meurtres, du sang, de la violence ? Tu es prête à sacrifier une vie plus paisible pour lui ?

Elle déglutit.

— Il est ma vie paisible.

— Alors ça s'arrangera.

Elle regarda ses doigts.

— Je n'en suis pas sûre.

— De quoi on parle ici ?

Je souris à Rachel qui venait d'arriver.

— Je suis conseillère amoureuse forcée et j'ai besoin de boire pour l'oublier.

Rachel rigola et Cass se lamenta.

— J'aime un gars qui pense que j'en aime un autre.

Je grimaçai.

— Vu ce que tu as dit la dernière fois…

Elle soupira.

— Je ne savais pas où aller, ni ce que je ressentais. Tout est tellement confus. Je n'ai eu le temps de faire mon deuil de rien. Mes parents me manquent atrocement. J'ai l'impression que c'était dans une autre vie, mais ça fait deux ans maintenant. Tout est de ma faute. Je repense à ce que je ressentais pour Andrew et je ne peux pas m'empêcher de… Je ne sais pas. Regretter. Vouloir revenir en arrière. Mais j'aime Taylor. Et l'effacer de ma vie me tuerait autant que reperdre mes parents.

Rachel soupira.

— Vous allez vous réconcilier j'en suis sûre.

Je bus une grande gorgée de vodka.

— Cette conversation me donne mal à la tête.

Rachel ricana.

— En même temps tu vis ton idylle tranquille.

Je grognai.

— A quel moments nos conversations sont-elles devenues une réunion de cul et de problèmes de mecs ? C'est absolument terrifiant. Je ne vis aucune idylle Rachel, je baise.

Elle leva les yeux au ciel.

— Bien sûr, tu veux faire croire ça à qui exactement ?

Je la fusillai du regard.

— Moi, je sais où j'en suis. Et toi Rachel, avec le petit Joackim ? Kurt ne l'a pas découpé ?

Elle s'empara de ma bouteille sans que je ne puisse protester.

— C'est ça le truc. Non. Il n'a rien fait. Ils ont eu une conversation Nix, une conversation. Tu penses qu'il va le tuer dans mon dos ?

Je haussai les épaules.

— Ou alors il a décidé de te laisser vivre.

— Il est malade ?

Nous éclatâmes de rire. Je soupirai et croisai les jambes au moment même où Alexis apparaissait dans l'encadrement de la porte. Cass grimaça en le voyant apparaître.

— Je pense qu'on va vous laisser discuter en paix.

Je ne manquai pas le regard qu'il échangea avec Rachel quand elles sortirent de la pièce.

Alexis me sourit. Le ciel était à l'orage, il grêlait des balles de golf et un froid dérangeant régnait.

Il s'assit à côté de moi et je me rallongeai sur lui en regardant dans le vide.

Qu'est-ce que j'étais supposée faire maintenant ?

Pour l'une de premières fois de ma vie, je m'étais endormie, sans vodka, sans cigarette, sans drogue, et je n'avais fait aucun cauchemar.

J'ai dormi dans les bras de Kurt...

Je soupirai et me laissai aller contre mon meilleur ami quand sa voix résonna contre mon oreille.

— Arkadi a disparu à son tour.

Je fronçai les sourcils en me redressant.

— Quoi ?

— On n'a plus aucune nouvelle d'Eva depuis plus de deux ans.

— Oui, je suis au courant de ça.

— Maintenant c'est Arkadi qui n'a pas montré signe de vie à la presse depuis deux ans.

— Et Ian ?

— Toujours au même endroit.

Je déglutis.

— Et… ?

Il secoua tristement la tête.

— Je suis désolé, nous n'avons pas réussi à le localiser. Je ne peux pas mettre les hommes de Kurt sur le coup.

Je fermai les yeux.

— Je sais. Mais ça ne m'empêche pas d'espérer. Dès qu'il réapparaîtra…

Alexis déposa un baiser sur mon front.

— N'y pense pas.

Je grimaçai, et changeai de sujet.

— Il est quelle heure ?

— Dix heures moins quart.

Je soupirai et grognai avant de me lever pour aller chercher un gros plaid tout doux au fond de la chambre et revins me blottir sur le matelas.

— Il fait beaucoup trop froid pour que ce soit légal.

Il se retourna vers moi avec une grimace.

— J'aurais été ravi de rester avec toi dans ce lit jusqu'au retour des beaux jours mais des gens t'attendent dans le salon.

Je fronçai les sourcils en le regardant.

— Tu t'es enfin trouvé une petite amie ?

Il rigola.

— Non, ça ne me concerne pas. Ta famille est là.

Je plissai les yeux.

— Avant que je ne te demande combien de joints tu as fumé pour croire que j'ai une famille, tu devrais vraiment penser à te trouver une petite amie. Je ne t'ai pas vu avoir une seule relation plus sérieuse qu'une baise d'un soir depuis que je te connais.

Il rigola en me regardant.

— Je t'aime trop pour chercher ailleurs espèce de rousse.

Je levai les yeux au ciel.

— Tu ne m'aimes pas de façon amoureuse Alexis.

Il ricana.

— Non, Kurt s'en charge très bien pour moi ! Mais je n'ai pas encore trouvé la fille avec qui me poser. Et essayer n'est pas vraiment la chose la plus simple au monde avec toi à mes côtés.

Je partis dans un énorme fou rire.

— J'aurai tout donné pour voir la tête de Kurt s'il t'avait entendu dire ça.

— Si j'avais entendu quoi ?

Je me retournai, hilare, pour voir Kurt me transpercer de son regard noir, adossé à l'encadrement de la porte.

Je haussai les épaules mais le criminel ne me donna pas le temps de répondre. Ses pupilles s'étaient figées sur Alexis et le foudroyaient du regard.

— Je peux savoir ce que vous étiez en train de faire ?

Je fronçai les sourcils, sans comprendre, et m'aperçus que j'étais blotti contre Alexis. Le petit Kurt était jaloux.

Je levai les yeux au ciel et ricanai.

— On s'apprêtait à entamer une énorme partie de baise hard, ça ne se voit pas ?

Il me fusilla du regard et serra la mâchoire.

— J'en ai rien à foutre. Ce petit avorton te sert de meilleur ami si ça lui chante mais il ne t'approche pas d'un pouce ou je l'éviscère.

— Jack l'éventreur, le retour !

Kurt haussa un sourcil froid et Alexis finit par me pousser sur le côté et se releva.

— Je vais y aller. J'ai des choses à gérer.

Je hochai la tête et le regardai partir, non sans qu'il ne bouscule Kurt au passage.

— Je ne partage pas mes baises, Nix, et tu le sais.

Je levai les yeux au ciel.

— Arrête de dépenser ton énergie en jalousie inutile.

Il fronça les sourcils en s'approchant de moi.

— On ne te parle pas de jalousie, il n'y a pas de sentiments dans l'espoir. Le fait est simple. Tu es à moi. Et aucun autre homme n'a le droit de t'approcher.

Je ricanai.

— Tu t'es cru à la préhistoire ? Bientôt tu vas me sortir un MOI HOMME TOI FEMME À MOI HOMME.

Il haussa un sourcil froid alors que je le contournai pour retourner dans mon lit.

— Je fais ce que je veux, quand je veux. Si j'ai envie de faire un câlin à un mec, je fais un câlin à un mec. Tu n'as rien à dire.

Il eut un ricanement méprisant et me foudroya du regard.

— Donc je suppose que si je vais passer ma journée dans un bar à strip-tease et que je laisse quelques putes me sucer, ça ne te pose aucun problème ?

— Tu l'as déjà fait.

Il serra les dents et je ris.

— Cependant, c'est complètement différent.

— Ah oui ?

Sa voix contenait un goût amer alors que je me remettais sous les couettes.

— Oui. Alexis est mon meilleur ami. Outre que faire quoique ce soit avec lui relève de l'inceste, c'est aussi mon sauveur. Il fut le centre de mon monde, la raison pour laquelle je suis en vie, et la personne qui a réussi à me maintenir à flots. Aucune de tes paroles n'ira jamais contre ça. Je le connais depuis huit ans, on ne fera jamais rien ensemble mais si j'ai envie de m'allonger sur lui, je m'allonge sur lui, c'est clair ?

Il me jeta un regard noir.

— Je m'en fous. La fille que je baise ne sera pas vue en train d'enlacer un autre mec.

Il repartit en claquant la porte et je serrai les dents.

Ego de merde. Sale fils de chien.

Bon, en même temps je ne pouvais pas l'accuser d'avoir tort. J'avais toujours été extrêmement proche d'Alexis, même dans nos rapports physiques. Les souvenirs qui nous reliaient étaient puissants et s'en décoller était difficile. Ce n'est pas pour autant que j'allais arrêter de le faire. Simplement je savais que si la situation était inversé j'aurai du mal à voir Kurt aussi proche d'une autre fille.

Et je refusai de m'appesantir sur ce que ça signifiait.

Je soupirai et m'apprêtai à avaler une grande gorgée de vodka en m'enfonçant dans mon lit quand je me souviens de ce qu'Alexis avait dit.

Très clairement, il ne pouvait que parler de la « famille » Kryan.

Si Taylor a ramené sa troupe de déglingués ici, je le tue.

J'enfilai rapidement un jean avant de descendre les escaliers au pas de course.

Je jetai un bref regard inquiet à Alexis et Kurt en train de sortir ensemble de la maison, et considérai Taylor adossé au mur de la cuisine qui me regardait sans expression.

Des bruits provenaient de la cuisine et j'entendais très distinctement la voix d'un homme grave et dure.

Je déglutis en regardant Taylor.

Mon père biologique.

Nix Septembre 2011

— Bien, pour jeudi, veuillez noter de réviser la méthode de rédaction d'une composition, ainsi que les notions de culture de la fiche 4, vous serez interrogés. Mademoiselle Ikanovitzch et monsieur Ioan vous resterez à la fin du cours, j'ai à vous parler merci.

Je soupirai sans faire un geste pour noter les devoirs, le regard perdu au dehors. Il pleuvait.

Je fermais aussitôt les yeux, frissonnai et avalai un cachet en toute discrétion. Ne pas y penser, ne pas y penser, tout oublier, tout effacer, ne pas y penser, tout va bien se passer.

La sonnerie retentit, et aussitôt dans un vacarme assourdissant, tous mes camarades sortirent de la salle de classe. Le type que la professeure avait appelé s'avança vers elle mais je ne prêtai aucune attention à leur conversation, regardant simplement les élèves débarquer dans la cour de récré, gémir du mauvais temps comme s'ils venaient de subir l'apocalypse.

Au loin, une bande de dix élèves de terminale avaient bravé la météo et fumaient des joints sans aucune gêne. Je les observai un moment, quand mon regard croisa celui de Ian. Un rictus étira ses lèvres et je détournai le regard.

Un criminel, c'est un criminel. Il tue des gens. Il massacre.

Je fermai les yeux, les rouvris aussitôt pour tenter d'échapper aux démons qui se pressaient derrière mes paupières et tournai mon regard vers la professeur, qui raccompagnait l'élève à la porte.

Ses talons claquèrent sur le parquet et un gros soupir s'échappa de ses lèvres alors qu'elle se plantait à côté de moi en me montrant une feuille.

La feuille de présentation que les professeurs principaux faisaient remplir aux élèves en début d'année.

— Ashley, je sais que ce que tu as vécu est très difficile...

Je ne perdis pas mon temps à lui expliquer que, non, elle ne savait pas. Elle ne savait rien.

— Tu as une famille Ashley.

Oh, c'était donc ça qui l'a dérangeait tant ? Dans l'espace « problèmes de famille » j'avais inscrit « pas de famille ».

Je haussai les épaules. Non, je n'en avais pas.

Le SUV de Arkadi s'arrêta devant le portail. Sophie, Rebecca et Ian grimpèrent dedans. Le véhicule attendit quelques minutes l'arrivée d'Amvrosi, et quand celui-ci monta, pendant quelques secondes j'eus l'extrême espoir qu'il allait m'attendre également, mais non. Il ne fallait pas rêver.

Chez les Ikanovitzch, être violée et kidnappée pendant une semaine signifiait que tu étais faible et déshonorée. Il n'y avait eu personne à l'hôpital quand je m'étais réveillée. Amvrosi était passé, une fois, pour me donner des vêtements. Eva aussi, pour m'examiner en silence, me demander si je m'en remettrais, avant de s'en aller de nouveau. Et puis, ils avaient oublié quel jour je devais sortir de l'hôpital.

Parfois ils oubliaient de venir me chercher. Parfois ils oubliaient mon assiette à table.

Parfois ils m'oubliaient tout simplement.

Ils m'oubliaient tellement qu'aucun d'eux n'a pensé à dire au chauffeur parisien qu'il y avait cinq enfants à conduire, et non quatre. Même eux ne se rendaient pas compte.

Et je frémis en me rendant compte que je n'avais pas de monnaie sur moi. Qu'il pleuvait. Et que j'allais devoir trouver une solution pour rentrer à la maison, sur les vingt kilomètres qui me séparaient du quartier résidentiel, sans argent, seule sous la pluie.

Comme la nuit où je m'étais fait kidnapper, il y a deux mois.

Ne pas pleurer Ash. Ne pas pleurer.

Et pourtant, en tournant mon regard vers la professeur, à cette instant j'aurais tout donné pour qu'elle me prenne dans ses bras.

Pour avoir une vraie famille.

Pour ne plus ressentir cette putain de souffrance qui me rongeait de l'intérieur, comme à long et puissant poison qui se répandait dans mes veines alors que j'agonisais vainement de l'intérieur.

Mais la professeur me fit un sourire contrit, ses minuscules escarpins claquèrent sur le parquet et elle rangea ses affaires en répondant à un texto.

Je regardai à nouveau par la fenêtre et croisai un regard bleu qui me souriait alors qu'une vague de soulagement m'envahissait.

Alexis.

CHAPITRE 42

« Je ne saurai pas définir ce qui me relie à toi. La seule chose que je sais c'est que je ne te laisserai jamais repartir »

Alexandra Kean

Kurt

Je jetai un regard noir aux quelques gardes qui se trouvaient là et ils dégagèrent sur le champ alors que j'asseyais violemment le blond sur une chaise, une bouteille de vodka à la main.

Mon regard le transperça, je n'attendais qu'un geste de sa part pour le frapper. Mais il restait immobile, figé et docile, comme lassé.

Je serrai la mâchoire et me laissai tomber à côté de lui.

— Je tolère ta présence entre mes murs. Je tolère le fait que tu saches une multitude de choses sur Nix. Je tolère le fait que tu te tiennes ici devant moi sans même porter mon tatouage, sans même avoir démontré ton respect envers moi. Mais je ne tolère pas que tu puisses te permettre d'approcher Nix comme si elle n'était personne, et te glisser dans mon lit comme s'il s'agissait du tiens.

Il fronça les sourcils et répondit, impassible.

— Ces murs appartiennent à Nix. Je le sais parce que je suis à ses côtés depuis bien plus longtemps que toi. Ma loyauté va à Nix, et non envers toi. Le seul respect que j'éprouve envers toi, est dû au fait que Nix ne fait pas de cauchemars quand elle est avec toi. Le lit en question lui appartient également, et c'est à elle de décider qui peut l'approcher ou pas. Tu n'es là que depuis quelque mois, Kurt. Tu n'es personne.

Il n'a pas compris à qui il s'adresse ce petit avorton.

Je me redressai et claquai de la langue. Aussitôt deux de mes soldats m'entourèrent et je leur désignai le blond d'un geste du menton.

— Amenez-le dans mes caves.

Alexis se laissa faire, impassible comme toujours. Je les suivis, bouillant de rage. De quel droit osait-il me parler de cette façon ? S'il pensait être intouchable du fait sa « relation » avec Nix, il avait tort sur toute la ligne. Il ne faisait pas partie des exceptions. Il allait donc en subir les conséquences, et j'allais me faire un plaisir de les lui apprendre.

Personne ne manque de respect à moi ou à ma Mafia sans en payer le prix.

Nix

— Pourquoi tu les as amenés ?

Taylor ne réagit pas, regardant derrière moi, de marbre.

— Il n'y a pas maman, ni Adam. Il y a seulement mon père. Il discute avec quelques-uns de tes hommes. Il voulait te voir. Je pense que c'est justifié, donc je l'ai amené.

Je le foudroyai du regard, le considérant avec mépris et m'avançai jusqu'à être à sa hauteur.

— Tu n'as pas à penser pour moi, tu n'es personne pour décider à ma place de qui a l'autorisation d'entrer ici.

Il me sonda du regard.

— Tu as refusé Adam, notre mère, mais notre père n'a jamais fait la moindre demande jusqu'à maintenant. Je pense que tu devrais l'accepter.

Une lame de douleur traversa mon cœur et je déglutis.

— Seulement si tu restes.

Il fronça les sourcils.

— Quoi ?

— Il peut venir, seulement si tu restes.

Je n'avais aucune envie d'avoir une conversation seule à seule avec mon père biologique aujourd'hui. Mais je pouvais sauver les apparences. J'aurai pu lui dire d'aller se faire foutre, c'est vrai.

Mais…*J'avais envie de le voir.*

Il me regarda en hochant la tête et se décolla du mur.

— Sois toi-même.

C'était la première fois, au fur et à mesure qu'il me présentait sa petite famille qu'il me disait de rester moi-même et non d'être sympa.

Et c'était sans doute aussi la première fois que j'avais réellement envie de rencontrer la personne qui était derrière la porte.

Je pris une grande inspiration et arrêtai d'un coup le tremblement de mes mains.

Derrière cette putain de porte, il y avait un homme qui n'avait jamais pris sa place dans ma vie.

J'avais eu un semblant de mère en Eva. J'avais eu des frères et sœurs. Jamais, jamais je n'avais eu de père.

C'était peut-être pour ça que j'étais terrifiée.

Kurt

La tête d'Alexis valsa sur le côté dans un filet de sang et je me redressai, les muscles bandés et la rage transpirant par la sueur de ma peau.

— Je suis sûre que tu bandes pour elle jour et nuit. Que tu rêves d'elle.

Il ne répondit rien, et se contenta de ma lancer un regard noir et moqueur avant de cracher au sol.

— Je serai toi je ne ferai pas ça. Tu crois vraiment que Nix appréciera d'apprendre que tu as tabassé son bras droit et meilleur ami ?

Il haussa un sourcil alors que je ricanai.

— Nix sait qui je suis. Elle savait que tu n'allais pas t'en tirer à si bon compte.

Il serra les dents.

— Ce que j'ai avec Nix est quelque chose qui te dépasse totalement, et que tu n'atteindras jamais quoique tu fasses.

Je ricanai.

— Ta meilleure amie a quelque chose à t'apprendre. Désormais ce n'est plus elle et toi. C'est nous et peut-être toi.

Satisfait, je me relevai et m'écartai alors que deux de mes hommes le saisissaient pour l'accrocher aux crochets fixés au plafond.

— Maintenant tu vas payer pour ton insolence. Tu auras le droit à trente coups.

Lys s'approcha, le fouet en main et une lueur de folie dans le regard. Elle apprenait vite. Vite et bien.

— Répartis les plaies sur la totalité du dos et n'hésite pas à répéter plusieurs coups sur une blessure. Veille à bien équilibrer le tout.

Elle hocha la tête, mais déjà son cerveau était occupé à calculer où frapper et comment pour lui faire le plus mal possible.

Cette gamine était un bourreau hors pair.

Nix

J'ouvris la porte et fis claquer mes talons sur le parquet, mon regard se fixant aussitôt sur l'homme assis sans aucune gêne au centre du canapé. Je vis adroitement Taylor se glisser dans un coin de la pièce, présent, mais muet.

Mes tripes se resserrèrent alors que le regard de mon *père* se plantait sur moi et je lui retournai un regard glacé et meurtrier. Ses yeux étaient exactement de la même couleur que les miens, il était vêtu d'un sublime costard noir italien, les mains jointes et les cheveux noirs parfaitement coiffés. Il respirait la confiance en lui, et ses yeux s'emplirent d'une lueur indéfinissable quand il posa son regard sur moi.

Il ne réagit pas aux éclairs que lui lançaient mes prunelles, et se contenta de rester assis à me contempler comme si j'étais une œuvre d'art.

— Tu es magnifique.

Je haussai un sourcil, et m'assis sur le canapé sans répondre, croisai les jambes, fis claquer mon talon sur le sol, passai une main dans mes cheveux et le dévisageai avec mépris.

— Est-ce que tu vas bien ?

Je fronçai les sourcils, tiquai de la langue et le dévisageai un court instant avant de me décider à répondre.

— Je suppose.

Il sourit et rassembla ses mains. Il était nerveux.

— Je dois bien avouer que ce n'est pas exactement comme ça que je nous imaginai dans vingt ans.

Il rigola nerveusement et je haussai un sourcil en rejetant une de mes mèches vers l'arrière.

— Peu importe ce que vous aviez imaginé, que je sois kidnappée ou pas, ça n'aurait rien changé. Je ne serai sans doute jamais devenue celle que vous imaginiez.

Il plissa les yeux.

— Je ne comprends pas.

Je lui fis un grand sourire hypocrite. Il comprenait, et il le savait aussi bien que moi.

— Votre femme vous expliquera.

Il n'ajouta rien, m'observa quelques secondes avant de prendre une grande inspiration.

— Qu'est-ce qui t'es arrivée ?

Je fronçai les sourcils et une étrange sensation s'empara de moi. Il ne me le demandait pas comme Adam ou Taylor, parce qu'il se demandait où avait disparu sa petite fille innocente, mais parce qu'il voulait vraiment savoir où on m'avait emportée.

Je savais déjà qu'il m'avait retrouvée, il y a longtemps. Mais je n'avais jamais compris pourquoi il n'avait pas tenté de revenir vers moi.

— Depuis combien de temps m'as-tu retrouvée ?

— Depuis que tu as neuf ans.

Le regard que Taylor lança à son père était plein de choc et de trahison. J'émis un rictus amer.

— Pourquoi tu n'es jamais venu ?

— Parce que je ne pouvais pas. Je me contentais de regarder les journaux en guettant toute trace de toi, mais notre famille était trop en ruine, trop faible pour commencer une guerre avec les Ikanovitzch. Et tu avais l'air si heureuse sur les photos que je n'osais pas intervenir encore une fois dans ta vie.

Je déglutis mais n'ajoutais rien en laissant dévier mon regard. Je pouvais comprendre. Evidemment que je comprenais.

— Pourquoi venir me voir maintenant ?

Ses pupilles identiques aux miennes se plantèrent dans mon regard et une lueur de profonde revanche luisit au fond d'elles.

— Parce que tu n'es plus sous leur coupe. Tu as pris ton envol. Et tu as extrêmement bien réussi ce tour de force. Et avant toute chose parce que ma fille me manque atrocement et que je rêve de pouvoir te serrer dans mes bras.

Je me redressai et le défiai du regard.

— Je pourrai éventuellement réfléchir à la possibilité de vous laisser une place dans ma vie, à une seule condition.

Il haussa un sourcil, attentif, mais je savais qu'il l'avait déjà acceptée. Mon regard se teinta de haine.

— N'amenez jamais, jamais, jamais celle que vous dîtes me servir de mère chez moi.

Il hocha la tête en me regardant tristement.

—Que t'a-t-elle fait ?

Je ne pris même pas la peine de répondre et me levais, avant de me figer, emplie d'une drôle de sensation. Je pris une grande inspiration et plantai mon regard dans le sien.

— Aurevoir, papa.

Et je sortis de la pièce sans un regard en arrière.

Je grimpai les escaliers pour retrouver Alexis et lui raconter ce qui venait de se passer, mais sa porte était entrouverte. Je n'eus pas besoin de l'ouvrir. La vue de son dos ensanglanté à travers l'interstice suffit à répandre dans mes veines une rage bouillonnante.

— KURT SMITH !

Ma voix retentit dans toute la ville. Je partis vers ma chambre au pas de course.

— KURT SMITH SI TU NE TE MONTRES PAS IMMEDIATEMENT JE TE JURE QUE TU VAS SOUFFRIR !

Il sortit de ma chambre avec un sourire coquin.

— T'as tellement envie de baiser que tu cries après moi bébé ?

Mon couteau traça une ligne de sang sur son biceps alors que je le repoussais dans la pièce.

— Ferme ta putain de gueule.

Je plantai mon couteau dans sa cuisse et il grimaça en l'enlevant.

— Aie ! T'as de nouveaux fantasmes ?

— Arrête de te foutre de ma gueule. Enorme fils de pute.

Son regard se durcit.

— C'est pour le blond de paille que tu me fais ça ?

J'écarquillai les yeux.

— Pardon ? Tu veux répéter ? Le blond de paille ?

Il ricana.

— Ouais, le putain de blond de paille qui veut te baiser.

Je le giflai et enfonçai mes ongles dans sa joue. La mâchoire coincée, assis sur le lit, il maintint mon regard.

— Alexis est mon ami.

Il ricana.

— T'as des amis maintenant ?

J'enfonçai mon genoux dans ses couilles en faisant courir ma dague sur sa plaie ouverte.

— Ouais. Un seul. Lui. Je suis plus proche de lui que je ne le serai jamais de toi tu m'entends ?

Il sourit.

— Ouais, et c'est pour ça qu'il mérite ce que je lui ai fait.

J'éclatai d'un rire froid.

— Oh s'il te plait, ne viens pas faire le grand jaloux avec moi. Tu es un putain de chef de mafia. Élève-toi un peu au lieu de jouer au gamin de cours de récré qui ne veut pas qu'on touche à ses affaires. Tu es insupportable.

— Tu me traites de gamin là ?

Je ricanai en appuyant mon couteau dans ses veines.

— Ouais, t'es un putain de gamin Smith.

— Je pourrai te tuer.

J'éclatai de rire.

— C'est vraiment ça ta phrase de réplique ? S'il te plait, épargne-moi tes salades. Tu viens de fouetter mon putain de meilleur ami pour aucune autre raison que ton putain d'égo et d'incertitude masculine qui a peur que je couche avec un autre que toi.

Il serra les dents.

— Je ne serai pas déshonoré.

Je m'écartai de lui, en me passant une main sur le visage.

— Non mais tu t'entends parler ? Déshonoré de quoi ? Premièrement, toi et moi on ne forme pas un couple. On baise tu m'entends ? On baise. Ensuite tu te permets d'aller voir des putes quand je refuse de te sucer.

— Je l'ai tuée putain !

— Et tu crois que ça te donne l'autorisation de fouetter la putain de personne, ma putain de personne sur cette planète, celle qui m'a sauvée, la raison pour laquelle je suis en vie et mes seuls souvenirs heureux dans ma vie, sous prétexte que ta queue a peur que la sienne me rentre dedans alors que c'est un putain de frère pour moi ?

Son regard se durcit et il se leva.

— Ah ouais ? Il t'a sauvée. T'en es sûre de ça Nix ? Il était où pendant quatre ans ? Il était où ces six derniers mois quand tu te réveillais en hurlant ? C'est lui qui te fait vivre en ce moment ? T'es en bien sûr de ça putain ? T'es un putain de fantôme vivant bordel, je peux voir tes traumatismes dans tes yeux. T'es complètement détruite. Il a rien sauvé du tout, il t'a empêché de mourir, et sincèrement, ça t'a fait bien plus de mal que de bien. Tu te détruis, tu ne vis pas, tu n'es rien, et tu crois qu'il t'a fait une putain de faveur en te laissant en vie ?

Je suffoquai.

— Je te demande pardon ? Tu veux bien répéter ce que tu viens de dire ? Tu as la moindre idée de ce que j'ai vécu Kurt ? Le froid, la solitude, la folie dans ma tête ? Les abus, les viols, les tortures et les punitions ? Oui je serai morte sans lui. Mais je suis en vie, grâce à lui, et je ne le regrette pas une seule putain de seconde. Fils de pute.

Il déglutit.

— Parce que maintenant tu veux vivre ?

Je ricanai.

— Tu ne pourrais pas comprendre.

Il me contempla longuement.

— Je veux comprendre Nix.

— Et c'est pour ça que t'as fouetté Alexis ? Pour comprendre qui j'étais ? Achète-toi des neurones putain !

Il planta son regard dans le mien.

— Je suis désolé.

J'en restai sur les fesses. Il venait de s'excuser ?

— Fils de pute.

Je claquai la porte derrière moi, l'esprit en feu sans savoir quoi penser. Il s'était excusé. Kurt Smith ne s'excusait pas. Ce n'était pas suffisant mais c'était plus que ce que j'avais pensé obtenir.

Et cette lueur dans ses yeux…

Je retournai vers la chambre d'Alexis, seulement pour le trouver en train de se laver le dos avec un putain de gant comme s'il était une putain de pieuvre pour y parvenir.

— Rallonge-toi putain.

Il tourna son regard vers moi.

— J'ai entendu ta conversation avec Kurt.

Je soupirai.

— Ouais.

— Vous avez tellement hurlé que toute la villa l'a entendue.

Je nettoyai le sang sans répondre.

— Tu vas vraiment lui pardonner ?

Je le regardai.

— Tu sais très bien pourquoi.

Il ricana.

— Non, Nix, je ne sais pas. Je ne sais plus avec toi. Il n'y a pas que ça, et tu le sais.

Je soufflai.

— Et alors ?

Il serra les dents.

— Ce n'est qu'un putain de fils de pute qui n'est là que pour ton cul comme tous les autres.

Je ricanai.

— Toi et moi savons que c'est faux.

Alexis fit la grimace.

— Ah ouais ? Qu'est-ce que tu en sais ? Il te l'a bien fait comprendre des dizaines de fois. Il te baise, et dès qu'il se sera lassé de ta chatte il passera à une autre et je serai encore là pour te ramasser.

Je jetai le gant et le retournai.

— Pardon ? Tu veux répéter ça un peu pour voir ?

Il serra les dents.

— Je ne comprends pas Nix, ça ne devrait pas te mettre en colère non ? Pourquoi tu n'aimes pas cette vérité ?

Je le giflai.

— Tu te penses meilleur que lui ?

— Oui. Je suis toujours là non ? Il a beau raconter ce qu'il veut. Il ne sait rien. Il ne te connait pas. Tu lui mens. A longueur de journée. Tu le manipules. Lui il te baise. Il s'en fout. Il te réconforte parce qu'une fois que t'as fini de pleurer il peut te prendre. Moi je suis là putain. Toujours. Je ne te demande rien. Et tu vas le pardonner en une seconde parce que fils de pute s'est excusé ?

Je claquai la porte derrière moi sans répondre. Il n'y en avait pas un pour rattraper l'autre. Et ses paroles me donnaient envie de vomir.

J'avais tellement peur qu'il ait raison.

Je sortis de la douche en soufflant. La nuit tombait rapidement et seul l'éclat d'une dispute entre Alexis et Nix résonnait dans la villa, sans que leurs paroles ne soient distinguables.

Je ne pouvais pas distinguer ce qu'ils se disaient, ils parlaient bas mais le ton de leur discussion était bien audible.

Puis soudain, tout bruit se tût et Nix ouvrit la porte, les yeux brillants et pieds nus.

Je l'observais quelques secondes et elle finit par se jeter dans mes bras, m'embrassant comme si sa vie en dépendait alors que des larmes coulaient sur ses joues.

Je ne cherchai pas à comprendre ni à la retenir alors qu'elle faisait tomber ma serviette à terre.

Ce n'était pas ce qu'elle voulait.

Elle me renversa sur le lit et se déshabilla à la vitesse de l'éclair avant de grimper sur moi et de m'embrasser de nouveau. Je plaquais mes mains contre ses fesses quand elle me chevaucha d'un seul coup et s'empala sur ma queue sans cérémonie.

Je grognais et plantais mon regard dans le sien avant de le retourner sur le matelas et d'échanger nos positions.

— Laisse-moi le contrôle.

Le temps resta figé quelques secondes qui semblèrent l'éternité et puis elle ferma les yeux, laissa son corps se détendre et s'abandonna à moi.

CHAPITRE 43

« Parce que le danger vient de partout »

Nix 11 février 2019

Je me réveillai en clignant des yeux. Entre la dispute avec Kurt, et ma dispute avec Alexis je ne savais plus où me positionner. Je me dégageai de son étreinte et me redressai. Le jour s'infiltrait dans ma chambre, il devait être tard. Le drap tomba en-dessous de ma poitrine au même moment où les bras de Kurt m'entouraient la taille.

— Reste ici bordel, j'ai encore envie de toi.

Je ricanai et le repoussai.

— Non, je suis encore en colère contre toi.

Il souffla.

— Tu savais que j'allais réagir comme ça.

Je le fusillai du regard.

— C'est faux Kurt, et tu le sais.

J'allais ajouter quelque chose mais il me bâillonna d'une main. Il m'attrapa par la taille alors que son souffle rebondissait contre ma peau.

— On a déjà eu cette conversation hier soir Nix. On peut baiser maintenant ?

Je retirai sa main et le repoussai.

— Non, j'ai des choses à faire aujourd'hui. Et cette conversation n'est pas finie.

Il fronça les sourcils avant de mordiller la peau de ma nuque en grognant.

— Ah oui, et quoi donc ?

Je rigolai devant son ton d'homme des cavernes.

— Faire les boutiques avec Rachel et t'acheter un cadeau d'anniversaire. Enfin si tu le mérites. Je n'en suis toujours pas convaincue.

Il me repoussa brusquement en me fusillant du regard.

— C'est elle qui a cafté ?

Je hochai la tête en riant et il s'empara de ma bouche avec un regard d'avertissement.

— Que ce soit bien clair la seule chose que je veux c'est toi menottée et complètement nue dans notre lit.

Je rigolai en le regardant.

— Tu n'as pas encore regagné complètement la seconde partie, quant aux menottes, jamais tu m'entends ? Jamais.

Il leva les yeux au ciel.

— Ce n'est pas ce que tu disais hier soir.

Je me levai.

— Je n'étais pas dans mon état normal hier soir.

Il fronça les sourcils en se redressant.

— Qu'est-ce que t'as dit Alexis ?

Je me passais une main sur le visage.

— Rien qui vaille la peine d'être répété. Je suis juste déçue.

Il grogna de frustration comme un gamin de cinq ans à qui on refuse des bonbons et décolla ses mains de ma taille.

— Tu vas passer le voir quand même n'est-ce pas ?

Je ricanai.

— Evidemment.

Il souffla et planta son regard dans le mien.

— Tu es à moi Nix.

Je souris.

— Seulement quand je le veux bien. Et si ça marche dans un sens, ça marche dans l'autre. Souviens-t-en.

Je sortis de la chambre après m'être habillée en quatrième vitesse et rejoignis la chambre de mon meilleur ami avec appréhension.

Il était allongé à plat ventre contre son matelas, le regard dans le vide et ses plaies à l'air libre.

Je me précipitai vers lui en le fusillant du regard, attrapant au passage la trousse de toilette posée sur son bureau.

— Non mais t'es complètement malade ! Tu veux que ça s'infecte ou quoi ?

Il soupira et tourna son regard bleu acier vers moi.

— Tu te soucies de moi maintenant ?

Je lui envoyai une claque sur la nuque en lui jetant un regard noir et me concentrai sur ses plaies alors qu'il poussait un gémissement de douleur.

— Je pense que tu es actuellement très mal placé pour me faire des réflexions.

Il grimaça.

— On est vraiment en train de s'engueuler là ?

Je resserrai ma prise sur son bras.

— Tu as besoin d'un rappel de notre conversation d'hier soir ?

Il soupira.

— Non, c'est bon. Je suis désolé.

J'étais soulagée qu'il s'excuse mais ne le montrai pas. Ce n'était pas assez, mais c'était parfois assez rassurant de savoir qu'il connaissait tout de moi et que je n'avais absolument rien à cacher devant lui.

Sauf...

Je m'appliquai à désinfecter ses plaies, et il serra les dents, poussant quelque fois des geignements de douleur. Je sortis les bandages et commencer à bander ses blessures avec précaution quand il finit par soupirer.

— Je suis désolé. Mais il me rappelle Ian.

Je soufflai et le regardai en me mordant la lèvre.

— Il est tout sauf Ian.

— Qu'en sais-tu ? Tu te souviens de tout ce qu'il t'a fait, avec ton consentement Nix ? On se disputait de la même façon. Tu étais persuadée que tout allait bien.

J'esquissai un sourire triste.

— C'était différent. Kurt n'est pas Ian. Sous des dizaines de points.

Il soupira.

— Je sais. Mais ce mec reste un putain de fils de pute.

Je le foudroyai du regard et ricanai.

— Surveille ton langage. La punition ne t'a pas suffi ? Mais tu as parfaitement raison.

Il rigola et je m'écartai de lui, ayant fini de soigner monsieur l'insolent.

— J'ai du shopping à faire. Ne le provoque pas, je te jure que je ne viendrai pas te soigner.

Il ricana alors que je sortais de la chambre.

— Le contraire me décevrait Nix !

Je levai les yeux au ciel et rejoignis Rachel, prête, habillée, coiffée et bien occupée à galocher Joackim dans la cuisine.

Je me grattai la gorge, et à la deuxième fois, la brune finit par se décoller de son petit ami, essoufflée et les yeux brillants.

Je levai les yeux au ciel.

— Vous avez fini d'échanger vos salives ? Si vous vous faites tuer, vous aurez tellement échangé vos ADN qu'on sera incapables de distinguer l'un de l'autre.

Rachel souffla et déposa un second baiser sur les lèvres de Joackim avant de se tourner vers moi, pétillante d'excitation et exhibant fièrement sa carte black.

— On va dévaliser les boutiques ! Taylor m'a donnée des bonnes adresses pour le cadeau de Kurt.

Je ris.

— On fera un détour par Victoria's Secret.

Elle leva les yeux au ciel alors que je rentrais dans le SUV.

— Non mais vraiment quel cliché, pourquoi toujours Victoria's secret ? Il existe plein d'autres boutiques tu sais....

Je haussai un sourcil interrogateur en démarrant.

— Parce que c'est parfois vulgaire, osé et sexy et que ton frère adore ça ?

Elle grimaça.

— Je hésite entre te dire que tu as totalement raison et que je n'ai aucune envie de savoir quels sont les goûts sexuels de mon frère.

Je ris.

— Lizzie ne t'en a jamais parlé ?

Son regard s'assombrit. Elle remonta la vitre entre le conducteur et nous et abaissa la voix.

— Pourquoi ?

Je fronçai les sourcils.

— Pourquoi quoi ?

— Qu'avait-elle fait ? Pour que tu la tues ?

Je soupirai.

— J'avais à peine seize ans Rachel, ce n'est pas important.

Elle déglutit.

— Si j'ai besoin de savoir.

Je soupirai.

— Elle est rentrée dans un restaurant qui organisait l'anniversaire d'enfants de huit ans et les a tous tués. Ils n'étaient les fils de personnes. N'avaient absolument rien fait. Elle s'ennuyait. Elle voulait que je l'aide à découper les corps.

Rachel fronça les sourcils.

— Que tu l'aides ?

Je souris tristement.

— J'ai été amie avec Lizzie pendant quelques mois.

— Mais comment ?

Je haussai les épaules.

— Je n'ai jamais vraiment su. Je l'ai rencontrée en Russie, mais elle m'avait dit qu'elle venait de Paris. Elle m'avait donné un téléphone pour qu'on reste en contact cette folle. Elle m'avait dit que sa famille était riche. J'avais bientôt seize ans, je n'ai pas cherché plus loin. Je n'ai jamais su qui elle était, jusqu'au dernier moment. Quand je l'ai appris je l'ai tuée. Elle ne savait pas qui j'étais non plus.

Rachel siffla.

— Waouh. Je n'étais pas au courant de tout ça. Je pensais que tu l'avais juste tuée dans un conflit entre les mafias.

Je souris.

— Comment aurais-tu pu le savoir ? Cette histoire est une de celles qui ne seront jamais racontées.

Elle baissa les yeux.

— Et si je finissais comme elle ?

Je secouai la tête.

— Ça n'arrivera pas Rachel. Elle n'avait personne. Tu as Joackim.

Un sourire s'étendit sur ses lèvres.

— Je vais lui dire que je l'aime.

Ça me fit sourire.

— La réalisation a enfin atteint ton cerveau ?

Elle hocha la tête, les yeux brillants.

— Il me fait vibrer quand il me touche. Chaque instant passé avec lui me donne des papillons dans le ventre, et je ne pense plus à rien. Il me donne envie de sourire, et de ne jamais arrêter. Il illumine mon cœur et tout ce que je suis. Je n'arrive même pas à avoir une seule pensée négative quand il est autour de moi. Je le regarde et mon cœur bat plus fort. C'est indescriptible. Je l'aime. C'est trop puissant, ça me donne envie d'arrêter de respirer parfois.

Je grimaçai.

— Tu dégoutes.

Elle rit.

— Je ne savais pas qu'un tel bonheur était possible.

— Pour lui, tu dois te battre.

Elle hocha la tête.

— Les somnifères font bien effet.

— Et tu finiras par me dire comment tu sais qui je suis.

Son sourire vacilla.

— Jamais si c'est possible.

La voiture s'arrêta au même instant, et elle changea aussitôt de sujet en sautant hors du véhicule, pétillante d'excitation.

— À NOUS LES BOUTIQUES !

Nous revînmes quatre heures plus tard, les bras chargés. Rachel avait acheté un *livre* à Kurt, et plusieurs dizaines de petites culottes et autres articles de lingerie pour elle-même, même si elle allait très sûrement les partager avec Joackim dans un futur proche.

Le livre portait sur les différentes manières de tuer insolites auxquelles on ne pensait pas tous les jours. Mais je n'avais jamais vu Kurt lire.

Pour ma part, outre la magnifique nuisette dentelée qui soulignait la courbe de mes fesses et ma chute de reins en moulant parfaitement mes seins et découvrait mon ventre plat, j'avais opté pour un couteau à la lame aiguisée en argent massif et dont le manche était en vrai bois, avec le symbole de sa mafia incrusté sur la lame.

Je sortis de la voiture complètement épuisée et les pieds en bouillis alors que Rachel récupérait du courrier des mains des hommes de Kurt.

Je montai rapidement dans ma chambre et déposai mes sacs au moment même où le criminel sortait de la douche. Un sourire lubrique s'étala sur son visage alors qu'il me regardait.

— Tu n'es pas trop fatiguée j'espère.

Je levais les yeux au ciel, acceptant son baiser mais repoussant ses mains baladeuses avant de m'éloigner de lui.

— Non, mais je veux d'abord manger, avant de me faire une crise d'hypoglycémie. Et je n'ai toujours pas décidé si tu y avais droit.

Il soupira et grogna en me suivant dans les escaliers.

— Tu pourras manger après, t'as passé ta journée en ville, tu aurais pu y penser !

Choquée, je me retournai vers lui en ouvrant la porte du placard pour sortir une bouteille de vodka et un verre.

— Pardon ? Parle-moi autrement ou je te jure que tu ne me toucheras pas. Je mange quand je veux, je n'ai pas à « y penser » pour le plaisir de monsieur.

Il grogna et je vis Rachel arriver d'un œil distrait, ouvrant une lettre et visiblement très concentrée sur sa lecture.

— Ça fait un peu moins de vingt-quatre heures que je n'ai pas baisé, et tu as encore passé dix minutes dans la chambre de ton *ami* ce matin !

— Tu te fous de moi ? T'as bientôt fini avec ta crise de jalousie puérile ? Il serait temps de grandir putain Kurt ! Je ne vais pas me disputer encore et encore avec toi sur le même putain de sujet.

Je remplis mon verre de vodka alors que le criminel s'emportait. Il hurlait maintenant.

— Non le sujet n'est pas putain de réglé ! Il veut te baiser Nix, je le vois dans ses yeux, je le sens, tu t'occupes de lui, tu lui fais des putains de câlins en permanence, même quand je le fouette tu es toujours là à soigner ses blessures comme si tu était sa putain de femme ! Je ne suis pas jaloux, je ne partage pas mes affaires.

Rachel murmura quelque chose.

— TES AFFAIRES ? Essaie de répéter ça un peu pour voir putain ! Je ne suis pas un putain d'objet, je suis un être humain avec des personnes auxquelles je tiens, et Alexis en fait partie. Ça fait des dizaines de fois que je te répète que c'est mon putain de frère à mes yeux comme aux siens, qu'il ne se passera jamais rien entre nous, mais tu sais quoi ? J'en ai rien à foutre que tu me croies ou pas. Tu gueules encore parce que je ne veux pas baiser, et bien bienvenue au vingt-et-unième siècle Kurt Smith. Avec la notion de consentement si je ne veux pas baiser, je ne te baise pas et c'est tout sauf un prétexte pour aller baiser des putes !

Kurt s'apprêta à répliquer mais Rachel le coupa d'une voix tremblante.

— J'ai une infection hépatite.

— Quoi ?

La feuille qu'elle tenait à la main tomba par terre. Elle tremblait.

— Stade avancé. Il n'existe pas de traitements. Je vais mourir.

Et mon verre se brisa sur le sol.

CHAPITRE 44

« Parce que bordel, je ne vis pas dans les ténèbres, elles font partie de moi »

Alexandra Kean

Kurt 12 février 2019

La mort était insaisissable. Incontrôlable. Informe. Irréelle. Immatérielle. Pourtant elle était bien là, omniprésente chaque putain de jour de ma vie depuis que j'avais foutu les pieds sur cette putain de planète.

Mais j'étais censée la contrôler putain. L'avoir attrapée, capturée, et avoir calmée sa putain de rébellion.

Mais je m'étais bien planté.

Ma sœur avait une hépatite B.

Une putain de maladie hépatique, couplée à une putain d'infection.

Un putain de virus, de bactérie, j'en savais foutre rien, qui infiltrait les cellules comme j'infiltrai le gouvernement.

Et il n'y avait aucun remède.

Aucun vaccin.

Aucun moyen de s'en tirer.

Combien de mois ? Les médicaments l'affaibliraient. Les traitements ne feraient que ralentir. Rien ne la guérirait.

Je pouvais pas y croire putain.

Enterrer ma sœur.

La regarder mourir à seulement dix-sept ans, même pas encore dix-huit. Son anniversaire était dans cinq mois putain.

Elle ne pouvait pas mourir.

C'était ma sœur bordel.

Ma *sœur.*

J'avais juré de la protéger contre la Terre entière, conte l'univers s'il le fallait même. De détruire tous ceux qui oseraient poser la main sur elle, de ne jamais laisser quiconque la briser. Et je n'avais même pas été capable de prévoir ça.

J'aurai dû le voir plutôt. Savoir que sa fatigue n'était pas normal. Que son état faible était plus qu'un simple rappel de Lizzie.

L'amener chez le médecin pour une visite de routine.

Ça n'aurait peut-être pas été trop tard.

Ma sœur aurait vécu putain. Les traitements auraient fonctionné.

Je refermai les yeux et serrai la mâchoire avant de vider mon verre de vodka d'un trait. Nix n'avait pas réagi. Elle avait reculé d'un pas. Et elle avait fui, des démons dans les yeux.

Combien de fois avait-elle ressenti ça putain ? Combien de fois avait-elle attendu, pleuré, rêvé, combien de fois s'était-elle écroulée en pleurs devant le corps de quelqu'un qu'elle aimait ?

Parce que ce n'était certainement pas la première fois que quelqu'un lui avait annoncé qu'elle allait mourir, pas la première fois qu'elle était confrontée à la mort.

Alors que putain, aussi risible, ridicule et insensé que ça pouvait paraître, c'était ma première fois.

Oh j'avais tué des milliers de personnes, de la minuscule enfant de quatre ans aux yeux remplis de larmes que j'avais abattue sans sommations sous l'ordre de mon père quand j'avais cinq ans, jusqu'à un traître répugnant brûlé à l'acide dans des caves italiennes.

Mais jamais je n'avais été confronté à la mort de quelqu'un auquel je tenais. Tout simplement parce que Rachel était la seule putain de personne sur cette Terre à compter pour moi.

Avec Nix.

Ma.

Sœur.

Va.

Mourir.

Et je ne pourrais rien y faire.

La rage parcourut mes veines comme un putain de poison, et mon verre alla s'écraser sur le bureau de Nix, brisé.

Ma sœur va mourir.

Cette idée s'infiltra peu à peu dans mon esprit alors que je sentais la haine se déverser en moi.

Ma petite sœur putain.

Rachel Smith.

D'un cri de rage, j'envoyai la chaise se fracasser contre le mur d'en face et attrapai quelques affaires dans le bureau pour les envoyer valser à mesure que je ne sentais plus rien.

Plus rien que cette putain de rage incontrôlable qui se répandait dans mon esprit, avec l'image de ma petite sœur morte et enterrée.

Les poings en sang, je tombai à genoux sur le béton froid et humide de cette putain de cave, le cadavre du chien que je venais de tabasser à quelques mètres de moi.

Ma sœur va mourir.

Cette putain de phrase tournait en boucle dans ma tête, encore, encore et encore comme si d'un seul coup ma sœur allait revenir me voir et m'annonçait que c'était une putain de blague.

Que tout ça n'était qu'une foutue blague.

Mais c'était la putain de réalité, la putain de réalité de merde du monde dans lequel on vivait, rempli de dizaines de milliers d'incapables et de bourreaux sanguinaires de fric. Plus de respect, plus d'honneur, plus cette magnifique et puissante sensation de pouvoir.

Il n'y avait plus que l'envie de sang. L'envie de tuer.

Cette même envie qui me déchirait les entrailles en ce moment même.

Tous les prisonniers présents dans ces caves étaient morts, et putain ce n'était pas suffisant. Je sentais mes tripes se resserrer mes muscles se contracter et ce désir urgent se faire ressentir.

J'ai *besoin* de tuer.

Je planquai mon arme dans ma ceinture, attrapais le premier manteau qui venait et sortis sans demander mon reste, les mains pleines de sang et la haine dans le sang.

Le vent glacé de Paris me fouetta en plein visage alors que je marchais dans les rues à la recherche de la première personne qui me tomberait sous la main. J'en avais putain de rien à foutre qu'on puisse me reconnaître.

Personne ne pourrait jamais m'arrêter.

J'étais tout puissant putain !

Ou je suis censé l'être.

Je sentis un putain de nœud dans ma gorge, un nœud qui m'enserra alors que mes mains se refroidissaient considérablement, en accord avec la température extérieure.

Un sourire sadique étira mes lèvres quand je vis la silhouette d'une joggeuse arriver au loin. Si typique.

Elle n'avait strictement rien fait, elle pouvait tout aussi bien être une putain d'ordure que la dernière sainte nitouche en classe j'en avais strictement rien à foutre. La seule chose que je voulais c'était l'entendre gémir et sangloter, me supplier avant que mon couteau ne traverse son cœur dans un éclat de sang et que ses yeux se vident de vie avoir que son cadavre ne retombe au sol comme une poupée de chiffon.

La seule chose que je voulais c'était ressentir encore et encore cette putain de sensation d'être invincible, ce pouvoir qui me vrillait les veines à m'en faire trembler, un pouvoir qui était totalement impuissant devant une PUTAIN DE MALADIE DE MERDE !

La joggeuse passa devant moi, avec l'attention évidente de m'éviter, mais je fus plus rapide. Ma main attrapa ses cheveux, elle se retourna, le regard luisant de peur et de colère, mais sa force disparut aussitôt qu'elle croisa mes yeux brillants de haine et de sadisme et qu'elle me reconnut.

Elle tenta de reculer, de se soustraire à mon poing, mais un ricanement sortit de ma bouche alors que je la ramenais brutalement vers moi et la forçai à se mettre à genoux. A mes pieds, la tête baissée, là où était la place de cette putain de chienne et de tous les habitants de cette foutu planète de merde qui n'avaient pas encore compris que leur dirigeant c'était moi putain.

J'étais le putain de roi de ce putain de monde. Et ma sœur allait mourir.

Je sortis mon couteau, ma lame rayonna avec les nuages noirs qui s'amassaient au-dessus de nos têtes et ses larmes redoublèrent, alors que tout espoir avait quitté ses prunelles. Ses yeux me suppliaient, me suppliaient vainement de ne pas faire ça, couplé d'arguments idiots, comme si le fait qu'elle puisse être enceinte et mère d'un gosse de treize ans pouvait me faire changer d'avis.

Mais ma lame s'enfonça dans sa carotide, le sang se répandit sur mes mains, un sourire s'étendit sur mes lèvres alors que cette putain de sensation grisante revenait faire bouillir mes veines et que ses yeux s'engloutissaient d'un millier de souvenirs avant de devenir simplement vides.

Complètement et simplement vides.

Un ricanement sadique sortit de mes lèvres alors que son corps tombait dans la souille du trottoir, à quelques centimètres d'une merde de chien.

Je me relevai sans un regard de plus pour cette femme.

Ma haine s'était calmée, pour le moment du moins. Jusqu'à la prochaine fois, jusqu'au prochain massacre, jusqu'à ce que le sang m'appelle de nouveau.

Et une putain d'émotion que je détestais ressentir prit doucement et lentement le pas sur ma rage.

L'impuissance.

Et les bras ballants, face à une caméra complètement inoffensive, en plein milieu des rues de la capitale de France, devant le cadavre d'une innocente, je me rendis soudain compte que ma sœur allait vraiment, vraiment mourir, que ses yeux allaient s'éteindre sans avoir rien vécu et que je ne pourrais rien y faire, peu importe que je dirige le monde ou que mon nom fasse trembler.

Aujourd'hui, et pour la toute première fois de ma vie entière, j'étais complètement impuissant.

Mon verre de vodka était vide. La bouteille aussi. Les trois autres d'avant également. J'avais chaud putain. J'avais putain de chaud.

J'étais torse nu, en jean, allongé sur le putain de lit d'ado de Nix, nicotine et vodka à proximité et les yeux dans le vide quand je l'entendis rentrer. Il était tard, très tard bordel. Je ne savais plus si ça faisait un ou deux jours que Rachel avait balancé sa putain de bombe dans sa putain de cuisine mais j'en avais rien à foutre.

Mon regard se fixa sur elle, et la lueur que je détectais dans ses prunelles me fit trembler.

— Je sais ce que tu ressens Kurt.

Je ricanai sans répondre et m'allumai une cigarette en me levant, la dominant de toute ma hauteur.

— Tu ne sais pas.

Elle déglutit.

— Et comment elle se transmet cette putain de maladie d'abord ?

Elle évita mon regard.

— Par les fluides.

La rage fonça dans mon corps.

— Il mourra dans d'atroces souffrances.

Elle m'arrêta d'une main ferme.

— Non Kurt.

Elle ferma les yeux.

— Joackim a été testé. Toi aussi. Moi aussi. Nous sommes tous négatifs, et ce n'est que par miracle. Ce n'est pas lui qui l'a contaminée.

— Alors qui ?

Elle soupira.

— Le dernier prisonnier qu'elle a torturé était infecté. Elle s'est léché les doigts. Il lui a transmis son hépatite et l'infection qui la rendait mortelle.

Je renversai la commode la plus proche dans un hurlement de rage. C'étaient mes putains de cave qui la tuaient. C'est là que je m'aperçus que Nix n'avait plus ses talons. Elle avait l'air... Fragile. Hésitante. Et elle me regardait sans savoir quoi faire alors que pour la première fois depuis que je la connaissais j'avais l'impression de voir une ancienne elle, comme un portrait surgi du passé.

— Qu'est-ce qu'il y a d'autre Nix ?

— Je...

Elle se tut. Elle voulait dire quelque chose putain, je le savais, rien qu'à la regarder. Mais elle ne savait pas si elle voulait vraiment le faire.

Elle aurait sans doute dû se rappeler que je n'étais pas du genre à attendre. Pas du genre à demander.

— PARLE PUTAIN !

Je la plaquai contre la porte, les yeux luisant de rage, un couteau enfoncé dans la peau de son ventre sur quelques millimètres. Je sentis une goutte de sang perler, et je portai mon doigt à sa bouche pour qu'elle puisse sucer son propre sang.

Elle le fit sans rechigner ses yeux plantés dans les miens alors qu'un sourire froid s'étendait sur mon visage.

Et finalement elle prit une grosse inspiration, me repoussa, se dirigea vers la fenêtre, resta silencieuse et finit par se retourner, les mains tremblantes et les yeux brillants.

— Je connais un moyen de sauver Rachel.

CHAPITRE 45

« Parce que je la reconnaissais seulement quand elle n'était plus elle »

Alexandra Kean

Kurt

« Monsieur, Madame, si vous voulez bien attacher vos ceintures, nous sommes sur le point d'atterrir »

Je ne mouftai pas, le regard fixé sur Nix. L'adolescente hésitante qui m'avait déclamée qu'elle avait un remède il y a à peine vingt-quatre heures avait complètement disparu et je pouvais affirmer que c'était la première fois que je voyais cette Nix-là.

Elle ne m'avait rien dit. Seulement « Je sais comment la sauver. Mais tu dois me faire entièrement confiance et ne poser absolument aucune question ». Et comme le dernier des cons j'avais accepté.

Parce qu'on parlait de ma sœur.

Et parce que c'était Nix.

Mais je ne l'avais jamais vue comme ça. Elle était droite, plus droite que nature, froide et ses yeux lançaient des éclairs dans le vide. Elle n'avait pas touché une seule bouteille d'alcool de tout le voyage, avait revêtu des talons aussi blancs que de la neige et un manteau en fourrure qu'il lui donnait l'allure d'une riche milliardaire.

Elle était sublime, plus sublime que je ne l'avais jamais vue, mais elle semblait glaciale et ses yeux se perdaient constamment dans le vide alors que ses mains ne cessaient de revenir tripoter le médaillon du collier qui reposait dans son décolleté.

Mais elle ne m'avait pas jeté un regard de tout le trajet, et elle avait bien fait. Dès qu'elle m'avait dit de préparer un jet pour la Sibérie, j'avais su que je n'allais pas aimer ce putain de voyage.

Mais c'était pour ma sœur. Uniquement pour ma sœur.

Mais il n'en restait que je partais les yeux bandés. La rousse m'avait expressément ordonné de n'amener aucun de mes hommes, et qu'elle se chargeait de tout. Et même si son air froid, calculateur et dominateur me faisait bander comme un taureau, j'avais une très nette envie de l'égorger, de la traîner dans ma cave et d'exiger des putains de réponses.

Et la seule raison pour laquelle je ne le faisais pas était Rachel. Nix le savait pertinemment.

Je grognai de frustration, quand enfin l'avion se posa sur le sol sibérien. A la minute où je le sentis s'arrêter, je vis la rousse relever la tête, ses yeux briller d'une lueur indétectable et elle rangea son silencieux bien en évidence dans la ceinture de son jean avant de se lever et de me regarder.

Et à ce putain d'instant précis je vis une terreur sans nom dans son regard, bien vite chassée par une détermination froide alors qu'elle m'indiquait de la suivre, comme si j'avais besoin de son autorisation.

Je me levais et sortit à sa suite, enveloppé dans un manteau noir assez chaud pour protéger du froid glaçant du pays, qui m'assaillit dès que je mis un pied hors du jet.

Nix inspira fortement alors qu'une bourrasque de vent secouait ses cheveux, et se tourna vers moi.

— Ne pose pas de questions tu te souviens ?

Je ne répondis rien et la fixais avec intensité alors qu'un SUV apparaissait au loin.

— Ta putain d'idée miracle a intérêt à marcher.

Ce fut à son tour de rester silencieuse, avant de soudainement plaquer ses lèvres sur les miennes. Je ne me fis pas prier et lui répondit avec force en la pressant contre moi avant qu'elle ne me repousse doucement, la respiration saccadée et les yeux brillants.

— Je n'aurai jamais dû revenir ici Kurt. J'ai pas le droit de refoutre les pieds sur ce putain de territoire, pas le droit parce que je vais en faire des cauchemars pendant des semaines si j'arrive à rentrer en vie. Ce putain de pays renferme bien pire que mes cauchemars.

Elle prit une profonde inspiration.

— Il a pris mes rêves avec.

Je ne répondis rien, me contentant de l'embrasser brièvement en la contemplant. Il n'y avait rien à dire. Ce n'était pas nécessaire.

Le SUV s'arrêta devant nous et un homme baraqué et couvert de tatouages, chauve comme un œuf, sortit du véhicule en posant immédiatement un genou à terre.

Il se releva tout de suite après, contempla Nix, et me regarda alors qu'une lueur de surprise passait dans ses yeux. Il reporta son attention sur Nix et parla :

— Madame, nous sommes prêts. Monsieur Smith est-il votre invité ou prisonnier ?

— Mon invité. Sois rapide ou nous sommes morts.

Il hocha la tête alors que je tournais ma tête vers Nix qui pinçait les lèvres.

— Je n'arrive pas à savoir si je hais ou si j'adore ce pays.

Je grognai.

— Personnellement mon choix est fait depuis longtemps. Il fait -20 degrés.

Elle ricana et déglutit en regardant le ciel.

- On ferait mieux d'y aller. On a plusieurs dizaines d'heures de route devant nous.

Je soufflais en grognant.

— Et prendre un aéroport plus près du lieux en question c'était trop demandé ?

— On est en Sibérie, pas aux Etats-Unis.

L'homme démarra avec un regard de jugement, et Nix ne répondit pas, son regard perdu dans le vague.

Je ne savais pas quel était le passé de Nix dans ce foutu pays de merde, mais plus le temps avançait moins j'étais sûr de vouloir le savoir.

Je sentais que la merde allait nous arriver en pleine tête, et vu le regard de la rousse, j'espérais simplement qu'elle serait assez forte pour ne pas s'écrouler.

Kurt 2010

— Kyle !

Je tournai brusquement la tête, une main sur mon flingue avant de me détendre en voyant Rachel avancer vers moi.

— Salut frangine.

Elle grogna et s'installa sur mes genoux sans me laisser le temps de la repousser. Elle observait mon flingue avec curiosité et le sortit de ma ceinture. Je le lui repris aussitôt des mains et elle soupira en me regardant de ses grands yeux noisette.

— Maaaais, laisse-moi jouer !

Je levai les yeux au ciel et déposai un baiser sur son front.

— Oui, mais pas avec ça. Manquerait plus que tu te tues ou que tu tues quelqu'un.

— Bah oui mais papa a pas voulu apporter mes jouets du coup je m'ennuiiiiiiiie.

Je rigolai.

— Brad ne t'en a pas filé en douce ?

Elle grimaça.

— Bradley il est méchant avec moi.

Je fronçai les sourcils.

— Comment ça ?

— Il n'a pas voulu jouer avec moi depuis qu'on est ici et il se moque de moi avec ses copains.

Je souris et serrai le petit corp de Rach' dans mes bras en regardant le paysage.

— C'est normal, il a du travail et il ne peut pas tout faire, ne t'inquiète pas sis.

— Oui mais tout le monde a du travail. Maman me manque.

Je serrai les dents alors qu'elle posait sa tête sur mon épaule en se blottissant contre moi.

— Maman me manque à moi aussi. Mais tu la reverras, je te le promets.

- Brad et papa disent qu'elle est au ciel. Qu'elle l'a méritée. Que je devrais l'être aussi.

Je ricanai.

— Maman est vivante sis.

— C'est vrai ? Bah pourquoi elle n'est pas avec nous ?

— Elle ne peut pas.

Je soupirai en regardant au loin quand Rach' me tira par la manche.

— Tu viens me coucher Kyle ?

Je lui souris.

— Evidemment.

Je la pris dans mes bras et la portai jusqu'à la maison. Il n'y avait personne, que les lumières allumées et les cris étouffés des prisonniers de papa qui résonnaient depuis la cave. Rachel s'endormait lentement sur mon épaule et ne semblait pas s'en soucier, mais je détestais ça.

Qu'elle ait à vivre là-dedans. Mais je n'aurai pas supporté de la mettre loin de moi, comme j'avais fait avec ma mère pour la sauver.

Quand je la déposai dans mon lit, elle dormait déjà à moitié et ne réagit pas quand je la bordais, ni quand j'éteignis la veilleuse. Les cris s'entendaient toujours et pourtant les yeux de Rachel étaient déjà fermés. J'espérai que mon frère n'irait pas la remettre dans la cellule qui lui servait de chambre. J'essayai toujours de l'infiltrer dans la mienne pour qu'elle dorme au chaud.

Je soupirai en refermant la porte de sa chambre quand mon portable sonna et je me figeai avant de me précipiter à l'extérieur.

— Kyle...

Un soulagement évident perçait dans sa voix.

— Maman !

Je l'entendis rigoler à l'autre bout du fil.

— Tu vas bien mon chéri ?

— Je t'ai déjà dit de ne pas m'appeler ton chéri. Oui je vais bien et toi ?

— Tout va bien, Maria est un ange. Elle m'a trouvée quelques criminels à assassiner.

— Je les ai choisis pour toi.

— Ils sont parfaits. Comment va Rachel ?

— Aussi bien qu'une petite fille de dix ans doit aller. J'ai convaincu papa de lui faire venir un professeur particulier, il arrive dans une semaine. Je ne suis pas garanti qu'il reste longtemps, mais j'ai dû massacrer un village pour qu'il accepte.

— Super, c'est super ! Et Brad ? Comment va-t-il ?

Elle déglutit et mon regard s'assombrit alors que je me perdais dans la froide neige de ce putain de pays. Ma mère croyait dur comme fer que le méchant de l'histoire était mon frère. Parce que putain, celui qui me servait de frangin était un fou, un malade mental cruel mais qui n'y connaissait strictement rien dans l'art et la manière de tuer ou de Questionner. Ma mère ne savait pas qu'entre nous deux j'étais celui qui passait le plus de temps à tuer, à faire hurler, et à faire couler le sang, et elle n'avait sûrement pas besoin de le savoir. Parce que Brad était bien pire que ce qu'elle pensait.

— Bien, je crois. On ne se parle pas beaucoup, papa lui envoie beaucoup de missions.

Rectification, c'était à moi qu'il envoyait beaucoup de missions, mais peu importait.

Elle soupira et j'entendis un bruit derrière moi.

— Je dois te laisser.

— Bisous mon chéri.

Je ne perdis pas de temps et raccrochai avant de me retourner. Putain de vent, putain de neige, putain de villa de merde, putain de pays. Putain de vie.

Je vis Brad au loin, ramenant une fille en pleurs et en cris, rigolant avec deux trois potes. La cinquième qu'il violait depuis hier. Il était fou et inconscient. Mais peu importait.

Ce n'était pas lui qui survivrait à la fin.

Mes yeux se perdirent dans la vue.

Non, ce ne serait certainement pas lui le survivant dans toute cette merde.

Ce serait moi.

CHAPITRE 46

« Le feu est éternel, alors cette putain d'incendie que tu as éveillé en moi ne s'éteindra jamais »

Alexandra Kean

Kurt 14 février 2019

Ce pays était un putain de désert glacé qui renfermait les pires ordures du monde depuis la nuit des temps. Je haïssais ce putain de territoire, ainsi que tous ceux qui s'y trouvaient, et cette putain d'envie de tuer parcourait mes veines comme du poison, mais putain je n'arrivai pas à détacher mon regard de Nix.

Fière et le menton relevé elle regardait par la fenêtre sans prononcer un mot, sans baisser une seule fois la tête. Même pour regarder ces messages, c'était son téléphone qu'elle avait élevé à sa portée, et non pas ses yeux qui s'étaient tournés vers le bas.

Elle semblait une autre, une fille glaciale et indestructible à des milliers de kilomètres du fantôme que j'avais rencontré il y avait déjà huit putains de mois.

Bientôt un an.

Et pourtant, elle ne m'avait jamais semblé aussi faible. Ses yeux reflétaient une perfection telle qu'il était impossible de ne pas voir la fracture au milieu, une fracture hantée qui semblait habiter ses yeux comme des démons.

La voiture ne cessait pas de rouler. On ne s'était arrêtés qu'une seule fois depuis onze heures, pour pouvoir se rassasier et requérir à des besoins primaires, et Nix n'avait toujours pas dit un mot, à ceci près que depuis que nous étions remontés, elle n'avait pas lâché ma main.

Je fini par soupirer, pris d'un ennui mortel, après avoir consulté une énième fois mon portable. Rien, il ne se passait strictement rien, tout allait pour le mieux et je m'ennuyai comme un rat mort dans l'habitacle, en bandant comme un taureau.

Mes instincts les plus profonds me dictaient de me jeter sur elle et de la baiser jusqu'à ce qu'on soit trop épuisés pour s'emmerder, mais sa putain de main qui enserrait la mienne m'en dissuadait. J'avais cette espèce de putain d'impression désagréable d'être à côté d'un fragment de cristal. Magnifique, solide et éclatant, mais qui pouvait se briser à tout instant.

Et quelque chose me disait que si je me rapprochais plus d'elle, elle allait craquer, sa fracture allait tomber en ruines, et vu la tension dans ses épaules, c'était sans doute la dernière chose à faire.

Alors je restais simplement là, à la reluquer, l'esprit envahi d'images plus perverses les unes que les autres, une énorme bosse déformant mon pantalon que j'avais bien du mal à contenir, et un ennui mortel m'enserrant les tripes avec ce putain de mauvais pressentiment pour m'accompagner.

La neige tombait à flot, il n'était même plus possible de voir quoique ce soit d'autre qu'une immense étendue de neige infini, et pourtant Nix ne décollait pas son regard de ce « paysage ». Je détestais ça. Je détestais être en territoire ennemi sans rien savoir, sans rien contrôler, sans aucun de mes hommes, sans même qu'elle ne jette un regard sur moi. Et putain pourtant je n'arrivais même pas à être véritablement inquiet.

Je soufflais, quand enfin, le véhicule s'arrêta.

Surpris, je jetai un regard vers Nix et croisai ses prunelles saphir qui semblaient lancer des éclairs de terreur et de détermination sourde.

Un frisson me parcourut mais je restais de marbre en la suivant hors du SUV. Il n'y avait rien, rien à des kilomètres à la ronde, qu'un immense chalet couvert de neige protégé par des murs en pierre et un énorme portail blindé qui se refermait lentement derrière nous.

L'homme qui nous avait conduit sortit, et remit une clé en fer à Nix avant de reprendre le véhicule et de contourner la maison. Voyant mon regard interrogateur sur lui, Nix soupira et reporta son attention sur moi.

— Il va la mettre au garage, sinon elle va geler pendant la nuit. Tu viens ?

Je hochai la tête alors qu'elle ouvrait lentement la porte et remettais la clé dans sa poche. Elle la referma vite derrière nous et je savourai l'air chaud de la maison en fronçant les sourcils, mais encore une fois Nix me répondit avant que je n'eus le temps de poser une question.

— Andreï a chauffé la maison pendant le vol. Ici on sera en sécurité quelques temps, avant de reprendre la route. On ne va pas y aller à l'aveugle.

Je serrai les dents en lui jetant un regard noir.

— Ce serait d'abord pas mal de savoir où on va justement.

Elle me foudroya du regard sans répondre et je dus prendre sur moi pour ne pas me jeter sur elle, à la fois parce qu'elle était putain de bandante, et à la fois parce que je détestais quand elle désobéissait.

Elle franchit l'entrée sans s'arrêter et s'engouffra dans un couloir tapissé de fourrures avant de finalement stopper devant l'une des portes. Elle prit une profonde inspiration, et l'ouvrit avant de rapidement pénétrer à l'intérieur alors que je la suivais.

Je faillis rester immobile tellement je fus frappée. Tout semblait abandonné, il y avait du sang sur le sol qui avait imprégné la totalité de la pièce de son odeur caractéristique, des cadres brisés, des photos si déchirées et en miettes que je ne parvenais même pas à saisir les visages, les meubles étaient brisés, et fracassés dans la totalité de ce qui était un jour une chambre. Et par-dessus tout, cette putain de pièce respirait la haine et la rage par tous les pores. La main de Nix tremblait, bien qu'elle soit restée de marbre, et elle se dirigea vers un coin de la pièce, récupéra le seul dossier intact parmi la montagne complètement déchirée et réduite en miettes avant de ressortir et de refermer la porte derrière elle avec un air d'adieux.

— On ne dormira pas dans cette chambre.

Je ricanai avec sarcasme.

— Je ne m'en serai pas douté.

Elle me jeta un regard noir que je lui renvoyai et se dirigea vers la porte suivante en grommelant.

— Ne t'avises même pas d'aller fouiller où je t'arrache les couilles.

Je ricanai.

— Tu vas voir si tu auras toujours envie de me les arracher mes couilles, dans deux minutes.

Elle tourna un regard surpris vers moi.

- Et pour quelle raison ?

Mes pupilles luisantes de désir durent répondre à sa question parce qu'elle se mordit la lèvre avant de faire la moue.

— Laisse-moi le temps de me déshabiller.

— Je vais te faire oublier.

J'esquissai un sourire en coin en ouvrant la porte de la chambre. Spacieuse, claire, sans décorations personnelle, avec un lit double, un bureau et une commode, tout ce qu'il y avait de plus classique.

Je balançai mon manteau sur le sol et quand je me retournais, Nix était en sous-vêtements, le regard brûlant et toujours en talon. Elle allait se pencher pour les retirer mais je l'interrompis d'une voix rauque.

— Garde-les.

Son regard s'enflamma alors que son soutien-gorge tombait au sol et je pris mon temps pour l'admirer en défaisant ma braguette. Elle s'allongea sur le matelas sans me quitter des yeux.

Un frisson remonta le long de ma colonne vertébrale alors que je laissais tomber mon tee-shirt au sol, un frisson qui me donnait l'impression de ne pas simplement être sur le point de la baiser.

L'impression que c'était bien plus que ça.

Je défis mon boxer et m'approchai d'elle en bandant plus que jamais, la queue tendue et les bourses sur le point d'exploser. Elle se redressa et voulu me prendre dans ses mains mais j'agrippai ses poignets et les serrai pour l'arrêter en lui jetant un regard noir de désir.

— Ne me touche pas. Tes mains au-dessus de ta tête. Jambes écartées.

Ma voix était rauque, ses yeux lançaient des éclairs, mais elle obéit et je grognai de satisfaction en la voyant s'exécuter.

Ses seins étaient magnifiques, et à la seconde où mon doigt toucha la pointe de son téton alors qu'elle ne me quittait pas des yeux une seule seconde, sa peau se recouvrit de chair de poule. Ma queue était gorgée de sang et quand elle se mordit la lèvre, je sus que ce soir elle me sucerait. Peu importe ce qu'elle en dirait, j'avais *besoin* de ses lèvres autour de ma queue.

Je pris son sein à pleine main, le malaxait, mon regard toujours ancré dans le sien, alors que ma main gauche caressait l'intérieur de sa cuisse gauche en s'approchant dangereusement de son intimité. Elle gémit, mais ne tenta pas de croiser les jambes. Elle était naturellement offerte à moi et cette certitude fit gonfler mon désir dans mes veines.

Alors je m'approchai d'elle, elle se redressa ce qui me fit grogner, mais elle ne moufta pas avant de simplement empoigner ma queue dans sa main.

Je gémis en sentant ses doigts se renfermer autour de ma verge, et encore plus quand je vis son regard plein de désir fixé sur mon sexe.

Alors dans une demande rauque, ma main déjà fourrée dans ses cheveux, je formulai la seule chose que je voulais depuis la première fois que j'avais vu ses lèvres.

— Suce-moi.

Son regard me défia, elle s'approcha, m'embrassa et finit par redescendre sur ma queue. Ses lèvres enserrèrent mon gland alors qu'elle relevait les yeux vers moi et je resserrai ma prise dans ses cheveux en grognant de plaisir.

Elle me lécha sur toute ma longueur, sa main enserra mes testicules et elle me prit en bouche alors que je gémissais. C'était si bon putain, que je n'arrivai même pas à la regarder dans les yeux, envahi par le plaisir et le besoin de fourrer ma queue en elle, de lui baiser la bouche. Elle était chaude, humide, et sa langue dansait autour de moi et m'enveloppait, me provoquant des spasmes de plaisir.

Je ne la laissai pas continuer, la tirai violemment par les cheveux, et m'enfonçai dans sa gorge sèchement. Elle me lâcha et me regarda lui baiser la bouche avec de grands yeux qui ne me quittait pas jusqu'à ce qu'elle m'excite tellement que je ne puisse plus tenir.

Je sortis de sa bouche, l'agrippai par les cheveux pour la faire se relever et m'enfonçait en elle sans transition.

Elle poussa un cri de surprise que je bâillonnai en plaquant ma bouche contre la sienne, sentant ses jambes fuselées m'entourer délicieusement et ses talons de dingue se planter dans mon dos.

Je gémis en sentant la totalité de mon corps se couvrir de putain de frisson et ancrai mon regard dans le sien en maintenant ses mains au-dessus de sa tête.

— Je veux t'entendre.

Elle déglutit sévèrement alors que je ressortis presque entièrement d'elle pour me réenfoncer brutalement et profondément.

Je ne lui laissai aucun moment de répit et accélérai immédiatement, dévorant son cou comme un putain de suceur de sang. Sa peau avait un goût salé, et j'en pouvais plus de la lécher et de la mordiller encore comme un sauvage.

Elle me rend fou.

Elle dut avoir un total de trois orgasmes sous mes coups de reins déchaînés sans que jamais je ne m'arrête, quand enfin je me crispai au maximum du plaisir, la queue en convulsion et les muscles bandés, avant de me déverser en elle comme si ma vie en dépendait, et de retomber à ses côtés.

Elle était béate, étendue sur le matelas, et mon dos saignait à cause de ses talons qui s'étaient enfoncés dans ma chair mais je n'en avais rien à foutre.

Son expression de pure satisfaction, plongée dans une bulle où il n'y avait plus aucun démon dans son regard, était une pierre précieuse que jamais, jamais je ne me lasserai de regarder.

Elle tourna ses saphirs vers moi alors que je la couvrais du drap pour la protéger du froid.

— Raconte-moi ton histoire.

Je fronçai les sourcils.

— Mon histoire ?

Elle se redressa sur mon torse.

— Pourquoi tu veux prendre le pouvoir sur le gouvernement américain ?

Je soupirai.

— Pourquoi devrais-je te confier mes secrets quand tu ne m'as jamais confiée les tiens ?

Elle me contempla.

— En t'emmenant ici, je te confie quelque chose que même Alexis ignore.

Je fronçai les sourcils, surpris.

— Je me demandais pourquoi tu lui avais menti sur la raison de notre départ.

Elle soupira.

— Maintenant tu sais. Maintenant raconte-moi.

Je souris.

— D'accord.

Je me raclai la gorge.

— Mon père était chef d'un gang. Ils étaient irresponsables, sauvages, sans but. Des vrais chiens en manque de pouvoir et d'argent. Il avait un meilleur ami. Il avait une femme, ma mère. Mais son meilleur ami l'a trahi. Il a violé ma mère, et a dénoncé le gang de mon père à Interpol. Je ne me souviens plus comment on a réussi à s'en sortir. Ça lui a fait perdre beaucoup d'alliés précieux. Ma mère est tombée enceinte de ce viol. Rachel. Mon père a essayé de les tuer. J'ai réussi à le persuader de garder Rachel. Il a exilé ma mère, et je l'ai mise en sécurité du mieux que je pouvais avec les contacts que j'avais dans le gang. Depuis mes sept ans j'étais le soldat de mon père. C'était mon grand frère à qui il apprenait comment gérer le gang. Je ne valais rien en tant que cadet à ses yeux. J'ai appris à tuer. A torturer. J'ai protégé Rachel de leur mépris, de tous ce qu'ils ont tenté de lui faire. Ils ne voyaient en elle qu'une bâtarde. Mais ce qui me foutait le plus la rage, c'était de savoir que son père biologique, le traitre, le violeur de ma mère, était un putain d'homme politique. L'arrestation de la moitié du gang de mon père l'a fait monté dans les sondages et lui a donné la faveur du public sur la criminalité en Amérique. Ça fait sept ans que Carson Mendes, le père de Rachel est président des Etats-Unis. Je serai sa descente aux enfers.

Elle m'embrassa délicatement, sans rien répondre.

— Merci.

Elle ferma les yeux, inspira profondément, et vint se blottir contre moi, sa tête dans mon cou, sa jambe entre les miennes, sa main dans mon dos et la mienne sur ses fesses.

Et à ce putain d'instant je sus qu'elle mourrait avec moi, ou qu'elle ne mourrait pas.

CHAPITRE 47

" Ensemble"

Kurt 15 février 2019

Je regardai Nix se réveiller en recrachant un long jet de fumée dans l'air, et elle fixa automatiquement son regard sur moi.

— Qu'est-ce qu'on fait aujourd'hui ?

Elle haussa les épaules avant de se mordre la lèvre.

— Rien tant que tu ne m'as pas embrassée.

Je ricanai et m'approchai d'elle, ma cigarette entre mes doigts, agrippai sa cuisse et plaquai mes lèvres contre les siennes. Aussitôt comme par automatisme, elle répondit en tirant sur mes cheveux et glissa sa jambe entre les miennes, avant de finalement se séparer de moi, haletante, les lèvres rougies et les yeux brillants.

— Alors, on fait quoi ?

— Il faut que je regarde la carte pour repérer les routes praticables, et vérifier quelque chose. Ensuite on repartira après avoir mangé, parce que je crève de faim.

— Je vais faire à manger, va faire tes affaires madame la cachottière.

Elle rigola, m'embrassa et se redressa en grimaçant alors que je ricanai. Elle me foudroya du regard mais une étincelle d'amusement naquît dans ses prunelles.

— Arrête de prendre du plaisir à me regarder souffrir espèce de psychopathe.

— Je suis certes un sadique mais certainement pas en matière de sexe, et je suis bien loin d'être aussi dérangé mentalement qu'un putain de psychopathe. Et ne va pas te plaindre d'avoir mal parce si j'étais doux, tu détesterais ça.

Elle rigola en me piquant mon tee-shirt des mains pour l'enfiler.

— Tu es définitivement dérangé Kurt, mais je suis bien la dernière qui ira s'en plaindre.

Je ricanai et la suivis, torse nu dans la salle à manger où nos sacs étaient posés.

J'enfilai un tee-shirt alors qu'elle sortait une immense carte et la posai sur la table en soupirant. Je l'ignorai alors qu'elle semblait chercher des coordonnées, et observai la cuisine en soupirant. Je n'avais pas cuisiné depuis mille siècles, c'était à peine si je me souvenais comment on faisait cuire un œuf.

J'ouvris le frigo et soufflai avant de me tourner vers Nix qui était putain de bandante, penchée sur la table avec son stylo.

— Tu veux manger quoi ?

— Ta queue.

Je levai les yeux au ciel en souriant.

— Plus sérieusement ?

Elle haussa les épaules et attrapa un élastique pour s'attacher les cheveux en soupirant.

— Croque-monsieur ça m'ira.

Je fronçai les sourcils.

— Je n'ai rien compris.

Elle roula des yeux en grognant.

— Espèce d'américain, les croques monsieur c'est la base de la cuisine. Tu mets une tranche de pain, du jambon, du fromage, une tranche de pain, et du fromage par-dessus. Quinze minutes au four, cent quatre-vingts degrés et tu dégustes. Fais-m 'en deux.

Je levai les yeux au ciel en allumant la stéréo avant de la connecter à mon portable pour mettre un peu d'ambiance. La voix de Bryce Fox déchira l'ambiance alors que je sortais les « ingrédients » du frigo et Nix releva la tête en fronçant les sourcils.

— Tu veux me péter les oreilles avec ta merde là ? Mets-moi plutôt.

Je ricanai.

— Fais un concert je t'en prie.

Elle me défia du regard et se redressa, stylo en main.

— Vas-y, choisis n'importe lequel de mes sons en karaoké je t'en prie.

Je ricanai et tapai son nom de scène dans la barre de recherche, avant de faire défiler les chansons et de choisir l'une des plus anciennes.

Nix releva la tête en entendant l'acoustique et me fusilla du regard.

— Prendre une plus récente c'était trop demandé ?

Je ricanai.

— Pourquoi, tu te souviens plus des paroles ?

Elle grommela en faisant passer ses cheveux sur son autre épaule.

— Justement, je m'en souviens trop.

Un gros coup de basse résonna, et elle ferma les yeux avant que sa voix ne résonne dans la pièce.

Elle ferma les yeux et sa voix s'éleva dans un mélange de pop et de rock envoûtant. Bientôt, sa voix s'éteignit et elle ricana en me regardant alors que je plissai les yeux.

— Quand est-ce que tu as chanté cette chanson ?

— Quelques semaines avant mes seize ans.

Je n'ajoutai rien et ris en tentant de m'imaginer comment était Nix en adolescente. Je ne me l'imaginai pas. C'était comme si elle avait toujours été adulte dans ma tête.

Elle se repencha sur sa carte en se mordant la lèvre alors que j'enfournai les fameux « croque-monsieur » avant de m'approcher d'elle. Elle écrivait des séries de coordonnées sans aucun rapport logique évident entre eux et couvrait la carte de croix.

— Tu y arrives ?

— Très bien.

Elle fit soudain un rapide calcul sur sa feuille avant de prendre un stylo noir, de faire une croix finale sur la carte et de se redresser.

— Bien. Je n'ai plus qu'une chose à vérifier et on pou...

La sonnerie d'une notification sur son téléphone l'interrompit et elle blêmit soudainement en levant sa tête vers moi.

— On risque d'être retardés.

Son regard s'était durci. Je connaissais cette putain de lueur. Et je savais exactement ce qu'elle voulait à ce moment précis.

Tuer. Eradiquer. Eliminer tous ceux qui osaient se mettre en travers de son chemin.

Un sourire sadique étira mes lèvres alors que je sentais déjà un bon combat se profiler.

Elle leva son regard vers moi.

— Des mercenaires ont suivis notre trace.

— Qui sont-ils ? Comment ont-ils fait ?

Elle ne répondit pas mais saisit son arme.

— On va les massacrer.

Je ricanai en me penchant vers elle.

— Tu as besoin d'une armée ma belle ?

Elle sourit.

— Ici, j'ai déjà la mienne fils de chien. Va enfiler quelque chose de plus chaud si tu ne veux pas te congeler quand on va sortir. Ce n'est pas avec nos gros SUV de route qu'on ira quelque part ici en pleine tempête.

Je fronçai les sourcils.

— Comment veux-tu y aller ?

— A cheval Kurt.

— On n'est plus au Moyen-Age. Il existe des motos neige.

Elle ricana.

— Pour se faire repérer bien avant d'arriver ?

Elle sortit de la pièce et je jetai un coup d'œil à la carte. L'emplacement du fameux lieu était complètement paumé en plein désert glacial sans aucune habitation à des kilomètres.

Je soupirai d'avance, mais me repris bien vite en pensant au sang qui allait couler d'ici quelques heures.

On allait bien s'amuser.

Je sortis un pull de mon sac et l'enfilai rapidement avant d'échanger mes chaussures par des bottes plus confortables, et bien plus pratiques pour tuer des gens dans la neige. Je sentais déjà cette putain d'envie malsaine commencer à parcourir mes veines, mais je ne tentais pas de la contrôler. Pour la simple raison que c'était complètement vain, et que *j'adorais* cette sensation.

J'enfilai mon manteau après avoir planqué pas moins d'une vingtaine d'armes différentes dans mes vêtements, quand Nix sortit de la pièce, et je me figeai.

Des bottes à talons noirs extrêmement hauts qui lui arrivaient au milieu du genou, contrastaient avec ses vêtements et son sublime manteau en fourrure blanche. Un blason apparaissait sur le côté droit. Un blason en tout point identique à son tatouage.

Putain de bordel de merde mais qui est Nix Johnson ?

Elle leva la tête vers moi. Ses yeux étaient plantés dans les miens, un silencieux à la main et quatre couteaux coincés dans son jean, lançant des éclairs de ses saphirs.

— Tu es prêt Kurt ?

Je souris en jetant un regard vers un miroir à proximité.

Un putain de roi et une putain de reine.

— Plus que prêt.

A croire qu'on était fait pour être ensemble.

CHAPITRE 48

"Parce qu'entre elle et moi, il y avait nous"

Alexandra Kean

Kurt

L'air était glacial, et un putain de vent gelé soufflait sur nous mais je ne mouftais pas. Le froid n'était pas, et ne serait jamais une de mes faiblesses.

Nix était immobile, droite et les mains serrées dans la crinière du putain de cheval de merde. Je n'arrivai même pas à croire qu'elle m'avait vraiment fait monter sur ça, mais rien que la perspective de l'image que l'on donnait me faisait trembler d'adrénaline et d'excitation malsaine.

J'avais une putain d'envie de tuer, et un immense champ de bataille m'attendait. Deux hommes sur deux chevaux de traits à la robe beige nous encadraient tout en prenant soin de rester en retrait. Mon...poney était noir, et celui de Nix était blanc, comme une mauvaise blague.

Cela faisait quatre heures que nous chevauchions dans cette putain de neige, ce putain de temps de merde et je n'avais toujours pas vu l'ombre d'un ennemi quand Nix s'arrêta soudainement et se retourna vers l'homme à sa gauche.

— Ils arrivent ?

— Oui.

Elle hocha la tête et tourna son regard vers moi.

— Les mercenaires sont à un kilomètre.

Je ricanai en regardant autour de nous.

— Et elle est où ta putain d'armée ?

Elle esquissa un sourire en coin avant de désigner le vide derrière moi d'un geste du menton.

— Admire fils de chien.

Je tournai la tête et me figeai. Je ne saurai compter le nombre exact d'hommes qui avançaient vers nous, *à pied.* Peut-être, à la louche, cinq mille hommes, tous vêtus de noirs et de manteau impressionnants qui arboraient une tête de tigre d'où sortait un immense serpent. Le tatouage de Nix. Je compris que les hommes qui la protégeaient à Paris venaient d'ici.

Putain mais qui était cette nana bordel ?

Elle avança son cheval à côté du mien alors que les hommes arrivaient en masse par la droite, nous encadrant sans jamais passer devant nous. L'homme à leur tête fit un signe de tête à Nix et je vis l'émotion dans ses yeux quand elle y répondit.

Elle tourna la tête vers moi, et je me sentis honorée.

L'excitation se répandit dans mes veines, à mesure qu'on mon impatience de tuer montait. De sentir ce putain de pouvoir se démultiplier, de voir les regards tueurs se teinter de désespoir et les âmes quitter les corps.

Je gonflai ma poitrine et reportai mon attention sur l'homme qui s'était relevé. Il me regarda, regarda Nix et s'adressa à nous dans un anglais approximatif à l'accent très prononcé.

— Ils sont deux cents. Ils savaient que vous viendriez avec des renforts, mais ils n'avaient pas prévu que vous seriez autant. Pour autant, ils ne connaissent pas notre nombre, ni que nous sommes supérieurs. Eux, n'ont pas d'espion chez nous.

Un sourire amusé naquît au coin de ses lèvres et je tournai mon regard vers Nix.

— Et combien d'espions avons-nous ?

Elle me répondit en reportant son attention sur l'informateur.

— Ce sont des mercenaires. Leur bras droit est avec nous pour seulement un million de plus.

Je haussai un sourcil.

— Et tu n'as pas fait en sorte d'empêcher cette bataille ?

Elle haussa un sourcil sarcastique et je compris aussitôt avant de ricaner.

— J'ai envie de relâcher la pression.

— T'es inconsciente.

— Dixit celui qui tue des joggeuses innocentes en pleine rue.

Je ne cherchai même pas à comprendre comment elle le savait. Elle avait fini de m'étonner.

— Et si certains des nôtres meurent pour ton caprice?

Elle rigola, et l'informateur ne s'en gêna pas non plus, mais le regard glacial que je lui envoyai le fit taire aussitôt.

— Ces missionnaires doivent être punis. Ils se sont aventurés dans un territoire qui n'est pas le leur. Et je peux te garantir qu'aucun d'eux ne fera de victimes.

— Et à qui est ce territoire ?

Elle me dévisagea comme si la réponse était évidente. *À elle.*

Je plissai les yeux et grommelai. J'avais l'impression qu'elle avait dit « protecteur » comme s'il y avait une majuscule au début du mot, et c'était franchement extrêmement étrange.

— Je t'expliquerai peut-être un jour Kurt.

Je roulai des yeux mais n'ajoutai rien. Le point positif étant qu'elle ne disait plus « tu sauras quand je serai morte ». Qu'est-ce qui avait changé ? Je n'en avais aucune idée, la seule chose qui me revenait en tête c'était qu'elle était persuadée que j'allais la tuer bientôt. Alors quand comptait-elle m'avouer tous ses secrets ? Serai-je vraiment capable de la tuer sans avoir rien à foutre quand je les apprendrai ?

Même si putain, je ne voyais absolument pas comment ça pourrait se produire. Rien que penser à son corps sans vie me donner envie de massacrer des nations, alors la tuer de mes mains...

Je secouai la tête en pinçant les lèvres pour chasser ces putains d'image de ma tête, quand un énorme bruit résonna.

— Qu'est-ce que c'est que cette merde ?

Elle sourit de toutes ses dents.

— On les réveille. Histoire qu'ils paniquent, commencent à se préparer dans tous les sens, mais ils n'auront pas le temps de prendre un flingue en main que mes couteaux leur trancheront déjà la gorge. On y va ?

Un sourire sadique s'étendit sur mes lèvres et je hochai la tête alors qu'une putain d'adrénaline se déversait dans mes veines.

En quelques minutes, nous rejoignîmes le camp que ces mercenaires avaient établi.

Arrivés devant les barrières de fer qu'ils avaient érigé à la va-vite, je descendis de ce putain de poney en même temps que Nix et attrapai mon flingue dans ma main droite, et trois couteaux dans ma main gauche.

Les barrières tombèrent et des hurlement résonnèrent aussitôt alors qu'un putain de sourire s'étendait sur mon visage. Ce son était l'équivalent de l'enfer, et l'enfer était ma version personnelle du paradis.

On allait s'amuser.

Mon couteau rentra dans la poitrine d'un mec que je ne pris même pas le temps d'examiner, alors que le sang me giclait déjà au visage et que je sentais mon sang bouillir de cette puissance dé-mesurable.

Je pouvais tuer.

Je *voulais* tuer.

J'aimais tuer.

Et voir ce putain de sang couler sur mes mains alors que mes lames entraient en contact avec des dizaines de gorges et d'abdomens à la suite, sans même que je n'arrive à les différencier, ne faisaient que me rendre encore plus accro.

Le pouvoir me gonflait les entrailles alors que je m'aventurais seul dans un des quartiers du camp, empli de panique mais qui n'avait pas encore été envahi.

Alors quand ces putains de mercenaires de merde m'aperçurent, certains le visage couvert de terreur, d'autres empreints d'une détermination louable mais veine et folle, ils coururent vers moi alors que je souriais de plus belle, le visage couvert de sang.

Que des putains de chiens à tuer.

Que des putains de cœur à transpercer.

Que du putain de sang à récolter.

Que des putains de vie à arracher.

Et je me fis plaisir, enfonçant ma lame couverte de pourpre dans tout ce que je pouvais, évitant leur coups avec habileté, parce que putain ils n'étaient rien face à moi. Des tueurs à gage de merde qui avait pensé avoir les couilles pour s'attaquer à Nix étaient strictement et délicieusement impuissants face au mec le plus puissant de la terre.

Moi.

Cette pensée me donna une seconde bouffée de désir encore plus violente que la première, et je pris plaisir à tourner ma dague dans la poitrine de l'homme que je venais de poignarder pour être sûr qu'il souffre dix fois plus avant que l'image de Nix ne m'apparaisse d'un seul coup.

Et je me mis à bander putain, au fin fond de la Sibérie, la main dans les entrailles d'un homme et couvert de sang, je bandais comme un taureau rien qu'aux souvenirs de sa pipe d'hier soir.

J'inspirai profondément en débarquant dans la plus grande tente de celles qui étaient là, pour voir un mec me regarder avec détermination, quatre couteaux en main.

Une détermination qui disparut à la seconde où il me reconnaissait.

Il blêmit, recula d'un pas alors que je léchais mes doigts couverts de sang en le regardant d'un air narquois. Le goût de fer n'était pas particulièrement plaisant mais avoir l'air d'un psychopathe cruel et timbré était une image bandante.

Moins que celle de Nix, mais bandante tout de même.

Son regard se durcit et je haussai un sourcil alors qu'il fonçait sur moi.

Je me demande s'il a des problèmes psychologiques, il aurait pu choisir un autre moment pour se suicider franchement.

Mon couteau rentra dans son ventre, je le tournai trois, quatre fois dans ses entrailles dans un petit geignement de peau et de sang alors qu'il s'écroulait au sol quand je sentis Nix arriver derrière moi.

— Bordel, fils de chien, le chef m'appartenait !

Je tournai mon regard vers elle et souris.

— Il n'est pas mort.

Elle haussa un sourcil et s'approcha. Elle était complètement couverte de sang, ce qui tranchait merveilleusement bien avec son manteau blanc, et je bandais deux fois plus.

Cette femme, en talons, couverte de sang, avec un sourire de satisfaction et un air de reine, quel mec ne banderait pas putain ?

Elle sourit, sortit un de ses couteaux qui n'avaient pas été utilisé et regarda le mec avec un faux sourire.

— Mon territoire. Mes affaires. Vos vies.

Et le couteau s'enfonça dans sa poitrine.

Elle se releva, satisfaite et nous sortîmes de la tente alors qu'il commençait à neiger à gros flocons. Comme si cette putain de nature avait ironiquement décidé de laver sa terre tâché de vermeil en la recouvrant de pureté blanche.

Nix se retourna vers moi en se passant une main dans ses cheveux.

— Tu bandes en tuant ?

— Dis-moi ce qui fout plus la trique, voir la vie quitter tes victimes dans un sanglot de prière vaine, ou toi en train de tuer ?

Elle secoua la tête en souriant.

— T'es vraiment pas possible putain.

Je l'embrassai pour toute réponse alors qu'elle se collait contre moi.

Exactement ce dont j'étais en train de parler.

Elle et moi couverts de sang en train de s'embrasser sous la neige, comment pourrais-je ne pas bander ?

CHAPITRE 49

« Tu respires pour nous deux, parce que putain je sens plus mes poumons »

Alexandra Kean

Kurt 15 février 2019

Je nettoyai mes armes en soupirant de bien-être tout en faisant abstraction de Nix. Elle avait enlevé ses talons, son manteau et son pull et était maintenant en soutien-gorge, complètement allongée dans le SUV, sa tête posée sur mes genoux.

Non pas que ça me déplaisait, bien au contraire, mais j'avais une folle envie de la plaquer contre les sièges pour la baiser jusqu'à en oublier mon nom alors qu'elle dormait et que j'étais censé nettoyer mes armes.

Je posais mon couteau à côté de moi en soupirant et passai ma main dans ses cheveux. Nous avions pu passer dans un espèce de refuge à la vitesse de l'éclair, suffisant pour nous nettoyer du sang et nous changer, avant de repartir en voiture cette fois-ci vers ce qui devait sauver Rachel.

Elle s'était tortillée de stress pendant tout le début du trajet en regardant son téléphone toutes les secondes, avant de finalement se détendre à l'arrivée d'une notification et de s'endormir sur moi.

Toute son espèce de carcasse de tueuse sanguinaire avait disparu, même si j'en avais extrêmement bien profité sous la douche, et elle semblait plus fragile que jamais, le visage vide de tout cauchemar, et c'était sans aucun doute l'une des images les plus étranges qui m'avaient jamais été donné de voir.

Je soupirai et reposai ma vingtième arme sur le tas de la banquette d'en face en m'étirant au moment même où Nix se réveilla.

Elle m'observa un instant et fronça les sourcils avant de secouer la tête et de regarde avec envie la bouteille de vodka que j'avais dans la main.

— Putain...

Elle se frotta les yeux et s'installa sur mes genoux sous mon regard ébahi. Il y a quelques mois, je l'aurai repoussée mais sa tête ne me disait rien de bon.

— Cauchemar ?

Elle grogna.

— Pire, rêve.

Je fronçai les sourcils sans comprendre mais ne cherchais pas plus loin. Elle avait fini de m'épuiser.

— On est encore loin ?

— C'est à moi que tu demandes ça ?

Elle ricana.

— Tu sais où on va, tu as vu la carte.

Je soupirai avec un sourire de satisfaction.

— Il nous reste dix heures.

— Dix heures... Putain... Je te jure que Rachel n'a pas intérêt à mourir avant qu'on soit revenus parce que sinon je la ramène d'entre les morts pour la tuer à nouveau.

Je me rembrunis en me rappelant que ma petite sœur était allongée sur un lit d'hôpital en train de subir une batterie d'examens. Elle s'était évanouie hier soir, et Joackim l'avait aussitôt transportée aux urgences de la Mafia les plus proches.

Le remède miracle que Nix sortait de nulle part avait intérêt à marcher où je massacrerai ce putain de monde à feu et à sang.

Nix se blottit contre moi, son dos contre la portière et sa tête dans mon cou après avoir enfilé un pull et bâilla.

— Tu es sûre que ça fonctionnera ?

Elle hocha la tête.

Je soupirai.

— J'ai hâte de voir à quoi ça se ressemble.

Elle grimaça et je compris.

— Je ne pourrai pas te suivre dans ce fameux endroit alors...

Un petit sourire s'étendit sur son visage alors qu'elle me regardait.

— Non. Tu attendras à l'extérieur.

— Qu'est-ce que c'est exactement ? Pourquoi tant de mystère ?

— C'est mon secret Kurt.

Les dix heures suivantes passèrent plutôt rapidement, même si la faim me tiraillait. Les maigres sandwichs qu'on avait mangés étaient bien loin de me rassasier, même si Nix m'avait donné le sien.

Son état de stress s'était dégradé de façon conséquente durant tout le reste du trajet, et elle semblait à deux doigts de vomir ses tripes quand la voiture s'arrêta. Du fait des vitres teintés et de la neige qui tombait à flots dehors, je ne voyais absolument rien, mais quand Nix enfila son manteau et détacha son collier je sus que nous étions arrivés.

Elle me regarda et m'embrassa d'un seul coup avant de se détacher comme si rien ne s'était passé et nous sortîmes du véhicule. Je fronçai les sourcils en voyant un simple bunker se dresser devant nous, alors que le chauffeur sortait également du SUV.

Il s'agenouilla, mais uniquement devant Nix, avant de se relever et de me regarder.

— Monsieur a l'honneur de pouvoir attendre dans l'entrée mais qu'il n'ose pas tenter de pénétrer les lieux sans l'accord de la gardienne sinon il ne repartira pas d'ici vivant.

La gardienne ? Je regardai Nix avec une vive incompréhension et elle haussa les épaules avant d'avancer vers le bunker. Elle appuya sur une des pierres et comme dans un putain de film à la con, un détecteur rétinien apparut.

Il analysa son œil, et d'un seul coup le béton bougea alors que je m'apercevais qu'il y avait une putain de porte en béton invisible à l'œil nu. Nix l'ouvrit difficilement et me fit signe de la suivre alors que l'homme refermait derrière nous.

Je serrai les dents et regardai autour de moi en frissonnant. La pièce grouillait de machines toutes plus impressionnantes les unes que les autres alors que Nix s'en approchait en soupirant.

Elle me désigna du menton quelques fauteuils dans un coin qui détonaient furieusement avec le reste, mais je ne protestai pas et m'assis.

Elle plaqua sa main contre ce qui ressemblait à un détecteur d'empreintes et la machine l'analysa quelques secondes avant qu'une putain de voix de robot ne résonne dans la pièce.

— Bienvenue mademoiselle Kryan. Veuillez entrer les informations requises. Souhaitez-vous enclencher le monde confidentialité pour votre invité ?

Je fusillai Nix du regard alors qu'elle appuyait sur « *oui* ». Et comment cette foutue machine savait que j'étais là d'abord ? *Et pourquoi l'appelait-elle Kryan ?*

C'était quoi ce putain de bordel ?

Je respirai profondément pour me calmer et ne pas me jeter sur elle, à la fois pour la torturer et la baiser, en continuant de l'observer. Elle rentrait pleins de trucs que je ne parvenais pas à voir, avant de tourner sa tête vers moi alors que la machine travaillait.

— Il y a un capteur de présence, des détecteurs de mouvements, des thermo capteurs, et un détecteur de poids sur le siège.

— Et comment tu sais tout ça ?

— C'est moi qui les aie installés.

Je haussai un sourcil.

— Même la machine bizarre là ?

Elle rigola.

— Sois heureux que la machine soit là, parce que sinon nous n'aurions peut-être pas pu sauver ta sœur.

— Ma sœur n'est pas encore sauvée, et je n'ai pas la moindre idée de comment tu comptes t'y prendre alors permets-moi de rester sceptique. J'ai l'impression de me retrouver dans une putain saga fantastique ou de je ne sais quelle science-fiction à deux balles.

Elle ricana.

— Je t'assure Kurt, c'est bien réel et ça n'a rien de magique.

La porte blindée au fond de la salle s'ouvrit. Elle soupira et m'embrassa avant de franchir la porte sans dire un mot de plus.

Super, maintenant je suis coincée avec un espèce de machine parlante dans une pièce qui sait si je me gratte les couilles ou pas, pendant que Mademoiselle Johnson, ou Kryan on s'y perds, fait ses petites affaires.

Ne pas la torturer à notre retour risquait d'être compliqué. Elle me devait une putain de pipe.

Pourtant, elle ne resta pas longtemps enfermée derrière cette putain de porte. Elle réapparut à peine vingt minutes plus tard, les joues couvertes de larme et deux flacons en main. Ils refermaient une substance turquoise qui semblait presque luire et je levai mon regard vers elle en me levant.

Ses yeux étaient fissurés, hantés comme je ne les avais jamais vus et je me demandai à quoi elle avait été confrontée derrière cette putain de porte, mais son regard me dissuada de poser la question.

Même si j'aurai putain de tout donné pour savoir qui lui avait fait ça, et le détruire jusqu'à ce qu'il préfère être brulé vif tout le restant de sa vie plutôt que de rester avec moi.

Mais je ne savais même pas ce qui lui était arrivé.

Je pris une profonde inspiration et vis ses mains trembler. Je lui pris aussitôt les flacons des mains et elle ne protesta pas alors qu'elle poussait la porte pour ressortir et que la machine s'éteignait lentement derrière nous.

L'homme récupéra les flacons, les plaça dans une pochette qu'il posa sur la banquette du SUV en face de nous, referma la portière et démarra.

Nix me regarda, regarda la vitre alors que je me rapprochais d'elle et la forçais à me regarder. Toute sa carapace semblait avoir complètement disparu, et un très bref moment je pensai me servir de cette faille pour obtenir des réponses, mais cette pensée s'évanouit en même temps que la rousse s'effondrait en larmes dans mes bras.

Et à cet instant, je sus que je ne l'adorais pas.

CHAPITRE 50

« Tu devenais enfin tout pour moi et puis plus rien »

Alexandra Kean

Kurt 16 février 2019

Nix dans mes bras complètement endormie, je sortis de l'avion en soupirant de soulagement. Paris était putain de chaud après avoir passé une semaine en Sibérie, et franchement retrouver ce putain de pays me faisait du bien.

Je l'installai dans le SUV à côté de moi en soupirant de soulagement. Mes hommes, mon territoire, mon pouvoir et ma sœur est sauvée.

Putain de merde je n'y croyais plus.

J'observai Nix sans la quitter du regard une seule seconde sur le trajet de l'hôpital. Elle était sublime, et je ne m'étais pas gêné pour le lui répéter pendant les quatre heures de vol, à coups de reins. Elle s'était endormie une dizaine de minutes avant l'atterrissage et j'avais dû l'habiller par moi-même ce qui m'avait pratiquement redonné la trique, mais la perspective de ma sœur dans un lit d'hôpital l'avait aussitôt calmée.

Je la réveillai légèrement alors qu'on approchait de l'établissement et elle cligna des yeux en grognant avant de se redresser et de se séparer de moi.

— On est déjà arrivés ?

Je hochai la tête et elle grimaça en se relevant alors que je lui tendais une bouteille de vodka. Elle en but la moitié d'un trait, tellement que je crus qu'elle allait s'étouffer et me regarda.

— Y aller moins fort ne t'a pas traversé l'esprit ?

Je rigolai et l'embrassai sur le front.

— Avec tout ce que tu me caches, même pas en rêve.

Elle soupira en grimaçant.

— On va dire que tu as eu la décence de parvenir à me rhabiller aussi bien que tu me déshabilles.

Je souris et elle en fit de même en se rendant compte de ce qu'elle venait de dire alors que le véhicule s'arrêtait devant l'immense hôpital. Mon hôpital. Ma poitrine se gonfla de pouvoir alors que Nix ricanait derrière moi en sortant du SUV.

— Tu es content d'avoir retrouvé ton territoire petit Kurt ?

— Très.

Elle ricana et saisit la mallette qui contenait les flacons en bâillant.

— Pourquoi tu as pris deux flacons ?

Elle me jeta un regard amusé.

— Tu as mis du temps à t'en rendre compte. Il y en a un pour toi.

Je fronçai les sourcils.

— Je ne suis pas malade.

— Viens qu'on examine tes poumons et ton foie... Et même si tu n'es pas malade, ça ne fait rien. Ça reste dans ton organisme à vie ce truc.

Je plissai les yeux en comprenant.

— C'est ce qui fait que ton foie est intact alors que tu aurais dû te taper un AVC depuis longtemps.

Elle ricana.

— Un AVC je ne sais pas, mais oui. Et comme ça, ça t'évitera à toi aussi de mourir je ne sais quelle putain de maladie déclenchée par l'excès d'alcool et de nicotine.

— Et pourquoi ce putain de truc miracle n'est-il pas commercialisé dans le monde entier ?

Elle me fit un sourire hypocrite et je sus que c'était tout ce qu'elle me dirait.

— Je vais te fesser ce soir putain.

Elle haussa les sourcils avant de ricaner.

— Premièrement je ne suis absolument pas une adepte de masochisme, deuxièmement, essaie juste de lever la main sur moi, même dans le cadre d'un putain de jeu sexuel et je t'arrache les couilles.

— Pourtant il me semblait que tu les aimais bien tout à l'heure.

Elle rigola et me jeta un regard brillant d'une lueur de désir que je lui rendis en nous engouffrant dans l'hôpital.

Ma sœur était dans la chambre la plus luxueuse de ce foutu établissement, gardée par pas moins d'une vingtaine de gardes et seuls les patients dans l'état les plus critiques avaient été autorisés à rester au même étage. Il était hors de question que n'importe lequel de mes ennemis, bien que personne ne soit au courant de son existence, puisse profiter de la faiblesse de ma sœur et de mon absence pour l'attaquer.

Les soldats se contentèrent de baisser la tête devant moi alors que Nix me suivait en tenant la mallette contre elle, fusillant du regard tous ceux qui osaient la regarder.

Quand je franchis la porte de sa chambre, Joackim baissa la tête et sortit alors que Rachel souriait en nous regardant. Elle se redressa sur les oreillers alors que je me retenais de grimacer. Elle était pâle comme la mort, et avait un de ces espèces de tuyau sous le nez pour l'aider à respirer. L'air puait le désinfectant et la mort et elle avait des cernes bleues et profondes.

L'infirmière qui était dans la pièce baissa les yeux et s'apprêta à sortir à son tour pour nous laisser seuls, mais Nix la stoppa.

— Vous, vous restez là.

Elle ne protesta pas et obéit alors que je reportai mon attention sur ma sœur

— Ça va ?

Elle ricana et se laissa aller contre moi en regardant Nix, sans répondre.

— Qu'est-ce que vous faisiez ? J'ai bien cru que vous ne viendriez jamais. J'ai cru halluciner quand Alexis m'a dit que vous étiez partis.

— Alexis ?

Je fronçais les sourcils en la regardant. Ma sœur fréquentait beaucoup trop de garçons à mon goût. Surtout ce mec. S'il se tapait à la fois ma compagne et ma sœur il allait entendre parler de moi. *Encore.*

Ma compagne ?

Cette putain de pensée m'avait traversé l'esprit comme une évidence et je soupirai en jetant un bref regard à Nix qui observait Rachel sans rien dire.

Ma putain de compagne, il n'y avait pas d'autres mots. Ma sœur haussa les épaules.

— On s'est croisés c'est tout.

Si elle pensait que je savais repérer quand un des plus grands lieutenants russes me mentaient, mais pas quand ma petite sœur le faisait, elle se trompait lourdement. Mais je choisis de ne rien dire, pour le moment.

— Alors vous étiez où ?

— On était parti te sauver la vie Rach, arrête de râler. Vous là, allez me chercher deux seringues stérilisées merci.

L'infirmière obéit au quart de tour alors que Rachel regardait Nix sans comprendre.

— Il n'existe pas de traitement Nix.

Nix ricana.

— Et comme dit ton frère, je devrais avoir eu un AVC et des centaines de problèmes de fois. Allez tends ton bras.

Rachel s'exécuta sans comprendre alors que Nix ouvrait la mallette et que l'infirmière revenait. Elle ne tremblait pas, et remplit les deux seringues sans broncher avant de demander d'une voix empreinte de respect :

— Qui dois-je piquer en premier Monsieur ?

— Ma sœur.

Elle s'avança, appliqua un produit sur l'intérieur de son bras et la piqua tout doucement alors que Rachel la regardait faire en fronçant les sourcils.

Elle retira la seringue toujours en douceur, sourit à ma sœur et se tourna vers moi, le regard baissé, en prenant la seconde seringue sans faire aucune remarque. Je lui tendis mon bras, et elle me piqua avec les mêmes précautions tout en veillant toutefois à me toucher le moins possible, les mains fermes et ses gestes assurés.

Elle ne parla qu'une fois pour me demander si un pansement était nécessaire. Je le refusai, il ne manquerait plus que je me balade avec un putain de tissu sur le bras à cause d'une malheureuse piqure.

Elle allait sortir de la pièce mais je l'interpellai.

— Mademoiselle !

Elle se retourna et pâlit mais n'en montra rien ce qui me conforta dans ma décision.

— Quel est votre nom ?

— Julie Laraud, Monsieur.

— Vous serez décorée et monterez de deux grades dans le personnel pour vos soins.

Ses yeux s'écarquillèrent et je pus voir une lueur d'excitation s'allumer dans ses prunelles mais elle se contint et se contenta de baisser la tête pour me remercier en sortant de la pièce.

Rachel plissa les yeux et se redressa.

— Je me sens déjà moins faible.

Nix rit.

— N'exagère-pas. Mais ça devrait faire effet en quelques jours. Ton organisme est déjà en train de combattre ta maladie, et tu ne seras plus jamais malade. Tu peux désormais te bourrer de drogue sans avoir aucun dommage au cerveau !

— Mais n'essaie même pas !

Elle me fusilla du regard mais ne put contenir son sourire plus longtemps.

— Donc ça veut dire que je peux rentrer à la maison ?

— Evidemment.

— Et je ne vais pas mourir ?

— Si tu continues à sauter comme une puce si.

Elle se rassit en rigolant alors que je regardai mon téléphone.

— Je dois y aller. Je vous laisser vous raconter vos trucs de fille.

Les deux seules faiblesses de ma vie me foudroyèrent du regard et je sortis de l'hôpital en rigolant.

Nix

— Je suis soulagée.

Je souris à Rachel.

— Tu vas éviter les prisonniers pendant un moment.

Elle grimaça.

— Surtout dire à Kurt de rendre ses prisons bien plus saines.

Je rigolai.

— Je pense qu'il va t'interdire d'y remettre les pieds.

Elle roula des yeux.

— Qu'il essaie ! Je ne peux plus rien attraper en plus, il se fout de la gueule de qui ?

Je rigolai et elle se redressa.

— Alors, d'où viens ton truc miracle ?

Je grimaçai.

— C'est un secret.

Elle haussa un sourcil.

— Tu as des super-pouvoirs ?

J'éclatai de rire.

— Absolument pas. C'est purement scientifique.

— Et quels scientifiques ont travaillé sur ça ? Tu n'as pas de master en biologie à ma connaissance.

Je ris.

— Non, je n'ai pas de diplômes Rachel.

— Et mon autre question ?

Je déposai un baiser sur son front.

— Tu n'auras jamais de réponse.

— Tu n'es pas qu'Ashley Ikanovitzch n'est-ce pas ? Tu as d'autres secrets.

Je ris.

— Tu t'en rends compte seulement maintenant ?

Elle fronça les sourcils et soupira.

— Je ne sais pas comment tu fais.

— Je me pose aussi la question quelquefois.

Elle soupira.

— Joackim n'est pas revenu ?

Je grimaçai.

— Non, Kurt l'a envoyé ailleurs en arrivant.

Elle souffla.

— Mon petit copain ne sait même pas que je vais survivre.

Je ris.

— Il va revenir bientôt. Profite de ta dernière nuit ici. Je vais rentrer.

— Déjà ?

— Oui, je meurs de fatigue. Il ne te reste qu'une nuit, ne t'inquiète pas.

Elle finit par hocher la tête en se laissant retomber dans les oreillers alors que je sortais de l'hôpital en bâillant.

Je m'engouffrai dans le SUV et il démarra automatiquement alors que je me laissais aller en repensant à ce putain de voyage. Je ne pensais vraiment pas revenir là-bas aussi vite. Je n'y étais allée qu'une fois. Quand j'avais seize ans. J'avais juré de ne jamais, jamais y retourner, et je l'avais fait… Pour Kurt. C'était le cœur de tous mes secrets, de tout ce qui s'était passé dans ma vie. Ça semblait trop facile, incompréhensible, mais en réalité… c'était la raison d'une guerre bientôt vieille de cent ans.

Le véhicule s'arrêta devant la villa et je descendis rapidement, pressée de retrouver mon lit, tout en faisant un détour par la cuisine pour prendre une bouteille de vodka avant de me rendre compte que la villa était silencieuse.

Je fronçai les sourcils et montai à l'étage et me figeai à l'entrée de ma chambre. La porte de la pièce était ouverte et la guitare qui cachait l'entrée était renversée à terre.

Sentant mon cœur s'accélérer et une peur panique s'emparer de moi, je descendis l'escalier à toute vitesse et me figeai d'horreur.

Alexis était au sol complètement tabassée, les plans, les photos, les documents, tous mes putains de secrets censés être fermés à double tour avaient été arrachés et violemment jetés à terre, déchirés et réduits en miette.

Ma main se mit à trembler compulsivement alors que je sentais mon cœur battre de façon démesurée.

Non, non, non, non, non ...

Ce n'est pas vrai, c'est qu'un cauchemar et je vais me réveiller.

Alexis tourna son regard plein de larmes vers moi, et, la bouche en sang réussit à articuler :

— K...Kurt...

Non

Non

Non

Non

Non

Ce n'était pas censé se passer comme ça bordel de merde.

Non.

Non.

Pas maintenant.

Dieu putain.

Non....

— Kurt… Kurt sait.

Et ma bouteille de vodka se brisa au sol, en résonance avec mon hurlement de terreur qui résonna dans toute la villa.

CHAPITRE 51

« On dit que la vengeance est un plat qui se mange froid, préparer-toi chéri, tu vas manger surgelé »

Anonyme

Nix avril 2014

Je passai par l'arrière de la villa et refermai la porte derrière moi, les mains tremblantes et le cœur battant à la chamade. Pas de putain de tristesse, de désespoir, de souffrance ou encore de cette putain de souffrance éternelle. Je ne tremblais pas de peur, de frayeur ou d'un autre putain de sentiment à la con.

Je tremblai de rage. Une rage pure. Intense. Bouillonnante à me faire vibrer. Je sentais une foutue haine carrément indécente me monter dans les tripes et je ne cherchais même pas à la contrôler. A quoi ça servirait putain de bordel de merde ? A rien.

Parce que c'était ça.

Il n'y avait rien.

Il n'y avait plus rien.

Je n'avais plus rien.

Mon poing s'abattit sur la porte et je sentis une soif de sang monter en moi, une soif telle que je n'en avais jamais connue dans ma vie.

On m'avait kidnappée, manipulée, vendue, tabassée, manipulée encore, violée, détruite, trahie, frappée jusqu'au sang, méprisée, manipulée de nouveau, trahie encore, menti, encore détruite, réduite en cendres, puis encore manipulée et trahie et je tenais toujours debout.

J'avais l'impression d'être un putain de sac de boxe sur qui on se défoulait comme si je ne ressentais rien, comme si je ne pouvais rien ressentir, comme si je n'étais rien.

Mais il avait tort. Ce putain d'enfoiré avait tort. Parce qu'il avait fait une putain d'erreur dans l'équation.

Je sais qui je suis.

Je m'appelle Nix Johnson, je suis née Noémi Kryan et je garde un secret qui pourrait déclencher la troisième et dernière guerre mondiale.

Je n'étais pas Ashley Ikanovitzch. Plus jamais.

Et les Ikanovitzch allaient payer jusqu'à en sentir la brûlure de ses tripes, ils allaient payer jusqu'au plus profond de son âme pour toute la merde dont ils étaient responsables et ils souffriraient tellement qu'ils n'auraient plus la force de me supplier de mourir. Ils souffriraient tellement qu'il se souviendrait de mon nom jusqu'au fin fond de l'enfer.

Peu importe les moyens.

Je levai soudain les yeux et vis Alexis, catastrophé se précipiter vers moi alors que je regardai ce qui le paniquait tant que ça avant de ricaner.

Mes mains étaient en sang, le sol recouvert de fragment de verre et de porcelaine brisée, la porte des placards étaient arrachées ou tombantes. Je venais de littéralement détruire cette putain de cuisine de merde à mains nues et je ne m'étais jamais sentie aussi bien.

— Putain Ashley, qu'est-ce...

Je l'interrompis d'un regard glacial alors qu'une lueur indéchiffrable passait dans ses prunelles. Son avis sur moi venait de subitement changer.

— Je m'appelle Nix.

Il s'approcha les deux mains en l'air, comme si j'étais une putain de bête sauvage qu'il tentait d'apaiser mais je n'étais pas un animal. J'étais un putain de monstre né des enfers et il ne pourrait jamais m'apaiser.

— Okay, Nix, tu peux me dire ce qui se passe ?

Je l'ignorai royalement. Je n'avais pas à lui répondre. Je ne lui devais rien. Je ne devais rien à personne. La seule chose que je devais c'était les hurlements de souffrance et d'agonie des Ikanovitzch, et je le devais à moi-même.

Le reste pouvait bien aller se faire foutre, le monde pouvait bien tomber dans l'apocalypse, sincèrement qu'est-ce que j'en avais à foutre ?

— Est-ce que tu connais une putain de personne sur cette foutue planète qui a la puissance nécessaire pour détruire les Russes et les brûler jusqu'au dernier ?

Il répondit sans hésiter.

— Kurt Smith.

Un sourire sadique s'étendit sur mon visage alors que je montais dans ma chambre et ouvrai le passage de la bibliothèque. Alexis ne dit rien, se contentant de me suivre avec prudence.

— Trouve-moi toutes les informations possibles et inimaginables sur ce mec.

Il me regarda avec compassion.

— Nix putain, je ne sais pas ce qui s'est passé... mais ne va pas risquer ta vie pour ce type. Kurt Smith n'est pas un de ceux qu'on manipule. Ce n'est pas lui qui effectuera ta vengeance à ta place.

Un rictus s'étendit sur mon visage alors que je plantais mon regard dans celui de mon meilleur ami et désormais bras droit et qu'une lueur de peur traversait ses prunelles.

— Et bien c'est ce qu'on va voir.

— Nix...

Je ricanai sans lui laisser le temps de finir et fis claquer mes talons sur le sol en faisant un pas menaçant vers lui.

— Je vais me venger. Je vais les détruire jusqu'au dernier et ce type sera mon arme. Je ne te demande pas ton avis. Tu m'aideras quoiqu'il arrive. Smith me fournira sa puissance de feu et d'armes, et ses hommes. Peu importe comment.

Il hocha la tête avant de sortir son ordinateur.

— Je suppose qu'il te faut un plan ?

Je regardai le mur vide devant moi et ricanai de satisfaction.

— Un putain de plan.

Il tourna une dernière fois la tête vers moi.

— Nix... Il te tuera quand il l'apprendra.

Un rictus amer étira mes lèvres.

— Je ne comptais pas vivre, Alexis. Je mourrai, point barre.

— Mais...

Je le fusillai du regard et enfilai mon manteau, en croisant mes yeux bleus glacials dans ce putain de miroir alors qu'un sourire de satisfaction étirait mes lèvres. Oui, je mourrai, et ça n'était pas plus mal.

Je me retournais vers mon bras droit avec mépris.

— J'ai cessé d'être une putain de victime Alexis. Je suis un putain de monstre.

La vengeance est un plat qui se mange glacé. Ça tombe bien, la chaleur n'a jamais été mon truc.

EPILOGUE

« Ce fut ma chute »

Rachel 18 février 2019

Je consultai mon portable en soupirant. Cass et Joackim m'attendaient à la villa. Kurt et Nix ignoraient mes messages depuis deux jours et personne ne les avait vus. Ça commençait à m'inquiétait. Alexis était aux urgences. Taylor m'avait dit qu'ils s'étaient encore disputés parce qu'Alexis était trop proche de Nix mais quelque chose ne collait pas. A cause de leur absence, j'étais restée plus longtemps que prévu à l'hôpital, avant que Taylor ne daigne venir signer mes papiers de sortie.

Car je n'avais pas de carte d'identité. Je ne pouvais rien faire par moi-même. Très exactement cent personnes connaissaient mon existence sur cette terre, et quatre-vingt-trois étaient des gardes de Kurt. Les autres se contentaient de se tenir à distance tout en ayant la fierté d'être assez gradé pour me connaître.

Je n'avais pas de carte d'identité, pas d'acte naissance, pas de nom sur les journaux, j'étais une putain de récompense pour cette putain de Mafia et Joackim pouvait dire m'aimer autant qu'il le voulait une énorme part de lui était très fier de me connaître pour son grade, alors qu'il ne portait pas Le Tatouage depuis longtemps.

Je laissai une larme glisser sur ma joue et descendis du SUV. Les gardes passaient sans me voir, invisible j'étais et invisible je serai.

Je fermai les yeux et retins mes larmes. Je n'allais pas pleurer pour ça putain, je ne le ferai pas.

Je me précipitai à la porte, j'entendis à peine Taylor qui venait d'arriver courir vers moi pour me dire de ne pas ouvrir la porte.

Mais je le fis.

À peine était-elle ouverte que je souris de toutes mes forces à Joackim et me précipitai dans ses bras.

Mais il ne me rendit pas mon étreinte.

Je reculai d'un pas, me demandant ce qu'il avait et mes yeux s'agrandirent d'horreur.

Mes mains étaient putain de couvertes de sang.

Je levai les yeux vers Joackim et le vis balbutier avant de s'avancer, boitillant. Il trébucha, je le retins, mais il s'écroula dans mes bras.

Mon cœur battait à la chamade et je n'entendais plus que ça résonner dans mes tempes.

Non, non, non, non, non, non, non, non, non, non, non, non....

Tout mais pas lui, je vous en prie tout mais pas lui, ne me le prenez, ne me prenez pas Joackim.

Je le sentis hoqueter et il cracha du sang alors je me dépêchais de lui enlever son tee-shirt, complètement hébétée quand un frisson de terreur et d'horreur me traversa.

Sa poitrine était ouverte, saignante à flots, sa chair déchirée et des petits baignaient dans sa propre hémoglobine.

Je le vis soudain arrêter de hoqueter, et sa tête rebondir contre le béton sans que je ne puisse faire quoique ce soit.

Dites-moi que je rêve.

Je cauchemarde.

Ce n'est qu'un cauchemar.

Un putain de cauchemar.

Je vais me réveiller.

Joackim n'est pas mort.

Il n'est pas mort.

Je tremblai, mes paupières tremblent, mes larmes coulent, je crois que je ne respirais plus mais putain ramenez-moi Joackim, il n'était pas parti, il ne pouvait pas être parti, il ne peut pas il n'a pas le droit, putain de bordel, il n'est pas mort !

Je sentis ma peau trembler, mes mains devenir fébriles, et je croisai ce sang, ce sang qui me maculait dans son entièreté et je plongeai dans les yeux vides de l'homme de ma vie.

Il est mort. Il est parti.

Ils l'ont tué.

Joackim est mort.

Joackim est mort.

Joackim est mort.

Joackim est mort.

Joackim est mort.

Joackim est mort.

Joackim est mort.

Joackim est mort.

Joackim est mort.

Joackim est mort.

La voix de Taylor me parvint distraitement. Je hoquète de douleur et soudain je me rends compte.

Joackim.

Est.

Mort.

Et je hurlai de souffrance et de terreur à m'en déchirer les cordes vocales comme cette douleur déchirait mon âme et la réduisait à néant.

Joackim est mort dans mes bras et je suis couverte du sang du mec que j'aime le plus au monde.

FIN

Pour le moment…

TOME 3

A Queen for a King

Sortie le 25 avril 2022

Disponible dès maintenant en précommande Kindle.

REMERCIEMENTS

Ma vie, monde ne seraient pas comme ils sont aujourd'hui si vous ne l'aviez pas façonné. Cette année a bouleversé ma vie, et vous êtes ma plus grande fierté. J'ai grandi, vécu, muri, et je reviens pleines de souvenirs à transformer en histoire. Mes personnages grandissent, évoluent, avec moi. J'écris pour les gens qui ne sont plus là, alors même que je pensais qu'ils resteraient pour toujours. J'ai rayé des noms le cœur serré, j'ai fait des rencontres qui ont enjolivé ma vie, et par-dessus tout, j'ai accompli des rêves.

Qui remercier pour ce tome plein d'émotions ? Mes parents ne sauront jamais ce que j'écris précisément, fort heureusement, mais je n'aurai jamais rien fait sans ma mère. J'ai une pensée pour tous ces amis qui ne savent pas qu'ils illuminent ma vie, mais qui m'aident à avancer. Encore et toujours, que ferai-je sans Marie Faucheux ma graphiste ? Merci à Stella pour le temps qu'elle a pris, pour traduire mon italien désastreux. Merci à toutes celles qui m'ont aidée dans la correction et la relecture fastidieuse de ce gros morceau de briques.

Je ne sais même pas comment il a été finalisé, je n'en voyais pas la fin ! Entre mes études, ma vie sociale, mes livres, et l'écriture, je ne dors plus mais ça en vaut triplement la peine. Je le referais, encore et encore.

J'ai une pensée également, à la fermeture de ce tome, pour ceux qui, je le pensais, me jugeraient, et qui se sont avérés d'une bienveillance qui m'a réchauffée le cœur et m'a aidée à parler plus de mon livre avec mes proches. Comme on dit, un auteur aimerait être lu par le monde entier, sauf ceux qui le connaissent…

Merci à Aya pour ses remarques précieuses, son soutien, et son exaltation devant la couverture. C'est rafraîchissant. Merci à celles qui sont là depuis le tout début, dans ce vieux groupe Instagram de lectrices complet, qui sont responsables de la fin du tome 2. Eh oui, sur Wattpad, le tome 2 se terminait après « Kurt sait »…

Donc ne m'attaquez pas d'impatience. Je décline toute responsabilité pour cette décision ! J'espère que cette fin ne vous déstabilise pas trop… Vous avez peu de temps à attendre pour la suite !

Promis, vous saurez tout !

Tic tac, les secrets seront bientôt révélés…

Allez, je ne vous embête pas plus.

Merci à vous, avant tout.

Alexandra <3

PLUS DE CETTE AUTEURE

Le tome 3, A Queen For A King, sera disponible le 25 avril 2022 ! Les précommandes sont déjà disponibles sur Amazon.

Ma nouvelle romance fantastique, Empire de Sang, est à paraître à la fin de l'été 2022.

Je vous invite à laisser un commentaire sur amazon si vous avez aimé votre lecture, ça m'aide énormément ! <3

Pour en savoir plus, et suivre mes déboires d'auteure, je vous invite à me suivre sur les réseaux sociaux !

Tik Tok :

Instagram :

Si vous le voulez, vous pouvez aussi me suivre dans

l'écriture de quelques premiers jets sur mon Wattpad !

Printed by Amazon Italia Logistica S.r.l.
Torrazza Piemonte (TO), Italy

32038941R00258